1. Kapitel

Ria Martin hätte sich darüber freuen sollen, für einen Moment den schier endlosen Rechnungen und noch endloseren Pflichten zu entkommen, mit denen sie als Eigentümerin eines kleinen, nicht besonders gut laufenden Motels konfrontiert war. Wie gerne hätte sie einfach nur die frische Herbstbrise genossen, die aus der Bucht zu ihr herüberwehte. Aber sie hatte ein flaues Gefühl im Bauch, während sie sich auf den Weg zur Schule ihrer Tochter machte.

Können Sie Kaitlyn so schnell wie möglich abholen?

Es war gerade einmal Anfang Oktober, und seit Kaitlyn in die achte Klasse ging, war das schon die dritte Benachrichtigung dieser Art. Rias Herz schmerzte beim Gedanken an ihre sensible jüngste Tochter. Sie wünschte sich nichts sehnlicher, als sie einfach nur in die Arme zu nehmen und damit alle Probleme zum Verschwinden zu bringen. Aber Umarmungen hatten nicht geholfen, genauso wenig wie eindringliche Gespräche oder klare Konsequenzen. Kaitlyns Noten verschlechterten sich, und ihr Ruf als herausragende Schülerin wandelte sich langsam, aber sicher in den einer herausragenden Unruhestifterin. Was war mit Rias lieber Tochter passiert?

Offenbar reichte eine renommierte Schule nicht aus, um Kaitlyn zu helfen, zumindest im Augenblick nicht. Sie hatte immer sehr an ihrem Vater gehangen – und nach der Scheidung noch mehr.

Und er war einfach ohne irgendeine Begründung verschwunden.

Sie setzte sich auf die Bank vor der Eingangstür der Schule und wählte die Nummer von Drew auf ihrem Handy.

Diesmal kam nicht einmal seine persönliche Bandansage, die darum bat, eine Nachricht zu hinterlassen. »Die Mailbox ist voll«, verkündete eine mechanische Stimme.

Für einen kurzen Moment wurde ihre Wut durch Sorge überlagert. War ihrem Ex-Mann, dem Vater ihrer Kinder, etwa irgendetwas zugestoßen?

Aber nein. Er lebte zwar in Baltimore, zwei Stunden entfernt, aber seine Abteilung hatte ihre Kontaktdaten, und wenn er einen Unfall gehabt hätte, dann wäre sie mit Sicherheit benachrichtigt worden. Sie waren erst seit eineinhalb Jahren geschieden, und davor hatten sie bereits sechs Monate getrennt gelebt. Es war ja nicht so, als hätten er – und sein Arbeitgeber – sie und die Mädchen nicht mehr auf dem Schirm.

Das war einfach nur unverantwortliches Verhalten von Drew, was für ihn zwar eigentlich untypisch war, aber Männer drehten nach einer Scheidung ja regelmäßig durch. Das lag offenbar in ihrer Natur. Sie wollte das Handy wütend in ihre Handtasche pfeffern, traf allerdings daneben. Hektisch griff sie nach dem zu Boden fallenden Telefon.

»Ria! Was machst du da?«

Eine vertraute Stimme schreckte sie auf. Als sie aufblickte und in das besorgte Gesicht ihrer Mutter sah, deren Augen warm und von feinen Falten umrahmt waren und die ihr honigblondes Haar zu einem unordentlichen Pferdeschwanz zurückgebunden hatte, wäre sie fast in Tränen ausgebrochen. Aber das tat sie natürlich nicht; sie war schließlich erwachsen und hatte sich im Griff. »Ich bin ein Idiot«, sagte sie, während sie sich das Handy schnappte und auf das Display schaute. »Ich glaube, ich hab es angeknackst. Was tust du hier?«

»Ich habe eine Nachricht wegen Kaitlyn bekommen. Die Sekretärin meinte, sie hätte wieder den Unterricht geschwänzt.«

Ria stand auf und runzelte die Stirn. Sie hatte nicht angerufen oder zurückgeschrieben; sie war einfach hierhergeeilt. »Warum haben sie uns beiden geschrieben?«

Ihre Mutter zuckte mit den Schultern. »Manchmal, wenn sie dich nicht erreichen können …« Sie beendete den Satz nicht.

Rias immerwährende Schuldgefühle gegenüber ihrer Mutter schalteten ein paar Gänge höher. Es stimmte schon, manchmal war sie nicht zu erreichen, sie war in ihrem Job als Leiterin des Chesapeake Motor Lodge ganz schön eingespannt.

Sie wollte nie so eine Mutter sein, die sich auf ihre Karriere statt auf ihre Kinder konzentriert. Aber nach der Trennung von Drew war es einfach keine Option mehr, in Teilzeit zu arbeiten. Zum Glück waren sie nach Pleasant Shores gezogen, in die Nähe ihrer Mutter, die in den letzten anderthalb Jahren eine riesige Last von Rias Schultern genommen hatte. Vor allem, als die Katastrophe passiert war, von der weder ihre Mutter noch sonst irgendjemand etwas geahnt hatte. »Ich übernehme ab hier, Mom. Du machst schon zu viel für mich.«

»Bist du sicher? Ich helfe dir doch gerne.«

»Nein, ist schon in Ordnung. Geh du zurück zu deiner Arbeit.«

»Ich bin für heute fertig. Ich treffe dich dann bei dir zu Hause, wenn du möchtest.«

Unwillkürlich umarmte sie ihre allzeit hilfsbereite Mutter. »Das wäre prima. Danke.«

Als Ria ihre Mom weggehen sah, hätte sie ihr so gerne hinterhergerufen: »Bitte, bleib. Ich weiß nicht, was ich tun soll.«

Ria wünschte sich nichts so sehr, wie ihrer Tochter zu helfen und sich so als Mutter zu rehabilitieren. Aber es schien eine undurchlässige Barriere zwischen ihnen zu geben.

Kaitlyns Anblick erfüllte Ria mit tiefer Mutterliebe – aber sie schien sie nicht erreichen zu können. Sie musste einen Weg finden, das zu ändern.

Kaitlyn kauerte auf einem der Stühle vor den Verwaltungsbüros der Pleasant Shores Academy und beobachtete, wie ihre Mutter mit der Schulpsychologin sprach. Obwohl sie sich sicher war, dass sie einen Anschiss bekommen würde, war der Anblick ihrer Mom – mit ihren langen roten Haaren, die ein Glätteisen vertragen könnten, ihren altmodischen Jeans und dem schwarzen Blazer, der den Eindruck von Professionalität vermitteln sollte – eine große Erleichterung.

Die beiden Frauen legten die Stirn in Falten und blickten immer wieder in ihre Richtung. Ihre arme Mom war sowieso schon immer so gestresst, und das machte es jetzt noch schlimmer. Es war alles Kaitlyns Schuld. Am liebsten hätte sie sich in die Arme ihrer Mutter geworfen und wie eine Sechsjährige geweint, aber das ging natürlich nicht. Zum einen trieb ihre Mom sie in letzter Zeit in den Wahnsinn. Zum anderen wäre Kaitlyn dann in Versuchung geraten, ihr zu erzählen, was sie getan hatte.

Und das durfte niemals passieren. Zum Glück hatte sie Mrs. Gray, der Psychologin, nichts Konkretes gesagt. Sie hatte nur etwas von »Problemen mit Freunden« gemurmelt, weil Psychologinnen das immer glaubten. Und das war ja auch nicht wirklich gelogen. Es kursierten Gerüchte darüber, was sie getan hatte, deswegen waren die Hänseleien heute besonders schlimm gewesen. Und ihre Freunde vom letzten Jahr schienen sie nun zu ignorieren.

Das war der Grund, warum sie den Unterricht schwänzte. Sie musste einfach nur raus hier.

Anscheinend hatte die Psychologin Kaitlyns Gedanken gelesen, denn sie und ihre Mutter drehten sich gleichzeitig um und winkten sie herbei. »Es ist sowieso nur noch eine Schulstunde, also warum geht ihr nicht schon mal nach Hause?«, sagte Mrs. Gray. »Du und deine Mutter habt noch einige Dinge zu besprechen.«

Kaitlyn durchbohrte die Frau mit einem stechenden Blick.

Mrs. Gray tätschelte ihre Schulter. »Es ist nicht immer einfach für Mütter und Töchter«, sagte sie, »aber Kommunikation ist so wichtig.«

Okay, schon klar. Unglücklicherweise war Kommunikation nicht gerade die Spezialität ihrer Familie. Sie waren auf halbem Weg zum Auto, als ihre Mutter loslegte. »Ich weiß, dass die achte Klasse nicht einfach ist. Aber du bist alt genug, um dich zusammenzureißen und im Unterricht zu bleiben.«

Kaitlyn presste ihre Lippen aufeinander. Was wusste ihre Mutter schon über die achte Klasse? Was wusste sie über Kaitlyns Leben? An einer Schule, an der alle anderen sich schon seit dem Kindergarten kannten, galt Kaitlyn auch nach anderthalb Jahren immer noch als die Neue. Und dass sie die Größte und Dickste in der Klasse war und sich praktisch über die Sommerferien von einem A-Körbchen zu einem D-Körbchen entwickelt hatte, half auch nicht gerade.

Im Auto angekommen, seufzte sie erleichtert auf. Die Schule zu verlassen, war einfach ein großartiges Gefühl. Sie wünschte sich, sie könnte ganz aus Pleasant Shores verschwinden, einfach für einen Monat nach Baltimore zu ihrem Vater ziehen, so wie es für den Sommer eigentlich geplant war. Dabei war die Pleasant Shores Academy eigentlich gar nicht so schlecht, jedenfalls hatte sie das gedacht, als sie letztes Jahr dort aufgenommen worden war. Die Akademie war viel kleiner als die öffentliche Schule, die sie und ihre Schwester vor der Scheidung ihrer Eltern besucht hatten, und das hatte ihr ursprünglich gefallen, weil sie davon ausgegangen war, dass es einfacher wäre, dort Freunde zu finden. Auf jeden Fall war es dort leichter, als gute Schülerin aufzufallen.

Aber seit einiger Zeit hatte alles angefangen, den Bach runterzugehen, und da war eine kleine Schule mit klatschsüchtigen Schülern alles andere als hilfreich. Das hatte sie auf die harte Tour gelernt.

»Also, was genau ist passiert?«, fragte ihre Mom, als sie das Auto startete.

»Schrei mich nicht an!«

Ihre Mutter öffnete den Mund und atmete tief durch wie beim Yoga-Training. Sie hatte offensichtlich keine Ahnung, wie nervtötend das war. »Ich habe dir einfach nur eine Frage gestellt«, sagte sie und sprach dabei betont langsam und deutlich, als ob Kaitlyn ein Kleinkind wäre, »in einem ganz normalen Tonfall.«

Die Tatsache, dass sie recht hatte, spielte keine Rolle. »Lass mich einfach in Ruhe«, sagte Kaitlyn, und ihre Stimme begann zu beben.

Genau wie damals in der Schulbibliothek, als sie auf Chris Taylor zugegangen war, um mit ihm ins Gespräch zu kommen, nur um dann festzustellen, dass er die Augen verdrehte und höhnisch grinsend in Richtung von Shelby Grayson und ihrer Clique blickte, die gemeinsam über sie tuschelten und hämisch lachten.

»Oh, Mäuschen.« Ihre Mom streckte die Hand aus und rieb ihren Arm, wie früher, als Kaitlyn klein war und Angst hatte. »Was immer es ist, es tut mir leid, dass es wehtut.«

Tränen stiegen in ihr auf, und Kaitlyn zuckte zurück. »Bitte hör auf!« Die mitfühlende Stimme ihrer Mutter gab ihr beinahe den Rest. Ihre Mom presste die Lippen zusammen, und sie sprach erst wieder, als sie gemeinsam zu Hause angekommen waren.

Ihre Großmutter war auch da – zum Glück –, und dem Geruch nach zu urteilen, hatte sie eine Lasagne gemacht. Normalerweise liebte Kaitlyn die Lasagne ihrer Grandma, und seit dem Müsliriegel, den Mom ihr heute Morgen aufgezwungen hatte, hatte sie nichts mehr gegessen. Aber ihr Magen war wie zugeschnürt, unmöglich, auch nur an Essen zu denken.

Sie ging sofort rauf in ihr Zimmer und ignorierte den Protest ihrer Mutter, hielt dann aber mitten auf der Treppe an, um zu lauschen, was die beiden redeten. Sie musste nicht lange warten.

»Geht es ihr gut?«, fragte ihre Großmutter.

»Ich glaube nicht. Ich werde hochgehen und sehen, ob ich mit ihr reden kann.«

»Gib ihr ein bisschen Zeit«, sagte ihre Grandma. »Manchmal ist die Mutter die letzte Person, mit der eine aufgewühlte Vierzehnjährige reden will.«

»Aber … Nun ja.« Die Stimme ihrer Mutter klang traurig, fast hoffnungslos. »Ich schätze, du hast recht, aber es ist frustrierend, dass ich nichts tun kann, um zu helfen.«

»Hast du mit ihrem Vater gesprochen? Er hat sich immer so gut mit Kaitlyn verstanden.«

»Nein, aber nur, weil ich ihn nicht erreichen kann. Seine Mailbox ist voll, und er geht nicht an sein Telefon.«

Ihre Großmutter seufzte, und die beiden sprachen kurz darüber, ob Kaitlyns Schwester Sophia ihr helfen könnte.

Von wegen. Sophia war zu sehr mit ihrem eigenen fantastischen Leben beschäftigt, um Kaitlyn mehr als eines mitleidigen Blickes zu würdigen.

»Das ist nicht Sophias Verantwortung«, sagte ihre Mutter schließlich. »Und du hast recht, ich finde zurzeit keinen guten Draht zu Kait, egal, wie sehr ich es versuche. Ich werde Drew bitten.«

»Oh, Mäuschen«, sagte ihre Grandma in genau demselben besorgten, mitfühlenden Ton, in dem ihre Mom zu Kaitlyn gesprochen hatte. »Hältst du das für eine gute Idee? Ich bin natürlich froh, wenn ich bei den Mädchen bleiben kann, aber …«

Kaitlyn schloss die Augen. *Ja, bitte, bitte ja.* Wenn ihr

Vater, der große, starke Polizist, in der Nähe wäre, würden Shelby Grayson und Tyler Pollackson und der Rest der fiesen älteren Kinder sie vielleicht in Ruhe lassen.

»Das ist das Einzige, was mir einfällt. Ich weiß, dass ich von Michael oder Barry Informationen bekommen kann.« Das waren die Beamten, mit denen ihr Dad bei der Polizei am engsten befreundet war und die regelmäßig zu Besuch gekommen waren, als Kaitlyn noch klein war.

»Aber wenn er nicht will, dass du weißt, wo er ist …« Ihre Großmutter verstummte.

»Im Moment«, sagte ihre Mom, »ist mir ziemlich egal, was er will.«

»Du möchtest ihn aber nicht in einer peinlichen Situation erwischen.«

Als sie begriff, was ihre Grandma meinte, musste Kaitlyn fast würgen. Sie wollte sich ihren Vater absolut nicht in einer peinlichen Situation vorstellen.

»Nur weil Dad innerhalb von Sekunden, nachdem er dich verlassen hat, Frauen aufgerissen hat, heißt das nicht, dass Drew dasselbe macht«, sagte ihre Mutter gereizt.

»Natürlich nicht, Schatz, aber du willst vielleicht trotzdem nicht …«

»Er hat die Mädchen seit drei Monaten nicht mehr gesehen. Völlig entgegen unserer Besuchsvereinbarung. Nur ein paar Textnachrichten und ein paar vage Ausreden. Er ist aus seiner Wohnung ausgezogen und hat uns nicht mal seine neue Adresse gegeben.«

»Kommen die Unterhaltszahlungen?«

»Ja, darin ist er super, aber wenn man Vater ist, geht es nicht nur ums Geld. Sie müssen ihn auch mal sehen. Vor allem Kait.«

Sie unterhielten sich noch weiter, aber Kaitlyn blieb nicht länger, um zu lauschen. Ihre Mom würde ihren Vater nach Hause holen, und dann würde alles besser werden.

Als Ria durch ihr altes Viertel in Baltimore fuhr, wurde sie von Erinnerungen überflutet. Sie war schon so oft durch diese von Bäumen gesäumten Straßen gelaufen, hatte Sophia an der Hand gehalten und Kaitlyn im Kinderwagen geschoben. Da war dieses kleine Restaurant an der Ecke, in dem sie und Drew so viele Abende verbracht hatten. Ihre alte Kirche, die sie anfangs so regelmäßig besucht hatten, bevor Drew zu sehr mit seinen Sonderschichten beschäftigt war und Ria zu verbittert wurde.

Sie ließ das Fenster herunter, und der Geruch von Herbstlaub brachte weitere Erinnerungen zurück. In ihrem Bauch vermischten sich Nostalgie und die Gedanken an verpasste Gelegenheiten zu einem seltsamen Gefühl, aber sie versuchte, sich auf die Geräusche der Stadt zu konzentrieren: Autos und Hupen und Sirenen drangen von einer belebten Straße in der Nähe herüber. Das hatte sie nicht vermisst. Das Stadtleben konnte hektisch sein. Sie dagegen liebte die Ruhe in Pleasant Shores.

Da war der Park mit den Spazierwegen, neben dem kleinen See, auf dem sie im Winter Schlittschuh gelaufen waren. Hier hatten sie und Drew ihren Mädchen das Radfahren beigebracht.

Sie atmete tief ein und dann wieder aus, während sie die Tränen zurückhielt. Das war der Grund, warum sie es vermied, nach Baltimore zu kommen. *Herzlichen Dank, Drew, dafür, dass du mich wieder in ein Häufchen Unglück verwandelst.*

Denn genau das tat Drew. Wenn sie ihn sah, erinnerte sie sich an all die guten Zeiten; verbrachte sie aber auch nur eine Stunde mit ihm, kehrte die Frustration zurück, und sie wusste wieder, warum sie sich getrennt hatten.

Sie hielt an der gleichen Tankstelle, an der sie immer getankt und Getränke gekauft hatten.

»Ria! Bist du das?«

Ria drehte sich um, und da stand Sheila Ryan, eine der anderen Mütter, mit denen sie jahrelang zu tun gehabt hatte. Sie mochten sich gegenseitig nicht wirklich, aber sie taten so, als ob, denn das machte man eben für seine Kinder.

»Hi, Sheila. Wie geht's?« Ria betete, dass Sheila ihr nicht die gleiche Frage stellen würde.

Sheila begann, von der großartigen Karriere ihrer dreizehnjährigen Tochter zu erzählen, von ihrem Aufstieg in der Rangliste der Cheerleader, von ihrer Aufnahme in die Liste der besten Schüler und von ihrem ehrenamtlichen Engagement im Tierheim.

»Und wie geht es Sophia und Kaitlyn?«, fragte sie.

»Oh, einfach prima. Uns gefällt das Leben an der Küste so gut.«

»Es tut mir leid, das mit deiner Scheidung. Das muss eine große Umstellung sein für dich und für die Mädchen.« Sheilas Worte waren freundlich, aber ihr Blick war ein wenig zu übereifrig und neugierig. Was auch immer Ria sagte, es würde seinen Weg in die Gerüchteküche finden.

Sie atmete tief ein und wieder aus und zwang sich zu einem Lächeln. »Danke. Es ist definitiv eine Umstellung. Aber ich betreibe ein kleines Motel, und das macht Spaß.« *Außer, dass es ständig pleitezugehen droht.* »Und die Mädchen lieben ihre neue Schule.« Zumindest Sophia, also stimmte das wenigstens zur Hälfte.

Sie entschuldigte sich hastig und ergriff die Flucht. Erst als sie am Auto ankam, merkte sie, dass sie vergessen hatte, das Getränk zu kaufen, für das sie eigentlich angehalten hatte. Sie war noch nie gut in diesen Konkurrenzkämpfen unter Müttern gewesen. Sie fühlte sich dabei immer ziemlich unwohl.

Als sie den Rest der Strecke zur Polizeiwache fuhr, fragte sie sich, ob es den Mädchen damals auch so ergangen war. Hatten sie auch diese Atmosphäre der Konkurrenz gespürt, die in dem Viertel der oberen Mittelschicht geherrscht hatte? Sie und Drew hatten sich damals so sehr angestrengt, um sich ihr kleines Sandsteinhaus leisten zu können.

Aber diese Machtspielchen sind bedeutungslos, ermahnte sie sich selbst. Es war jetzt wichtig, dass sie Kaitlyn half.

Auf dem Polizeirevier wurde sie von weiteren Erinnerungen heimgesucht. Sie war über die Jahre so oft hierhergekommen – um Drew abzuholen, um ihm etwas zu bringen, das er vergessen hatte, oder einfach nur, um Hallo zu sagen –, als die Mädchen noch klein waren und sie noch Hausfrau und Mutter war.

Jetzt gehörte sie nicht mehr hierher. Die neue Rezeptionistin kannte sie nicht und konnte ihr aus Datenschutzgründen nichts über Drew sagen. Zum Glück entdeckte sie seinen Freund Michael und flehte ihn an, ihr Drews neue Adresse zu geben.

»Er hätte den Kontakt zu dir nicht abbrechen dürfen, Ria«, sagte Michael. »Aber er hat eine harte Zeit hinter sich. Wenn du willst, kann ich versuchen, ihn anzurufen, und ihn wissen lassen, dass du ihn sehen möchtest.«

»Danke, aber wo ich schon mal da bin ...« Dann erst begriff sie, was er gesagt hatte. »Er arbeitet nicht mehr hier?«

»Er hat es dir nicht gesagt?«

»Was hat er mir nicht gesagt?«

Michael musterte sie und schüttelte langsam den Kopf. »Er ist auf einem ... ähm, er macht eine Auszeit«, sagte er.

»Geht es ihm gut?« Ihr Herz pochte wie wild.

Michael öffnete den Mund, um etwas zu sagen, schloss ihn aber wieder und nickte. »Da bin ich mir ziemlich sicher«, sagte er. »Ehrlich gesagt habe ich schon seit ein paar Wochen nicht mehr mit ihm gesprochen.« Er sah aus, als ob er noch etwas sagen wollte, aber jemand rief aus dem hinteren Flur nach ihm. Er berührte Rias Schulter und ging.

Irgendetwas war auf jeden Fall im Gange. Und sie würde herausfinden, was es war. Es war nicht richtig, dass Drew sie dermaßen aus seinem Leben ausgeschlossen hatte. Nicht dass sie alles wissen musste – sie waren schließlich geschieden –, aber sie hatten gemeinsame Kinder, Kinder, die ihn brauchten. Ihre Wut mischte sich mit Sorge, denn Drew war normalerweise so verantwortungsbewusst. Hatte er sich so sehr verändert?

Sie fuhr zu der Adresse, die Michael ihr gegeben hatte. Das Viertel war nicht annähernd so schön wie das, in dem sie früher gewohnt hatten. Obwohl sie es eigentlich gar nicht wollte, durchströmte sie Mitgefühl. Drew überwies regelmäßig großzügige Unterhaltszahlungen, die es ihr ermöglichten, mit den Mädchen in Pleasant Shores zu leben. Er hatte anscheinend seinen eigenen Lebensstandard eingeschränkt, im Gegensatz zu vielen anderen geschiedenen Vätern, und das wusste sie zu schätzen.

Sie bog an einem Häuserblock ein und wollte gerade einen Parkplatz suchen, als sie Drew auf der anderen Straßenseite sah.

Mit einer Frau.

Eine stilvoll gekleidete, lachende, große, schlanke Blondine. Sie schien sehr lebhaft mit Drew zu reden, der einfach nur geradeaus schaute. Sie waren beide groß genug, sodass Ria sie über die Reihe der geparkten Autos hinweg beobachten konnte. Sie fuhr schief in eine Parklücke und rammte dabei fast das Auto, das vor ihr parkte. Schwer atmend blieb sie sitzen.

Er hatte sie ersetzt; er hatte sie wirklich einfach ersetzt.

Sie hätte nie gedacht, dass ihr das mal passieren würde. Nicht wirklich, nicht im tiefsten Inneren. Ihre Brust zog sich um das Loch zusammen, das sich genau dort aufgetan hatte, wo ihr Herz gewesen war.

Es stimmte also. Er liebte Ria nicht mehr. Sie war zu stressig gewesen, hatte sich zu sehr auf ihre Mutterrolle anstatt auf die Ehe konzentriert, und sie war zu fett geworden. Sie hatte es vermasselt und zu viele Fehler gemacht, darunter einige, von denen Drew noch nicht einmal etwas ahnte. Natürlich würde ein Mann eine wie sie verlassen.

Die kleine Flamme der Hoffnung, die in ihrem Herzen gebrannt hatte, dass sie vielleicht eines Tages wieder zusammenkommen würden, erlosch.

Drew geriet ein wenig ins Wanken, und die Frau trat näher an ihn heran und schien ihn zu stützen. So hatte Drew noch nie geschwankt. Hatte er getrunken? Am helllichten Tag?

Was hatte diese Frau mit ihm gemacht, dass er hier betrunken herumstolperte? Empörung trieb sie aus ihrem Auto. Sie schloss leise die Tür und schlich auf die andere Straßenseite, um die beiden von hinten zu beobachten. Die Frau warf einen Blick zurück, und Ria wartete darauf, dass Drew dasselbe tun würde, aber er tat es nicht. Er konzentrierte sich auf den Weg vor ihm. Seine Schritte waren ein wenig behäbig, nicht sein üblicher souveräner Gang. Jedoch konnte sie jetzt erkennen, dass sein Straucheln nicht das eines Betrunkenen war.

War er etwa verletzt?

Irgendetwas war seltsam an der Art, wie die blonde Frau sich bewegte, sie ging stets leicht versetzt hinter Drew. Ria schlich sich um einige geparkte Autos, bis sie die beiden überholt hatte, und überquerte die Straße, damit sie nicht bemerkt wurde. Ihr Herz blieb fast stehen, als sie den Stock erkennen konnte, den Drew in seiner Hand führte. Er war weiß, mit einem schwarzen Griff, einem roten Abschnitt an der Unterseite und einer rollenden Kugel an der Spitze. Er tastete mit dem Stock hin und her, während er die Straße hinunterging. Die Wahrheit traf Ria wie eine Ohrfeige.

Drew war blind.

2. Kapitel

Drew Martin tastete mit seinem Stock nach der Bordsteinkante und neigte den Kopf zur Seite, um die Verkehrsgeräusche besser wahrnehmen zu können. *Du gehst geradeaus, also achte auf die parallel fahrenden Autos.* »Ist es …?«, wollte er Meghan gerade fragen, dann schüttelte er den Kopf. »Warte, ich kann es selbst herausfinden.«

»Okay.« Sie wartete neben ihm. Er holte einmal tief Luft und machte sich dann auf den Weg über die belebte Straße.

»Ein bisschen weiter nach links«, sagte sie leise hinter ihm, und er schaute nach unten. Mit seiner geringen verbliebenen Sehkraft konnte er an einem hellen Tag wie heute erkennen, dass er leicht vom Zebrastreifen abgekommen war. Nach einer kleinen Kurskorrektur meisterte er den Weg auf die andere Straßenseite und die steile Bordsteinkannte hinauf mit relativer Leichtigkeit.

»Das war großartig«, jubelte Meghan, als sie weiter die Straße hinuntergingen. Drew fühlte einen leichten Anflug von Stolz.

Etwas lächerlich kam es ihm aber doch vor, er hatte schließlich eigentlich nur eine Straße überquert.

»Drew?«

Drew erstarrte. Er kannte den Klang dieser Stimme besser als den seiner eigenen. Er hatte diese Stimme schon so oft gehört. Er wusste, wie sie zornig während eines Streits klang, gequält bei den Geburtswehen und heiser vor Leidenschaft. Und er wusste, wie sie klang, wenn sie »Ja, ich will« zu ihm sagte.

Er wollte nicht, dass Ria ihn so sah. Er wandte sich ab und ging in die entgegengesetzte Richtung zurück.

»Drew! Warte!«

Meghan packte einen seiner Arme, und Ria – es musste Ria sein; es duftete nach ihr und fühlte sich an wie sie – packte den anderen.

»Hey, du wärst beinahe in den Straßenverkehr gelaufen«, sagte Meghan. »Das weißt du doch besser.«

Aber er konnte ihr nicht zuhören, während die sanfte Stimme seiner Frau sich in seinen Verstand und sein Herz bohrte. »Drew. Ich bin's, Ria.«

»Ich weiß«, sagte er. Er wünschte sich verzweifelt, ihr Gesicht sehen zu können, er wollte erkennen, wie sie auf ihn in seinem jetzigen Zustand reagierte. Andererseits war er sich nicht sicher, ob er das wirklich wissen wollte. »Wie hast du mich gefunden?«

»Oh, ihr kennt euch!« Meghan klang glücklich, und er wusste, warum. Sie machte sich Sorgen um ihn, sie fürchtete, er könnte vereinsamen. Nicht dass es sie irgendetwas angehen würde; sie war nur seine Orientierungs- und Mobilitätstrainerin. Aber sie war sehr fürsorglich. »Das ist perfekt. Unsere Sitzung ist gerade zu Ende. Ich bin Meghan«, sagte sie, offensichtlich zu Ria.

»Ria.« Seine Ex-Frau klang verständlicherweise ein wenig verdutzt. Sie hatte gerade erst erfahren, dass der Vater ihrer Kinder blind war. Aber warmherzig wie immer griff sie über ihn hinweg und schüttelte Meghans Hand. »Brauchst du Hilfe, um in deine Wohnung zu kommen, Drew?«, fragte Meghan.

Was sollte er sagen? Er brauchte zwar immer noch ein wenig Hilfe, aber vor Ria wollte er das nicht zugeben.

»Ich werde ihm helfen«, sagte Ria, und das war für ihn noch schlimmer.

»Großartig!« Meghan erinnerte ihn noch an ihren nächsten Termin und verschwand. Nun stand er allein auf der Straße. Sein Herz schlug schnell, Gesicht, Nacken und Ohren wurden unerträglich heiß.

»Willst du … meinen Arm nehmen oder so? Ich bin rechts von dir.« Ria berührte ihn sanft. »Du wohnst in dem Backsteingebäude, stimmt's? Apartment, was war es, 3B?«

»Mhm.« Widerstrebend ergriff er ihren Ellbogen und sog ihr Parfüm ein, ein Duft, der ihm so vertraut war wie das Leben. Ihre Hüften stießen aneinander, als sie die Treppe zu seiner Wohnung hinaufgingen, und er war so überrascht, dass er ein wenig stolperte. Schweiß rann seine Brust hinunter.

Mithilfe seiner Wegbeschreibung kamen sie schließlich vor seiner Wohnung an. Natürlich brauchte er vier Versuche, um die Tür aufzusperren.

Navy bellte zur Begrüßung und drückte ihre Nase in seine Hand. Die freundliche Begrüßung durch den ehemaligen Polizeihund, der nun zu seinem Haustier geworden war, sorgte dafür, dass er sich etwas beruhigte und sein Blutdruck nach unten ging.

»Navy!« Ria klang glücklich – anscheinend freute sie sich mehr darüber, den Hund zu treffen, als ihn. Er neigte den Kopf leicht zur Seite, um ein wenig sehen zu können. Er konnte ungefähr erkennen, wie sie auf dem Boden kniete und den gelben Labrador streichelte, den sie so liebte.

»Komm rein«, sagte er und hoffte, dass seine Bude kein allzu großer Saustall war. In den letzten Wochen hatte er sich nicht gerade viel um den Haushalt gekümmert. Unmittelbar nach seiner Entlassung aus dem Krankenhaus hatte er an einem zweimonatigen stationären Reha-Programm teilgenommen. Und seit er wieder zu Hause war, bestand seine hauptsächliche Sorge darin herauszufinden, wie er sich in der großen Welt da draußen nun zurechtfinden sollte.

Leider hatte er keine Ahnung, wie er mit dem Überraschungsbesuch seiner Ex-Frau umgehen sollte.

»Setz dich«, sagte er und wies auf sein kleines Wohnzimmer. »Möchtest du etwas trinken?«

»Klar«, sagte sie. »Hast du eine Cola?«

»Ich denk schon.« Er machte sich auf den Weg in die Küche und lehnte sich in die offene Kühlschranktür hinein in der Hoffnung, sich ein wenig abzukühlen. Er untersuchte die Sammlung von Dosen, die er sich angelegt hatte, denn er hatte in letzter Zeit nicht groß gekocht. Er fand eine, von der er einigermaßen sicher war, dass es sich um Cola handelte. Er schnappte sich die Cola und ein Bier aus seinem Bierregal – wo das war, würde er nie vergessen, und er wusste auch, dass er jetzt dringend eins brauchte – und brachte beides ins Wohnzimmer. Er tastete sich zur Couch und setzte sich hin. Schlagartig wurde ihm bewusst, dass er sich viel zu nah neben sie gesetzt hatte. Er rutschte sofort ein Stück weg von ihr und merkte, dass sie im selben Moment das Gleiche tat.

»Dein Freund Michael hat mir gesagt, wo du wohnst. Sei bitte nicht böse auf ihn – ich musste es einfach wissen. Drew, was ist passiert?« Ihre Stimme klang neugierig und mitfühlend, aber nicht mitleidig. Den feinen Unterschied zwischen beidem hatte er in den letzten drei Monaten sehr gut kennengelernt.

»Kopfverletzung«, sagte er. Navy schmiegte sich unten an seine Füße.

»Ist der Sehverlust dauerhaft?«

»Das wissen sie nicht.«

Sie saßen einige Minuten lang schweigend da. Er fragte sich, wieso sie ihn unbedingt hatte ausfindig machen wollen. Er hoffte irgendwie, dass sie ihn vermisste, doch das bezweifelte er. Wie auch immer, in diesem Zustand war es nun noch unwahrscheinlicher, dass er ihre Ehe retten könnte.

Schon ihre Hochzeit damals war irgendwie gezwungen gewesen. All die langen Stunden in der Reha hatten ihm Zeit zum Nachdenken gegeben, und er war zu der Einsicht gelangt, dass sie sich nie wirklich von ihrem holprigen Start erholt hatten.

»Hör zu, Drew, die Mädchen vermissen dich. Sie brauchen dich.«

Noch eine Sache, an der er gescheitert war: Er wurde seinem eigenen Ideal eines Vaters nicht gerecht. »Ich werde sie besuchen und es wiedergutmachen, sobald ich mit dieser Situation …«, er machte eine vage Handbewegung, »… einigermaßen zurechtkomme. Wie geht es ihnen denn?«

Die Wahrheit war, dass er seine Töchter ganz fürchterlich vermisste.

»Sophia geht es gut wie immer.« Sie hielt inne und fügte dann hinzu: »Sie vermisst dich sehr.«

Seine erstgeborene Tochter, wunderschön, talentiert und klug. Seine Kehle schnürte sich zusammen, als er daran dachte, dass er seine Kinder vielleicht nicht mehr wieder sehen würde, zumindest im Moment nicht, vielleicht nie wieder. »Und was ist mit Kaitlyn?«

»Ihr geht es nicht so gut.«

Eine eiskalte Hand packte Drews Herz. Natürlich liebte er beide Mädchen gleichermaßen, aber Kaitlyn war sein Nesthäkchen. Sie hing ganz besonders an ihm, und wann immer Ria und Sophia losgezogen waren, um zu shoppen oder andere Frauensachen zu machen, war Kaitlyn meistens bei ihm zu Hause geblieben. Als sie noch klein gewesen war, hatte sie stundenlang dagesessen und geplappert, während er im Haus herumhantiert hatte. Er hatte das geliebt.

»Was stimmt nicht?«, fragte er.

»Ich dringe einfach nicht zu ihr durch.«

»Ist das alles?« Erleichterung durchströmte ihn. Bloß

Mutter-Tochter-Zeug. »Du machst wahrscheinlich zu viel Druck.«

Ria holte hörbar Luft. »Ich wurde dieses Jahr schon dreimal in die Schule gerufen. Sie hat irgendwelche Probleme mit den anderen Kindern.«

»Mobbing? Prügeleien?«

»Sie hat sich einmal in eine Schlägerei reinziehen lassen, aber meistens schwänzt sie einfach den Unterricht und versteckt sich auf dem Klo.«

Das hörte sich nicht nach Kaitlyn an. »Warum?«

»Ich hab keine Ahnung!« Sie stieß einen Atemzug aus. »Wie ich schon sagte, ich dringe nicht zu ihr durch. Sie will einfach nicht mit mir reden.«

»Vielleicht komme ich mal nach Pleasant Shores.« Im selben Moment, als er es aussprach, kamen ihm die vielen Probleme in den Sinn, die mit so einem Besuch verbunden sein würden. Er konnte nicht fahren. Er würde lernen müssen, sich in einem Hotelzimmer und in einer neuen Umgebung mit unbekannten Geschäften und Straßen zurechtzufinden. Er kannte die Stadt ein wenig durch die Besuche bei Rias Mutter, aber mit seiner Blindheit war das natürlich noch mal eine andere Geschichte.

»*Vielleicht* kommst du? Wenn dir danach ist, oder was?« Ria schnaubte verärgert. »Toll, Drew. Wie wichtig dir deine Kinder sind.«

»Aber wir wissen natürlich, dass du die perfekte Mutter bist!«, warf er ihr an den Kopf. Sein Blut kochte. Konnte sie die Dinge nicht ein einziges Mal aus seiner Perspektive betrachten?

Aber er kannte die Antwort darauf. Sie kamen aus verschiedenen Welten und hatten es nie geschafft, die Kluft zwischen ihnen zu überwinden. Und sie hatte recht – egal, welche Probleme er hatte, die Kinder waren das Wichtigste.

»Gib dir keine Mühe. Ich komm schon klar.«

Er hörte, wie sie aufstand.

»Das machst du immer!«, sagte er. »Gib mir wenigstens eine Minute zum Nachdenken!«

»Oh, lass dir Zeit«, sagte sie. »Letztendlich geht es ja nur um dein Kind.« Er hörte ihre Schuhe über den Boden klacken, und dann fiel die Tür ins Schloss.

Navy winselte ein wenig.

Er ließ den Kopf in die Hände sinken. Ja, er hatte auf so vielen Ebenen versagt, und ja, er gab sich selbst die Schuld daran. Aber Ria hatte immer noch die Fähigkeit, ihn total auf die Palme zu bringen.

Am nächsten Freitag ging Ria in die letzte Suite am Ende des Ganges, um die Reinigungsarbeiten zu überprüfen, die von einem neuen Mitarbeiter erledigt werden sollten. Sie öffnete die Tür, ging hinein ... und erstarrte.

Warum stand ihr Ex-Mann im kleinen Sitzbereich der Suite herum?

Sie verdrängte das warme Gefühl der Vertrautheit, das ihren Körper durchströmte, doch das schlechte Gewissen darüber, wie sie in Baltimore mit ihm geredet hatte, konnte sie nicht ignorieren. Sie hatte ja grundsätzlich nicht unrecht – Drew hatte definitiv seine Pflichten als Vater vernachlässigt –, aber sie hätte wegen des Umstands, dass er sein Augenlicht verloren hatte, etwas nachsichtiger sein können. Das musste furchtbar gewesen sein, und sie hatte keinerlei Mitgefühl gezeigt.

Sie war einfach daran gewöhnt, Drew als stark und kompetent wahrzunehmen, auch wenn sie nun ganz deutlich mit seiner neuen Behinderung konfrontiert wurde. »Wer ist da?«, fragte Drew. Er tastete mit seiner Hand nach Navy, die bellte und mit der ganzen hinteren Hälfte ihres Körpers zu wedeln schien. Drew sprach leise mit der Hündin, die hechelnd hinter der Sitzgruppe vorkam und dabei zu lächeln schien.

»Ich bin es«, sagte Ria, als sie ihre Stimme wiedergefunden hatte. Sie kniete sich nieder, um Navy zu streicheln, die wiederum versuchte, Rias Gesicht abzuschlecken.

»Tut mir leid, dass ich so hereinplatze, aber … Was macht ihr beiden hier?«

»Ich bin hier, um Kait zu sehen und den Problemen auf den Grund zu gehen«, sagte er. »Und Sophia natürlich auch. Geht es ihnen gut?«

Noch bevor sie sich von ihrer Überraschung erholt hatte, hörte sie hinter sich ein lautes Klopfen. Ihre Mutter rief etwas hinter der Tür. »Oh nein«, sagte Ria. »Du warst schneller als ich.«

Ria warf ihrer Mutter, die inzwischen hereingekommen war, einen bösen Blick zu. »Was für eine Überraschung«, sagte sie.

»Ich hätte dich anrufen sollen oder so«, sagte Drew. »Aber es war einfach jede Menge zu tun, ich musste Termine absagen und die Fahrt hierher organisieren. Du weißt schon, wegen dieser Sache.« Dabei deutete er auf seine Augen. »Und nach deinen Äußerungen, Julie, wollte ich Navy auch mitbringen.«

»Ich dachte, es wäre gut für Kaitlyn«, sagte ihre Mutter zu Ria.

»Die einzige Mitfahrgelegenheit, die ich bekommen konnte, kam früher als geplant«, erklärte Drew, »und sie haben mir den Schlüssel an der Rezeption gegeben.«

Damit verschwand für Ria jede Möglichkeit, wütend auf Drew zu sein, denn wie konnte sie sich über jemanden ärgern, der sich so viel Mühe gab, mit seinen neuen Herausforderungen zurechtzukommen? Stattdessen wandte sie sich an ihre Mutter, die ganz offensichtlich Bescheid gewusst hatte über Drews Ankunft.

»Können wir uns mal kurz unterhalten?«

»Aber natürlich, Schatz. Drew, wir sind gleich wieder da und helfen dir mit dem Gepäck.«

Ihre Mutter führte sie zu den altmodischen Metallstühlen außerhalb der Suite.

Ria war zu aufgewühlt, um sich zu setzen. Stattdessen lief sie nervös hin und her.

»Was hast du getan? Warum ist er hier?«

»Er hat einen Platz zum Schlafen gebraucht. Es ist nur für eine Woche. Und er muss Kontakt zu seinen Kindern haben, um wieder eine Verbindung zu ihnen aufbauen zu können.«

»Okay, das stimmt. Aber noch vor ein paar Tagen schien er kein Interesse daran zu haben. Und jetzt ist er auf einmal hier in meinem Motel, und niemand sagt mir irgendwas?« Ihre Stimme überschlug sich, und sie warf ihrer Mutter einen weiteren bösen Blick zu.

»Er hat mich angerufen.«

»Er hat dich angerufen und nicht mich?« Hitze schoss durch ihren Körper. »Warum?«

»Er macht sich Sorgen um Kaitlyn, Schatz.« Julie strich sich mit der Hand durch die Haare. »Und ich wollte das nicht über deinen Kopf hinweg entscheiden, aber … ich bin auch beunruhigt.«

»Ich auch!« Ihre Brust zog sich zusammen, als sie einen Blick auf das zweistöckige weiße Schindelhaus neben dem Motel warf. Manchmal wünschte sich Ria, auf der anderen Seite der Stadt zu leben, damit sie hin und wieder Abstand zum Motel und all ihren Verantwortungen nehmen könnte. Aber an Tagen wie heute wusste sie, dass es das Beste für ihre Familie war, direkt neben dem Motel zu wohnen.

Sie konnte von hier aus das Fenster von Kaitlyns Schlafzimmer sehen. Kaitlyn hatte über Krämpfe geklagt und war deswegen heute nicht zur Schule gegangen. Und Ria war sich nicht sicher, ob es eine gute Entscheidung war, ihr das zu erlauben.

Vielleicht würde Drews Anwesenheit helfen. Sie betete dafür. Aber warum war er neulich so widerwillig gewesen? Warum war er ohne Vorwarnung zu ihr ins Motel gekommen?

»Wusstest du, dass er blind ist?«

Ihre Mutter nickte. »Sehbehindert ist ein besserer Ausdruck, denke ich. Er hat mir gesagt, dass er noch eingeschränkt etwas erkennen kann. Aber er wird Hilfe und Unterstützung benötigen, und das ist der einzige Grund, warum ich vorgeschlagen habe, dass er hier im Motel bleibt. Es tut mir leid, Schatz. Ich weiß, ich hätte mich nicht einmischen sollen, aber …« Sie presste die Lippen aufeinander, während sie ebenfalls in die Richtung von Rias Haus blickte. »Kaitlyn hat mir erzählt, dass Drew vielleicht kommen will. Sie hat so gestrahlt dabei. Es war das erste Mal seit Langem, dass ich sie hab lächeln sehen.«

Ria hatte schon den Mund geöffnet, um ihrer Mutter weitere Vorwürfe zu machen, doch diese Worte ließen sie verstummen.

Julie war wirklich eine großartige Mutter, sie hatte ein sehr gutes Gespür dafür, was Kinder brauchten. Ria, andererseits, hatte so viele Fehler gemacht, vor allem einen ganz fürchterlichen, von dem noch niemand wusste. Sie musste sich dem Rat ihrer Mutter fügen, um Kaitlyns willen.

»Ich werde Drew so gut wie möglich helfen«, sagte ihre Mutter. »Ich wollte kurz reinkommen und etwas aufräumen und sauber machen, die neue Putzkraft ist noch nicht dazu gekommen. Er wirkt ein wenig … exzentrisch.« Sie deutete mit dem Finger auf das Ende des Flurs, wo ein langhaariger Mann im Batik-Shirt zur Musik in seinen Kopfhörern tanzte, während er wild mit einem Handtuch herumwedelte.

Ria seufzte hörbar. Noch eine Sache, über die sie sich den

Kopf zerbrechen musste, aber natürlich nichts im Vergleich zu den Sorgen, die sie sich wegen ihrer Tochter machte.

Ihre Mutter legte einen Arm um ihre Schultern und drückte sie sanft an sich. »Ich weiß, wie schwer das für dich sein muss. Ich flitze schnell rein und mach das Bett zurecht, helfe ihm, sich etwas zu orientieren, dann muss ich weg. Mary hat einen Notfall, und ich muss in den Buchladen, um sie zu vertreten.«

»Geh nur. Ich werde ihm schon helfen zurechtzukommen.« Ria wollte ihrer Mutter nicht die ganze Arbeit überlassen. Sie tat schon so viel für alle, vor allem für sie und ihre Kinder.

Doch als sie Julie umarmte, stieg Angst in ihr auf. In Drews Nähe zu sein, während er Kaitlyn besuchte, würde schwierig werden. Natürlich war sie froh, dass er wegen Kaitlyn gekommen war. Sie fragte sich sogar, ob eine Woche überhaupt ausreichen würde, um ihrer Tochter wirklich zu helfen. Für sich selbst konnte sie aber nur hoffen, dass die Woche schnell vorbeiging. Denn auch wenn sie noch einen kleinen Rest an Zuneigung für ihn im Herzen trug, Drew war nicht das, was sie wollte. Sie wollte jemanden, der sie so lieben und akzeptieren konnte, wie sie war.

»Hör zu«, sagte Drew, als sie ihn begrüßte, »du musst nicht extra aufräumen. Das schaff ich schon selber. Ich könnte nur eine kleine Führung gebrauchen, damit ich mich zurechtfinde.«

Ria sah sich um. Das Zimmer war nicht dreckig, aber – sie warf einen Blick in Schlafzimmer und Bad – sie brauchten frische Wäsche. »Warum packst du nicht schon mal aus, und ich beziehe das Bett und hole wenigstens ein paar frische Handtücher und Bettzeug.« Dann zögerte sie. »Das heißt … Kannst du selber auspacken?«

»Ich kann auspacken«, sagte er mit knirschenden Zähnen.

»Sorry! Ich weiß einfach nicht … Du sagst mir Bescheid,

wenn du Hilfe brauchst, ja? Ansonsten gehe ich einfach davon aus, dass du klarkommst. Und das gilt für die ganze Dauer deines Besuches.« Während sie redete, ging sie ins Schlafzimmer und zog frische Wäsche aus dem Schrank.

Er kam ebenfalls ins Schlafzimmer, und sie beobachtete ihn dabei, wie er langsam die Möbel abtastete. Es war seltsam, diesen großen, stolzen Mann so zu sehen, für den früher normales Gehen schon zu langsam gewesen war, der es bevorzugt hatte, mit großen Schritten vorwärtszuschreiten. Wie vorsichtig und zögerlich er sich jetzt bewegte …

»Ich hab ein intensives Orientierungs- und Mobilitätstraining gemacht«, sagte er, als er sich an die Seite des Bettes tastete, das sie gerade mit frischen Laken bezog. »Und ich hab immer noch ein bisschen Sehkraft. Ich komme ganz gut zurecht.«

»Was wird mit Navy passieren?«, fragte sie und fürchtete bereits die Antwort, denn sie wusste, wie sehr Drew seinen Hund liebte.

»Ich darf sie behalten. Es gibt einen Zuschuss für das Department, damit können neue Diensthunde angeschafft werden, sodass Beamte mit Behinderung ihre Hunde behalten dürfen.« Er zuckte zusammen und begann, Kleidung aus einem alten Seesack zu nehmen und in den Schubladen zu verstauen. Nur nach Gefühl. »*Beamte mit Behinderung.* Ich hasse diesen Ausdruck.«

Ria beobachtete ihn heimlich, während sie das Bett bezog. Er war immer noch unglaublich gut aussehend. Ihr Körper erinnerte sich daran, wie wundervoll es war, in seinen starken Armen zu liegen, wie sich seine kraftvolle Brust anfühlte, während sie sich an sie schmiegte, und an die Wärme seiner Lippen …

Sie seufzte abermals und wandte sich ab. Mangel an gegenseitiger Anziehung war nie das Problem zwischen ihnen gewesen, auch wenn sie einiges an Selbstvertrauen verloren hatte, was Intimität anging. Ihr letzter Streit war sehr hitzig verlaufen, und als er sie frustriert an der Schulter gepackt hatte, hatte sie ihn unendlich begehrt, und sie hatte in seinen Augen gesehen, dass es ihm genauso ging.

Aber der körperliche Aspekt war nicht genug. Sie waren nie gut darin gewesen, miteinander zu kommunizieren, und je mehr sich der Beziehungsschmerz auf beiden Seiten aufgestaut hatte, desto stärker war ihre Fähigkeit verkümmert, einander zu verstehen. Er wollte unbedingt noch ein weiteres Kind, sie war sich dabei aber nicht so sicher, und sie konnten nicht über das Thema reden, ohne dass es unangenehm wurde. Dazu waren noch seine langen Arbeitszeiten gekommen, der Druck, den die Erziehung von zwei Teenagern mit sich brachte, und ihre eigenen Unsicherheiten bezüglich ihres Körpers. Das alles hatte dazu geführt, dass sie mehr und mehr die Hoffnung verloren hatte. Als sie den Gedanken an eine Trennung zur Sprache gebracht hatte – eigentlich nur, um zu sehen, wie er darauf reagieren würde –, hatte er kalt und abweisend reagiert. Ihre Ehe war unter der zunehmenden Last auseinandergebrochen.

Wenn andere Leute – sogar gute Freunde – sie fragten, was mit ihrer Ehe passiert war, konnte sie darauf nie eine gute Antwort geben. Es lag nicht an Untreue, Alkohol oder Übergriffigkeit, das gab es zwischen ihnen alles nicht. Letztendlich war ihr Alltag nur immer eintöniger geworden.

»Erzähl mir von Kait«, sagte er, als er zur Tür ging. »Was war in den letzten Tagen so los?«

»Da weiß ich auch nicht mehr als du, sie will einfach nicht mit mir reden.«

Sie hielt einen Moment inne, dann gab sie zu: »Es ist gut, dass du gekommen bist, Drew. Eventuell kannst du zu ihr durchdringen, vielleicht redet sie mit dir.«

»Wann kann ich sie sehen?«

»Jederzeit. Sie ist heute nicht zur Schule gegangen.«

»Du hast sie zu Hause bleiben lassen?« Drew erkundete weiter ruhelos das Zimmer. »Warum?«

Sie biss sich auf die Lippen. »Sie hat gesagt, sie hat Krämpfe.«

»Das ist keine akzeptable Entschuldigung. Dagegen gibt es doch Medikamente, oder nicht?«

»Ja, schon, aber ...«

»Du streitest mit ihr und gibst dann nach. Das ist keine gute Strategie.«

»Ich gebe mein Bestes. Alleine!« Sie strich sich mit den Fingern durch das Haar. »Glaub mir, ich zweifle jeden Tag an mir selbst, aber ich muss eben Entscheidungen treffen, damit es weitergehen kann. Sie sah heute Morgen so unglücklich aus, da habe ich ihr erlaubt, zu Hause zu bleiben.«

»Sie wird ihre Probleme nicht durch Weglaufen lösen können.«

»Du aber auch nicht«, schnauzte sie ihn an. »Schau, ich verstehe ja, dass diese Sache mit der Blindheit eine große Herausforderung für dich ist ...«

Ein seltsames Geräusch kam aus seiner Kehle.

Ihr Verstand warnte sie, nicht unsensibel zu werden, aber sie ignorierte ihn.

»Aber das entbindet dich nicht von deiner Verantwortung und gibt dir nicht das Recht, meine Entscheidungen infrage zu stellen. Kaitlyn ist mehr, als ich zurzeit allein bewältigen kann, Drew, darum hoffe ich, dass du etwas Gutes bewirken kannst mit deinem Besuch.«

Sie drehte sich auf dem Absatz um und wollte gehen, blieb dann jedoch wie erstarrt stehen. In der Tür stand Kaitlyn, deren völlig entgeisterter Blick zwischen ihr und Drew hin- und herwanderte.

3. Kapitel

Später am Nachmittag stieg Drew aus dem Auto seiner ehemaligen Schwiegermutter und zog seinen Blindenstock auf volle Länge aus. Der Geruch von brackigem Wasser und die entfernten Rufe der Hafenarbeiter erfüllten seine Sinne.

Wenn sie früher Rias Mutter gemeinsam mit den Mädchen besuchten, hatte ihm dieser Teil der Stadt immer ganz besonders gut gefallen. Die Beach Street verlief eine halbe Meile entlang der Küste, und neben der Bucht befand sich ein breiter Radweg, daneben einladende grüne Bänke, von denen aus man gut über das Wasser blicken konnte. Im Sommer war es dort immer überlaufen von Menschen, jede Menge Radfahrer, Jogger und Leute, die an den Strand wollten. Doch jetzt, Anfang Oktober, war es dort sehr ruhig.

Er erinnerte sich an die kleinen Geschäfte, Cafés und Restaurants auf der anderen Straßenseite, aber die meisten waren wegen des Endes der Urlaubssaison geschlossen. Der Eisladen, den sie ansteuerten, *Goody's*, hatte jedoch das ganze Jahr über geöffnet und war bei den Einheimischen äußerst beliebt.

Er lauschte, konnte aber nicht hören, dass die Beifahrertür geöffnet wurde. »Kommst du, Kait?«

Es kam keine Antwort, obwohl sie die Tür öffnete und ausstieg. Sie war sehr still gewesen, seit sie heute Morgen Ria und ihn beim Streiten im Motel erwischt hatte. Sie war weggelaufen und Ria ihr hinterher, aber nach allem, was Ria ihm danach mitgeteilt hatte, wollte Kaitlyn nicht über den Streit reden.

Sein Besuch stand bis jetzt unter keinem guten Stern.

»Danke, Julie«, sagte er. Sie war extra rechtzeitig von ihrem Job im Buchladen nach Hause gekommen, um sie hierher zu chauffieren.

Er versuchte gerade zu lernen, Hilfe anzunehmen. Aber das fiel ihm nicht leicht. Die Abhängigkeit von anderen machte ihm sehr zu schaffen.

»Kein Problem. Ich bin in einer Stunde wieder da und hole euch ab. Kaitlyn, hilf doch mal deinem Vater.«

»Wie denn?«, fragte sie.

Drew wollte schon antworten, aber Julie schaltete sich ein.

»Er soll sich einfach an deinem Arm festhalten. Du musst ihn vor Bordsteinen und anderen Hindernissen warnen.«

Kaitlyn schlug die Autotür zu und stellte sich neben ihn.

»Ich bin hier.« Sie puffte ihren Ellbogen seitlich in seinen Arm. Als er sich an ihr festhielt, stieg ihm ein fruchtiges Parfüm in die Nase. Das war eigentlich eher Sophias Stil, Kait hatte über so etwas früher die Nase gerümpft. Liebe und Traurigkeit durchfluteten ihn. Was hatte er alles verpasst, während er sich nur egoistisch um seine eigenen Probleme gekümmert und seine Töchter ignoriert hatte?

Er musste herausfinden, was falsch lief, um es dann in Ordnung bringen zu können. Wie gerne hätte er sie gesehen, aber er konnte es nicht. Sie gingen in den Laden und bestellten sich Eis an der Theke. Als er mit seinem Geld herumfummelte – sein System, die Geldscheine so zu falten, dass er sie auseinanderhalten konnte, war noch nicht sehr ausgereift –, hörte er Kaitlyn seufzen.

»Hier entlang, Dad«, sagte sie, als er es endlich geschafft hatte und seinen Eisbecher entgegennahm. Sie führte ihn zu einem kleinen Tisch und setzte sich ihm gegenüber.

»Danke, dass du mir geholfen hast«, sagte er und fühlte sich dabei unbehaglich, aber er musste es einfach loswerden. »Ich weiß, es ist bestimmt nicht leicht, deinen Vater so zu sehen.« Sie antwortete nicht, aber er konnte hören, wie ihr Löffel gegen die Eisschale klimperte.

»Also, was hast du heute Morgen mitbekommen?«

»Oh, nichts«, sagte sie.

»Mom meinte, du hättest vielleicht gehört, wie wir über dich gesprochen haben. Wir machen uns nur Sorgen um dich und wollen dir helfen.«

»Schon klar.« Noch mehr Geklimpere.

Er probierte sein Eis, und trotz seiner sorgenvollen Stimmung war er plötzlich überwältigt von dem intensiven Schokoladengeschmack und den Brownie-Stücken. »Wow, ich hatte schon fast vergessen, wie gut das Eis hier ist.«

»Ja, schon, oder?« So lebhaft hatte Kaitlyns Stimme während seines ganzen bisherigen Besuchs noch nicht geklungen. »Alle Sorten hier sind lecker.« Sie genossen ihr Eis ein paar Minuten lang schweigend. Dann versuchte Drew es erneut. »Und, wie geht's dir?«

»Gut.«

Er wünschte sich, ihr Gesicht sehen zu können. »Mom sagt, du hattest Ärger«, sagte er.

»Warum hast du mir nicht gesagt, dass du blind bist?« Die Worte schienen auf einmal aus ihr herauszusprudeln.

»Das ist eine gute Frage.« Er legte seinen Löffel beiseite. »Ich wollte erst einmal selber damit klarkommen, bevor wir uns treffen. Ich wollte niemandem zur Last fallen oder dich und deine Schwester um Hilfe bitten müssen.« Er hielt inne und wartete auf eine Antwort, die nicht kam. »Ich hatte gehofft, meine Sehkraft würde zurückkommen, was übrigens immer noch passieren könnte. Zumindest teilweise. Aber es war falsch von mir, dich, Sophia und Mom nicht miteinzubeziehen.«

»Ich wollte dich diesen Sommer gerne einen Monat lang in Baltimore besuchen kommen. Ich dachte, das wäre so geplant gewesen. Und dann hast du einfach abgesagt.«

Schuldgefühle packten ihn; es fühlte sich an, als würden ihn eine Million Nadeln stechen. Er hatte ihr geschrieben und sie angerufen und ihr halbgare Entschuldigungen und noch halbgarere Ausreden unterbreitet. Sie hatte ein Recht darauf, wütend zu sein. Aber zumindest redete sie jetzt mit ihm.

»Das tut mir leid. Ich hab mich verletzt, und ich schätze mal ... Ich konnte mich nur noch auf mich konzentrieren.«

Sie seufzte schwer. »Ist schon gut.«

Aber das war es nicht. Das konnte er an ihrer Stimme erkennen.

Er sehnte sich zurück zu der Zeit, als sie und ihre Schwester noch Kinder waren, seine Beziehung zu Ria noch stabil war. Einigermaßen stabil.

»Hast du Probleme mit dem Schulstoff?« Er glaubte nicht wirklich, dass das das Problem war. Sie war intelligenter, als er es jemals sein könnte. In dieser Hinsicht kam sie ganz nach ihrer Mutter.

»Nein, da ist alles in Ordnung.«

»Ist irgendwas mit den anderen Kindern?«

Sie antwortete nicht. Er hörte, wie sie ihren Teller von sich wegschob. Um sie herum wurde es in der kleinen Eisdiele immer lauter. Ein Gewirr aus Kinderstimmen, Reden und Lachen. Jemand rempelte gegen seinen Stuhl und murmelte »Entschuldigung«.

»Sind deine Klassenkameraden gemein? Ärgern sie dich wegen irgendwas?«

»Mach dir darum keine Sorgen.«

Das war keine wirkliche Antwort, aber er vermutete, dass er auf eine heiße Spur gestoßen war. »Tu einfach so, als wär es dir egal, als würde es dich nicht stören. Damit zahlst du es ihnen zurück.«

»Dad, du hast Eiscreme auf deinem Hemd.«

Hitze stieg in seinem Nacken auf. »Wo?«

Sie langte über den Tisch und berührte eine Stelle auf seiner Brust. »Genau da. Hey, lass uns gehen.«

»Warum hast du es denn so eilig?« Er schrubbte an der Stelle seines Hemdes herum, auf die sie gedeutet hatte. Dabei drehte er den Kopf zur Seite, um den Fleck vielleicht irgendwie in sein verschwommenes Blickfeld zu bekommen. Aber es klappte nicht besonders gut, und wahrscheinlich verschmierte er die Eiscreme eher, als dass er sie entfernte. Ein Grund mehr, den Umstand zu verfluchen, dass er nicht sehen konnte.

Aber dieses Problem verblasste im Vergleich zu seiner eigentlichen Sorge: Er musste herausfinden, was mit seiner geliebten, aber auch etwas komplizierten jüngsten Tochter los war.

»Lass uns bitte gehen. Jetzt.« Ihre Stimme war leise. Plötzlich stand sie neben ihm, ergriff seinen Arm und zog ihn hoch. Er begann aufzustehen, allerdings fiel sein Blindenstock dabei zu Boden.

Er fluchte innerlich, als er auf die Knie ging, um nach seinem Stock zu suchen, ihn schließlich fand und sich wieder aufrichtete. Erstaunlich, wie abhängig er von diesem Stock geworden war, den er im Grunde verabscheute.

Kait zerrte an seinem Arm. Um sie herum erklangen weitere Kinderstimmen. Er drückte den Knopf für die Sprachausgabe an seiner Uhr. »Es ist drei Uhr siebzehn«, sagte die Uhr. Die Schule musste für heute vorbei sein.

»Dad, hör auf damit!« Kaitlyns Stimme war schrill und eindringlich.

»Womit aufhören?«, fragte er verwirrt.

»Deine Uhr! Das ist peinlich!«

Plötzlich stieß Kaitlyn mit ihm zusammen. Eine jugendliche männliche Stimme murmelte irgendetwas.

»Halt die Klappe«, zischte Kaitlyn.

Zur gleichen Zeit ertönte eine Mädchenstimme. »Hey, Martin!« Kaitlyn zuckte zusammen.

»Warum warst du heute nicht in der Schule? Hast wohl Probleme?«

»Lass uns gehen, Dad!« Kaitlyns Stimme zitterte, sie zog an seinem Arm.

Drew ballte die Fäuste. Glaubten die etwa, er sei auch taub? Er öffnete den Mund, um diesen Kindern, denen Kait anscheinend so dringend entkommen wollte, seine Meinung zu sagen. Er wollte dem Problem auf den Grund gehen.

»Hier entlang. Die Tür ist da drüben.« Sie zerrte ihn mit sich, ihre Stimme klang atemlos, so wie sie auch früher immer geklungen hatte, wenn sie als Kind kurz vor einem Nervenzusammenbruch gestanden hatte.

»Hast du das Eis wirklich nötig?«, fragte irgendjemand.

»Schönes Oberteil, Kaitlyn.« Ein paar Lacher folgten. Kait zuckte zusammen, blieb aber nicht stehen. Sie waren jetzt an der Tür angekommen. Drew wünschte sich nur, er hätte nicht darauf bestanden hierherzukommen. Es gefiel ihm gar nicht, dass er seiner Tochter nicht helfen konnte. »Willst du, dass ich mit ihnen rede?«, fragte er.

Wenn er doch nur sehen könnte. Dann hätte er diesen Kindern einen strengen Blick zugeworfen, und sie hätten sofort die Klappe gehalten. Und wenn sie seinem kleinen Mädchen wehtaten, hätte er es nicht bei einem Blick belassen.

Sie antwortete nicht. Sie zog ihn einfach auf die Straße hinaus und führte ihn vom Café weg. Als sie auf dem Fahrradweg auf der anderen Straßenseite angekommen waren, zwang Drew sie, stehen zu bleiben. »Warte mal. Was ist da gerade passiert? Sind das die Kinder, die dich in der Schule belästigen?«

»Grandma, kannst du uns abholen kommen?«, hörte er Kaitlyn sagen und merkte, dass sie gerade telefonierte. »Bei den Bänken, nicht in der Eisdiele.«

Sie nahm seinen Arm und lotste ihn nach rechts. Beim Gehen konnte er das Wasser neben sich riechen. »Bei welchen Bänken?«, fragte er.

»Der kleine Park, in dem manchmal Musik gespielt wird. Wir sind schon da.« Sie führte ihn zu einer Bank und setzte sich neben ihn. Trotz all seiner Bemühungen weigerte sie sich, mit ihm zu sprechen. Das hatte den Effekt, dass sich Drew noch unzulänglicher fühlte. Und die Verwirrung und Sorge hinsichtlich seiner über alles geliebten Tochter wurden ebenfalls nur noch größer.

Geschafft, endlich hatte Kaitlyn ihren Vater abgeschüttelt und war ihrer Mutter entkommen. Jetzt machte sie sich auf den Weg zur Küste.

Aber nicht zu dem Strandabschnitt, wo Sophia und ihre Freunde und die ganzen anderen coolen Kids abhingen. Dorthin zu gehen würde in einer Katastrophe münden, genauso wie *Goody's* eine einzige Katastrophe gewesen war.

Nein, Kaitlyn ging lieber in Richtung Hafen, dorthin, wo lange, schmale Holzstege in die Bucht hinausragten, an deren Ende zumeist kleine, marode Schuppen standen. Die alten Fischer waren zu dieser Zeit in der Regel an Land, aber meistens gingen sie nicht direkt nach Hause; stattdessen standen sie noch am Ufer und unterhielten sich mit ihren Kollegen, beschrieben den Fang des Tages, sortierten die verschiedenen Arten und Größen von Krabben oder machten irgendwas mit den Austern – Kaitlyn war sich nicht sicher, was. Der Herbst war die Zeit des Übergangs vom Sommer, in dem Krabben gefischt wurden, zum Winter, in dem Austern gefischt wurden – so viel wusste sie.

Hier war sie in einer ganz anderen Welt. Die Last ihrer Probleme wurde leichter, als der salzige, fischige Duft ihre Nase kitzelte und die Hafenbrise ihr die Haare aus dem Nacken wehte. Keiner ihrer Feinde würde hierherkommen. Niemand, den sie kannte, nicht ihre Mutter, ihre Schwester oder ihr Vater.

Ihr Vater. Blind. Seine Karriere als Polizist zerstört.

Ganz gleich, wie schlimm es in der Schule geworden war, sie hatte immer eine Lösung für ihre Probleme im Hinterkopf gehabt: Dad. Dads Größe und Stärke sowie die Tatsache, dass er Polizist war, hätten Tyler, Kyle und Shelby hart ausgebremst. Sie hätten kapiert, dass sie sich besser nicht mit ihr anlegten.

Aber jetzt konnte sich ihr Dad nicht einmal mehr alleine durch ein Zimmer bewegen. Niemand würde jetzt noch Angst vor ihm haben.

Und sie fühlte sich schäbig, weil sie so sehr damit beschäftigt war, wie sie unter seiner Blindheit zu leiden hatte, und nicht, wie sehr er selber darunter litt.

»Hey, Stadtmädchen.« So wurde sie von den Seeleuten genannt, aber es war liebevoll gemeint.

Es machte ihr nichts aus. Sie *war* ja ein Stadtmädchen, mehr als die meisten anderen Kinder hier in Pleasant Shores. »Hey, Captain Eli«, sagte sie zu dem Mann, der sie gegrüßt hatte. Er trug eine Baseballmütze, sein fassförmiger Brustkorb und sein dicker Wanst quollen zwischen seinen Hosenträgern hervor. »Heute was Gutes gefangen?« Es war ein erbärmlicher Versuch, den Jargon der Seeleute zu kopieren, aber abgesehen von einem gelegentlichen Schmunzeln machte sich niemand über sie lustig. Sie hatte das Gefühl, dass es den Seeleuten gefiel, dass sich jemand außerhalb ihrer üblichen Gemeinschaft für sie interessierte.

»Aye-aye«, sagte er und kaute auf der dicken Zigarre, die er immer im Mund hatte. Er zündete sie nie an – anscheinend wegen eines Familienmitglieds, das nach lebenslangem Rauchen an einer Lungenkrankheit gestorben war.

»Wo ist Bisky?« Ihre Lieblingsfischerin belegte den Steg neben dem des Kapitäns, aber heute war er verwaist.

»Sie ist krank«, sagte er.

»Echt, Bisky?« Bisky war die stärkste Frau, die Kaitlyn je gesehen hatte. Sie war eins achtzig groß und hatte Schultern, so breit wie ein Mann. Sie schleppte große Eimer mit Krabben, Austern und Ausrüstung, als wäre es nichts, und hatte trotzdem immer noch genug Kraft, um über die Witze der Männer zu lachen oder um einem jugendlichen Faulenzer Beine zu machen.

»Nur eine Erkältung. Schau, da drüben läuft Sunny.« Er winkte die Küstenstraße runter, und tatsächlich kam ihnen von dort Biskys Tochter Sunny entgegen. Sie trug immer noch den gleichen Overall und die gleichen Zöpfe wie heute in der Schule. Außerdem schleppte sie eine leere Krabbenfalle, die sie neben dem Steg abstellte.

»Hey«, sagte Sunny zu Captain Eli und nickte Kaitlyn zu, bevor sie ein Bündel Geldscheine aus der Tasche ihrer Latzhose zog, um es dem alten Mann zuzustecken. »Das hab ich von Richardson bekommen. Mom sagt, ich soll dir zwei Drittel davon abgeben, weil wir dein Boot und deine Fallen benutzt haben.«

»Wie konntest du heute arbeiten, obwohl du in der Schule warst?« Kaitlyn wollte das wirklich wissen.

»Ich darf früher gehen. Freistellung für die Arbeit.« Eine weitere Erklärung folgte nicht. Sunny war die Sorte Mädchen, die ihren eigenen Weg ging, ohne das Bedürfnis zu verspüren, sich vor anderen zu rechtfertigen.

»Klingt super, finde ich.«

»Wirklich?« Sunny hob eine Augenbraue. »Für mich klingt es super, den ganzen Tag in der Schule rumzusitzen.«

»Kaitlyn!« Sophias ungeduldige Stimme schallte über den Steg und veranlasste einige der Fischer, sich nicht nur einmal, sondern gleich zweimal zu ihr umzudrehen. Sophia hatte diese Wirkung auf Männer. Und auf Jungs. Auf so ziemlich jeden eigentlich. Aber im Augenblick lächelte sie nicht; sie war wütend. »Ich hab überall nach dir gesucht!« Mit einem Griff schnappte sie sich Kaitlyns Telefon, das Kaitlyn in ihrer Gesäßtasche aufbewahrte. Sie warf einen prüfenden Blick auf das Handy und einen strengen Blick auf Kaitlyn. »Du hast es ausgeschaltet!«

»Ich hasse es, wenn du das machst!«, rief Kaitlyn. Sophia war eine geschickte Taschendiebin, wenn es um Kaitlyns Handy ging. Kaitlyn nahm sich ihr Handy wieder und stellte fest, dass sie es tatsächlich auf stumm gestellt hatte. Aus gutem Grund.

»Du musst jetzt nach Hause kommen.« Sophia hatte noch nicht einmal Hallo zu Captain Eli oder Sunny gesagt.

So ein schlechtes Benehmen war für ihre Schwester eher untypisch. »Warum?«, fragte Kaitlyn. »Ich bin doch gerade erst hergekommen.«

»Du musst einfach.«

»Stimmt was nicht?«

»Ich erzähl's dir unterwegs.« Sie zerrte Kaitlyn am Arm mit sich und grüßte Captain Eli mit einem neckischen Kopfnicken.

Und schon lächelte der alte Mann und war auf ihrer Seite. »Nun geh schon mit deiner armen Schwester nach Hause«, sagte er.

Sunny, die noch immer von Sophia ignoriert wurde, zuckte mit den Schultern und machte sich auf den Weg hinunter zu ihrem Lieblingsplatz zum Lesen in der Bucht.

Kaitlyn beneidete sie darum, musste aber letztendlich vor der Überzeugungskraft ihrer Schwester kapitulieren. Sie verabschiedete sich mit einem Winken von Captain Eli und von Sunny, auch wenn Letztere das nicht mitbekam, weil sie ihr bereits den Rücken zuwandte.

»Was ist denn nun der große Notfall?«, fragte Kaitlyn, als sie außer Hörweite der anderen waren.

Sophia zuckte mit den Schultern. »Keine Ahnung. Mom und Dad wollen, dass wir nach Hause kommen und mit ihnen zu Abend essen, das ist alles.«

»*Dafür* hast du mich weggezerrt?«

»Ich hab's eilig. Ich will dieses Familienessen so schnell wie möglich hinter mich bringen, damit ich mit ...« Sie unterbrach sich und wandte sich mit einem strahlenden Lächeln an Kaitlyn. »Rate mal, mit wem?«

»Versuch nicht, das Thema zu wechseln.« Sie liefen zügig die Straße entlang in Richtung Innenstadt. Ein paar Straßen weiter befanden sich das Motel und ihr Haus. »Du warst unhöflich.«

»Unhöflich? Zu wem?« Sophia klang abgelenkt.

»Captain Eli und Sunny gegenüber.«

»Du solltest da nicht rumhängen. Vor allem nicht mit ihr«, fügte Sophia hinzu und gestikulierte über die Schulter in Richtung Sunny. »Das wird es in der Schule nur noch schwieriger für dich machen.« Als hätte Kaitlyn sie um Rat gebeten. »Wie dem auch sei«, sagte sie, »Tyler Pollackson hat mich gefragt, ob ich heute Abend vorbeikommen möchte. Er ist so süß! Und er ist so ziemlich der beliebteste Typ der Schule.«

»Ich hab gehört, dass er leicht übergriffig wird«, sagte Kaitlyn.

»Ich werde vorsichtig sein. Ich schlaf nicht mit ihm, auf keinen Fall. Ich will nur mit ihm ausgehen, du weißt schon, um mein Image etwas aufzuwerten.«

Kaitlyn zog die Augenbrauen hoch. Sophias Strategien, um ihre Popularität zu erhöhen, waren immer wieder überraschend; es waren Dinge, auf die sie selber niemals gekommen wäre, nicht in einer Million Jahren.

Aber zumindest für Sophia schien es zu funktionieren. »Warum wollen Mom und Dad ein Familiendinner machen? Glaubst du, sie kommen wieder zusammen?«

»Woher soll ich das wissen?« Sophia zuckte mit einer Schulter. Sie ging so schnell, dass Kaitlyn fast laufen musste, um mit ihr Schritt zu halten. Aber das war es ihr wert, denn sie wollte wirklich wissen, was Sophia davon hielt. »Würdest du wollen, dass sie wieder zusammenkommen?«, fragte sie.

Sophia antwortete nicht.

»Willst du das?«

»Will ich *was*?«, fragte Sophia.

»Willst du, dass Mom und Dad wieder zusammenkommen?«

»Keine Ahnung«, sagte Sophia ungehalten. »Ich hab andere Dinge, über die ich nachdenken muss. Und du auch«, fügte sie hinzu. »Du musst dir ein paar Freunde zulegen, sonst schaffst du es niemals durch die Mittelstufe.«

»Woher willst *du* denn wissen, ob ich Freunde habe oder nicht?« Wenn der Tratsch tatsächlich von der achten bis in die elfte Klasse durchgedrungen war, dann standen die Dinge ja noch schlimmer, als Kaitlyn befürchtet hatte.

Andererseits konnte Sophia ihr vielleicht helfen.

»Ich sehe dich immer alleine herumlaufen und alleine essen.«

Das lag daran, dass die wenigen Freunde, die sie letztes Jahr gefunden hatte, sie sofort abserviert hatten, als der Klatsch und Tratsch losgegangen war. »Deshalb möchte ich gern Sunny kennenlernen. Sie ist cool.«

»Sie ist überhaupt nicht cool. Sie ist ein Hafenkind«, sagte Sophia unbarmherzig. »Sie wird deinen Ruf nur noch mehr ruinieren.«

War das überhaupt möglich? Aber Kaitlyn blickte zurück zum Hafen, und neues Unbehagen erfüllte sie. Wenn sie an den Docks keine Freunde finden konnte und alle in der Schule sie hassten, welche Möglichkeiten hatte sie dann überhaupt noch?

Ihre Familie. Alle behaupteten immer, dass die Familie an erster Stelle stünde. Als sie das Haus erreichten, waren die Fenster des Esszimmers erleuchtet wie in einem Kinofilm. Ihre Mom stand auf der einen Seite des Tisches, ihr Dad auf der anderen. Ihre Mutter blickte zu ihrem Vater, aber der hatte den Kopf abgewandt. Sie sprachen kein Wort.

Das sieht nicht nach Vergnügen aus, dachte Kaitlyn, und ihre Stimmung sank noch weiter. Ihre Eltern hatten ihre eigenen Probleme. Sie hatten weder die Zeit noch die Energie, um ihr bei ihren zu helfen.

»Hast du mitbekommen, dass Dad blind ist?«, fragte sie ihre Schwester. Sophia zuckte mit den Schultern und winkte ab. »Ja, weiß ich, aber er hat gesagt, dass es vielleicht bald wieder weggeht.«

Kaitlyn starrte ihre Schwester an. »Kümmert dich das denn gar nicht?« Sophias Handy vibrierte, also ignorierte sie natürlich Kaitlyns Frage. Schließlich brauchte sie keine Hilfe von ihrem Dad. Sie würde die Freundin von Tyler Pollackson werden, das war sonnenklar, denn Sophia bekam immer alles, was sie wollte.

Damit stand Kaitlyn wieder am Anfang. Schlimmer noch: Sie war vollkommen auf sich allein gestellt.

4. Kapitel

Bis jetzt erschien es Ria so, als wäre alles nur noch schlimmer geworden, seit Drew hier war.

Die gemeinsamen Familiendinner, am Freitagabend und Sonntagmittag nach der Kirche, waren ein komplettes Desaster gewesen. Es hatte eine sehr unangenehme Atmosphäre geherrscht, da sie und Drew krampfhaft versucht hatten, eine Konversation mit den Mädchen zum Laufen zu bringen, während sie es gleichzeitig geflissentlich vermieden hatten, sich gegenseitig irgendwelche relevanten Fragen zu stellen. Sophia hatte ständig auf ihr Handy geschielt und war so schnell wie möglich verschwunden, mit der Ausrede, sie müsse noch mit Freunden zusammen lernen.

Kaitlyn hingegen hatte die ganze Zeit ruhig an ihrem Platz gesessen, und auch wenn sie sich ebenfalls nicht an den Gesprächen beteiligt hatte, hatte sie im Gegensatz zu Sophia keinerlei Willen gezeigt, überhaupt aufstehen zu wollen. Sie hatte bedrückt und deprimiert gewirkt.

Gott sei Dank hatte sich ihre Mutter am Sonntag zu ihnen gesellt. Sie hatte die Unterhaltung einigermaßen zum Laufen gebracht und ein wahrhaft spektakuläres Abendessen, Rindfleisch auf Burgunder Art, gekocht. Zum Nachtisch hatte es noch Kokosnuss-Sahnekuchen gegeben.

Am Montagmorgen unterhielt sich Ria gerade mit einer der Reinigungskräfte, als sie Drew mit seinem weißen Stock in der Hand aus seiner Suite kommen sah. Er ging den Flur entlang zum Büro. Einen Moment später kam die Rezeptionistin heraus. »Er möchte mit dir sprechen«, rief sie und winkte Ria zu sich.

Hätte er sie nicht selber rufen können? Ihr Herzschlag beschleunigte sich, als sie ins Büro eilte. »Hey, was ist los?« Sie berührte seinen Arm, um ihm zu zeigen, wo sie stand.

»Ich wollte dir nur Bescheid geben, dass ich zur Schule rübergehe«, sagte er. »In einer halben Stunde hab ich einen Termin mit Kaitlyns Psychologin.«

Sie runzelte die Stirn. »Bist du sicher, dass das eine gute Idee ist? Kait wird das überhaupt nicht gefallen.«

Er zuckte mit den Schultern. »Wir dürfen nichts unversucht lassen. Unsere Kinder sind das Wichtigste.«

Ihr wurde ganz warm ums Herz. Seine Wertschätzung von Familie und Kindern zählte zu den Eigenschaften, die sie schon immer an ihm geliebt hatte.

Andererseits ... Sie berührte unwillkürlich ihren Bauch. Drew hätte alles für ein weiteres Kind gegeben. Und wer weiß, vielleicht hätten sie sich dann niemals getrennt.

Wenn sie doch nur alle ihre Fehler ungeschehen machen könnte!

»Kait will nicht mit mir reden«, fuhr er fort, ohne dabei ihren inneren Aufruhr zur Kenntnis zu nehmen. »Also schau ich mal, ob ich etwas von der Psychologin erfahre. Was ich am Freitagnachmittag in der Eisdiele mitbekommen habe, hat mir überhaupt nicht gefallen.«

War ja klar, dass Drew, obwohl er gerade erst in der Stadt angekommen war, mal wieder besser informiert war als Ria. Er war in Erziehungsfragen ein Naturtalent. Für Ria war das immer harte Arbeit.

Sie schob ihre eigennützigen Gedanken beiseite. »Wie kommst du hin? Soll ich dich fahren?«

»Ich werde zu Fuß gehen«, sagte er.

Sie musterte ihn skeptisch. Würde er es wirklich die vier

Blocks bis zur Schule schaffen? Vor allem auch angesichts der Tatsache, dass die Straße so holprig war und dass er den Weg noch nicht kannte?

»Ich würde gerne mit dir gehen«, sagte sie und überraschte sich damit selbst. Doch als sie diese Worte ausgesprochen hatte, wusste sie, dass es die richtige Entscheidung war. Drew konnte – zumindest für dieses erste Mal – eine Begleitperson gebrauchen. Und sie sollte ihren Stolz herunterschlucken und sehen, ob neue Erkenntnisse aus der Psychologin herauszubekommen waren. Die bisherigen Gespräche zwischen ihr und Mrs. Gray waren immer sehr hastig verlaufen, da Kaitlyn stets in einem Büro in der Nähe gewartet hatte. Ihr Eindruck war, dass Kait Schwierigkeiten mit ihren Mitschülern hatte. Aber etwas wirklich Konkretes wusste sie nicht.

»Hast du etwa Angst, dass ich mit der Nase auf dem Asphalt lande?«, fragte er unverblümt.

Sie war nicht gut im Lügen, besonders nicht gegenüber Drew. »Das auch«, gab sie zu. »Aber ich denke, es wäre vor allem gut, wenn wir uns gemeinsam mit der Psychologin treffen. Vielleicht bekommen wir dann beide neue Ideen, wie wir Kait helfen können.«

»In Ordnung.« Er hielt sich seine Uhr ans Ohr, und anscheinend sprach sie zu ihm. »Wir machen uns besser auf den Weg«, sagte er.

»Lass mich noch schnell meine Handtasche holen und die Haare kämmen.«

Einige Minuten später, als sie den Bürgersteig neben dem Motel hinuntergingen und die Straße überqueren wollten, hielt plötzlich ein silberner Tesla vor ihnen an.

»Warte – da ist ein Auto«, sagte sie zu Drew. »Elektrisch, ohne Motorgeräusche.«

»Danke.« Er hielt an und neigte den Kopf so, als wollte er dem Verkehr lauschen.

Das Auto parkte, und der Fahrer stieg aus. Ria musste zweimal hinschauen. »Ted Taylor? Was machst du denn hier?«

Ihre Gedanken rasten. Sie lebte seit einem Jahr hier in Pleasant Shores und war Ted noch nie begegnet; sie wusste nicht einmal, dass er noch in der Stadt lebte oder wieder hierher zurückgekehrt war. Gerade jetzt, wo Drew zu Besuch war …

»Ich bin gekommen, um mit dir zu reden«, sagte er. »Du siehst toll aus!« Er schielte rüber zu Drew, machte den Mund auf, um etwas zu sagen, schloss ihn aber wieder.

Sie spürte, wie Drew neben ihr sich etwas verkrampfte. Verständlicherweise. Wenn man gerade nicht weiterwusste, griff man eben auf Small Talk zurück. »Ted, erinnerst du dich noch an Drew Martin? Er ist für ein paar Tage in der Stadt.«

»Wie könnte ich ihn vergessen?« Es war ein Hauch von Abfälligkeit in seiner Stimme, aber er tippte Drew an und reichte ihm die Hand – offensichtlich hatte er den Blindenstock bemerkt und daraus gefolgert, dass er sehbehindert war.

Das Händeschütteln dauerte etwas länger. Zweifellos wurde daraus ein kleines Kräftemessen, wie das bei Männern eben so üblich war. Ganz besonders bei Männern wie Drew.

»Ich dachte, ihr beiden wärt …« Ted stockte.

»Verheiratet?«, sagte Drew mit einem Quäntchen Feindseligkeit in seiner Stimme.

»Das waren wir. Und wir haben immer noch Kinder zusammen.«

»Natürlich, natürlich.« Ted musterte Ria von oben bis unten und setzte dieses vielsagende Lächeln auf, das signalisierte, dass ihm gefiel, was er sah.

Ria konnte es nicht glauben, aber es fühlte sich trotzdem irgendwie gut an. Fast wie ein kleiner Flirt, und es war schon eine ganze Weile her, dass jemand mit ihr geflirtet hatte.

»Können wir ein Treffen arrangieren?«, fragte Ted sie.

»Ich bin jetzt in der Immobilienentwicklung tätig und würde gerne mit dir über dein Motel sprechen.«

»Wirklich?« Rias Stimme quietschte. »Kaum zu glauben. Keiner will über das Motel reden, außer wenn es um das Bezahlen von Rechnungen geht.«

»Unterschätze niemals dein Unternehmen oder dein Eigentum«, sagte er. »Darf ich dich mal anrufen?«

»Klar.« Sie tippte ihre Nummer in sein Handy. Sie hatte nicht gerade große Hoffnung, dass er etwas bewirken konnte. Aber das Motel war in Schwierigkeiten. Sie hatte jede Hilfe nötig, die sie kriegen konnte.

Nachdem Teds Auto leise davongeglitten war, überquerten sie die Straße und gingen gemeinsam die Sunset Lane hinunter. Es war eine Ansammlung kleiner Häuser mit Schindeldächern, die an die Schule angrenzte. Viele Ältere lebten hier.

Mit seinem Stock kam Drew zwar zügig voran, aber als der Bürgersteig immer mehr anfing, einer Baustelle zu gleichen, bot Rita ihm ihren Arm an. »Die Straße ist ein Trümmerfeld«, erklärte sie. »Pass auf, wo du hintrittst.«

Er fasste sie am Arm, und die Wärme seiner großen Hand fühlte sich vertraut und richtig an.

Sie schaute zu den Wolken hinauf und versuchte, innerlich zur Ruhe zu kommen. Sie vermutete, dass es nicht ungewöhnlich war, sich in der Gegenwart des Ex-Partners so emotional zu fühlen. Sie waren schließlich fünfzehn Jahre zusammen gewesen.

Möwen glitten über ihre Köpfe hinweg und krächzten ihre Warnungen und Begrüßungen in die Welt. Eine Brise von der Bucht kühlte Rias warmes Gesicht.

»Ted Taylor will sich nicht mit dir treffen«, setzte Drew ihrem gemeinsamen Schweigen plötzlich ein Ende. »Zumindest nicht geschäftlich.«

Dachte er immer noch an Ted? »Was meinst du damit?«, fragte sie ihn.

»Er will sich an dich ranmachen. Das ist doch klar.«

»Das glaube ich nicht«, sagte sie. »Und wenn er mir helfen kann, mit einer Art Refinanzierung oder so, wäre ich doch verrückt, wenn ich seine Hilfe ablehnen würde.«

»Du solltest nicht auf ihn hören.« Drews Dickköpfigkeit war ihr so vertraut wie seine Hand auf ihrem Arm.

»Ich bin ständig mit meinen Kräften am Limit«, sagte sie. »Du weißt nicht, wie es ist, ein altes Motel am Laufen zu halten, zu versuchen, es zu modernisieren und mit all den neueren, trendigeren Hotels zu konkurrieren. Es ist …« Zu ihrer Überraschung und zu ihrem Entsetzen schnürte sich ihre Kehle zu. Sie räusperte sich heftig. »Es ist verdammt schwierig.«

Und auch das war einer der Vorteile, die eine langjährige Ehe mit sich brachte. Sie vermisste es, jemanden zu haben, dem sie sich anvertrauen konnte. Klar, es gab noch ihre Mutter, und sie war wirklich ein Fels in der Brandung, aber es war nicht das Gleiche wie ein Lebenspartner. Ria beunruhigte ihre Mutter nur ungern.

»Oh, Ree.« Das war sein alter Kosename für sie. Er drückte ihren Arm. »Ich bin sicher, dass es hart ist. Aber ein Typ wie Taylor wird keine große Hilfe sein.«

Sie stieß einen Seufzer aus. »Ich schaff das schon.« Er verhielt sich besitzergreifend, als wäre er eifersüchtig. Wahrscheinlich hatte das mit ihrer Vergangenheit zu tun, mit der Tatsache, dass sie mit Ted zusammen gewesen war, bevor sie Drew geheiratet hatte. Drew hatte den blonden, wohlhabenden Ted nie gemocht. Darüber hinaus war Drew eher der typische Macho; er wollte, dass seine Frau allein seine Frau war.

Das Problem war nur, sie war *nicht* seine Frau. Sie passte nicht zu ihm. Er war umwerfend, einer der attraktivsten, coolsten Männer, die sie je getroffen hatte. Im Gegensatz dazu war sie übergewichtig und leicht aus der Ruhe zu bringen.

Deswegen war sie damals sofort von ihm hingerissen gewesen, in jenem längst vergangenen Sommer. Er hatte sie praktisch direkt Teds Armen entrissen, nachdem sie sich gestritten hatten. Sie war mit Drew an den Strand gegangen, weil, na ja, weil er eben so gut aussah.

Und warmherzig und nett war. Sie hatte sich auf seine gekonnten und aufrichtigen Verführungskünste eingelassen. Allerdings ahnte sie damals noch nicht, wie fruchtbar sie beide waren. Eine Nacht im Mondlicht, und bumm – sie war schwanger.

Drew, ehrenhaft wie er war, hatte ihr einen Heiratsantrag gemacht. Sie kannte auch den Grund: sein Pflichtbewusstsein. Aus Liebe hatte er das nicht getan. Er hatte ihr nie gesagt, dass er sie liebte – außer in der Hitze der Leidenschaft, was in den letzten Jahren ihrer Ehe immer seltener vorgekommen war. Nicht dass das seine Schuld gewesen wäre, es hatte an ihr gelegen.

»Sag mal, Ria Martin, bist du das etwa?« Eine Tür schlug zu, und Primrose Miller, Kirchenorganistin und Tratschtante der Extraklasse, kam die Rampe vor ihrem Haus heruntergerollt.

Ria achtete tunlichst darauf, sich ein Stöhnen zu verkneifen. »Hallo, Miss Miller«, sagte sie. »Kennen Sie meinen ... kennen Sie Drew Martin?« Sie stolperte über ihre Worte. Es war ihr zu peinlich, ihn als ihren Ex vorzustellen.

»Das Vergnügen hatte ich noch nicht«, sagte Primrose. »Ich nehme an, dass dieser stattliche Mann der Vater deiner beiden hübschen Mädchen ist?«

»Ja«, sagte Drew, ohne weitere Erklärung. »Es freut mich, Sie kennenzulernen.« Er streckte eine Hand aus.

Miss Miller umschloss sie für einen kurzen Moment mit beiden Händen, dann sah sie Ria an. »Ich hab gehört, dass du eine kleine Halbschwester hast«, sagte sie.

»Wirklich? Ashley hat ihr Baby bekommen?« Sie wusste nicht, dass die neue Frau ihres Vaters entbunden hatte, und obwohl sie weder von ihr noch von der Ehe begeistert war, stieg in ihr eine gewisse Begeisterung auf. Sie hatte sich immer eine Schwester gewünscht. Es war aber eher unwahrscheinlich, dass sie viel mit dem Baby zu tun haben würde. Sie war zwar nicht zerstritten mit ihrem Vater, wirklich nahe standen sie sich aber auch nicht.

»Ich bin etwas verwirrt«, sagte Drew. »Wie kommst du zu einer Halbschwester?«

»Über ihren Vater, mein Lieber«, erklärte Miss Miller, sichtlich darüber erfreut, solche Neuigkeiten verkünden zu dürfen. »Er hat noch mal geheiratet, und jetzt haben sie ein Kind bekommen. Seine Frau ist eine ganz zierliche Kleine, halb so alt wie er.«

Natürlich ist Ashley ein zierliches kleines Ding, dachte sich Ria missmutig. So war ihr Vater. Er legte besonderen Wert auf die äußere Erscheinung. Immerzu hatte er Ria dazu gedrängt, mehr Sport zu treiben. Sie war sich ziemlich sicher, dass dieses Thema ein Hauptgrund war, wieso die Ehe ihrer Eltern in die Brüche gegangen war. Ihre Mutter hatte ebenfalls eine eher kurvige Figur, wie man heute so sagte. Stets war sie um ihr Gewicht besorgt.

Wie die Mutter, so die Tochter. Aber warum dachte sie so viel an ihre Eltern, an Primrose oder gar an Drew? Das Wichtigste im Moment war Kait. »Wir müssen jetzt los«, sagte sie zu Miss Miller. »Wir haben einen wichtigen Termin in der Schule.«

»Wegen deiner Kaitlyn? Ich habe gehört, dass sie gerade nicht so gut zurechtkommt.«

Rias Herzschlag beschleunigte sich. »Moment mal. Sie haben das gehört? Von wem?«

»Du hast recht – wir sollten gehen«, sagte Drew und zog sanft an ihrem Arm. »Es war schön, Sie kennenzulernen, Ma'am.«

Ria legte die Stirn in Falten, zuckte mit den Achseln und verabschiedete sich mit einem Winken von Miss Miller, während sie Drew folgte.

Sobald sie außer Hörweite waren, fing er an zu reden. »Warum hörst du dir das Getratsche dieser Frau an?«

»Ach, ich weiß auch nicht. Pass auf, da ist etwas Gestrüpp.« Sie reduzierte ihr Tempo, während er mit seinem Stock um die herbstfarbenen Grasbüschel herumnavigierte.

»Man kann sich immer schwer von Primrose losreißen. Und man will ja auch nicht gemein zu einer Frau im Rollstuhl sein.«

Drew gab einen abfälligen Laut von sich. »So wie man auch zu einem blinden Mann nicht gemein sein will?«

Ria brauchte einen Moment, um den Zusammenhang zu begreifen. Er identifizierte sich mit Primroses Behinderung. »*Willst* du, dass die Leute gemein zu dir sind?«

»Das meinte ich nicht. Ich … ich möchte einfach wie ein normaler Mensch behandelt werden, und sie möchte das wahrscheinlich auch. Aber woher weiß sie von Kaits Problemen?«

»Ich wollte sie ja fragen, aber du hast mich weggezerrt.« Sie zankten sich wie eh und je, so wie immer mal wieder zwischendurch in einem normalen Gespräch. Beinahe genoss Ria den Schlagabtausch.

Sie kamen zur Schule und wurden hineingelassen. Knallende Schließfachtüren und wild durcheinanderredende Teenager bildeten die Geräuschkulisse. »Das ist bestimmt der Stundenwechsel«, sagte Ria. »Lass uns einfach hier warten, bis es sich beruhigt hat.«

»Warum riechen Schulen eigentlich immer gleich?«

»Desinfektionsmittel und Schweiß«, stimmte sie zu. Und dann schaute sie den Flur hinunter und sah Kaitlyn, die mit hängendem Kopf alleine auf sie zukam.

Ria wusste, dass es keine gute Idee war, sie stürmisch zu begrüßen – keine Vierzehnjährige wollte diese Art von Aufmerksamkeit. Sie hoffte bestimmt, dass niemand sie sah.

»Hey, Martin! Deine Mutter ist mit irgendeinem blinden Typen hier!«

Drew erstarrte neben ihr.

Kaitlyn schaute auf und erkannte sie und Drew. Sie hob Hände und Augenbrauen in der für Teenager üblichen Art, wenn sie ohne Worte »Warum?« fragen wollten. Dann machte sie auf dem Absatz kehrt und verschwand in eine andere Richtung.

»Wollen wir nicht mit ihr reden?«, fragte Drew.

»Sie will gerade keine Aufmerksamkeit. Sie ist abgehauen.«

»Es ist, als ob du in ihrer Gegenwart ständig auf rohen Eiern läufst«, sagte Drew. »Hol sie doch her. Sophia wäre hergekommen.«

»Sophia ist Sophia. Ich werde Kait jetzt auf keinen Fall hinterherlaufen. Lass uns einfach reingehen.« Sie ging voraus, und ihr kam der Gedanke, dass Kait zurzeit nicht die einzige Person war, in deren Gegenwart sie wie auf rohen Eiern lief. Eigentlich musste sie aktuell ständig aufpassen, was sie sagte.

Am frühen Mittwochnachmittag, zwei Tage nach dem unergiebigen Treffen mit der Psychologin, saß Drew auf der Bank vor dem Motel und hörte den uralten Chevy seiner Eltern vorfahren. Er stand auf und legte den Kopf in den Nacken, weil er sie unbedingt sehen wollte.

War sein übrig gebliebenes, winziges Sichtfeld ein bisschen größer, ein bisschen klarer geworden? Oder war das nur Wunschdenken?

»Oh, mein geliebter Junge«, rief seine Mutter, und schon hatte sie die Arme um ihn geschlungen, und er roch ihr vertrautes Parfüm. Er spürte die Tränen in ihrem Gesicht. »Ich kann nicht glauben, dass dir das zugestoßen ist.«

Seit dem Unfall vermied er es, seine Eltern zu treffen, denn er wusste, dass es ihnen nur Kummer bereiten würde. Aber die Tatsache, dass sie die Mädchen besuchten, bewirkte, dass er sein Unbehagen überwand. Und er war froh darüber, zumindest glaubte er das.

»Mein Sohn.« Die tiefe Stimme seines Vaters erklang leicht seitlich von seiner Mutter. Er löste sich aus ihrer Umarmung und reichte seinem Vater die Hand zum Händedruck, kräftig wie immer.

Der Klang seiner Stimme und das Gefühl der schwieligen Hand seines Vaters versetzten Drew für einen Moment in die Zeit zurück, als er noch jung war und stets versucht hatte, seinen coolen, starken Polizistenvater zu beeindrucken.

Eigentlich wollte er seinen Vater immer noch beeindrucken.

Er hörte, wie sich hinter ihm die Tür des Motels öffnete.

»Hi«, sagte Ria zu seinen Eltern. »Lang ist es her.« Aus dem gerührten »Oh, Süße!« seiner Mutter und dem verlegen klingenden »Okay, okay« seines Vaters konnte er darauf schließen, dass Ria sie beide umarmte.

Er war sich sicher, dass sein Vater die Umarmung starr wie ein Baum über sich ergehen ließ. Seit der Scheidung war das Verhältnis zwischen ihm und Ria sehr heikel.

Das von Ria zu seiner Mutter allerdings ganz und gar nicht. »Wir gehen mittagessen, meine Liebe«, sagte sie. »Möchtest du mitkommen?«

»Was für ein reizendes Angebot«, antwortete Ria. »Aber ich sitze hier heute fest. Es gibt viel zu tun.«

Ob seine Eltern das Unbehagen in Rias Stimme genauso wahrnehmen konnten wie er?

»Hast du einen Vorschlag, wo wir hingehen sollten?«, fragte er Ria. Sie wusste mindestens so gut wie er, was seine Eltern gerne mochten.

»*On the Waterfront*«, antwortete sie wie aus der Pistole geschossen. »Dein Vater und du bekommt da ein Bier, und die Aussicht ist wirklich großartig. Außerdem ist es eines der wenigen Restaurants, die außerhalb der Saison geöffnet haben.« Sie zögerte, fragte aber schließlich: »Soll ich Navy rauslassen? Mit ihr Gassi gehen?«

»Darum habe ich mich schon gekümmert.« Er biss die Zähne zusammen. Wenn sie schon nicht glaubte, dass er sich um seinen Hund kümmern konnte, wie sollte sie dann darauf vertrauen, dass er in der Lage war, seiner Tochter zu helfen?

Zwanzig Minuten später saß er mit seinen Eltern an einem Fensterplatz im Restaurant *On the Waterfront* und hatte den Kopf Richtung Meer gedreht. Nachdem sie ihre Bestellung aufgegeben hatten, schwärmte seine Mutter, wie wunderschön es hier wäre.

»Das hilft dir alles nichts«, sagte sein Vater in ruppigem Tonfall. »Hier gibt es nichts für dich. Du musst zurück in die Stadt. Such dir einen Spezialisten, der sich um deine Augenprobleme kümmern kann.«

»Es ist nur ein kurzer Besuch, ich wollte meine Mädchen sehen.« Drew erwähnte nichts von Kaitlyns Problemen. Das würde seine Eltern nur beunruhigen.

»Na ja, im Moment kannst du sie sowieso nicht sehen«, sagte sein Vater.

Drew runzelte die Stirn. »Wie bitte?«

»Na, deine Mädchen. Du kannst sie nicht *sehen*.«

Er vernahm ein Klatschen. Ohne Zweifel hatte seine Mutter seinem Vater auf den Arm geschlagen.

»Tony! Wie kannst du so was sagen! Du verletzt seine Gefühle.«

Drew zwang sich zu einem Lächeln. »Ist schon in Ordnung. Das sagt man halt so. Ich mache das auch noch ständig.«

»Du hättest uns sagen sollen, was passiert ist. Du hättest zu uns nach Hause kommen können.« Seine Mutter ergriff seine Hand. »Ich hätte mich doch um dich gekümmert.«

»Danke, Mom ...«

»Er wollte nicht nach Hause kommen. Er ist ein Mann«, unterbrach ihn sein Vater. »Er will so schnell wie möglich wieder im Einsatz sein.«

»Ich bin mir ziemlich sicher, dass das nicht klappen wird.« Drew entspannte bewusst seine Schultern. Er hatte gewusst, dass er irgendwann seinem Vater das volle Ausmaß seiner Behinderung erklären musste, aber er hatte nicht geahnt, dass es so schwer werden würde. Sein ganzes Leben lang hatte er versucht, diesen Mann stolz zu machen, und nun würde er ihn extrem enttäuschen müssen.

»Polizisten müssen Sehtests machen. Und ich habe keine Chance, diese zu bestehen.«

»Das geht vorbei«, sagte sein Vater. »Es muss vorbeigehen.«

»Vielleicht«, antwortete Drew, vorübergehend ermutigt durch die Überzeugung in der Stimme seines Vaters. Aber fast augenblicklich kehrte die Realität wieder zurück, durch die Diagnose, die er von seinen Ärzten erhalten hatte.

»Wahrscheinlicher ist es allerdings, dass es nur ein bisschen besser wird. Mein volles Sehvermögen werde ich wohl nicht wiedererlangen.«

Er hatte das noch nie ausgesprochen, aber unterbewusst trug er diese Erkenntnis schon lange mit sich herum.

Sein Vater stieß einen Fluch aus. Und dann noch einen.

Drew hörte die Enttäuschung und das Mitleid in der Stimme seines Vaters. Und er verstand ihn.

Er, sein Vater und sein Großvater waren allesamt Polizisten gewesen und stolz darauf. Und sie waren ebenso stolz darauf, niemals verletzt worden zu sein und bis zur Rente ihren Dienst geleistet zu haben.

Drew würde das wohl nicht gelingen. Sein Magen zog sich zusammen.

»Weißt du, Schatz«, sagte seine Mutter zögerlich, »du könntest immer noch für eine Weile nach Hause kommen. Ich könnte mich um dich kümmern, dir dabei helfen, wieder Fuß zu fassen.«

Sein Vater schlug mit der Faust auf den Tisch, dass die Gläser wackelten.

»Kein Sohn von mir kommt nach Hause zurückgekrochen und lässt sich von seiner Mutter helfen!«

»Ich hatte gar nicht vor …«

»Natürlich, Liebling.« Die beschwichtigende Stimme seiner Mutter vereitelte Drews Versuch, sich zu verteidigen. Obwohl er es nicht sehen konnte, wusste er, dass seine Mutter den Arm seines Vaters tätschelte. »Du weißt es am besten.« Sie zögerte, dann sagte sie: »Ich habe mich allerdings gefragt …« Sie brach ab.

»Was denn?« Drew versuchte, die Ungeduld in seiner Stimme zu kaschieren. Seine Mutter versuchte immer, das Thema zu wechseln, wenn sein Vater sich aufregte.

»Glaubst du, es gibt eine Chance, dass du und Ria wieder zusammenkommt?«

Die Frage hing im Raum. Es war klar, dass sein Vater die Antwort auch hören wollte. Drew hätte sie selbst gern gewusst.

»Sehr unwahrscheinlich«, sagte er. »Es hat sich nichts geändert zwischen uns, außer …« Er brach ab.

Keiner seiner Eltern beendete den Satz für ihn, aber er ging davon aus, dass sie wussten, was er meinte.

Er war jetzt blind. Er konnte kein Auto mehr fahren und kein Polizist mehr sein. Er hatte Ria und seinen Mädchen weniger zu bieten als jemals zuvor.

Ihr Essen wurde serviert, jede Menge frittierte Meeresfrüchte, und darin herumzustochern, gab ihnen allen etwas zu tun. Sein Vater und er leerten einige Biere. Seine Mutter erzählte von Drews Brüdern – Mike, der einen vielversprechenden neuen Job und eine wunderschöne Freundin hatte, und Stevie, dem seine Arbeit als Krankenpfleger so viel Spaß machte, dass er darüber nachdachte, die Fortbildung zum Arztassistent zu machen.

Seine Mutter versuchte immer wieder, Drews Arm zu streicheln, und sein Vater sagte so gut wie gar nichts.

Genau *das* war der Grund, warum er seine Eltern nicht sehen wollte, warum er es so lange wie möglich vermieden hatte, ihnen etwas von seiner Behinderung zu erzählen. Er wusste ja, wie sie reagieren würden – seine Mutter mitleidig und sein Vater enttäuscht. Er hatte erst Zeit für sich selbst benötigt, um seine Emotionen unter Kontrolle zu bekommen, bevor er sich um ihre kümmern konnte.

Zu Hause in der Stadt, wo er – abgesehen von seinem Hund und dem Orientierungstraining – alleine lebte, hatte er begonnen, sich wieder etwas aufzurappeln. Er hatte ein gewisses Gleichgewicht gefunden. Ja, natürlich war er deprimiert gewesen, aber er fühlte sich stabil. Nach Pleasant Shores zu kommen, von Ria, seinen Mädchen und nun auch noch seinen Eltern umgeben zu sein, warf ihn wieder ziemlich aus der Bahn.

»Es war schön, Ria wiederzusehen«, sagte seine Mutter hastig. »Sie ist so ein lieber Mensch. Könntest du nicht wenigstens versuchen, na ja, du weißt schon … die Sache wieder in Ordnung zu bringen?«

Drew hob die Hände. Er wollte seine Mutter nicht enttäuschen. Und sich selbst auch nicht. Aber die Chancen, mit Ria wieder zusammenzukommen, standen äußerst schlecht.

»Wie hast du es überhaupt geschafft, deine Ehe so in die Brüche gehen zu lassen?«, fügte sein Vater hinzu, dessen Zunge durch den Alkohol offensichtlich gelockert worden war.

Es gab keine gute Antwort auf diese Frage.

»Es ist einfach passiert«, sagte er gelassen. Aber er hatte das Gefühl, dass Ria ihn niemals wirklich hatte heiraten wollen, selbst früher, als er noch ein »richtiger« Mann gewesen war. Es war einfach nur die Schwangerschaft gewesen, die sie dazu bewogen hatte. Und die tatsächliche Trennung war nicht seine Idee gewesen; im Gegenteil, er war schockiert gewesen, als sie es vorgeschlagen hatte. So schockiert, dass er in eisiges Schweigen verfallen war, was wohl letztendlich die Sache besiegelt hatte, obwohl er eigentlich nicht gewollt hatte, dass die Ehe auseinanderbrach.

»So was passiert nur, wenn du es zulässt«, sagte sein Vater. »Das eine Mal, als deine Mutter mich verlassen wollte, hab ich es nicht zugelassen.«

»Ich erinnere mich«, sagte seine Mutter und lachte.

»Moment ... Was? Du wolltest Dad verlassen?«

»Das dachte ich, ja. Aber er hat es nicht erlaubt.«

»Dad«, protestierte er, »du kannst nicht einfach Leute dazu zwingen zu bleiben, wenn sie gehen möchten.« Ganz besonders in dieser Situation. Was hatte er Ria noch zu bieten?

»Vielleicht nicht«, sagte sein Vater schroff. »Aber du kannst auch nicht einfach beim ersten Hindernis aufgeben.« Er machte eine Pause, dann fügte er hinzu: »Ria ist eine gute Frau. Und hübsch ist sie auch. Sie wird nicht lange Single bleiben.«

Unwillkürlich musste er an Ted Taylor denken.

Reich, blond, cool. Auf ein vermeintlich geschäftliches Treffen mit Ria aus.

Mit Drews Frau.

Nur war sie *gar nicht* seine Frau.

Er schob die Gedanken an Ria und Ted beiseite und schrieb seinen Töchtern, dass sie beim Restaurant vorbeikommen sollten, sobald die Schule vorbei war. Das führte zu einer Unterhaltung über die Voiceover-Funktion seines Handys, mit der er seit seiner Einweisung während der Kur sehr gut zurechtkam.

Schließlich erschienen seine Töchter. Es gab herzliche Umarmungen, und zum ersten Mal war Drew froh, dass seine Eltern gekommen waren. Kait und Sophia hatten ihre Großeltern seit der Scheidung kaum zu Gesicht bekommen. Als er hörte, wie seine Eltern ihr Aussehen lobten und sie sich über die Schule, Ausflüge und Reparaturen im Haus unterhielten, nahm er sich fest vor, seinen Töchtern dabei zu helfen, die Beziehung zu ihren Großeltern aufrechtzuerhalten.

Er war überrascht, dass Kait eine ausführliche Unterhaltung am Laufen hielt, sie redete mit ihren Großeltern viel mehr, als sie bis jetzt mit Drew geredet hatte. Vielleicht würde sie es schaffen, ihr Leben wieder auf die Reihe zu kriegen.

Schließlich standen seine Eltern auf. »Wir müssen jetzt los«, sagte sein Vater. »Wir wollen nicht in den Feierabendverkehr geraten. Könnt ihr Mädels eurem Vater dabei helfen, nach Hause zu kommen?«

»Natürlich«, sagte Sophia.

Drew wünschte sich, nicht herumgeführt werden zu müssen, aber er kannte inzwischen seine Grenzen. Die Gegend war ihm nicht vertraut genug, um sich alleine zurechtzufinden. Noch nicht. Und wahrscheinlich würde er auch nicht lange genug bleiben, damit sich das änderte. Es war Mittwoch, und er war schon seit sechs Tagen hier. Ursprünglich hatte er nur eine Woche bleiben wollen. Er machte sich Sorgen, dass es nicht genug war. Aber Kait benahm sich super. Vielleicht hatte es ihr auf irgendeine Art und Weise doch geholfen, dass er da war. Während seine Mutter und seine Töchter sich umarmten und redeten, nahm sein Vater ihn beiseite.

»Du musst herausfinden, was du jetzt mit deinem Leben machst«, sagte er. »Du kannst dich nicht vom Staat durchfüttern lassen. Oder mit Ria wieder zusammenkommen, nur damit sie dich unterstützt.«

»Das hatte ich auch gar nicht vor!« Als er merkte, dass er lauter gesprochen hatte als geplant, senkte Drew die Stimme. »Ich bekomm das schon hin, Dad. Mach dir keine Sorgen«, sagte er. Das Letzte, was er jetzt gebrauchen konnte, war ein Streit mit seinem Vater.

Aber als seine Eltern sich verabschiedet hatten und seine Töchter ihn die Treppe hinunterführten, fühlte Drew sich auf einmal schrecklich abhängig und nicht mehr wie der Mann, der er früher einmal gewesen war.

5. Kapitel

»Und du bist dir immer noch sicher, dass du morgen abreisen willst?«, fragte Ria Drew. Es war Freitagabend, und sie hatte ihn eingeladen, sie zu begleiten. Sie wollte noch einige Sachen erledigen und Abendessen für die Mädchen besorgen. Sie mussten dringend miteinander reden, aber sie wollte ihm auf keinen Fall die ganze Zeit gegenübersitzen und in sein hinreißendes Gesicht blicken. Es hätte sie nur daran erinnert, was sie verloren hatte. Und was er verloren hatte. Was sie beide verloren hatten.

Also parkten sie und gingen gemeinsam auf der Beach Street spazieren. Dort hatten Apotheke, Reinigung und einige Restaurants auch spät am Abend noch geöffnet. Es war ein warmer Tag gewesen, und eine sanfte Brise wehte von der Küste zu ihnen herüber.

Wie konnte der Himmel nur so wunderschön sein, während Rias Herz dermaßen in Aufruhr war wegen Drew und Kait. Satte, purpurne Wolken schoben sich behäbig über den lavendel- und pinkfarbenen Himmel. Dort, wo die Sonne vor einer Stunde untergegangen war, schimmerten ihre Ränder golden. Die Farben wurden vom Wasser reflektiert, das flach wie ein Spiegel an der Küste lag. Ein Paar Wasservögel grüßten sie mit *»kuk-kuk-kuk«*, während sie über ihre Köpfe flogen.

»Ich glaube, Kait geht es schon viel besser.« Drew lief direkt neben ihr, und sie bemerkte, dass er schon wesentlich geschickter mit seinem Blindenstock war. Sie spazierten mit einer ganz ordentlichen Geschwindigkeit.

»Ja, es sieht so aus.« Ria biss sich auf die Lippe.

»Aber …« Drew hielt inne.

»Ich weiß auch nicht.« Sie warf ihm einen Seitenblick zu, um zu sehen, ob er ungeduldig wurde, weil sie bei emotionalen Themen immer so lange brauchte, um auf den Punkt zu kommen. Das hatte ihn schon früher gestört. Doch sein Gesichtsausdruck wirkte eher neugierig als genervt. »Vielleicht mache ich mir auch einfach zu viele Sorgen«, sagte sie. »Aber ich kann einfach nicht so recht glauben, dass sich das Problem so schnell gelöst hat. Wir wissen ja eigentlich noch nicht mal, was in der Schule vorgefallen ist.«

»Sie hat gesagt, es geht ihr gut und dass sie von jetzt an die Schule nicht mehr schwänzen wird.«

»Ja, ich weiß.« Aber da war etwas in den Augen ihrer Tochter gewesen …

»Sophia meinte auch, dass sie glaubt, dass es Kait wieder gut geht.«

»Sophia war einfach nur genervt, weil sie heute Abend zu Hause bleiben musste. Sie hat keine Lust mehr auf Babysitting. Aber ich fühle mich einfach noch nicht wohl dabei, Kait allein zu lassen.«

Als er nicht antwortete, warf sie ihm einen Seitenblick zu. »Du glaubst, dass ich zu negativ eingestellt bin, oder?«

»Ich weiß nicht.« Sein Mund zuckte ein wenig. »Ich hatte einfach lange Zeit keinen Kontakt zu den Mädchen. Und jetzt kann ich sie nicht sehen. Früher konnte ich an Kaits Gesicht erkennen, wie es ihr geht. Aber jetzt geht das nicht mehr.«

Der Schmerz in seinen Worten traf Ria direkt ins Herz. Sie konnte sich kaum vorstellen, wie es wäre, wenn sie ihre Töchter nicht mehr sehen könnte.

»Schau, ich würde gerne noch bleiben. Aber ich habe nächste Woche viele Termine wegen meiner Rehabilitation, außerdem noch eine technische Fortbildung. Und die

Sitzungen mit meiner Orientierungs- und Mobilitätstrainerin. Ich muss vorankommen und schauen, was ich mache. Ansonsten kann ich bald nicht mehr dieselben Summen an Unterhalt schicken. Das Letzte, was ich möchte, ist, dich und die Mädchen zu enttäuschen.«

»Danke.« Sie wusste, dass er ein aufrichtiger Mann war. Das hatte sie immer an ihm bewundert.

Wenn sie nicht aufpasste, würden ihr die Emotionen wieder in die Queere kommen, und das konnte sie nicht zulassen. Es war besser, wenn er wieder abreiste, und zwar bald.

Denn Drew liebte sie nicht. Er hatte sie noch nie geliebt, und er würde sie noch weniger lieben, wenn er von der Fehlgeburt erfuhr.

Davon konnte sie ihr Gewissen nicht befreien, aber sie konnte alles in ihrer Macht Stehende tun, um Kaitlyn zu helfen, und sich so als Mutter rehabilitieren. Das war das Einzige, was zählte, nicht irgendeine diffuse Anziehungskraft, die sie immer noch ihrem Ex-Mann gegenüber fühlte.

»Lass uns zu *Goody's* rübergehen und eine Tasse Kaffee trinken. Dann können wir auch darüber reden, wie wir das mit den Besuchen handhaben wollen«, sagte Ria. »Ich glaube, es ist wirklich wichtig für die Mädchen, dass sie dich öfter zu sehen bekommen. Sie haben es total genossen, dass du hier warst.«

Als sie am *Lighthouse Lit*-Buchladen vorbeiliefen, kam Mary heraus und drehte das Schild an der Tür von *Geöffnet* auf *Geschlossen*. Sie war eine der mysteriösesten Personen in der Stadt, eine Wohltäterin für die *Healing Heroes*-Unterkunft für verletzte Polizisten und ihre Diensthunde. Niemand wusste wirklich etwas über ihre Vergangenheit, auch Ria nicht, obwohl ihre Mutter schon über ein Jahr in ihrem Buchladen arbeitete. Mary war reizend, ihr schulterlanges silbernes, gelocktes Haar stets makellos, sie hatte eine glatte Haut und eine schlanke Figur. Es hieß, sie ginge auf die siebzig zu, aber sicher einschätzen konnte man das nicht. Sie besaß eine wirklich zeitlose Schönheit.

Sie blieben stehen, und Ria stellte ihr Drew vor.

»Oh, ich weiß alles über dich.« Mary lächelte und schüttelte seine Hand mit beiden Händen.

Er lächelte, offensichtlich konnte er Marys Charisma spüren.

»Ich fühle mich geehrt, aber ich kann nicht glauben, dass Sie von mir gehört haben. Dafür ist mein Leben wirklich nicht interessant genug.«

»Deine Schwiegermutter – na ja, frühere Schwiegermutter – arbeitet hier.« Was natürlich bedeutete, dass Rias Mutter von Drew erzählt hatte. Was soll's, Ria konnte ihr das kaum zum Vorwurf machen. Es gab selten interessante Neuigkeiten in Pleasant Shores.

»Ich kann den Laden noch fünfzehn oder zwanzig Minuten geöffnet lassen, falls ihr euch etwas umsehen wollt«, sagte Mary. »Wir haben fast alles auch als Hörbuch, falls das besser geeignet ist.«

»Vielen Dank«, sagte Drew. »Ein anderes Mal vielleicht, aber im Moment sind wir auf dem Weg zu *Goody's*, ein bisschen Schokoladeneis naschen.«

»Für mich nur schwarzen Kaffee«, sagte Ria mit Bedauern. Sie liebte die Eiscreme bei *Goody's*, aber sie *musste* unbedingt ein paar Pfund abnehmen, bevor die Urlaubssaison wieder losging.

»Hör doch mal auf mit dem Kalorienzählen«, sagte Drew. »Du siehst toll aus, so wie du bist.«

Woher willst du das denn wissen? dachte sich Ria, aber sie sagte nichts. Es war tatsächlich fast etwas beruhigend, dass Drew sie nicht sehen konnte. So musste sie viel weniger darauf achten, Klamotten zu tragen, die ihre Hüften und Beine kaschierten.

»Weißt du was, er hat recht«, sagte Mary. »Du bist schön, so wie du bist, und das Leben ist zu kurz, um nur schwarzen Kaffee zu trinken, wenn es auch Schokoladeneis gibt.«

»Wahrscheinlich hast du recht. Es war sehr schön, dich zu sehen.« Sie umarmte Mary zum Abschied. Während sie die Straße Richtung *Goody's* weitergingen, dachte Ria über Drews Worte nach.

Wegen der ständigen Kommentare ihres Vaters und der endlosen Diäten ihrer Mutter war sie während ihrer Kindheit sehr für das Thema Gewicht sensibilisiert worden.

Als junges Mädchen hatte sie begonnen, strikt darauf zu achten, nicht zu viel zu essen, und seitdem hatte sie wahrscheinlich noch keine sechs Monate verbracht, ohne irgendeine neue Diät zu starten.

Und nachdem sie ihre beiden Kinder bekommen hatte, war es nur noch schlimmer geworden. Drew hatte ihr zwar immer versichert, dass sie ihm gefiel, aber ihr kam es so vor, dass er das nur so dahinsagte. Sie war viel dicker als die Frauen im Fernsehen, in Magazinen oder in den sozialen Netzwerken. Und sie war auch viel dicker als Frauen wie Mary.

In den letzten paar Jahren ihrer Ehe war sie so unsicher geworden, dass sie sich schon gar nicht mehr vor Drew hatte ausziehen wollen. Sie hatte sogar Ausreden erfunden, um nicht zur selben Zeit wie Drew ins Bett gehen zu müssen.

Nicht dass sie sich nicht zu ihm hingezogen gefühlt hätte. Das tat sie durchaus, und auch jetzt noch, wenn sie ehrlich zu sich selbst war. Aber sie war zu gehemmt, um zu entspannen und es einfach zu genießen. Und so waren die intimen Momente zwischen ihnen immer seltener geworden.

Drew war auch noch nie gut darin gewesen zu kommunizieren, und je mehr sie sich seinen Annäherungsversuchen entzogen hatte, desto wortkarger war er geworden. Und vermutlich war sie selber auch nicht gerade eine Meisterin der

Kommunikation. Sie hatte ihm nie erzählt, warum sie sich vor ihm nicht mehr ausziehen wollte. Sie hatte einfach nur Wege gefunden, es zu vermeiden.

Immer wenn sie andere Paare sah, bei denen ihr große Gewichtsunterschiede zwischen den Partnern auffielen, fragte sie sich, wie die das auf die Reihe bekamen und ob sie und Drew es vielleicht auch hätten schaffen können.

Im *Goody's* angekommen, marschierte Drew schnurstracks an den Tresen, als ob er sich dort zu Hause fühlte. »Eine große Schüssel Schokoladeneis und eine mittlere Butter-Pekannuss, beides mit heißem Karamell«, sagte er.

»Drew!« Sie konnte nicht leugnen, dass das sehr verführerisch klang. Aber wirklich ...

»Ach, komm schon. Du bist in einer angespannten Situation, musst mit deinem Ex über Besuchsregelungen diskutieren. Da hast du dir doch eine kleine Belohnung verdient.« Er beugte sich näher zu ihr. »Und du bist wunderschön, so wie du bist. Wirklich.«

Das leichte Knurren in seiner Stimme jagte einen elektrisierenden Schauer durch sämtliche Lustzonen ihres Körpers. Nicht nur, weil er sagte, dass sie schön war, es war auch die Art und Weise, wie er sie ermutigte, sich etwas zu gönnen und ihrer Lust zu frönen. Er war schon immer diese Art von Mann gewesen. So gefestigt in seiner Männlichkeit, dass er sich in die Gedanken von Frauen hineinversetzen konnte.

Zumindest wenn er nicht wütend war oder sich in die Defensive gedrängt sah. Also war das doch ein positives Zeichen, er fühlte sich entspannter hier und in ihrer Gegenwart, oder?

Sie bewunderte sein Gesicht, die kraftvollen Linien seines Kiefers und die dunklen Stoppeln, die sich bei ihm immer gegen Abend zeigten. Es wäre so einfach, ihm wieder zu verfallen, aber das führte noch lange nicht zu einer erfolgreichen Beziehung. Dafür brauchte es Offenheit, Kommunikation und Vertrauen.

Und jetzt, wo sie die Fehlgeburt vor ihm geheim hielt, wollte sie ihm erst recht nicht verfallen. Unmöglich, auf keinen Fall. Das würde nur zu noch mehr Schmerzen führen.

Sie gingen mit ihren Schüsseln zu einem Tisch in der Ecke, etwas abseits von den Menschen, die sich im Laden zu drängen begannen. Ria holte ihr Handy heraus. »Also, sollen wir ein paar Termine ausmachen?«, fragte sie und bemühte sich dabei um einen möglichst geschäftsmäßigen Tonfall.

»Ree. Genieß doch erst mal dein Eis. Wir haben es schließlich nicht besonders eilig.«

Sie gab nach, nahm einen Bissen von der Butter-Pekannuss-Eiscreme mit Karamellsoße und stöhnte auf. »Oh, Drew, das ist einfach himmlisch.«

»Genieß es«, sagte er mit leicht heiserer Stimme.

Sie war sich nicht sicher, warum seine Stimme so seltsam klang, aber sie entschloss sich, nicht weiter darüber nachzudenken. Wenn sie schon solche Kalorienbomben zu sich nahm, dann würde sie es jetzt auch in vollen Zügen genießen. Über die Konsequenzen konnte sie sich schließlich auch später noch Sorgen machen.

»Wusstest du schon, dass dich irgendein Typ auf seinem Frock-Account hat?« Es war Freitagnacht, und Sophia war uneingeladen in Kaitlyns Zimmer gekommen. Sie ließ sich auf ihr Bett plumpsen.

»Ich interessiere mich nicht für Frock, also nein.« Frock war ein Netzwerk aus Fake-Accounts, das die Kinder in der Schule benutzten, um ihre fragwürdigen Social-Media-Aktivitäten vor ihren Eltern zu verbergen. Natürlich hatte sich Kaitlyn Frock schon mal angesehen, aber sie fand, dass dort nur dummes Zeug gepostet wurde: Manche zeigten das Innere ihrer Nase, andere den Alkohol, den sie angeblich von ihren Eltern gestohlen hatten, und wieder andere ihre neueste Spitzenunterwäsche.

»Vielleicht solltest du das mal tun.« Sophia starrte auf ihr Handy-Display.

Kaitlyn wollte sich nicht von dem Buch ablenken lassen, in das sie vertieft war. Eine Superwoman-Fantasiegeschichte, die beste Realitätsflucht aller Zeiten. Dieses Buch zu lesen, machte sie um einiges glücklicher, als durch Frock zu scrollen.

»Es ist cringe.«

Kaitlyn rollte mit den Augen. Sie kannte Sophias Definition von *cringe* sehr gut.

»Was habe ich denn getan, was so cringe ist, etwa die falschen Socken getragen?«

»Guck.« Sophia hielt ihr das Handy unter die Nase.

Es zeigte ein Foto von Kaitlyn, und zum Glück sah sie darauf nicht furchtbar aus. Sie trug einen grünen Pullover, der ihre Augen schön zur Geltung brachte. Auch ihre Haare hatten an dem Tag gut ausgesehen.

Aber dann erinnerte sie sich, wann sie diesen Pullover zuletzt getragen hatte. Sie hatte das Gefühl, als würde eine eiskalte Hand nach ihrem Herz greifen. »Wessen Account ist das?«

Sophia zuckte mit den Schultern. »*TomDickandHarry*. Kennst du ihn? Oder sie?«

»Nein.« Sie war erleichtert, weil es nicht Chris war, doch die Erleichterung hielt nicht lange an. Woher sollte sie wissen, dass das nicht vielleicht sein Pseudonym war?

»Drück auf *Play*«, sagte Sophia.

Der kalte Griff um ihr Herz wurde augenblicklich fester. »Es ist ein Video?«

»Schau es dir einfach an.« Sophia drückte selbst auf den *Play*-Button.

Es zeigte Chris Taylor mit seinem charmanten Lächeln, wie er sich ihr auf dem abseits gelegenen Platz hinter der Bühne in der Schule näherte. Er sagte etwas zu ihr, das nicht zu verstehen war. Aber Kaitlyn wusste genau, was er sagte. »Zieh doch mal dein Shirt aus.« Und: »Du bist so wunderschön.« Und: »Niemand wird es je erfahren.« Und: »Ich will nur kurz mal sehen.« Und: »Ich möchte wirklich gern mit dir ausgehen, aber zuerst will ich dich mal richtig sehen.«

Einen Augenblick hatte sie standgehalten, aber letztendlich waren die Aussicht, dass ein Junge sie attraktiv fand und mit ihr ausgehen wollte, und die Chance, zur Abwechslung vielleicht mal populär und cool zu sein, zu verführerisch.

Entsetzt, aber unfähig wegzuschauen, sah sie sich selbst dabei zu, wie sie langsam ihr Shirt abstreifte.

Was er als Nächstes sagte, konnte man auch in dem Video verstehen. »Den BH auch?«

Die Kaitlyn auf dem Bildschirm – die so viel jünger wirkte, als sich Kaitlyn in Wirklichkeit fühlte – schüttelte den Kopf. Ihre Haare fielen ihr ins rote Gesicht.

Mit einer Hand strich er ihr sanft die Haare aus dem Gesicht und hinters Ohr. »Bitte?«, sagte er.

Und sie tat, was er verlangte, ihre Hände wanderten hinter ihre Schultern, um den BH zu öffnen, was dazu führte, dass ihre Brüste sich wölbten wie bei einer Pornodarstellerin, und das alles auf Social Media, wo es die ganze Welt sehen konnte. Ihre peinliche Größe war so offensichtlich, genauso wie der Fakt, dass sie dringend etwas abnehmen musste. Ungeschützt durch den Pullover, hing ihr Bauch jetzt über der Jeans.

»Wenigstens hattest du einen schönen BH an«, sagte Sophia.

»Halt die Klappe!«

Er wollte nach ihr greifen, doch sie zuckte zurück. Das brachte sie wieder zur Besinnung, sie hörte auf, bevor sie den letzten Haken am BH löste, und griff nach ihrem Pullover, um sich zu bedecken.

Er sah sie mit Dackelblick an und bettelte, aber sie eilte davon, hielt den Pullover schützend vor die Brust, aber die Fettpolster an ihrem Rücken waren für jeden sichtbar.

»Er hat es *gefilmt*?« war alles, was sie sagen konnte. Sie hatte vor Entsetzen einen dicken Kloß im Hals.

»Er hat das nicht selber gefilmt. Das muss einer seiner Freunde gewesen sein. Hast du dich denn nicht umgesehen? Jungs filmen so was *immer*. Ich hätte dich warnen können …« Sophia schweifte ab. »Oh Mann, wenn die anderen sich sowieso schon über dich lustig gemacht haben, wird es dadurch bestimmt noch zwanzigmal schlimmer werden.«

Kaitlyn hörte zwar die Stimme ihrer Schwester, aber es war, als hätte sie dicke Watte in den Ohren. Sie konnte es einfach nicht glauben.

Aber als sie darüber nachdachte, was alles passiert war, seit sie so dämlich gewesen war, ihr Shirt auszuziehen, schien plötzlich alles Sinn zu ergeben, passten alle Teile zusammen wie bei einem Puzzle.

Ihre Hoffnung, dass Chris wirklich ihr fester Freund werden könnte, hatte sich schnell verflüchtigt; er ignorierte sie, und als sie letzte Woche endlich den Mut gefasst hatte, mit ihm zu reden, hatte er so getan, als würde er sie kaum kennen.

Kurz danach hatten Chris' ältere Freunde, vor allem der allseits beliebte Tyler, begonnen, sich über sie lustig zu machen. Also nahm sie an, dass Chris ihnen erzählt haben musste, dass sie sich nach der Schule vor ihm entblößt hatte. Das war schon schlimm genug, aber sie hatte es einfach geleugnet, schließlich logen Jungs ohnehin die ganze Zeit.

Und dann hatte Shelby Grayson, eines der beinahe-beliebten Mädchen aus der zehnten Klasse, angefangen, komische Kommentare über die Größe ihrer Brüste zu machen.

Aber jetzt …

Jetzt gab es Beweise. Jetzt gab es diese Bilder. Sie hielt sich den Bauch und beugte sich vornüber, ihr wurde ganz übel. Diese Bilder von ihrem Körper waren jetzt öffentlich für jeden sichtbar.

Die ganze Schule konnte sie sehen.

Wusste Chris davon? Wusste er, dass dieses schreckliche Treffen gefilmt worden war? Und war der Kameramann einer der fiesen Jungs, die sie ständig ärgerten, oder vielleicht jemand ganz anderes?

Die potenziellen Auswirkungen überfluteten sie. »Sag es nicht Mom und Dad.« Sie griff nach der Hand ihrer Schwester. »Versprich mir, dass du es ihnen nicht zeigen wirst.« Sie würden ihr niemals vergeben, wenn sie herausfanden, was sie getan hatte. Mom hatte ihnen beigebracht, Respekt vor sich selbst zu haben und feministisch zu sein. Und Dad … war einfach Dad. Sie war sein kleines Mädchen. Und wenn er davon erfuhr, dann würde er nicht nur sämtliche beteiligten Jungs erwürgen, er wäre auch maßlos enttäuscht von ihr. »Versprich es mir!« Sie drückte Sophias Hand, so fest sie konnte.

»Ey! Ist gut. Ich versprech's.«

»Lösch es von deinem Handy. Und entfolge ihm auf Frock, dann kannst du es ihnen gar nicht zeigen, auch nicht aus Versehen.«

»Na gut. Mach ich.«

Kaitlyn funkelte sie an, bis sie tatsächlich auf »Entfolgen« getippt hatte. »Was wirst du jetzt machen?«, fragte Sophia.

Kaitlyn legte ihre Arme abermals auf ihren flauen Magen und starrte an die Decke. Tränen füllten ihre Augen. Sie schüttelte den Kopf. »Ich weiß nicht«, flüsterte sie. »Was *kann* ich denn tun?«

»Ich meine, wir können ja nicht die Schule wechseln, nicht wirklich. Wir könnten mit dem Bus zur Jefferson Public fahren, aber so klein, wie der Ort ist …«

»Die Kinder dort würden es auch bald herausfinden.«

»Ja.« Sophias Handy gab einen Laut von sich. Sie hob es auf und schaute aufs Display. Sie warf Kaitlyn einen Blick zu und schaltete ihre Benachrichtigungen auf stumm.

»Was?«

Sophia schüttelte den Kopf. »Ach, nur dummes Zeug.«

»Es geht aber nicht um mich, oder?«

Sophia warf noch mal einen Blick auf ihr Handy, schüttelte den Kopf und nickte dann. »Nur ein paar Leute, die mich fragen, was los ist.« Sophia klopfte Kaitlyn auf die Schulter, was sie sonst nie tat.

Dass Sophia sie tröstete und lieb zu ihr war, zeigte nur, wie schlimm die Lage wirklich war.

»Wenigstens bist du – wie sagt man – gut gebaut«, sagte Sophia. »Du wirst keine Probleme mehr haben, ein Date zu kriegen.«

»Ich will aber niemanden daten, der sich so etwas gerne anschaut!« Sie wollte überhaupt niemanden daten. Nie im Leben. Genau genommen wollte sie auch niemandem mehr begegnen und ins Gesicht sehen.

Am Montag in die Schule zu gehen, wäre der blanke Horror. Vielleicht würde ihre Mutter ihr wieder erlauben, zu Hause zu bleiben. Die Entschuldigung mit den Krämpfen hatte sie schon benutzt, aber wenn sie heißes Wasser gurgelte, könnte sie ihre Mom vielleicht davon überzeugen, dass sie Fieber hatte. Sie fühlte sich ja tatsächlich so, als hätte sie Fieber.

Aber zu Hause zu bleiben und sich die ganze Zeit zu fragen, was die anderen wohl über sie tratschten, war auch nicht gerade eine schöne Vorstellung. Sie hatte das seltsame Bedürfnis zu hören, was die Leute sagten. Am liebsten hätte sie sich

Sophias Handy geschnappt, um zu sehen, was die allgemeine Meinung zu dem Video war.

»Vielleicht kann ich Hausunterricht kriegen«, dachte sie laut nach.

»Und dich zu Hause verstecken, bis du achtzehn bist und ausziehen kannst?« Sophia schüttelte ungeduldig den Kopf. »Außerdem würden dir Mom und Dad das niemals erlauben. Dafür legen sie viel zu großen Wert auf sozialen Umgang.«

»Was soll ich denn dann tun?« Ihre Stimme zitterte.

»Darüber hättest du nachdenken sollen, bevor du dein Oberteil ausgezogen hast!«

»Ja, hab ich aber nicht.«

Sophia nahm ihr Handy wieder zur Hand, und ihre Wangen färbten sich rot, während sie die Nachrichten las.

»Jetzt fragen mich schon Leute, ob ich auch mein Oberteil ausziehen würde oder ihnen Nacktbilder schicke.« Sie atmete scharf aus. »Ich werde das Video entfernen lassen.«

»Kannst du das denn?«

»Ich kann's versuchen.«

»Verpetz ihn aber nicht«, bettelte Kaitlyn. Chris hatte gezeigt, dass er bereit war, furchtbare Dinge zu tun, indem er jemanden diese Sache hatte filmen lassen. Wer immer *TomDickandHarry* auch waren, sie waren ohne Zweifel populär und einflussreich. Kaitlyn wagte es nicht, das Risiko einzugehen, ihnen Schwierigkeiten zu machen.

»Mach ich nicht – ich bin doch nicht blöd.« Sophia stand auf, stolzierte aus dem Zimmer und knallte die Tür hinter sich zu. Eine Sekunde später knallte auch Sophias Zimmertür.

Kait sah sich in ihrem Zimmer um, ihr Herz schlug schneller und schneller, wie eine laute Trommel in ihren Ohren. Sie konnte heute Nacht nirgendwohin, keine Chance. Morgen hatte sie ursprünglich gemeinsam mit ihrem Dad etwas unternehmen wollen, bevor er Pleasant Shores verließ, aber jetzt ging das nicht mehr; irgendjemand konnte ja etwas sagen, was den Vorfall ans Licht brächte. Kirche am Sonntag war auch nicht drin, bis dahin hatte das Video vielleicht schon die Runde gemacht, und die Kirchgänger wussten Bescheid.

Sie konnte am Montag nicht zur Schule gehen. Sie konnte aber auch nicht *nicht* zur Schule gehen.

Sie dachte wieder an das Video, wie sie darin ausgesehen hatte, was für ein Trottel sie gewesen war. Sie stand auf und ging wie in Trance zu ihrem Schreibtisch. Aus der hintersten Ecke einer Schublade holte sie ein kleines Fläschchen hervor. Seit ein paar Monaten schon stibitzte sie Schlaftabletten von ihrer Mutter, eine hier, ein paar da. Wenn sie nicht schlafen konnte, nahm sie eine halbe Tablette, manchmal auch eine ganze.

In der Flasche befanden sich gerade sechs Tabletten.

Sie schloss die Augen. Wenn sie jetzt zwei nehmen würde, würde sie mit Sicherheit schlafen. Die normale Dosis war eine, so stand es in der Packungsbeilage. Hastig öffnete sie die Flasche, schüttelte sich zwei Tabletten auf die Hand und schluckte sie herunter.

Sie hatte wieder sich selbst vor Augen, wie sie dastand, ohne Oberteil mit nackter Brust. Sie war überhaupt nicht die Art von Mädchen, die gerne im Mittelpunkt stand. Meistens trug sie weite T-Shirts und Hoodies.

Jetzt würde jeder wissen, was sich darunter befand. Was, wenn Jungs mit ihr ausgehen wollten, aber nur, um sich über sie lustig zu machen oder herauszufinden, wie weit sie gehen konnten?

Immer noch hatte sie das Fläschchen mit den Pillen in der Hand.

Und wenn sie einfach alle nahm?

Vielleicht würde ihr schlecht werden, richtig schlecht. Vielleicht würde es sie sogar …

Aber wäre ihre Familie nicht ohnehin besser ohne sie dran?

Sophia wäre nicht blamiert. Ihre Eltern könnten ihre Probleme aus der Welt schaffen und wieder zusammenkommen.

Die Jungs in der Schule, inklusive diesem verdammten *TomDickandHarry*, wer immer das auch war, würden großen Ärger bekommen. Sie würden sich furchtbar fühlen. Alle anderen Kinder würden sie hassen.

Die Mädchen, die gemein zu ihr waren, die Kinder, die sie im *Goody's* herumgeschubst hatten ... Sie alle würden sich plötzlich darin überbieten zu beteuern, wie großartig Kaitlyn war, wie sehr sie sich jetzt schämten.

Ihre Eltern würden sie verdammen.

Noch bevor sie ihre Gedanken zu Ende geführt hatte, schüttete sie den restlichen Inhalt des Fläschchens in ihre Hand, griff nach einer halb leeren Dose Limonade und schluckte alles zusammen hinunter.

6. Kapitel

»Also für ein paar Tage war es eine ziemliche Gratwanderung«, sagte Drew. Am Ende blieben sie bei *Goody's* und unterhielten sich länger, als Drew erwartet hatte. Ria fragte ihn über die Ereignisse aus, die zu seinem Unfall geführt hatten. »Anscheinend wussten sie zeitweise nicht, ob ich es überhaupt schaffen würde. Sie haben mich sogar kurz in ein künstliches Koma versetzt.«

»Warum hat mich niemand angerufen?« Ria klang aufgewühlt. »Drew, du hättest sterben können!«

»Ich hab Mike als meine Kontaktperson angegeben«, sagte er. »Ihn haben sie angerufen.«

»Das ist nicht dasselbe wie Familie.«

»Wir sind geschieden, Ria.« Es war lieb von ihr, sich besorgt zu zeigen, aber tatsächlich hatte sie ihm gegenüber keinerlei Verpflichtungen. Nicht mehr. »Ich hatte kein Recht, dir zur Last zu fallen, und Mom und Dad haben selbst genug Sorgen. Ich bin irgendwie zurechtgekommen. Die Sozialarbeiter im Krankenhaus haben mir alle möglichen Dienste vermittelt.«

»Es muss schrecklich gewesen sein. Aufzuwachen und zu merken, dass du nichts sehen konntest.«

»Das war es auch.« Drew erinnerte sich daran, wie er auf seinem Gesicht und den Augen herumgetastet hatte, um die Bandage herunterzureißen, bis er realisierte, dass da überhaupt keine Bandage war. Dass er im Krankenhaus lag und seine Sehkraft verloren hatte. Er schüttelte heftig den Kopf, so wie Navy, nachdem sie ein Bad genommen hatte. »Ich will gar nicht daran zurückdenken.«

Sie legte eine Hand auf seine. »Es tut mir so leid, Drew. Wenn es irgendetwas gibt …«

Sein Handy vibrierte, doch er ignorierte es. »Wie ich schon sagte, du hast keine Verpflichtungen. Ich hätte dir sagen sollen, was passiert ist, und ich hätte einen Weg finden müssen, die Mädchen trotz meiner Probleme zu besuchen. Ich … ich hab einfach nicht geglaubt, dass ich so wichtig für sie sein könnte.« Das klang wehleidig, aber es war die Wahrheit. Ria schien immer alles unter Kontrolle zu haben, und er selbst hatte sich immer eher als Nebendarsteller in der Show ihres Lebens gesehen.

Außerdem hatte er nicht gewollt, dass sie ihn so sahen, hatte kein Mitleid gewollt.

»Du bist *wirklich* wichtig für sie.«

Er begann tatsächlich, daran zu glauben. »Es tut mir leid. Ich hätte für die Mädchen da sein sollen.« Beinahe hätte er gesagt »für dich«, aber dazu hatte er kein Recht. Er hatte schließlich betont, dass sie nun geschieden waren.

»Schnee von gestern«, sagte Ria, aber sie klang besorgt. »Ich weiß, dass Sophia schon klarkommen wird. Und Kait auch. Es ist nur … Es war so eine harte Zeit für sie. Viel härter als alles, was Sophia durchgemacht hat.«

Ihr Handy vibrierte, und er konnte hören, wie sie nach ihrer Handtasche griff und begann, darin herumzuwühlen. Er musste schmunzeln. Ria hatte immer schon gigantische, überfüllte Handtaschen dabeigehabt, und sie konnte nie etwas darin finden.

»Wo ist das Ding …? Ah, okay, da ist es.« Für ein paar Sekunden war sie still. »Es ist Sophia. Hallo, Schatz.« Noch ein paar Sekunden der Stille. »Was? Nein! Ruf die 911!«

Drew sprang auf, und er konnte hören, dass Ria dasselbe tat. Sie drückte ihm ihr Handy in die rechte Hand, packte sich seine Linke und zog ihn Richtung Ausgang. »Sprich mit

Sophia. Kait hat ihr gesagt, dass sie einen Haufen Schlaftabletten genommen hat, und jetzt ist sie bewusstlos. Sophia hat schon die 911 angerufen, also …«

Eine plötzliche Kälte ergriff Besitz von ihm. Er presste sich das Handy ans Ohr, während er Ria folgte und vor lauter Eile an Tische und Stühle stieß. »Sophia, ich bin es, Dad. Wie geht es ihr?«

»Sie atmet und alles, aber ich kann sie einfach nicht aufwecken.« Sophias Stimme wurde immer panischer.

»Versuch es weiter«, drängte er. »Sie schicken einen Krankenwagen, oder?«

»Ja.« Sie hielt inne. »Kait! Kait, wach auf!«

»Kannst du die Flasche sehen?« Sein Herz schlug ihm bis zum Hals. Während sie geradezu über den Parkplatz rannten, konnte er Rias keuchendes Schluchzen hören.

»Ich kann die Sirenen hören und … Ich glaube, sie sind da. Ich schau mal nach.« Eine Pause entstand, dann sprach Sophia wieder. »Es ist der Krankenwagen.«

»Bleib am Handy«, befahl er. Im Angesicht des Schreckens die Ruhe zu bewahren, war eine Fähigkeit, die jeder Polizist erlernen musste, und es war alles, was ihm im Moment Halt gab. Ria hatte diese Fähigkeit nicht. Sie riss die Beifahrertür auf und schubste ihn hinein, dann rannte sie um das Auto herum. Einen Moment später stieg auch sie ein und startete die Zündung.

»Warte.« Er legte eine Hand auf Rias Arm. »Atme erst mal tief durch.«

»Ich muss zu ihr!« Sie atmete panisch und schnell.

»Du kannst in diesem Zustand nicht fahren. Außerdem wissen wir noch gar nicht, wo wir hinmüssen.« Er tastete in ihre Richtung und fand ihre Hand. Sie zitterte. Er drückte sie fest. »Sophia, was machen die Sanitäter?«, fragte er mit ruhiger Stimme ins Handy.

»Sie untersuchen Atmung und Puls und …« Sie redete mit jemandem, dann kam sie wieder ans Telefon. »Danach bringen sie sie ins Krankenhaus.« Er konnte im Hintergrund einige Stimmen vernehmen, dann hörte er wieder Sophias. »Sie sagen, ich kann mitfahren. Soll ich das tun?«

»Ja. Fahr mit ihr mit, und wir treffen uns dann im Krankenhaus. Wie geht's ihr?« Er fummelte am Handy herum, schaffte es aber nicht, auf laut zu stellen, ohne dabei das Risiko einzugehen, die Verbindung abzubrechen.

»Ich weiß es nicht. Sie geben ihr Sauerstoff.« Sophias Stimme stockte. »Sie wollen mir ein paar Fragen stellen. Ich muss los.«

»Sag ihr, sie sollen die Schlaftabletten aus meinem Medizinschrank holen«, sagte Ria mit erstickter Stimme. »Vielleicht können wir feststellen, wie viele fehlen.«

»Gute Idee.« Er gab die Nachricht an Sophia weiter.

Dann wandte er sich wieder an Ria. »Kannst du fahren?«

»Ja.« Sie schnäuzte sich die Nase. »Ich schaff das.« Er konnte in ihrer Stimme die trotzige Entschlossenheit wahrnehmen, zu der sie immer dann fähig war, wenn ihre Töchter sie brauchten.

Für einige Minuten fuhren sie in vollkommenem Schweigen. Er bemerkte durchaus, dass Ria das Tempolimit überschritt, aber sie fuhr nicht mit quietschenden Reifen um die Kurven und bremste auch nicht hart. Er horchte auf das Handy, aber Sophia hatte den Anruf abgebrochen, und er wollte sie nicht zurückrufen, wollte nicht unterbrechen, was auch immer dort gerade vor sich ging.

Sein Herz raste, sein Adrenalin ging hoch, und er holte tief Luft. Er durfte jetzt nicht die Beherrschung verlieren.

Bilder seiner jüngsten Tochter liefen wie ein Film vor seinem inneren Auge ab. Der Tag, als sie geboren wurde, so faltig und klein und wunderschön. Ihre ersten Schritte, die sie sich schon so oft auf Video angesehen hatten. Geburtstagsfeiern, der erste Schultag, Leichtathletik-Wettbewerbe. »Ich wünschte, sie hätte nicht mit Leichtathletik aufhören müssen«, sagte er.

»Wie bitte?« Ria beschleunigte und fuhr dann beständig mit erhöhter Geschwindigkeit. Sie hatten die Autobahn erreicht.

»Leichtathletik. Das hat ihr so gutgetan. Ich find es schade, dass sie aufhören musste.« Es war albern, gerade jetzt darüber zu sprechen, aber normalerweise bevorzugte Ria Konversation gegenüber Stille. Vielleicht würde es ihr helfen, gelassen zu bleiben.

»In diesem Teil der Halbinsel werden keine Leichtathletik-Kurse angeboten. Sie meinte, es wäre okay, damit aufzuhören.« Rias Stimme klang defensiv.

»Schau, ich mach dir keine Vorwürfe«, sagte Drew. »Ich denke nur darüber nach, was sie dazu gebracht haben könnte, so was zu machen, zu versuchen, sich …« Er brach ab. »Sind wir bald da?«

»Noch fünf Minuten. Und du *solltest* mir Vorwürfe machen. Ich mache mir selbst Vorwürfe. Warum um Himmels willen habe ich diese Pillen nicht weggeschlossen?«

Daran hatte er auch schon gedacht, aber den Gedanken beiseitegeschoben. Es war zu spät, das Unfassbare war geschehen, und wer hätte auch ahnen können, dass Kaitlyn Pillen aus dem Medizinschrank ihrer Mutter klauen würde.

»Werden sie ihr den Magen auspumpen? Sie würde …« Sie stockte. »Das würde ihr wirklich nicht gefallen.«

»Kommt drauf an«, sagte er und drückte ihren Arm, nur eine schnelle, sanfte Berührung, um sie zu trösten. Ihn tröstete es ebenfalls. »Kommt drauf an, wie viel sie genommen hat und wann, aber die machen das heutzutage nicht mehr so oft. Wahrscheinlich stellen sie sie unter Beobachtung oder geben ihr was, um den Wirkstoff zu absorbieren. Aktivkohle wahrscheinlich, oder vielleicht gibt es ein Gegenmittel.«

Ria fuhr langsamer und hielt an. Einen Moment später hatte sie eingeparkt. »Ich komm rüber zu dir«, sagte sie, und Drew fühlte einen kurzen Anflug von Beschämung. Wie oft hatte er dasselbe schon zu ihr gesagt, hatte versucht, ein Gentleman zu sein und sich um sie zu kümmern, auch wenn sie damit nie so ganz einverstanden gewesen war? Er sollte ihr die Tür öffnen und nicht umgekehrt, aber bis er sich zu ihrer Seite rübergetastet hätte, würde es viel zu lange dauern. Er stieg aus, und sie bot ihm ihren Arm an. Sie eilten in die Notaufnahme.

Drews Herz schlug heftiger als jemals zuvor, es schien geradezu aus seiner Brust springen zu wollen. Ging es seinem kleinen Mädchen gut?

Ria eilte zur Rezeption der Notaufnahme, während Drew sich an ihrem Ellbogen festhielt. Sie hatte das Gefühl, ihr Herz würde jeden Moment stehen bleiben. »Wir müssen zu Kaitlyn Martin. Jetzt sofort.«

»Das geht nicht …«, sagte die Rezeptionistin mit ihren dünnen Lippen.

»Wir sind ihre Eltern«, warf Drew dazwischen.

»Oh! Einen Moment.« Sie warf einen Blick auf Drew und dann noch einen zweiten, in dem ganz klar Bewunderung lag. Sie fuhr mit dem Finger über eine Liste. »Ja, sie ist hier. Wir brauchen so schnell wie möglich ihre Versicherungsdaten.«

»Sicher«, sagte er. »Wir wollen sie sofort sehen.«

Dem Himmel sei Dank für Drews ruhige Art, seinem entspannten Umgang mit Menschen, dachte Ria. Er kam sehr gut in Krisensituationen klar. Und sein wahnsinnig gutes Aussehen schadete ebenfalls nicht, wenn es darum ging, Frauen zwischen acht und achtzig zum Kooperieren zu bewegen.

Lass uns rein, lass uns rein, versuchte sie der Rezeptionistin telepathisch zu übermitteln.

»Na ja, eigentlich bin ich verpflichtet, erst mal Ihre persönlichen Daten aufzunehmen, aber …« Sie winkte ab. »Ich lass Sie durch die Doppeltür rein.«

Zwei Minuten später liefen sie den Gang entlang. Als Ria Sophia sah, die hinter den Vorhängen einer der Kabinen herausschaute, fing sie an zu rennen, und Drew joggte neben ihr her.

Ria umarmte Sophia schnell, reichte sie dann an Drew weiter und eilte ans Krankenbett.

Dort lag Kaitlyn, mit blassem Gesicht, geschlossenen Augen und schweißnassen Haaren. Sie war an eine Infusion neben dem Bett angeschlossen. Sie sah krank und verletzlich aus. Aber dass kein medizinisches Personal anwesend war, bedeutete wohl, dass sie sich nicht in unmittelbarer Gefahr befand. Gott sei Dank.

»Liebling, ich bin's, Mom«, sagte sie, während sie sanft ihren Arm streichelte. Ihr Herz begann sich etwas zu beruhigen. Kait war am Leben, atmete und war umgeben von Menschen, die ihr helfen konnten. Vor Erleichterung entspannte sie die Schultern ein wenig.

Kait bewegte ihren Kopf. Kurz öffnete sie die Augen, doch sie fielen ihr gleich wieder zu, aber ihr Griff um Rias Hand wurde etwas fester.

Sie war also ansprechbar. Noch mehr Last fiel von Rias Schultern. Etwas tropfte auf Kaits Arm, und sie bemerkte, dass es ihre eigenen Tränen waren.

Sophia hatte Drew auf die andere Seite des Bettes geführt, wo er sich hinsetzte und seine Hand auf Kaits anderen Arm legte. »Hey, meine Kleine«, sagte er. »Wie fühlst du dich?«

Seine tiefe Stimme wirkte beruhigend auf Ria, und Kait schien es genauso zu gehen; ihre Mundwinkel zuckten ganz kurz nach oben. Aber obwohl beide ihr Fragen stellten, antwortete sie nicht, sondern schien immer wieder wegzudriften.

»Wie geht es unserer Patientin?« Die laute, herzliche Stimme des Arztes klang sehr vertraut, und Ria realisierte, dass er der Vater eines Mitschülers von Kaitlyn war.

»Dr. Smith. Ria, wenn ich mich nicht irre? Und Sophia hab ich ja schon kennengelernt.«

Sie nickte und stellte ihm Drew vor. Sie erklärte Drew, woher sie Dr. Smith kannte. Die beiden Männer reichten sich die Hand.

Fünf Minuten später hatte ihnen der Arzt erklärt, dass die Aktivkohle die letzten Reste des Wirkstoffs aus Kaitlyns Körper entfernen sollte und dass es wahrscheinlich keine Langzeitschäden geben werde. Er meinte, dass er auch schon versucht hatte, mit Kait zu sprechen, um herauszufinden, was passiert war, allerdings ohne Erfolg.

»Sie braucht etwas Zeit, um sich zu erholen«, sagte er nun. »Wir werden sehen, wo ein Zimmer für sie frei ist. Am besten auf der Kinderstation, aber wenn es dort nicht geht, dann im achten Stock in der psychiatrischen Abteilung.«

»Warum in dieser Abteilung?«, fragte Drew hastig.

Der Arzt lehnte sich gegen das Waschbecken. »Wenn jemand eine Überdosis eines verschreibungspflichtigen Medikaments einnimmt«, sagte er, »dann müssen wir das als Selbstmordversuch behandeln.«

Als sie diese Worte hörte, ließ sich Ria in ihren Stuhl zurücksinken. Sie hatte selbst schon daran gedacht, aber es von einem Experten bestätigt zu bekommen, erfüllte sie mit Schrecken.

Oh, Kait. Sie beugte sich über ihre Tochter und umschlang sie mit den Armen, ganz sanft, damit die Infusion nicht herausgleiten konnte.

»Sie sagen, Sie müssen es so behandeln«, unterbrach Drew. »Das heißt, Sie sind sich nicht sicher?«

»Vielleicht war es ja ein Versehen?«, warf Sophia schnell ein. Aber wie konnte jemand aus Versehen eine Überdosis Tabletten nehmen, die einer anderen Person gehörten?

»Sie hat nur fünf oder sechs genommen, soweit wir das einschätzen können«, sagte der Arzt.

»Trotzdem, fünf oder sechs ist kein Versehen«, sagte Drew nüchtern. Er strich sanft über Kaits Arm. »Hören Sie, Doktor, wir haben gerade sehr viele Sorgen, und eine davon ist Diskretion. Dies ist eine sehr kleine Stadt, und Ihre Kinder gehen gemeinsam mit Kaitlyn zur Schule …«

»Meine Lippen sind versiegelt«, sagte der Mann hastig. »Wären sie ohnehin, aus rein ethischen Gründen, aber ich bin auch an die ärztliche Schweigepflicht gebunden, ebenso wie jeder andere, der Kait behandelt. Ihre Daten und medizinischen Informationen werden sicher und vertraulich behandelt.«

»Ich danke Ihnen«, sagte Ria. Drew schloss sich ihren Worten an, und der Arzt ging mit dem Versprechen, dass sie schon bald Informationen zum Zimmer für die Nacht erhalten würden.

Ria wollte einfach nur ihre Tochter halten und trösten. Aber Drew hatte andere Pläne. »Sag uns, was passiert ist. Von Anfang an«, sagte er zu Sophia. »Hat Kait sich über irgendwas aufgeregt?«

Sophia zögerte. »Ich weiß nichts Genaues.«

»Aber etwas weißt du schon.« Drew musste es an ihrer Stimme erkannt haben.

»Sag es uns«, mischte Ria sich ein. »Bitte. Es ist wichtig. Es ist *wirklich* wichtig.«

»Es ist nur … Einige der Kinder haben sie gemobbt.«

»Das dachte ich mir.« Drew schlug mit der Faust in seine offene Hand. »Im Eisladen. Gleich am ersten Tag, als ich hier ankam.«

»Was ist passiert?« Ria schaute ihn mit stechendem Blick

an, obwohl er sie nicht sehen konnte. »Warum hast du mir nichts davon erzählt?«

»Das hätte ich tun sollen. Wir müssen alle viel offener sein und mehr miteinander reden.«

Ja, ja, wollte Ria darauf erwidern. Drew war aufgewühlt und wütend, und wie so viele Männer gab er gerne Befehle, wenn ihm danach war. Aber Befehle halfen im Moment nicht.

»Weshalb haben die sie gemobbt, Liebling?«, fragte sie Sophia.

Sophia zuckte mit einer Schulter. »Oh, na ja, du weißt schon. Ihre ...« Sie warf Drew einen Blick zu. »Ihre Brüste und so.«

»Ihre *Brüste*?« Drew explodierte. »Sie ist vierzehn!«

Ria schaute zu Sophia und hob eine Augenbraue. Sophia rollte mit den Augen.

Drew wusste nichts darüber, wie schnell sich Kinder heutzutage entwickelten. Entweder das, oder er dachte, dass seine eigenen Töchter von der Richtung ausgenommen war, in die sich die Gesellschaft entwickelt hatte.

Und obwohl er Kaitlyn umarmt hatte, war ihm wohl nicht klar, welchen Eindruck ihre 75-D-Brust auf pubertierende Jungs machte.

»Ich werde mit ihr darüber sprechen«, sagte Ria, beinahe erleichtert, dass das das Problem war. Damit kannte sie sich sehr gut aus. Der Apfel fiel eben nicht weit vom Stamm; Ria war als Frühentwicklerin in derselben Situation gewesen.

»Aber reicht das wirklich schon aus, damit jemand eine Überdosis nimmt?«, fragte Drew und schüttelte den Kopf.

»Hätte ich auch nicht gedacht«, sagte Ria. »Aber Kait ist ... sehr sensibel.«

»Ja, das ist sie.« Sophia klang erleichtert. Ria stutzte. Irgendetwas war seltsam an der Art, wie sich Sophia benahm, aber wer hätte ihr deswegen einen Vorwurf machen können;

sie hatte ihre Schwester in Lebensgefahr vorgefunden, war mit dem Krankenwagen mit ins Krankenhaus gefahren, hatte mit den Medizinern gesprochen, ausführlich genug, damit diese mit Kaitlyns Behandlung anfangen konnten.

Liebe für ihre ältere Tochter überkam sie, und Ria ging quer durch die Kabine, um sich neben Sophia hinzuknien. »Meine arme Kleine«, sagte sie. »Du hattest auch eine schlimme Nacht. Du hast echt gute Arbeit geleistet.«

»Es war furchtbar, Mom.« Sophia schossen Tränen in die Augen, und Ria umarmte sie, hielt sie und streichelte über ihre Haare.

Sie schaute über Sophias Schulter und sah Drew, wie er Kaitlyns Arm berührte, sich über sie beugte und leise zu ihr sprach. Auch wenn Kaitlyn gerade nicht bei Bewusstsein war, war es wohl genau das Richtige.

Warum hatten sie ihre Familie auseinanderbrechen lassen? Genau hier mussten sie sein, zusammen.

Sie hätte härter daran arbeiten müssen, ihre Probleme mit Drew aus der Welt zu schaffen. Hätte sie das getan, dann wären sie vielleicht immer noch eine intakte Familie, alle zusammen. Und dann wäre Kait vielleicht nie zu dieser verzweifelten Tat getrieben worden.

Vielleicht hätte Ria keine Fehlgeburt erlitten, und sie wären jetzt eine fünfköpfige Familie. Der Gedanke daran war wie ein Messer, das sich in ihren Eingeweiden herumdrehte.

Sie blickte zu Drew, so attraktiv und besorgt, wie er sich so sehr bemühte, der Vater zu sein, den seine Töchter so dringend brauchten. Ihr wurde warm ums Herz, obwohl sich ihr gerade der Magen umdrehte.

Sie wollte sich an ihn lehnen, aber sie sollte es nicht. Sie konnte es nicht. Die Probleme, die dafür gesorgt hatten, dass ihre Ehe in die Brüche ging, waren nicht aus der Welt. Und ihre Fehlgeburt stand als Geheimnis und Barriere zwischen ihnen.

Sie musste Abstand nehmen, aber wie konnte sie das tun, wenn ihre Töchter sie doch beide brauchten? Und wenn ihr Herz dahinschmolz, wenn sie ihn sah?

Sophia riss sich los und nahm ein Taschentuch, dann noch eins. »Sorry, Mom. Ich komm einfach nicht klar damit.«

»Natürlich nicht. Du warst unglaublich stark, du hast getan, was du tun musstest, um deiner Schwester zu helfen. Wir sind stolz auf dich.«

Sophia schaute weg und begann eifrig damit, ihre Augen zu trocknen und mithilfe der Handykamera ihr verschmiertes Make-up zu kontrollieren.

»Weißt du«, sagte Ria, »wenn es irgendwas gibt, was du uns sagen möchtest, sag es einfach. Wir werden nicht urteilen. Wir wollen nur wissen, wie wir Kait am besten helfen können.«

Sophia schüttelte heftig den Kopf. »Nein, da ist nichts.«

»Bist du dir sicher, Soph?«, fragte Drew von Kaits Bettseite aus.

»Ja, ich bin mir sicher!« Sie schob ihren Stuhl zurück an die Wand und studierte ihren Handy-Bildschirm. »Ich habe ungefähr zwanzig Millionen Nachrichten und Snaps. Kann ich die mal eben beantworten?«

Ria schaute zu Drew. »Natürlich. Dein Vater und ich müssen uns überlegen, was wir als Nächstes machen, nachdem Kaitlyn ihr Zimmer zugewiesen bekommen hat.«

»Wenn es hier irgendwo einen Getränkeautomaten gibt, könnten wir das Ganze über einer Limonade besprechen«, schlug Drew vor. »Möchtest du auch was, Soph?«

»Irgendwas mit Koffein«, sagte sie, ohne aufzublicken.

»Alles klar. Wir sind in fünf Minuten wieder da.« Drew stand auf und bewegte sich vorsichtig um das Bett herum.

Auch wenn Ria im Moment ihre Töchter nur sehr widerwillig allein ließ, wusste sie, dass sie und Drew reden mussten.

»Schreib mir, falls sie aufwacht oder jemand mit Neuigkeiten kommt«, sagte sie und drückte Sophias Schulter.

»Mach ich.« Wieder schaute sie nicht von ihrem Handy auf. Offensichtlich brauchte sie eine Pause von der Aufregung der letzten Stunden.

Als sie die Notaufnahme verließen und sich auf den Weg zu den Getränkeautomaten machten, legte Drew einen Arm um Ria und drückte sie an sich. Er ließ seinen Arm leicht auf ihren Schultern ruhen, während sie den langen Flur des Krankenhauses entlanggingen.

Sie war dankbar dafür. Sie brauchte seine Stärke.

In ihrem Inneren herrschte großer Aufruhr. Je mehr Zeit sie in Drews Gegenwart verbrachte, desto dringender wollte sie ihm den Fehler gestehen, dessentwegen er um ein weiteres Kind gebracht worden war. Andererseits wollte sie sich auch einfach nur in seine Arme schmiegen. Seine Anwesenheit war wichtig für die Mädchen, aber für ihren eigenen Seelenfrieden war es ein Desaster. »Es ist gut, dass du hier warst, als das passiert ist«, sagte sie schließlich.

»Ich denke auch«, antwortete er. »Kaitlyn braucht uns beide. Eigentlich ...« Er zögerte.

Sie hatten den Getränkeautomaten erreicht, und Ria kramte in ihrer Handtasche nach Scheinen und Kleingeld. »Eigentlich was?«

»Ich glaube ...« Er sprach langsam. »Ich glaube, ich sollte in Pleasant Shores bleiben.«

Rias Hand wurde plötzlich ganz taub, die Münzen, die sie gehalten hatte, regneten zu Boden. Natürlich hatte er recht. Die Mädchen, vor allem Kaitlyn, brauchten ihn, und das war das Wichtigste.

Der Umstand, dass seine Anwesenheit Salz in Rias verwundetes Herz streute, war gegenüber den Bedürfnissen ihrer Kinder unbedeutend.

7. Kapitel

Am Sonntagnachmittag kam Drew mit Navy an seiner Seite in die Motellobby. Er war auf der Hut.

Sobald Ria von der Kirche nach Hause kam, wollte er über seinen Umzug und über Kaitlyns bevorstehende Entlassung aus dem Krankenhaus mit ihr reden. Aber noch bevor er diese Unterhaltung führen konnte, hatte Ria ihn aus der Motellobby angerufen, während er gerade mit Navy Gassi ging. Er sollte zu irgendeinem Treffen kommen. Er wusste weder, wer bei diesem Treffen anwesend sein würde, noch, worum es ging, außer, dass es mit Kaitlyn zusammenhing.

Mehr als alles andere in der Welt wollte er seiner Tochter helfen. Er war fest entschlossen, zumindest die nächsten paar Monate in der Stadt zu bleiben. Aber am Ende war er eben ein sehbehinderter Fremder ohne Arbeit in einer unbekannten Stadt. Und genau jetzt musste er sich in eine Situation begeben, die er nicht einschätzen konnte … Ja. Er war definitiv nervös.

»Da steht eine Couch, ungefähr einen Meter zu deiner rechten.« Ria stand plötzlich neben ihm, und er verspürte ein intensives Kribbeln. Ihre leicht raue Stimme, das blumige Parfüm, das sie trug – es hatte schon immer diesen Effekt auf ihn gehabt. Außerdem war sie wunderschön, und sie wusste es noch nicht einmal.

An ihre Schönheit zu denken, versetzte ihm einen Stich ins Herz, denn er konnte sie nicht sehen. Er konnte die Mimik in ihrem Gesicht nicht lesen, konnte nicht erkennen, wie sie ihren Kopf zurückwarf, wenn sie lachte, konnte ihr nicht in die Augen blicken.

Er holte tief Luft, schob die negativen Gedanken beiseite und setzte sich hin. Ria nahm neben ihm Platz. Navy bellte nur leise und ließ sich dann zu seinen Füßen nieder. Er hörte einige Stimmen um sich herum, einschließlich der von Rias Mutter Julie. »Wer ist denn alles da?«, fragte er, aber Ria sprach mit jemand anderem.

Es gab vielfältige Gründe, warum er nicht weiter im Motel bleiben wollte, und Ria war einer davon. Er musste sich der Tatsache stellen, dass er sich immer noch zu ihr hingezogen fühlte, aber sie wollte ihn nicht und liebte ihn nicht. Er war nicht gut genug für sie gewesen, als sie geheiratet hatten, und jetzt war er erst recht nicht gut genug für sie.

»Okay, Leute«, sagte Julie und klatschte in die Hände, um das Gemurmel zu unterbinden. »Danke, dass ihr gekommen seid. Wir machen uns alle Sorgen um Kaitlyn und wollen sicherstellen, dass sie die bestmögliche Unterstützung erhält, sobald sie nach Hause kommt.«

Drew verspannte sich. Da hatten sie ihn ja schön außen vor gelassen. Er liebte Julie, und sie war eine wunderbare Großmutter für die Mädchen, aber sie neigte ganz klar dazu, das Kommando zu übernehmen.

Sie musste seine Körpersprache gelesen haben. »Drew, es tut mir leid, dass ich das mit dir noch nicht besprochen habe. Aber Ria und ich sind diesen Leuten zufällig in der Kirche begegnet, und da kam mir spontan der Gedanke, dass wir uns alle treffen sollten.«

»Wer ist ›wir alle‹? Und was ist mit der Privatsphäre meiner Tochter?«

Er betonte das *meiner* nur ein ganz kleines bisschen.

Ria drückte kurz seinen Arm. »Außer Mom und Mary, die du ja schon getroffen hast, sind hier noch Trey und Erica. Wir haben schon mal von ihnen geredet, du kannst dich wahrscheinlich erinnern. Trey war eine Zeit lang im *Healing He-*

roes – er arbeitet jetzt in Teilzeit als Polizist in der Stadt und war vorher bei der Dienststelle in Philadelphia. Und Erica ist eine Lehrerin im Betreuungsprogramm von Sophias und Kaits Schule.« Sie machte eine Pause und fügte dann hinzu: »Jeder hier wird Kaits Privatsphäre respektieren, stimmt's, Leute?«

Es gab zustimmende Laute.

»Hi, Drew«, vernahm er eine kultivierte Stimme. »Ich bin es, Mary. Wir haben uns vor ein paar Tagen vor meinem Buchladen getroffen. Ich bin hier, weil ich jeden in der Stadt kenne und generell als gute Anlaufstelle für Probleme betrachtet werde.« Eine sanfte, zarte Hand drückte seine für einen kurzen Moment. Dann schnüffelte irgendetwas an seinem Bein, er fühlte kleine Pfoten auf seiner Wade, als ob neben ihm eine kleine Kreatur auf ihren Hinterbeinen stünde und sich an seinem Bein abstützte. Er tastete nach unten und spürte Fell und eine nasse Zunge.

»Und das ist Baby, mein Hund. Verzeih bitte ihr Benehmen, in Hundejahren ist sie noch älter als ich.«

Mit der anderen Hand tastete er nach Navy, um sicherzugehen, dass der kleine Eindringling sie nicht störte. Oder umgekehrt. Aber sie hechelte und war ganz entspannt. So streichelte er beide Hunde gleichzeitig. Etwas von seiner Anspannung fiel von ihm ab.

»Das ist die Lage«, sagte Ria zur Gruppe. »Kaitlyn hat den Ärzten erzählt, dass sie sechs Schlaftabletten genommen hat, weil sie entspannen und mal richtig schlafen wollte, und nicht, um sich das Leben zu nehmen. Sie glauben ihr, und deshalb kommt sie morgen nach Hause. Aber Drew und ich sind uns nicht so sicher, dass sie die Wahrheit gesagt hat, und wir glauben auch nicht, dass sie zu Hause und in der Schule sofort wieder zurechtkommen wird.«

»Ihr macht euch bestimmt furchtbare Sorgen«, meldete sich eine sanfte, weibliche Stimme. Das musste Erica sein, die

Lehrerin. »Wenn Trey und ich euch irgendwie helfen können, tun wir das sehr gerne.«

»Ich glaube, das Problem hat mit Kids in der Schule zu tun«, sagte Drew. »Gibt es eine andere Option? Kann sie die Schule wechseln, irgendwo einen Neuanfang machen?«

»Es gibt keine, die nicht jeden Tag eine lange Fahrt bedeuten würde«, sagte Ria. »Ich wäre bereit, das zu tun, wenn wir uns dazu entschließen, aber ich bin mir nicht sicher, ob das die beste Entscheidung wäre.«

»Wir könnten auch Fahrgemeinschaften organisieren«, sagte der andere Mann im Raum, Trey, der Polizist. »Aber hat schon mal jemand daran gedacht, sie im Betreuungsprogramm anzumelden, an der Akademie hier in der Stadt?«

Es wurde still.

»Was *ist* denn dieses Betreuungsprogramm?«, fragte Drew.

»Das ist der Teil der Schule, in dem Erica unterrichtet«, sagte Ria. »Für Problemkinder. Und ich bin mir nicht sicher, ob Kaitlyn ... Na ja, ich bin mir nicht sicher, ob das bei ihr wirklich angebracht ist, und weiß nicht, ob sie das gut finden würde.«

»Es ist eine interessante Idee«, sagte Erica. »Wir haben Schüler aus der Mittel- und aus der Oberstufe. Die meisten haben irgendwelche Verhaltensauffälligkeiten oder soziale Probleme – deshalb werden sie unserer Schule zugeteilt.«

»Aber letztendlich sind es normale Kinder«, sagte Trey. »Ich wüsste nicht, warum Kaitlyn da nicht mitmachen könnte.«

»Weil sie von dem Stigma weiß«, sagte Mary. »Die Kinder in dem Programm sind zwar auch ab und zu mit den anderen zusammen, aber dennoch trennt sie etwas voneinander, stimmt's, meine Liebe?«

»Das stimmt«, sagte Erica. »Und es wird auch immer wieder mal gemobbt. Aber wenn sie sowieso schon gemobbt wird ...«

»Das ist es ja«, sagte Ria. »Das Betreuungsprogramm ist ein Teil derselben Schule, an der sie jetzt schon diese ganzen Probleme hat. Ich glaube nicht, dass es ihr das Mobbing ersparen würde, wenn sie daran teilnimmt.«

»Aber sie wäre nicht mehr im selben Klassenzimmer mit den Kindern, die sie mobben«, meinte Julie. »Das würde schon helfen.«

»Würde sie denn auch die Bildung bekommen, die sie braucht?«, fragte Drew an Erica gerichtet. »Ich meine das nicht böse, aber sie ist sehr intelligent und muss gefordert werden. Ist das in einer Klasse mit sehr unterschiedlichem Leistungsniveau und einigen schwierigen Kindern überhaupt möglich?«

»Ich würde mein Bestes geben«, sagte Erica langsam, »und ich habe noch einen anderen sehr talentierten Schüler, er wäre ein guter Lernpartner für sie. Aber meine Kollegin und ich könnten sie nicht alleine unterrichten. Wir müssten für sie noch zusätzliche Projekte finden.«

»Es gibt in dieser Stadt jede Menge zu tun«, sagte Mary. »Drew, Ericas Klasse organisiert bereits einige Projekte für die Gemeinde. Ich könnte mir gut vorstellen, dass Kaitlyn da mitmacht, und an einigem anderen auch noch.«

»Inwiefern würden solche Projekte sie herausfordern?«, fragte er.

Für kurze Zeit herrschte Stille, und Drew fragte sich, ob er Erica mit dieser Frage vor den Kopf gestoßen hatte. Aber irgendjemand musste diese Fragen stellen. Die Bildung und das Glück seiner Tochter standen auf dem Spiel.

»Man muss es ihr nur schmackhaft machen«, sagte Erica. »Es wird sehr viel Hintergrundrecherche für die Projekte betrieben. Und hinterher müssen Berichte geschrieben werden. Ich hab schon Rory, das ist mein anderer talentierter Schüler, der sehr viel Arbeit erledigt, aber ihm fehlen ein wenig die sozialen Kompetenzen. Kaitlyn könnte eine große Hilfe sein, sie könnte recherchieren, schreiben, rechnen, Leute treffen …«

»Das wäre perfekt für Kait«, unterbrach Julie begeistert. »Sie ist sehr pragmatisch veranlagt und hasst es, einfach nur beschäftigt zu werden. Wenn sie sehen würde, dass ihre Arbeit einen tatsächlichen Wert in der echten Welt hat … Ich wette, das würde ihr gut gefallen.«

»Auf jeden Fall können wir ihr das mal vorschlagen und schauen, was sie davon hält«, sagte Ria zweifelnd.

»Nein.« Drew winkte ab. »Wir schlagen ihr das nicht vor. Wenn wir uns dafür entscheiden, dass es das Beste für sie ist, dann sagen wir es ihr und fragen sie nicht. Und sie muss sofort damit anfangen. Zu Hause rumzusitzen und mit Entscheidungen allein gelassen zu werden … Das kann nicht gut sein für sie.«

»Ich muss da zustimmen«, sagte Mary. »Sie ist zu jung, um ihre eigenen Entscheidungen zu treffen. Und sie würde von dem Schutz profitieren, den ihr eine vertraute Umgebung im Moment bieten könnte.«

»Du und Ria, ihr müsst darüber reden und euch entscheiden«, sagte Julie, »aber ich persönlich halte es für eine wunderbare Idee. Das und dass Drew für eine Weile in der Stadt bleibt, könnte sie wieder auf den richtigen Kurs bringen.«

Während alle weiterredeten, fiel Drew eine große Last von den Schultern. Nicht nur er und Ria waren für seine Tochter da. Die Leute hier hielten zusammen und waren wirklich gewillt zu helfen.

Während er ihnen beim Brainstormen zuhörte, fragte er sich tatsächlich, ob sie vielleicht auch ihm helfen könnten.

Er war nicht gut darin, andere um Hilfe zu bitten, oder zumindest war das bisher so gewesen. Seine Orientierungs- und Mobilitätstrainerin hatte ihm aber unermüdlich eingetrichtert, dass niemand es schaffte, mit einer Sehbehinderung vollkommen alleine klarzukommen. Er räusperte sich, und als die Unterhaltung kurz stoppte, grätschte er rein. »Ich werde eine Zeit lang in der Stadt bleiben, wie Julie bereits erwähnte«, sagte er, »aber ich muss irgendwas zur Miete finden. Weiß jemand von euch vielleicht von einer freien Wohnung?«

»Du kannst hier im Motel bleiben«, sagte Ria. Sie klang etwas angespannt. Natürlich war sie das. Dass er hierblieb, war bestimmt nicht einfach für sie.

Er würde ihr das nicht zumuten. »Du brauchst zahlende Gäste. Und ich brauche einen Ort, an dem ich unabhängig sein kann. Und idealerweise bräuchte ich auch einen Job in der Stadt.«

»Hey«, sagte Julie.

»Weißt du was ...«, sagte Mary zur gleichen Zeit.

Dann war Stille. »Was?«, fragte Drew.

»Healing Heroes«, sagte Trey. »Es steht zurzeit leer.« Seine Stimme veränderte sich, und Drew bemerkte, dass er ihn ansah und sich zu ihm herüberlehnte. »Es ist eine Unterkunft für körperlich behinderte Polizisten und ihre Diensthunde, finanziert von einem anonymen Wohltäter. Du bekommst ein paar Monate Zeit, um dich zu erholen und dein Leben wieder auf die Reihe zu bekommen, und das alles mietfrei. Im Gegenzug leistest du einen Beitrag in der Gemeinschaft durch ehrenamtliche Tätigkeiten.«

Das klang sehr verdächtig nach Almosen, und Drew wollte schon den Mund aufmachen, um abzulehnen, aber Trey redete weiter. »Ich habe das gemacht. So bin ich hier in Pleasant Shores gelandet. Ich habe da meinen Rücken nach einer Verletzung auskuriert.«

»Erzähl ihm von deiner freiwilligen Arbeit«, drängte ihn Julie.

»Ich hab in dem Betreuungsprogramm in der Schule gearbeitet.« Treys Stimme wurde sanfter. »Ich hatte eine ziemlich strenge Aushilfslehrerin, aber am Ende hat alles gut geklappt.«

Verhaltenes Lachen schallte durch den Raum. »Die Aushilfslehrerin war Erica, und er hat sie geheiratet«, erklärte Julie.

»Braucht ihr vielleicht einen neuen Freiwilligen in der Akademie?«

»Ich könnte das nicht tun«, brach es aus Drew heraus. »Nein. Nicht, wenn Kait auch dahin geht. Das Letzte, was sie gebrauchen kann, ist ein Vater, der ihr ständig über die Schulter guckt.«

Mary räusperte sich, und sofort wurde es still im Raum. Offensichtlich war die ältere Dame eine Respektsperson für die Anwesenden. »Eine andere Möglichkeit wäre das Zeitzeugen-Projekt«, sagte sie. »Die Gesellschaft für Geschichte hat eine Förderung dafür bekommen, aber der Praktikant, der das eigentlich machen sollte, hat uns gerade erst damit sitzen gelassen.«

»Drew hat einen Abschluss in Geschichte«, sagte Ria. »Und er kann gut mit Menschen umgehen.«

Ihre Worte schmeichelten Drew, aber er wollte sich auf nichts einlassen, das ihm über den Kopf wachsen konnte. Vielleicht hatte er früher mal gut mit Menschen umgehen können, aber jetzt, wo er niemanden mehr sehen konnte, war es schwieriger, eine Verbindung aufzubauen. »Worum geht es dabei?«

»Vor allem um die Fischer und Matrosen aus dem Ort«, sagte Mary. »Wir sammeln Informationen für ein kleines Museum hier in der Stadt. Wir wollen etwas von der alten Lebensweise bewahren, bevor hier alles endgültig in der Moderne ankommt. Etwas über die Bucht und die kommenden Herausforderungen erfahren – Überfischung, Verschmutzung, Klimawandel.«

Drew liebte das Angeln und frische Luft, er sprach gerne

mit Menschen und kam auch gut mit älteren Leuten zurecht. Er richtete sich auf, die Begeisterung begann ihn anzustecken. Die Möglichkeit, zu arbeiten und allein zurechtzukommen, erschien ihm wie ein kostbares Geschenk. Und wenn er etwas tat, das ihm tatsächlich gefallen könnte, war das natürlich umso besser.

»Ich würde gerne mehr über diesen Job erfahren.« Er wusste bereits, dass es Unterstützung gab, die er sich für verschiedene Jobmöglichkeiten holen konnte. »Abgesehen davon – ist diese Unterkunft in der Nähe?«

»Es ist mein altes Haus, also du warst schon mal dort«, sagte Julie. »Erinnerst du dich noch an die Strandhütte? Ich wollte dort nicht mehr leben, nachdem mich Melvin verlassen hatte. Dann ist jemand an mich mit einer Kaufabsicht herangetreten, er wollte Diensthundeführern helfen. Unter der Bedingung, dass ich dafür die Leitung übernehme.«

Jetzt erinnerte sich Drew, dass er von den Mädchen schon einmal etwas über die Sache gehört hatte. Und die Vorstellung, in dem kleinen Strandhaus zu wohnen, dort unabhängig zu sein … Ja, das war ziemlich perfekt, und das sagte er den anderen auch.

»Ruf mich später am Nachmittag an«, sagte Trey. »Gib mir dein Handy, dann gebe ich dir meine Nummer. Ich kann dir das *Healing Heroes*-Strandhaus zeigen. Ist 'ne schicke Hütte.«

Schon bald konnte Drew hören, wie die Leute aufstanden und ihre Sachen zusammenpackten. Er spürte, dass jemand vor ihm stehen blieb. »Hey, ich bin's, Trey. Schön, dich kennenzulernen, Kollege. Wir sprechen uns später.«

»Und ich bin Erica. Sag mir Bescheid, wenn du irgendwelche Fragen wegen der Schule hast. Ich würde mich freuen, Kaitlyn in meiner Klasse zu haben, und wenn Ria und du euch dazu entscheidet, wäre es am besten, gleich mit dem Papierkram anzufangen.«

Mary und Julie verabschiedeten sich ebenfalls auf dem Weg nach draußen, und dann waren nur noch er und Ria übrig.

»Möchtest du jetzt über Kaits Schuloptionen reden?«, fragte er Ria.

»Weißt du, du hättest auch hier wohnen können«, sagte sie, anstatt seine Frage zu beantworten.

»Das wäre nicht gut.«

Es entstand eine kurze Pause. »Wie du meinst.«

Er hörte den Schmerz in ihrer Stimme. Vielleicht lag es an diesem ganzen emotionalen Tag, aber er streckte seine Hand aus und zog sie zu einer Umarmung zu sich heran und klopfte ihr sanft auf den Rücken. Er musste sich eingestehen, ihm gefiel, wie sich das anfühlte.

Was genau das Problem war. »Es ist zu hart, wenn wir so nah beisammen sind«, raunte er in den vertrauten Nacken. Und ihr Körper reagierte auf die Weise, wie er das immer getan hatte, er kam ein kleines bisschen näher und schmiegte sich perfekt an seinen.

Er hatte sich so danach gesehnt, sie zu halten, und nun, da er es tat, wurde er von Erinnerungen überflutet: von ihrem ersten Kuss, jung und tollkühn, voller vorgetäuschter Arroganz, aber insgeheim waren sie beide nervös gewesen – bis zu ihrem letzten Kuss, als er alles gegeben hatte, in der Hoffnung, ihre Ehe noch zu retten.

So verharrten sie für einen Moment, dann löste sie sich von ihm. »Vielleicht ist es wirklich besser, wenn du jetzt gehst«, sagte sie.

»Ja. Hör zu, lass uns beide etwas darüber nachdenken, und dann rufe ich dich an.« Er versuchte, möglichst gelassen zu klingen, aber es gelang ihm nicht.

Und ja, es war das Beste, etwas Abstand zu Ria zu gewinnen, aber es war auf keinen Fall das, was er im Moment eigentlich wollte.

»Ich gehe nicht in die Sonderklasse!« Kaitlyn blieb auf der Veranda ihres Hauses stehen und blickte fassungslos zwischen ihrer Mom und ihrem Dad hin und her. Alles in ihr rebellierte gegen diesen lächerlichen Vorschlag. »Keine Chance. Vergesst es.«

»Komm schon. Lass uns bei einem Spaziergang darüber reden.« Ihre Mutter begann, die Treppe hinunterzugehen, dann hielt sie inne. »Es sind fünf Stufen nach unten«, sagte sie zu ihrem Vater.

Kaitlyn ballte die Fäuste. »Das *weiß* er doch.« Warum musste sie ihren Dad wie ein Baby behandeln?

Ihre Eltern antworteten ihr nicht; sie warteten am Ende der Treppe auf sie.

Sie war erst heute früh aus dem Krankenhaus entlassen worden, und schon rückten sie ihr auf die Pelle. Sie wollte doch eigentlich nur ein Nickerchen machen, aber sie hatten darauf bestanden, dass Kaitlyn mit ihnen spazieren gehen sollte, um über irgendetwas sehr Wichtiges zu sprechen. Anscheinend hatten sie die hirnrissige Idee, dass sie sich im Betreuungsprogramm ihrer Schule einschreiben sollte.

Fluchend ging sie die Treppe hinunter und folgte ihnen. Sie trat gegen Steine, die auf dem Weg lagen, während ihre Eltern am Motel vorbei in Richtung Innenstadt von Pleasant Shores schlenderten. Die Sonne versuchte, durch eine tief hängende Schicht von Wolken zu dringen, was teilweise der Sinn des ganzen Unterfangens war: Bis ihre neu verschriebenen Medikamente anfangen würden zu wirken, sollte sie versuchen, ihre Gemütslage auf natürliche Weise zu verbessern – durch Bewegung, Sonnenschein und frische Luft.

Ihre Mom und ihr Dad, die anscheinend versuchten, sich als Eltern des Jahres zu qualifizieren, hatten darauf bestanden, spazieren zu gehen und zu reden. Drei Fliegen mit einer Klappe: den Sonnenschein genießen, sich bewegen – und sie davon überzeugen, etwas zu tun, das ihr Leben ruinieren würde.

»Wir glauben, dass dieses Programm gut für dich wäre. Ein Neuanfang, bei dem du aber gleichzeitig hier in der Gegend bleiben kannst.« Die Stimme ihrer Mom hatte wieder diesen flehenden Tonfall, den Kaitlyn so nervig fand. Warum konnte ihre Mom sich nicht einfach wie eine Mutter benehmen?

»Hältst du mich für eine Außenseiterin? Willst du, dass ich noch mehr gemobbt werde?« Sie setzte sich von ihnen ab und stampfte voraus, ihre Flip-Flops flappten auf dem Boden. Sie konnte beinahe hören, wie ihre Mom es sich verkniff, einen Kommentar über ihre zweifelhafte Wahl des Schuhwerks abzulassen.

Auch wenn ihre Zehen sich eiskalt anfühlten, würde sie jetzt nicht umkehren, um sich Socken und Sneaker zu holen. Sie ging voraus Richtung Stadtgrenze, wo kleine Betonhäuser Teichen und Bächen Platz machten, umrahmt von großen Flächen mit herbstlich goldenem Gras. Lautes Geschnatter war deutlich zu hören, als ein Schwarm von Gänsen über ihren Köpfen in einer unordentlichen V-Formation vorbeizog.

Es klang fast so, als würden sich die Gänse streiten. Aber wenigstens hatten sie Flügel und konnten davonfliegen.

»Sag uns, was dich so dermaßen aufgebracht hat«, sagte ihr Dad, während er zu ihr aufschloss; sein Stock pendelte dabei vor und zurück. »Und sollte es eine andere Möglichkeit geben, das in Ordnung zu bringen, dann versuchen wir es.«

»Es war nichts.« Niemals würde sie ihnen von diesem dummen Video erzählen. Sophia hatte es irgendwie geschafft, die Jungs dazu zu bringen, das Video zu entfernen, und sie hoffte inständig, es nie wieder zu sehen. Sie hoffte auch, dass nicht allzu viele ihrer Klassenkameraden es gesehen hatten, auch wenn das unwahrscheinlich war. Jeder klebte vierundzwanzig Stunden am Tag an seinem Handy.

Der Gedanke, zur Schule zu gehen mit dem Bewusstsein, dass die Hälfte der Leute dort sie ohne Oberteil gesehen hatte, drehte ihr fast den Magen um. Sie überspielte ihre Übelkeit mit einem gekünstelten Husten, verschränkte die Arme über ihrem Bauch und drückte fest.

»Du hast eine Überdosis Schlaftabletten genommen, Kait!« Ihre Mutter klang ungeduldig. »Irgendwas muss doch passiert sein.«

»Es war ein Unfall.« War es doch auch, oder?

Das hatte sie der Therapeutin gesagt, denn ihr war fast sofort klar gewesen, dass sie für immer in diesem Krankenhaus und in Therapie feststecken würde, wenn sie zugab, dass sie sich das Leben nehmen wollte.

So, wie die Dinge aktuell lagen, musste sie zweimal pro Woche zu Einzelsitzungen und wöchentlich zur Familienberatung. Das war schon schlimm genug.

Sie konnte sich kaum daran erinnern, was sie gedacht hatte, bevor sie die Pillen geschluckt hatte. Sie wusste nur noch, dass sie der verhassten Schule, dem Familienstress und dem totalen Mangel an Freunden hatte entkommen wollen.

An dem Betreuungsprogramm teilzunehmen, würde ihr die Begegnungen beim Stundenwechsel und der Mittagspause ersparen. Oder? Sie konnte sich nicht daran erinnern, wo die Kinder aus diesem Teil der Schule sich in der Mittagspause aufhielten. Sie hatte versucht, sie zu ignorieren; sie hatte sie seltsam gefunden.

Sie hielt ihr Gesicht in die kühle Brise. Natürlich fiel sie nun selbst ebenfalls in die Kategorie »seltsam«.

Wenn ihre neue Therapeutin das hören könnte, würde sie ausflippen. Kaitlyn sollte doch jetzt auf positive Selbstwahrnehmung achten, sich an ihre Stärken erinnern und sich auf das konzentrieren, was gut lief.

Im Moment lief natürlich gar nichts gut.

»Kann ich nicht Onlineunterricht nehmen?«, fragte sie ihre Eltern über die Schulter.

»Ich glaube nicht, dass das eine gute Idee wäre.« Ihr Dad hatte sich zurückfallen lassen, um neben ihrer Mom zu laufen, doch jetzt schloss er wieder zu ihr auf. Sein Stock verhakte sich in einer Furche in der Straße, sie wollte schon nach ihm greifen, um ihn aufzufangen, aber er navigierte selbst problemlos darum herum. Typisch Dad – er kam einfach mit jeder Herausforderung klar, war gut in allem.

»Du müsstest betreut werden, wenn du zu Hause Unterricht nimmst«, sagte ihre Mom mit besorgter Stimme. »Und ich weiß nicht, wie …«

»Betreut!«, unterbrach Kaitlyn und starrte ihre Mutter an. »Warum? Ich bin kein kleines Kind mehr.«

»Du hast versucht, dir das Leben zu nehmen!«

»Hör auf, das zu sagen. Das hab ich nicht!« Sie erhaschte einen flüchtigen Blick auf ihr Spiegelbild im Fenster eines geparkten Autos und verschränkte die Arme vor ihrem Körper. Sie trug einen alten grauen Hoody, den sie bei *Goodwill* gekauft hatte, und das einzige paar Jeans, das ihr im Moment passte. Sie hatte sich die Haare gewaschen, aber kein Glätteisen und keine Lockenwickler benutzt, sodass ihre Haare nun in feuchten Strähnen nach unten hingen.

Kein Wunder, dass sie zum Betreuungsunterricht geschickt wurde. Sie sah aus wie ein totaler Freak.

Oder wie jemand, der versucht hat, sich umzubringen.

»Zumindest hast du etwas Hochriskantes getan«, sagte Dad. »Also hat Mom recht. Wenn du zu Hause bleiben würdest, müsstest du die ganze Zeit überwacht werden. Abgesehen davon, dass keiner Zeit dafür hat, wäre es auch für dich nicht gerade spaßig. Oder?«

Sie antwortete nicht, gab nur ein Schnauben von sich.

»Komm schon.« Er legte einen Arm um sie. »Lass uns zurück in die Stadt und zu *Goody's* gehen.«

»Dieses Problem lässt sich nicht mit Eis lösen!«, sagte ihre Mom. »Abgesehen davon würde bereits eine Eiswaffel von dort meine erlaubten Kalorien für den Tag überschreiten.«

Kaitlyn wollte eigentlich etwas Ähnliches sagen, änderte aber schnell ihre Meinung. »Ich geh mit zu *Goody's*. Aber ich will nicht zu diesem Betreuungsdings.«

»Möchtest du wieder zurück in deine normale Klasse?« Ihre Mom lief nun neben ihr, mit gesenktem Kopf, Blätter aufwirbelnd, die auf dem Gehweg lagen.

»Nein.« Das konnte sie nicht. Keine Chance. Es war ja nicht so, dass sie Freunde in der Schule hatte, jedenfalls keine richtigen, aber wenn sie in dieses Betreuungsprogramm ging, war sie vollkommen unten durch.

Na ja, genau genommen war sie das natürlich schon durch das Video, aber an diesem »Spezialprogramm« teilzunehmen, würde ihr Schicksal endgültig besiegeln.

»Du triffst keine guten Entscheidungen«, sagte Dad und ergriff ihre Schulter ein bisschen fester, wie eine kleine Umarmung. »Und darum fragen Mom und ich dich nicht. Wir *sagen* dir, dass du dieses Betreuungsprogramm ausprobieren wirst.«

Ein winziger Teil von ihr fühlte sich durch Dads starken, strengen Tonfall erleichtert. Und trotzdem ... »Was interessiert dich das überhaupt? Du verschwindest doch sowieso wieder«, sagte sie.

»Nein, tu ich nicht.« Er drückte ihre Schulter noch einmal. »Ich bleibe in Pleasant Shores.«

Freude stieg in ihr auf. »Wirklich? Für wie lange?«

»Für die nähere Zukunft. Ich werde im *Healing* Heroes-Cottage wohnen.«

Die Vorstellung, dass ihr Dad hierbleiben würde, ließ die Anspannung von ihr abfallen. Für drei Sekunden. Und dann fiel ihr ein, dass die Kinder sie doppelt so sehr mobben würden, weil sie einen blinden Vater hatte. Niemals würden sie das vergessen, wenn er in der Stadt blieb und sie ihn direkt vor Augen hatten, in der Schule, jeden Tag.

»Du wirst in dem Betreuungsprogramm aushelfen, so wie Trey?«

»Nein. Das würde ich dir nicht antun wollen. Ich werde woanders arbeiten.«

»Was machst du da?«

»Das weiß ich noch nicht genau, und überhaupt, in diesem Gespräch sollte es um dich gehen und nicht um mich.«

Ein Pick-up fuhr vorbei, Bremsen quietschten. »Hey, sexy Maus!«, rief irgendein Typ und fuhr mit quietschenden Reifen davon.

Kaitlyn wusste nicht, wer der Typ war, aber vielleicht hatte er das Video gesehen und sie wiedererkannt. Oder vielleicht hatte er auch ihre Mom gemeint, das passierte auch sehr häufig.

»Notiert euch das Nummernschild«, sagte Dad wütend.

»Ich hab es nicht gesehen, und er ist schon weg. Außerdem …« Ihre Mom beendete den Satz nicht, doch Kaitlyn warf ihr einen Blick zu und wusste sofort, was sie hatte sagen wollen.

Wenn man so aussah wie sie beide, stand Hinterherpfeifen auf der Tagesordnung. So war das Leben mit 75-D-Oberweite. Ihre Mom hatte ihr das im Verlauf des Sommers in mehreren peinlichen Unterhaltungen erklärt.

Womit sie nicht gerechnet hatte, war, dass Kaitlyn einen so idiotischen Fehler machen würde, wie auf das Betteln eines dummen Jungen zu reagieren und sich dabei auf Video aufnehmen zu lassen.

Kaitlyns Herz raste, ihr Magen drehte sich um. Sie ging ihren Eltern wieder voraus, aber die beeilten sich und blieben ganz nah hinter ihr. Sie konnte ihrer Besorgnis und ihrem doofen Plan nicht entkommen.

Sie konnte nirgendwohin.

Genau dieses Gefühl war der Grund gewesen, weshalb sie die Pillen genommen hatte.

»Wir haben schon mit dem Papierkram für das Betreuungsprogramm angefangen«, sagte Dad streng. »Es wäre schön, wenn du da mit an Bord wärst und mit etwas Offenheit an die Sache herangehst. Aber wenn nicht ... Na ja, du wirst trotzdem teilnehmen.«

Kaitlyn blickte zu ihrer Mutter, die sich auf die Lippe biss. Ihre Mom war die Schwachstelle. Ihr könnte sie das ausreden. Das hatte Kaitlyn schon eine Million Mal geschafft.

Aber wenn ihr Dad in der Stadt blieb, änderte das alles.

Sie musste wahrscheinlich tun, was sie sagten.

Sie stellte sich vor, wie sie zur Schule ging. Zum Raum der Sonderklasse anstatt zu ihrer regulären achten Klasse. Würde es wirklich so furchtbar werden?

Sie müsste sich keine Sorgen machen, gemobbt zu werden, zumindest nicht während des Unterrichts, denn die Klassen waren klein und wurden streng beaufsichtigt. Erica, eine der beiden Lehrerinnen im Betreuungsprogramm, war sehr nett.

Vielleicht war es tatsächlich die beste Option, auch wenn der Gedanke daran, in eine spezielle Klasse zu gehen – und damit war kein Exzellenzprogramm gemeint, eher das glatte Gegenteil –, ihr das Gefühl gab, nicht mehr zu wissen, was für ein Mensch sie eigentlich war.

»Wann würde ich anfangen?«, fragte sie betrübt.

»Erica hat gesagt, dass sie Schuldirektor O'Neil dazu bringen wird, sich mit den Formalitäten zu beeilen«, sagte Mom. »Du könntest schon am Mittwoch anfangen.«

»Na gut«, sagte Kaitlyn. »Ich werde hingehen. Aber es wird mein Leben ruinieren.«

8. Kapitel

Am Donnerstag, nachdem Kaitlyn nach Hause gekommen war, schrubbte Ria die Toiletten. Und es machte ihr überhaupt nichts aus.

Den Papierkram zu erledigen, den Kaitlyn für das Betreuungsprogramm brauchte, hatte länger gedauert, als ursprünglich gedacht, darum konnte Kait frühestens morgen anfangen, wahrscheinlich eher am Montag. Erica hatte sich mit ihr getroffen, um sie vorzubereiten und ihr zu erklären, wie der Unterricht ablaufen würde. Und das war super.

In der Zwischenzeit hatten Ria und Drew versucht, Kait nicht aus den Augen zu lassen, und das war alles andere als einfach. Außerdem schien sich Kaits Gemütslage nicht zu verbessern. Sie musste dringend Zeit mit anderen Kindern verbringen, sie musste wieder zur Schule gehen.

Zum Glück hatte Drew für heute die Aufsicht übernommen, denn ohne dass er davon wusste, war es heute ein schlechter Tag für Ria. Es war der Jahrestag ihrer Fehlgeburt. Sie bevorzugte es, sich mit Putzen abzulenken – in Vertretung für eine Putzkraft, die heute abgesagt hatte.

Gerade trat sie mit Gummihandschuhen, Eimer und Putzmittel in den Händen aus einem Hotelzimmer.

»Hey, Ria.«

Die tiefe, männliche Stimme erschreckte sie. »Ted!« Was machte Ted Taylor denn hier?

Auf jeden Fall schaute er auf ihre Brüste. Offensichtlich, denn das T-Shirt, dass sie sich zum Putzen angezogen hatte, war ein bisschen zu alt, zu dünn und zu eng.

Ted tat das nicht unverhohlen; er war einfach nur ein Mann. Das war es, was sie versucht hatte, Kaitlyn zu erklären. Männer waren einfach nicht ganz bei Sinnen, wenn sie sich in der Gegenwart einer bestimmten weiblichen Körperform befanden, und sie und Kaitlyn hatten diese Körperform nun mal.

»Tut mir leid, dass ich hier einfach so hereinplatze.« Ted trug ein Polohemd und Khakis und sah makellos aus wie immer.

»Ich hab mehrmals versucht anzurufen, bin aber nie durchgekommen. Ich dachte schon, ich habe die falsche Nummer.«

Nein, er hatte nicht die falsche Nummer. Ria hatte nur seine Nachrichten ignoriert. Nicht so sehr, weil sie nicht mit ihm hätte reden wollen, sondern weil sie dermaßen mit Kaitlyn beschäftigt war.

»Das tut mir leid«, sagte Ria, während sie den Eimer abstellte und sich die Handschuhe auszog. »Es war wirklich stressig hier. Was kann ich für dich tun?«

»Gib mir eine Führung«, sagte er. »Ich möchte in ein paar lokale Geschäfte investieren, und dieses kleine Motel steht ziemlich weit oben auf meiner Liste.«

Ria runzelte die Stirn. Aus dem Stegreif konnte sie sieben oder acht sehr viel erfolgreichere Geschäfte aufzählen, die bessere Kapitalanlagen wären.

»Klar zeig ich's dir«, sagte sie, »aber warum interessierst du dich dafür?«

»Um die Wahrheit zu sagen: Ich würde gerne mit dir zusammenarbeiten.« Er schaute sie mit einem warmen Blick an.

Ria verstand es einfach nicht. »Wieso?«

»Ist dir das wirklich nicht klar?« Er hielt immer noch den Blick auf sie gerichtet.

Sie packte den Stier bei den Hörnern. »Ich bin mir nicht so sicher, ob die Tatsache, dass wir vor über fünfzehn Jahren mal gedatet haben, eine gute Grundlage für Geschäftsentscheidungen ist.«

»Oh, das ist nicht die einzige Grundlage«, sagte er hastig. »Du hast einen schönen Standort, und es gibt nicht sehr viele kleine, unabhängige Hotels hier. Ich hab das Gefühl, dass Pleasant Shores so richtig aufblühen wird, was den Tourismus betrifft. Und wenn ich hier investiere, wäre ich in einer sehr guten Startposition.«

»Ich schätze mal, es kann nicht schaden, mit dir darüber zu reden«, sagte Ria, »obwohl ich eigentlich nicht vorhatte, Investoren mit an Bord zu holen. Komm mit. Ich zeig dir alles.«

Sie ging davon aus, dass das sein Interesse schnell zum Erlöschen bringen würde. Die Chesapeake Motor Lodge war kein schlechtes Motel, aber es war alles andere als nobel. Und trotz seiner Flirtversuche war Ted bekannt dafür, ein gerissener Geschäftsmann zu sein.

Während sie zum hinteren Ende des Gebäudes gingen, sah sich Ted nachdenklich um. Dann wandte er seine Aufmerksamkeit wieder ihr zu. »Also, was hat dich dazu gebracht, diese Örtlichkeit zu kaufen?«

Die Frage war nicht leicht zu beantworten. »Ich brauchte nach meiner Scheidung eine Einkommensquelle«, sagte sie. »Meine Mutter lebt hier in der Stadt, und ich dachte mir, wenn ich mein eigenes Geschäft hätte, würde ich genug Zeit haben, um mich um die Mädchen und ihre schulischen Aktivitäten zu kümmern. Außerdem hat die Privatschule hier ein finanzielles Unterstützungsprogramm für alleinstehende Hausfrauen, und irgendwie war ich das ja auch.«

Sie erinnerte sich zurück an die Anfangszeit, als sie das alte Motel hektisch aufgeräumt hatte, nächtelang eine Website auf die Beine gestellt hatte, tagelang im Garten gearbeitet hatte … Na ja, kein Wunder, dass sie total überarbeitet gewesen war und eine Fehlgeburt erlitten hatte.

Sie wollte kein weiteres Kind, nicht in ihrer Lebenslage. Sie schämte sich dafür, aber es war die Wahrheit. Nichtsdestotrotz hatte sie sich keine Fehlgeburt gewünscht. Sie war danach in ein wochenlang dauerndes depressives Loch gefallen.

»Siehst du, die Aufteilung hier ist tatsächlich ideal.« Ted lief um das äußere Ende des Motels, studierte die Umgebung und machte sich Notizen auf seinem Handy.

»Ruhig, aber mit guten Parkmöglichkeiten und leichtem Zugang zu Geschäften und Restaurants. Kannst du mir eins der Gästezimmer zeigen?«

»Na klar.« Sie holte ihren altmodischen Zentralschlüssel heraus und öffnete die Tür zu einem der leer stehenden Zimmer. »Du wirst den Siebzigerjahre-Stil lieben«, fügte sie scherzhaft hinzu.

Holzverkleidung, lange rote Gardinen, raue Teppiche. Alles schwer sauber zu halten und ziemlich aus der Mode. Aber die Preise in der Motor Lodge waren gut, und das sorgte dafür, dass ein spezieller Kundenstamm immer wieder hier übernachtete.

»Könnte definitiv ein Upgrade vertragen«, sagte Ted und schenkte ihr ein Lächeln, das sie daran erinnerte, warum sie mal mit ihm ausgegangen war. Er war wirklich ein attraktiver Mann. »Die Ausstattung erinnert mich an die Wohnung meiner Großmutter. Aber die Substanz scheint gut zu sein.«

Sie verließen das Zimmer und gingen draußen entlang zu weiteren Räumen. Ria winkte Linda und Izzy zu, zwei Frauen mittleren Alters, die gerade Jobs in der Meeresfrüchtefabrik bekommen hatten und so lange im Motel wohnten, bis sie etwas Bleibendes gefunden hatten. Und da war auch Tommy, der gerade in der Stadt war, um seine kranke Mutter zu besuchen. In der nächsten Suite wohnte eine Familie, deren Zuhause vor Kurzem bei einem Sturm zerstört worden war.

»Wie viel kostet ein Zimmer?«, fragte er.

Sie gab ihm eine ungefähre Einschätzung, und er pfiff. »Wenn du ein bisschen Arbeit hier reinsteckst, könntest du das Dreifache verlangen.«

»In der Nebensaison?« Sie ging langsam den Gehweg entlang.

Er schlenderte neben ihr. »Nebensaison spielt keine Rolle, wenn du die Dinge richtig angehst. Biete Rabattpakete an. Nimm Rentner oder Paare ohne Kinder als Zielgruppe. Inszeniere es als einen romantischen Erholungsort.«

»Wirklich? Ein romantischer Erholungsort?« Ria war noch nie an so einem Ort gewesen, aber in ihrer Fantasie hatten die nie so ausgesehen wie die Chesapeake Motor Lodge.

»Na klar. Die Leute lieben solche Orte, etwas abgelegen und ein bisschen extravagant. Ich sag's dir, du könntest richtig Kohle machen.«

Sie erreichten das Ende des Weges, als die letzte Tür aufging. Rias Mutter kam aus ihrer Suite und musste zweimal hinsehen. »Ted Taylor?«

»Höchstpersönlich.« Er streckte die Hand aus. »Es ist mir eine Freude, Sie wiederzusehen, Mrs. Martin.«

»Ich glaube, du bist inzwischen alt genug, um mich Julie zu nennen«, sagte ihre Mom kühl. Sie hatte Ted nie wirklich gemocht.

Was ihre Mom nicht wusste, war, dass sie vielleicht keinen Besseren als Ted abbekommen würde. Sie verdiente mit Sicherheit keinen Mann wie Drew – erst recht nicht, nachdem sie sein Baby verloren hatte.

Ted und ihre Mutter blieben etwas zurück. Ted erzählte ihr leidenschaftlich von seinen Investmentplänen für das Motel. Ria ging voran. Als sie um die letzte Kurve bog, hielt sie inne.

Sophia und Kaitlyn trugen Kartons zu einem Pick-up-Truck, an dessen Steuer Trey Harrison saß. Drew stand neben der Ladefläche.

Rias Magen zog sich zusammen. Drew hatte ihr nicht gesagt, dass er heute ausziehen würde. Sie hätte ihm doch geholfen. Er hatte sich ein paar Sachen aus seinem Apartment in Baltimore anliefern lassen, und jetzt gab es einiges zu schleppen.

Hinter ihr blieben ihre Mutter und Ted ebenfalls stehen.

»Brauchst du Hilfe?«, fragte Julie.

Drew reagierte. »Wer ist da?«

»Entschuldigung – ich bin's, Julie.«

»Und Mom und irgendein Typ«, sagte Kaitlyn.

Drew zog die Augenbrauen hoch.

»Kaitlyn, Sophia, das ist Ted Taylor«, sagte Ria. »Ein alter Freund, der eventuell in das Motel investieren möchte.«

Drew winkte grob in Teds Richtung und begab sich dann wieder an die Ladefläche. Ria verstand das System: Sophia, Kaitlyn und Trey brachten die Sachen heraus, und Drew hob sie dann auf den Truck. Er war schon immer ein starker Mann gewesen, und das hatte sich nicht geändert.

Sie hatte das Gefühl, als sollte sie ihm helfen; und in der Tat, ihre Mutter ging rüber und kletterte auf die Ladefläche, sortierte und ordnete Drews Habseligkeiten.

»Kann ich dich mal kurz sprechen?« Ted berührte ihren Arm.

Ihre Mom und Sophia sahen es und warfen ihr fragende Blicke zu.

»Sicher«, sagte sie und folgte ihm den Gehweg entlang zum Parkplatz, wo sein Auto stand.

»Hättest du Interesse, dass wir uns mal treffen und über alles reden?«, fragte er. Und wie zuvor schien sein Blick noch eine andere Bedeutung zu suggerieren, aber sie war sich nicht sicher, ob das stimmte oder ob es ein Trick war.

Sie hatte das komische Gefühl, dass sie erst mit Drew reden sollte, bevor sie eine Antwort gab, aber das war lächerlich. Er zog schließlich aus, und es würde ihn ohnehin nicht interessieren. Und das Motel konnte finanzielle Unterstützung gut gebrauchen. »Klar«, sagte sie. »Ruf mich an, dieses Mal werde ich rangehen.«

Kaitlyn wartete am Montag um elf Uhr dreißig an der Tür zu ihrem Klassenzimmer und erkannte sofort ihren Fehler.

Sie hatte es hinausgezögert und gebummelt, hatte gesagt, dass Sophia mit ihr kommen müsse, dass sie nicht gleich frühmorgens in die Schule gehen konnte, wenn die Flure voller Schüler waren, und dass sie Halsschmerzen hatte.

»Mann, es ist schon fast Mittagspause«, sagte Sophia. »Früher oder später wirst du sowieso alle sehen müssen.« Sie klang aufrichtig mitfühlend, dass sich alles so entwickelt hatte, aber auch ein wenig geistesabwesend. Irgendetwas anderes ging noch mit Sophia vor sich.

Aber Kaitlyn hatte keine Zeit, sich darüber Sorgen zu machen, denn jetzt musste sie sich ihrem neuen Leben stellen. »Danke, dass du mitgekommen bist«, sagte sie zu ihrer Schwester.

»Hey, es hat mir die ersten Stunden erspart.« Und dann war Sophia verschwunden, und Kaitlyn ging alleine hinein.

Alle Köpfe wandten sich ihr zu.

Einige davon erkannte Kaitlyn wieder. Da war zum Beispiel Venus Jackson, mit der Kaitlyn letztes Jahr in eine körperliche Auseinandersetzung geraten war – ironischerweise, weil sie jemanden verteidigte, der gemobbt wurde –, aber jetzt waren sie so was Ähnliches wie Freunde. Zumindest das, was für Kaitlyn im Moment einem Freund am nächsten kam. Was nicht viel bedeutete. Neben ihr saß Shane Simpson, ein kleines, lebhaftes Kind, das ständig in Schwierigkeiten geriet.

Vorne in der Mitte war Rory, ein nerdiger Junge, der bereits mit Kaitlyn an einigen Kursen für Hochbegabte teilgenommen hatte. Er war sehr intelligent, hatte aber keine Ahnung, wie man richtig durch die sozialen Untiefen der Mittelstufe navigierte. Er sagte immer die falschen Sachen zur falschen Zeit und wurde ausgelacht, und sie ging davon aus, dass das der Grund war, warum er den normalen Unterricht verlassen hatte und die Betreuungsklasse besuchte.

Wahrscheinlich wurde er gemobbt. Genau wie sie.

Sie schaute sich im Klassenzimmer um, aber unter den zehn oder zwölf Schülern fand sie keinen anderen, der an einem Kurs für Hochbegabte teilgenommen hatte. Das würde wohl bedeuten, dass sie mit dem seltsamen Rory in ein Team gesteckt würde. Juhu.

»Ah, komm rein.« Erica Harrison ergriff ihre Hand und zog Kaitlyn weiter in den Raum hinein.

»Die anderen beenden gerade ihre Aufgaben vor der Mittagspause. Du hast ungefähr zehn Minuten Zeit, um dich einzurichten. Wir haben einen freien Tisch dort drüben neben Venus, aber du kannst auch vorne sitzen.«

»Ich setz mich da hin«, sagte Kaitlyn und nickte in Richtung des Tisches neben Venus. Doch während sie nach hinten ging, wünschte sie sich bereits, sie hätte sich anders entschieden. Zwei Jungs in der hinteren Reihe stießen sich gegenseitig an und schauten Kaitlyn mit einem verschlagenen Grinsen an.

Kaitlyn war nicht mit ihnen befreundet, aber sie wusste über die beiden Bescheid. Das wusste jeder. Der eine, Moses Settler, geriet ständig in Schwierigkeiten wegen Drogen. Mit seinen langen, wilden Haaren und seinen glasigen roten Augen sah er so aus, als wäre er gerade high. Der andere war der große, blonde Rod Berger, der früher mal Football gespielt hatte, bis sie ihn aus dem Team geworfen hatten.

Kaitlyn lief ein heißer Schauer über Gesicht und Nacken. Vielleicht – hoffentlich – waren sie einfach nur Idioten. Aber bei ihrem Glück hatten sie bestimmt das Video gesehen oder zumindest davon gehört.

Erica war stehen geblieben, um einem anderen Schüler zu helfen, und so legte Kaitlyn den Rest des Weges zum Tisch neben Venus allein zurück.

Sie hatte kaum ihren Rucksack auf den Tisch plumpsen lassen und sich hingesetzt, da lehnte sich Venus bereits zu ihr herüber. »Was machst du denn hier?«, fragte sie. »Du bist doch so klug.«

Kaitlyn zuckte eine Schulter. Sie war sich bewusst, dass die anderen Kinder in dem kleinen Klassenzimmer mithören konnten. »Ich bin in Schwierigkeiten geraten.«

»Wegen was?«

Kaitlyn zuckte wieder mit den Schultern. »Das ist kompliziert.«

»Wegen Alkohol? Oder irgendeiner illegalen Substanz?«

Venus imitierte beim Sprechen einen britischen Akzent, eine seltsame Marotte von ihr.

Kaitlyn gab ein unverbindliches Schnauben als Antwort. Sie mochte Venus ganz gern, aber das Mädchen war zu neugierig.

»Sie hat emotionale Probleme«, mischte sich nun Rory aus der vorderen Reihe ein.

Kaitlyn warf ihm einen bösen Blick zu, bis er sich wieder umdrehte und nach vorne schaute. »Meine Probleme gehen euch nichts an, und eure Probleme gehen mich nichts an«, sagte sie an alle gerichtet. So bestimmt war sie in ihrer alten Klasse nie aufgetreten, aber hier hatte sie offenbar sowieso nichts zu verlieren.

Außerdem glaubte sie, dass die Jungs in der Klasse viel fieser drauf wären, wenn sie von dem Video gewusst hätten. Vielleicht hatte Sophia es wirklich, wie durch ein Wunder, rechtzeitig entfernen lassen.

Und vielleicht konnte sie in diesem peinlichen Klassenzimmer tatsächlich einen Neuanfang machen. Sie fummelte an ihrem Rucksack herum und füllte ein Dokument aus, das Erica ihr gegeben hatte und in dem es um den von ihr bisher behandelten Stoff im Schuljahr ging.

»Okay, lasst uns zum Mittagessen nach unten gehen«, sagte Erica ein paar Minuten später, und alle gingen los und schoben sich in einer unordentlichen Gruppe Richtung Cafeteria. Würden sie tatsächlich die ganze Zeit durch die Gegend geführt werden wie Grundschulkinder? Das kam ihr erst mal ganz schön albern vor, aber angesichts der Belästigungen, die sie in den Fluren erfahren hatte, war das vielleicht besser so.

Plötzlich ging Erica neben ihr. »Normalerweise«, sagte sie, »gehe ich mittags ins Lehrerzimmer zum Essen. Aber wenn du dich nicht wohlfühlst, kann ich dich gerne begleiten, und wir essen zusammen.«

Einige Kinder hatten das mit angehört und schauten sie nun fragend an.

»Nein, mir geht's gut«, sagte sie. Das Letzte, was sie gebrauchen konnte, war, neben einer Lehrerin-Schrägstrich-Babysitterin zu sitzen.

»Die meisten Kinder aus unserer Klasse sitzen beisammen«, sagte Erica. »Und sie kommen etwas früher dran als die anderen Schüler, was ein kleiner Vorteil ist. Weniger Schlange stehen.«

»Alles klar«, sagte Kaitlyn.

Erica wandte sich an die anderen Schüler. »Kümmert euch alle gut um unsere neue Mitschülerin, okay?«

»Ich komm schon klar.« Kaitlyn rang sich ein Lächeln ab, und Erica klopfte ihr auf die Schulter und machte sich auf den Weg den Flur hinunter Richtung Lehrerzimmer.

Rory lief plötzlich neben ihr, so als wolle er beim Hineingehen ihr Bodyguard sein. Sehr hilfreich für ihren Ruf.

»Ich komm zurecht«, sagte sie zu ihm, und als er etwas verletzt wirkte, fügte sie noch hinzu: »Aber danke.«

Sie lief neben Venus durch die Reihen der Cafeteria, und die holte sich drei Stücke Pizza und hielt der Frau hinterm Tresen ihren Teller hin, damit die ihr eine Portion Makkaroni mit Käse aufhäufte. Das war mal was anderes. Kaitlyn war es gewohnt, mit Mädchen zusammen zu sein, die maximal einen Salat aßen. Es war ihr immer unangenehm gewesen, sich in deren Gegenwart auch nur ein Sandwich zu holen. Sie schnappte sich zwei Scheiben Pizza und ein Stück Schokoladenkuchen. Es gab keinen Grund, hier so zu tun, als würde sie zu den dünnen Mädchen gehören.

»Komm mit«, sagte Venus. »Wir müssen an unseren Tisch, bevor alle reinkommen.«

Kaitlyn fragte sich, wieso, aber während sie Venus durch die zunehmend volle Cafeteria folgte, bemerkte sie die gehobenen Augenbrauen und hörte das Flüstern. Sie konzentrierte sich auf Venus' Pullover in knalligem Pink und schaute weder nach links noch nach rechts.

Als sie einen Stuhl herauszog, steigerten sich die Stimmen und das Geflüster langsam zu einem Sprechchor.

Zunächst konnte sie nicht wirklich verstehen, was sie sagten. Doch dann: *Zieh es aus. Zieh es aus.*

Kaitlyns Gesicht brannte, als sie auf die fettige Pizza vor sich starrte. Ihr wurde übel.

»Wovon sprechen die?«, fragte Venus, während sie sich ihr Pizzastück zum Mund führte.

»Wer weiß?« Shane richtete seine Aufmerksamkeit auf irgendetwas in seinem Schoß. Es sah so aus, als würde er ein Videospiel spielen.

»Geht's um dich?« Venus blieb hartnäckig. »Was haben sie gegen dich in der Hand?«

Kaitlyn schüttelte den Kopf und versuchte, tiefer in ihren

Stuhl zu rutschen. Wenigstens nahm der Sprechchor keine Fahrt auf; er schien eher abzuflauen.

»Du darfst nicht so tun, als ob es dich kümmert«, riet Venus. »Sag ihnen einfach, sie sollen die Klappe halten.«

Kaitlyn antwortete nicht. Für Venus war das leicht gesagt.

Rod, der ehemalige Football-Spieler, der sich zusammen mit dem zugedröhnten Moses hinten in der Klasse kaputtgelacht hatte, rutschte jetzt aus seinem Sitz und ging hinüber zu einem Tisch voller Jungs.

Oh, na großartig. Jetzt würde er es erfahren, und dann würden bald auch ihre neuen Klassenkameraden davon wissen.

Jemand schrie »Zieh es aus« und fügte noch einen unanständigen Ausdruck hinzu.

»Halt die Klappe!«, rief Shane über seine Schulter, und ein Lehrer ging in Richtung des Jungen, der geschrien hatte.

Kaitlyn stocherte in ihrem Schokoladenkuchen herum. Sie würde dem Mobbing und ihrem schlechten Ruf niemals mehr entkommen. Denn letztendlich war sie immer noch an derselben Schule.

Sie ließ verstohlen ihren Blick schweifen und landete bei Chris Taylor, der sie mit so glühenden Augen anschaute, dass es einfach fake sein musste. Sie wandte sich ab und schob ihr Essen beiseite. Ihr drehte sich der Magen um.

Shelby Grayson und eine ihrer Freudinnen kamen vorbei und hielten vor ihr an. »Hi, Kait«, sagte Shelby, obwohl sie Kaitlyn normalerweise niemals beachtet hätte. »Gehst du ab jetzt in die *besondere* Klasse?«

Kaitlyn nickte behutsam.

»Alles klar bei dir?«, fragte das andere Mädchen. Ihre Stirn lag in Falten, und sie wirkte ernsthaft besorgt, aber Kaitlyn kaufte es ihr nicht ab. Genau dieses Mädchen war nie gemein zu Kaitlyn gewesen, aber sie hatte bis heute auch noch nie ein Wort mit ihr gewechselt.

»Und wie.« Venus stand auf und ging einen halben Schritt auf die Mädchen zu. Sie war gute fünfzehn Zentimeter größer als die anderen beiden, hatte eine muskulöse Figur und einen schneidenden Blick. »Ihr geht jetzt besser weiter.«

Die beiden Mädchen schnaubten überrascht und taktlos. Sie waren es offensichtlich nicht gewohnt, abgewiesen zu werden, aber sie gingen tuschelnd davon und warfen Venus noch ein paar giftige Blicke zu.

»Danke.« Kaitlyn war froh, dass Venus die Aufmerksamkeit von ihr abgelenkt hatte.

»Mädchen, was ist dir denn passiert?«, fragte Venus. »Du weißt doch sowieso, dass du uns irgendwann die ganze Geschichte erzählen musst. Also warum nicht jetzt?«

Kaitlyn schaute auf und sah, dass Moses sich Rod angeschlossen hatte, um mit den Jungs zu sprechen, die ihr hinterhergerufen hatten. Chris saß auch an dem Tisch, zusammen mit seinem nerdigen Freund Kyle und Tyler Pollackson, diesem furchtbar beliebten Jungen, bei dem Sophia unbedingt landen wollte.

Sie alle schauten immer wieder in Kaitlyns Richtung.

»Die Sache wird sowieso bald rauskommen«, sagte sie verdrießlich.

»Vielleicht möchtest du aber deine eigene Interpretation erzählen«, sagte Rory. »Interpretation ist alles.« Dann widmete er sich wieder seinem Aquaristik-Magazin, das er während des Mittagessens las.

Er hatte nicht unrecht, und Kaitlyn würde ihre eigene Interpretation auch erzählen – sobald sie wusste, was diese Interpretation war.

Sie war beinahe froh, mit den Kindern aus der Betreuungsklasse zusammenzusitzen. Sie fühlte sich ein bisschen sicherer. Wenigstens musste sie nicht allein durch die Flure laufen, als schutzloses Opfer.

Die Kinder in ihrer Klasse waren vielleicht etwas seltsam, hatten sogenannte besondere Bedürfnisse, aber sie schienen zu einem gewissen Grad zusammenzuhalten.

Moses und Rod kamen lachend an den Tisch zurück und schauten zu ihr herüber.

Würg. Es würde nicht mehr lange dauern, bis jeder in ihrer Klasse von dem Video wusste. Würden sie dann weiter zu ihr halten oder sich dem Mob anschließen, dem es Spaß machte, sie zu schikanieren?

9. Kapitel

Am Mittwochvormittag um elf stand Ria wie abgemacht beladen mit Vorräten vor der Tür von Drews Cottage am Strand. Sie hatte vor, hineinzugehen und sich ihrem Ex-Ehemann gegenüber höflich zu zeigen. Sie wollte kurz mit ihm über Kaitlyns Therapie reden und das Gästeschlafzimmer für die Mädchen zurechtmachen. Und dann ohne emotionale Verwicklungen wieder verschwinden. All diese intensiven Gefühle, die sie in Drews Gegenwart entwickelte, waren einfach nur lächerlich, schlicht Nachwirkungen ihrer Ehe. Anscheinend hatte sie das Ganze doch nicht so gut aufgearbeitet, wie sie dachte, und die Sorgen um Kaitlyn wirkten wie ein Kleber, der sie miteinander verband.

Aber das war nur vorübergehend. Ab heute würden sie einfach nur wieder befreundete, geschiedene Eltern sein.

Sie klopfte an die Tür. Aus dem Innenraum ertönte ein lautes Bellen von Navy, dann öffnete sich die Tür. Drew stand vor ihr, er trug tief sitzende, verwaschene Jeans und ein altes T-Shirt, an das sie sich erinnerte, weil sie es schon vor einiger Zeit einmal hatte wegwerfen wollen. Die abgerissenen Ärmel verbargen kaum seine muskulösen Arme. »Ria?«

Sie schluckte. »Ich bin's.«

Er trat einen Schritt zurück und hielt ihr die Tür auf. »Komm rein.«

Der Eingang zum Cottage war sehr eng. Sobald sie hineingegangen war, konnte sie Drews würziges Aftershave riechen und seine Wärme spüren.

Sollte sie ihn umarmen? Ihn auf die Wange küssen? *Ihn auf den Mund küssen?*

Nein. Sie entschied sich, seinen Unterarm leicht zu berühren. Er streckte die Hände aus. »Was trägst du da?« Noch bevor sie antworten konnte, nahm er ihr die Schachtel und zwei gefaltete Bettdecken ab. Er hatte immer schon gute Manieren gehabt, war schnell zur Stelle, um einer Frau die Last abzunehmen, einen Platz anzubieten oder eine Tür aufzuhalten.

Es musste schlimm sein, all diese Dinge nicht mehr so oft tun zu können wie früher. Nun befand *er* sich häufiger in der Situation, selbst Hilfe annehmen zu müssen.

Navy schmiegte sich an sie, und sie beugte sich runter und ließ ihre Hand über das goldene Fell der Hündin gleiten. »Sollen wir zuerst das Zimmer der Mädchen herrichten oder zuerst reden?«

»Wir reden, während wir es herrichten«, sagte er sofort.

Natürlich. Drew hatte noch nie gerne geredet. Er war nicht besonders kommunikativ, was ein Teil ihrer Probleme war.

»Ich brauch Bewegung«, gab er freiwillig zu, während er ihr auf der Treppe voranging. »Ich schaffe noch nicht einmal die Hälfte der Übungen, die ich früher konnte.« Er führte sie in das größere der beiden Schlafzimmer, setzte seine Last auf dem Bett ab und streichelte Navys Kopf. »Sie langweilt sich ebenfalls«, sagte er.

»Brauchst du Hilfe dabei, einen Ort zum Trainieren zu finden? Ich glaube, es gibt oben an der Küste ein Fitnessstudio, und wir könnten einen Fahrdienst finden …«

»Ich hab es schon im Griff, aber danke«, unterbrach er sie. Seine Stimme klang etwas gereizt.

»Ich versuche nur zu helfen.«

»Ich weiß. Tut mir leid.« Er fing an, eine der Decken zu entfalten. »Es gibt einen Spezialisten, der mir helfen wird, im Trainingsraum der Polizei zurechtzukommen. Und nächste

Woche fang ich mit meiner freiwilligen Arbeit an. Hoffentlich.«

»Das ist großartig.« Sie öffnete den Karton, den sie mitgebracht hatte, und begann, Flanell-Schlafhosen und -Oberteile in die Schubladen zu räumen, während sie vor sich hin sinnierte. Normalerweise hätte Drew nie seinen Ton gerechtfertigt oder erklärt, warum er etwas gesagt hatte. Irgendwie schien er in diesem ganzen Chaos kommunikativer geworden zu sein.

Hatte er das selbst gelernt, auf die harte Tour? Oder durch seine Psychologin? Oder von einer anderen Frau?

Das ging sie nichts an. Sie schaute aus dem Fenster und beobachtete, wie die Sonnenstrahlen auf dem Chesapeake tanzten. Wunderschön. Das brachte sie ins Grübeln. »Moment mal«, sagte sie. »Du hast das kleine Schlafzimmer genommen und lässt den Mädchen das große?«

»Von der Aussicht hab ich nichts«, sagte er trocken. »Und ich bin kein Teenager, ich brauch kein großes Badezimmer. Das im Flur reicht vollkommen aus.«

Das war typisch für Drew. Nein, er war nie jemand gewesen, der liebevolle Worte gesagt hatte, weder zu ihr noch zu ihren Mädchen. Aber er zeigte es durch Taten, wie zum Beispiel, indem er das größere, schönere Schlafzimmer seinen Töchtern überließ, noch bevor er wusste, ob sie überhaupt auch nur eine Nacht dort verbringen wollten.

Sie riss ihre Gedanken von Drew los und konzentrierte sich auf die Mädchen, fragte sich, wie oft sie wohl bei Drew sein wollten. Sie selbst und Drew mussten immer noch einen Zeitplan austüfteln, und sie war sich nicht sicher, worauf sie hoffen sollte. Sie wollte nicht, dass er verletzt würde, weil seine Töchter keine Zeit bei ihm verbringen wollten, andererseits würde es sie ebenso verletzen, falls sie lieber bei ihrem Vater übernachteten statt bei ihr.

Sie beobachtete, wie Drew eine Decke auf dem zweiten Doppelbett ausbreitete. Seine Hände waren groß und geschickt, glätteten Falten einfach nach Gefühl und zogen die Ecken gerade. Da er nicht sehen konnte, dass sie ihn beobachtete, betrachtete sie ihn weiter.

Sie erinnerte sich daran, wie sich diese Hände anfühlten, wenn er sie berührte.

Ihr Mund wurde trocken.

Er blickte mit zusammengekniffenen Augen in ihre Richtung, und plötzlich fragte sie sich, ob er vielleicht doch bemerkt hatte, wie sie ihn anstarrte.

»Also, wir sollten über die Empfehlungen der Psychologin sprechen«, sagte sie betont forsch. Sie hatten früher in der Woche einen Termin bei der Familienberatung wahrgenommen, und die Psychologin hatte bereits zwei weitere Male mit Kait gesprochen: einmal im Krankenhaus und einmal direkt nach dem Termin.

»Ich bin wirklich erleichtert, dass Dr. Shelton nicht glaubt, dass Kait eine Gefahr für sich darstellt«, sagte Drew. »Sie ist irgendwie speziell. Wie sieht sie eigentlich aus?«

Ria lächelte, als sie an den alternativen Stil der Frau dachte. »Was glaubst du denn, wie sie aussieht?«, fragte sie und befürchtete sofort, die Frage könnte unsensibel sein. Aber er schien nicht beleidigt zu sein. Ein Grübchen zeigte sich auf seiner Wange, während er sich auf der Fensterbank abstützte. Dann schwang er sich hoch und setzte sich hin. »Ich schätze: kurze graue, gelockte Haare und eine verrückte Brille«, sagte er.

»Nah dran. Ihre Haare sind lang und grau, aber tatsächlich lockig. Und ihre Brille ist definitiv verrückt. Sie hat ein Regenbogen-Gestell.«

Er grinste. »Eins dieser großen, schlabberigen Kleider, die bis zum Boden reichen?«

»Großes, schlabberiges Oberteil«, korrigierte sie ihn. »Mit Strumpfhose und hohen Stiefeln.«

»Ich kann es direkt vor mir sehen«, sagte Drew lachend. Dann wurde er ernst und runzelte die Augenbrauen. »Ich wünschte, ich *könnte* sie sehen. Und Kait. Und dich.«

Das traf sie ins Herz. »Oh, Drew, das wünschte ich auch.« Sie ging hinüber und lehnte sich an das Fenster neben ihm, während sie ihre Hand auf seine Schulter legte. Das Gefühl seiner harten Muskeln unter ihrer Hand schickte ein elektrisierendes Kribbeln durch ihren Arm, bis hinein in ihr Herz.

Er drehte den Kopf, als hätte er das mitbekommen. Er griff hoch und legte seine Hand auf ihre. Eine Möwe flog am Fenster vorbei, krächzte einen einsamen Ruf. Das Sonnenlicht zauberte Diamanten auf das Wasser des Chesapeake.

Früher hätten Drew und sie so einen Moment zu nutzen gewusst – ein schönes Zimmer mit einer schönen Aussicht, Zeit alleine zu zweit.

Das war alles zu viel für sie, zu romantisch, zu verführerisch.

Einfach zu viel. Sie suchte nach irgendetwas, worüber sie reden konnten, und es dauerte nicht lange, bis sie etwas fand. »Machst du dir immer noch Sorgen um Kait? Trotz allem, was Dr. Shelton gesagt hat?«

Er runzelte die Stirn, zog seine Hand zurück und nickte. »Ja.«

»Ich auch. Wenn auch nur die kleinste Chance besteht …« Ria brach ab. »Ich wünschte einfach nur, es gäbe irgendwas, das wir tun könnten. Mit ihr reden, na klar, nur dass sie mit mir einfach nicht reden möchte.«

»Mit mir auch nicht.« Drew rutschte von der Fensterbank und begann, im Zimmer herumzulaufen. »Das Einzige, was sie während der Sitzung preisgegeben hat, war, dass sie es nicht mag, uns einzeln sehen zu müssen. Dass sie sich wünschte, es könnte wieder sein wie früher, ganz entspannt zu Hause.«

»Ja.« Schuldgefühle machten sich in Rias Brust breit.

»Was sagst du zu der therapeutischen Empfehlung, dass wir versuchen sollten, etwas Zeit zusammen als Familie zu verbringen?« Drew steckte die Hände in seine Hintertaschen und blickte in ihre Richtung.

»Das wird schwierig.« Ria seufzte. Auch wenn er es vielleicht anders erlebte, für sie waren diese Momente sehr schmerzhaft, schienen sie ins Herz zu stechen, sie daran zu erinnern, was sie verloren hatte. Was sie alle verloren hatten. »Aber wenn es den Mädchen hilft, bin ich voll dabei.«

Er machte einen Schritt nach vorne und streckte die Arme aus. Offensichtlich wollte er sie berühren, aber nicht in ihre Privatsphäre eindringen. Sie nahm seine Hand, und wieder war da dieses warme Gefühl in ihrem Bauch. Das würde alles nicht einfach werden.

»Schau, ich kann fühlen, dass es dich bedrückt.« Er ließ ihre Hand los. Und wieder fiel ihr auf, dass er kommunikativer zu sein schien, offener mit seinen Emotionen umging als früher. »Hast du eine Idee, wann wir damit anfangen sollen?«

Ein Teil von ihr, ein unvernünftiger Teil, wollte sofort »Jetzt!« schreien und ihn in ihre Arme ziehen. Ihr Besuch heute hatte ihr gezeigt, wie sehr sie sich törichterweise zu ihm hingezogen fühlte.

»Gemeinsames Abendessen an Halloween. Das ist bald genug«, sagte sie. »Ich muss jetzt los.«

Er legte den Kopf schief, so als ob er versuchte, die wahre Bedeutung ihrer Worte zu entziffern. Und die Gefahr war, dass ihm das wirklich gelingen könnte, weil er sie so gut kannte.

»Bis dann«, sagte sie und floh, obwohl sie eigentlich noch mehr zu besprechen gehabt hätten, über Termine, Besuche und Kait. Es war feige, aber doch das Beste, was sie im Moment tun konnte.

Früher hatte Drew den Ruf gehabt, ein guter Gastgeber zu sein. Tatsächlich war Gäste zu empfangen eines der Dinge, die er und Ria ganz gut zusammen hinbekommen hatten. Sie kümmerte sich um die Essensvorbereitungen, machte ein Menü, das den Gästen gefallen würde; er sorgte dafür, dass es genug Sitzgelegenheiten gab und dass jeder wusste, wo er parken konnte. Während der Party waren sie beide gewissenhaft damit beschäftigt gewesen, dafür zu sorgen, dass jeder stets gefüllte Gläser hatte und niemand allein in der Ecke stehen musste.

Das Aufräumen hatten sie beide ohne große Streitereien im Vorfeld untereinander aufgeteilt, und das Abwaschen hinterher war stets eine Gelegenheit gewesen, sich über die Party zu unterhalten und die schönsten Momente Revue passieren zu lassen.

Sie waren ein großartiges Team gewesen, wie Drew zugeben musste.

Am besten waren die Nächte gewesen, wenn sie sich zusammen darauf geeinigt hatten, mit dem Aufräumen bis zum nächsten Morgen zu warten, um gemeinsam ins Bett gehen zu können. Ria dabei zu beobachten, wie sie vor den Gästen auflebte und strahlte, hatte Drew regelmäßig verrückt nach seiner Frau gemacht, und manchmal war dieses Begehren erwidert worden.

Doch all das hatte sich nach der Scheidung geändert. Drew hatte noch nie jemanden in seine neue Wohnung in der Stadt eingeladen, es sei denn, jemand kam zufällig mit einem Sixpack Bier vorbei, um mit ihm ein Spiel zu schauen. Seit er sein Sehvermögen verloren hatte, waren selbst solche kleinen sozialen Interaktionen zu kompliziert geworden.

Wie hatte er sich also dazu breitschlagen lassen, eine Gruppe von Leuten, die er kaum kannte, zum Abendessen in sein Cottage einzuladen, in das er sich noch gar nicht so recht eingewöhnt hatte?

Trey Harrison, den er erst ein paarmal getroffen hatte, und Earl Greene, den Polizeichef, der für die Organisation des *Healing Heroes*-Programms zuständig war, auf eine Pizza und Bier einzuladen, war natürlich kaum das Event des Jahres, aber ohne sein Sehvermögen dauerte alles doppelt so lang: den richtigen Kanal für das Spiel am Fernseher finden, aufräumen, Pizza bestellen …

Hör auf, dich selbst zu bemitleiden.

Als hätte sie Drews Gedanken gelesen, gab Navy ein leises Winseln von sich. Sie war ihm die ganze Zeit hinterhergedackelt, während er die Wohnung in Ordnung brachte.

Er hörte draußen eine Autotür zuknallen, dann eine weitere. Das mussten Trey und Earl sein, nicht der Pizzalieferant. Earl brachte einiges an Papierkram für das *Healing Heroes*-Programm mit, denn Drew kam allein nicht zurecht damit: Das staatliche Hilfsprogramm für Blinde hatte einen Tutor für technische Fragen bereitgestellt, aber Drew war noch nicht kompetent genug darin, und der Papierkram musste erledigt werden, damit er so bald wie möglich mit der Arbeit beginnen konnte.

Hilfe annehmen. Das war eine der schwierigsten Sachen, die er lernen musste.

Er ging zur Tür und öffnete sie. Navy bellte einmal, dann zweimal. Trey kannte sie schon, aber Earl Greene noch nicht.

»Kommt rein«, sagte er, und Earl stellte sich vor und reichte Drew seine wettergegerbte Hand. Navy schnüffelte kurz an beiden und rannte dann ins Wohnzimmer. Einen Augenblick später war sie mit ihrem Lieblingsspielzeug zwischen den Zähnen zurück, einem quietschenden Gummihuhn.

»Navy freut sich über Besuch«, sagte Drew, »aber wenn ihr euch darauf einlasst, ihr Spielzeug für sie zu werfen, wird sie euch nie mehr in Ruhe lassen.«

Er hielt seine Arme auf. »Soll ich euch die Mäntel abnehmen?«

»Es ist so ...« Trey setzte an, dann hielt er inne.

»Was ist los?«

»Ich hätte vorher mit dir darüber reden sollen. Mein Hund, King, wartet im Auto. Er ist mein ehemaliger Diensthund und hat viel Energie, also würd ich ihn gerne mit reinbringen, wenn ich darf. Was sagst du dazu?«

»Na, klar doch. Hol ihn rein.«

»Glaubst du, Navy wird sich mit ihm verstehen? Es wäre auch kein Problem, wenn ich ihn im Auto lassen würde.«

»Navy wird sich über den Besuch freuen.« Drew liebte Hunde. Das musste man als Polizist bei der Hundestaffel aber auch.

»Lass mich nur eben Navy ihr Geschirr anziehen. Wenn sie sich draußen treffen, werden sie sich gut verstehen. Navy mag andere Hunde.«

Drew erinnerte sich für einen Moment an die monatlichen Trainingseinheiten mit der Hundestaffel, bei denen er zusammen mit seinen Kollegen verschiedene Übungen mit den Hunden absolvieren musste, um ihre Fähigkeiten zu schärfen. Hinterher hatten sie die Hunde immer noch etwas zusammen herumlaufen lassen. Das konnte Navy jetzt schon lange nicht mehr machen. Wahrscheinlich vermisste sie das.

Drew vermisste es auch.

Wie vermutet, verstanden sich die beiden Hunde prächtig. Also warteten sie alle vor der Tür und ließen die beiden miteinander spielen, bis der Pizzalieferant eintraf.

Dann machten sie es sich mit Pizza und Bier im Wohnzimmer gemütlich. Das Football-Match lief leise im Hintergrund, denn das Donnerstagsspiel war keins, für das sie sich besonders interessierten.

»Großartige Pizza«, sagte Earl mit vollem Mund.

Drew zog eine weitere dampfend heiße Scheibe aus dem Karton und trennte die langen Mozzarellafäden mit den Fingern ab. »Das ist das Mindeste, was ich tun kann, wenn man bedenkt, dass du mich hier wohnen lässt. Das ist ja im Grunde dein Cottage, stimmt's?«

»Nein«, sagte Earl. »Ich mache nur beim Freiwilligen-Programm mit, vor allem helfe ich, die Polizisten auszusuchen. Julie hat mich den ganzen letzten Monat damit genervt, jemanden für die Hütte zu finden.«

»Du genießt doch jede Minute, in der du dich mit Julie streiten kannst«, sagte Trey und grinste.

»Mach mal langsam«, antwortete Earl mit einem reumütigen Lachen. »Meine Beziehung mit Julie ist rein professionell.«

»Klaro. Was immer du sagst.«

Daher wehte also der Wind. Drew hatte sich schon gefragt, ob Julie wieder jemanden daten würde, und er war erleichtert zu erfahren, dass die Antwort darauf Ja lautete. Es war sicher nicht leicht, in so einer kleinen Stadt Single zu sein, und jemand wie Julie, so hübsch und lebhaft, war doch ein Hauptgewinn.

Nach dem dritten Stück Pizza überlegte Drew, wo wohl die Hunde waren. Navy lag neben ihm, und er konnte King aus Treys Richtung schnaufen hören.

»Wie kommt King mit dem Ruhestand zurecht?«, fragte Drew an Trey gerichtet.

»Er fängt gerade mit seiner zweiten Karriere an«, sagte Trey. »Als Such- und Rettungshund. Er braucht dringend eine Aufgabe.«

»Ja, das verstehe ich.« Er gestikulierte Richtung Navy. »Sie auch.«

»Gibt es eine Möglichkeit, sie zur Blindenhündin für dich zu trainieren?«, fragte Earl.

Daran hatte Drew tatsächlich auch schon gedacht. »Ich bezweifle es. Navy ist zwar meistens sanft wie ein Lamm, aber sie ist darauf trainiert, auf Befehl anzugreifen und Verdächtige zu stellen, darum glaube ich nicht, dass Trainingseinrichtungen für Blindenhunde sie aufnehmen würden. Ganz davon abgesehen, dass sie schon lange kein Welpe mehr ist.«

»Ein Onkel von mir hat einen älteren Hund als Blindenhund bekommen«, sagte Earl.

»Ich muss mich da noch mal genauer erkundigen«, sagte Drew.

Er hatte schon darüber nachgedacht, sich einen Blindenhund zu besorgen. Aber er könnte Navy niemals weggeben, und er befürchtete, dass sie eifersüchtig auf einen anderen Hund reagieren würde.

Das Spiel wurde spannender, also machten sie den Fernseher lauter und schauten sich ein Viertel an, während sie miteinander die Pizza und das Sixpack Bier verdrückten. Sie waren nicht gerade starke Trinker.

»Kommst du klar mit deinem Sehverlust?«, fragte Trey während einer Werbepause schroff.

Drew schnaubte. »Auf keinen Fall. Ich hasse es.« Er hasste es wirklich, auch wenn er sich normalerweise nicht beschweren wollte. Sowohl sein Familienleben als auch seine Arbeit als Polizist hatten ihm das abgewöhnt. Zumindest dachte er das.

»Ich muss an meiner Einstellung arbeiten.«

»Deine Einstellung kann unmöglich schlechter sein als die, mit der ich während meiner Arbeitsunfähigkeit hier aufgekreuzt bin«, sagte Trey.

»So wahr ich hier sitze.« Earl lachte leise, und Trey stimmte ein. »Du hättest sein Gesicht sehen sollen, als ich ihm zum ersten Mal sagte, dass er mit gefährdeten Teenagern arbeiten sollte. Oje.«

»Ich hab mich als Erstes mit dem Rektor der Schule angelegt«, sagte Trey. »Hätte fast dafür gesorgt, dass das Programm eingestellt wird.«

»Bis du dann dabei geholfen hast, die Finanzierung auf solide Beine zu stellen.« Earls Stimme klang anerkennend. »Damit hast du alle anfänglichen Patzer wiedergutgemacht.« Er machte eine Pause, dann fügte er hinzu: »Drew, deine Arbeit wird anders sein, aber auch sehr anspruchsvoll. Hast du schon mal irgendwelche Interviews geführt, die nicht in Zusammenhang mit Polizeiarbeit standen?«

»Nicht wirklich. Schau mal, ich weiß wirklich nicht, wie sehr ich helfen kann, wenn man bedenkt ...« Er deutete mit einer Hand auf seine Augen.

»Du musst nicht sehen können, um ein Interview zu führen«, sagte Earl.

»Mary glaubt, dass es das Beste wäre, die Leute in ihrer gewohnten Umgebung zu befragen, also müsstest du runter an den Hafen. Aber sobald du da bist, geht es nur noch darum, die Interviews aufzunehmen, die richtigen Fragen zu stellen und dich auf die Richtung einzulassen, in die sie gehen.«

Bei ihm klang das so einfach, aber Drew zögerte immer noch. Sich in einer neuen Umgebung zurechtzufinden, war schwierig, ohne Orientierung, ohne Gesichtsausdrücke lesen zu können und ohne Andeutungen wahrzunehmen.

»Du musst ein bisschen Rücksicht auf ihre kulturellen Eigenheiten nehmen«, sagte Earl. »Mach dich damit vertraut, beachte, worauf sie empfindlich reagieren und worauf sie stolz sind. Die meisten dieser Leute leben schon seit langer Zeit an der Küste. Das Fischen ist bei ihnen Familientradition. Von Touristen werden sie oftmals für urig gehalten, werden ungefragt fotografiert. Davon sind sie schon sehr genervt. Es sind hart arbeitende Menschen mit Fähigkeiten, die langsam, aber sicher am Aussterben sind.«

»Ich könnte dich dahin mitnehmen und dir alles zeigen«, sagte Trey, »aber es ist vielleicht besser, wenn deine Tochter Kaitlyn das macht.«

»Kaitlyn? Wieso?«

»Sie hat ein paar Freunde unter den Fischern«, sagte Earl. »Ich sehe sie recht häufig da unten.«

»Moment mal.« Drew schüttelte den Kopf. Hatte er das richtig verstanden? »Sie hängt am Hafen rum?«

»Es ist nicht gefährlich«, sagte Earl. »Da sind auch noch andere Teenager. Es ist nur etwas kurios, dass sie sich so gut mit ihnen versteht, nachdem sie gerade neu in der Stadt ist und die anderen schon seit Jahrzehnten hier leben. Aber das ist sehr lobenswert bei so einem jungen Mädchen. Die meisten in ihrem Alter nehmen sich keine Zeit für die Älteren oder für Leute, die so anders sind als sie selbst.«

»Ich bin mir sicher, dass sie sich nicht dort aufhält, wenn es in der Bar anfängt, hoch herzugehen«, fügte Trey hinzu.

Eine *Bar*? Er musste unbedingt mit Ria darüber reden.

»Auf jeden Fall«, sagte Earl, »wäre sie eine gute Begleitung, weil sie schon einige der Leute dort kennt. Sie könnte dir dabei helfen, deinen Status als Fremder schneller abzulegen.«

Drew tastete nach unten, um Navy zu streicheln und sich etwas Zeit zum Nachdenken zu verschaffen. Er war sich nicht sicher, ob er der Richtige für diesen Job war oder ob er ihn zumindest gut erledigen könnte. Andererseits hatte er nicht wirklich eine Wahl; die ehrenamtliche Tätigkeit war eine Voraussetzung, um in der Hütte bleiben zu können. Und er *musste* bleiben. Seine Tochter brauchte ihn.

Drew ging zwar zur Kirche, aber er war nicht der Typ, der daran glaubte, dass Gott tatsächlich vom Himmel aus Personen bewegte wie Bauern auf einem Schachbrett. Trotzdem, so wie sich gerade alles entwickelte, machte es tatsächlich den Eindruck, als stünde dahinter ein göttlicher Plan. Wenn er Zeit mit Kait verbringen konnte und sie tatsächlich das Gefühl vermittelt bekam, dass sie ihm helfen konnte … Das war vielleicht genau das Richtige für sie.

»Ich würde gerne mehr Zeit mit Kait verbringen«, sagte Drew langsam. »Wäre es okay, wenn sie bei einigen der Interviews dabei ist?«

»Na klar. Wir haben kein Geld, um sie dafür zu bezahlen, aber solange du deine zwanzig Stunden pro Woche ableistest, interessiert es uns nicht, ob du eine Assistentin hast oder nicht.«

Earl machte eine Pause, dann lachte er leise. »Verlieb dich nur nicht bei der Arbeit, so wie der da.«

»Jetzt aber.« Trey klang glücklich. »Es war Teil meines Jobs, jeden Tag mit einer wunderschönen Frau zu verbringen. *Er* wird hingegen mit einem Haufen alter Seefahrer zu tun haben. Und außerdem …« Trey schweifte ab.

Irgendwas an seinem Tonfall ließ Drew hellhörig werden. »Außerdem was?«

Es gab einen kurzen Moment der Stille. Dann sagte Trey: »Ich hab so das Gefühl, dass du immer noch an Ria interessiert bist. Oder besser gesagt, meine Frau hatte dieses Gefühl bei dem Treffen wegen Kaitlyn.«

Na großartig. Es war also für alle offensichtlich.

»Daraus wird nichts werden«, sagte er. »Schon seitdem wir uns kennen …«

»Warum nicht? Ria ist super. Ihr wart doch verheiratet, also habt ihr euch mal geliebt, oder?«

Wir haben uns mal geliebt … Genau. Er hatte sie geliebt, aber er war nicht überzeugt davon, dass das jemals auf Gegenseitigkeit beruhte. Sie hatte es ihm zwar versichert, aber Worte waren einfach nicht dasselbe wie echte Gefühle, die von Herzen kamen.

»Tut mir leid, ich sollte mich da nicht einmischen«, sagte Trey. »Ich bin einfach nur ein frisch verheirateter Kerl, der auf der Suche nach Weisheiten ist, um die Geheimnisse einer gelungenen Ehe zu erfahren. Sonst nichts.«

»Na ja … Es hilft, wenn du aus den richtigen Gründen heiratest. Und nicht, weil du musst.«

Die beiden anderen Männer waren für eine Minute ruhig.

»Das ist hart«, sagte Earl schließlich, »aber das bedeutet noch lange nicht, dass es nicht funktionieren kann. Viele gute Ehen haben so angefangen, früher, in der guten alten Zeit.«

»Klar.« Er war bereit gewesen, daran zu arbeiten, hatte sein Bestes gegeben. Aber er hatte immer das Gefühl gehabt, dass Ria es bereute, nicht mit Ted Taylor eine Zukunft aufgebaut zu haben.

Wobei, jetzt bot sich ihr eventuell die Gelegenheit dazu.

Fußtritte kamen von oben die Treppe herunter.

»Wer ist da?«, fragte Drew schroff.

»Dad, ich bin's, Kait. Ich hol mir nur was zu trinken.«

Drew hatte gar nicht gewusst, dass sie hier war, und jetzt wurde ihm unbehaglich. Er und Ria hatten sich darauf verständigt, dass die Mädchen nicht erfahren sollten, auf welcher Grundlage ihre Ehe basierte.

Wie viel hatte Kait wohl gehört? Verstand sie es, dass Menschen nicht nur aus Liebe heirateten? Heutzutage war eine Zweckehe unter jüngeren Menschen wohl eher eine Seltenheit.

Die Männer richteten ihre Aufmerksamkeit für den Moment auf das Footballspiel. Kaitlyn ging zurück nach oben. Kurz darauf sagten die beiden Männer, dass es an der Zeit wäre aufzubrechen.

Als Drew sie zur Tür begleitete, zog Earl ihn zur Seite. »Wenn du tatsächlich noch Interesse an Ria hast«, sagte er, »dann musst du dich etwas beeilen. Ich hab Ted Taylor schon ein paarmal im Motel gesehen.«

Drew ballte die Fäuste. Was sollte er bloß tun?

Wie sollte er sich mit jemandem wie Ted Taylor messen? Vor allem in seiner jetzigen Verfassung?

10. Kapitel

An Halloween zog Ria gebackenes Huhn mit Reis aus dem Ofen, stellte es auf dem Herd ab und strich sich eine Haarsträhne aus dem verschwitzten Gesicht.

Eigentlich wollte sie das Familiendinner nicht im Cottage zubereiten. Erst hatte ihre Mutter hier gelebt und jetzt Drew. Es kamen einfach zu viele Erinnerungen hoch. Aber sie tat es trotzdem. Für Kaitlyn.

In Drews Gegenwart zu sein, war eine besondere Art von bittersüßem Schmerz. Sie konnte ihre Augen einfach nicht von ihm abwenden. Er war verdammt attraktiv, und all die Herausforderungen, denen er sich stellen musste, hatten ihn kommunikativer und aufgeschlossener gegenüber anderen gemacht. Seltsamerweise fühlte sie sich jetzt nur noch stärker zu ihm hingezogen.

Sie stapelte geröstetes Gemüse in eine Servierschale. »Kait! Sophia! Helft mir mal, den Tisch zu decken«, rief sie. Drew stöberte nach Servietten, und Navy suchte auf dem Boden nach kleinen heruntergefallenen Leckerbissen. Es war fast wie früher.

Und das fühlte sich so unglaublich gut an. Viel zu gut. Ihre Familie wieder beisammenzuhaben, sich gegenseitig zu lieben und zu unterstützen, das schien wie ein wahr gewordener Traum.

Aber es ist ein Traum, aus dem ich irgendwann aufwachen muss, dachte sie, während sie alle zusammen Schüsseln, Teller und Löffel in das kleine Esszimmer trugen.

Als sie sich hinsetzten, hob Drew den Kopf und schnupperte.

»Oh Mann, ich hab deine Kochkünste wirklich vermisst«, sagte er. »Hühnchen und Reis, geröstetes Gemüse, und ... ist das Maisbrot?«

»Yep.« Sophia stellte ihm das Maisbrot genau vor die Nase. »Bitte schön.« Sie ließ sich auf dem Stuhl links von Drew nieder, und Kait nahm den zu seiner Rechten, was bedeutete, dass Ria sich ans Kopfende des kleinen Tisches setzen musste.

»Lasst uns kurz beten, bevor wir essen«, sagte er, und Sophia zog eine Grimasse in Richtung Kaitlyn, die ihr mit einer gerümpften Nase antwortete. Die Schwestern befanden sich gerade in einer rebellischen Phase, was die Kirchgänge anging. Er reichte den Mädchen die Hände, und Ria tat das Gleiche. Und während sie so im Kreis saßen, senkten sie die Köpfe. »Vater im Himmel, danke, dass du uns heute hier zusammengebracht hast«, sagte Drew. »Segne, was du uns bescheret hast. Amen.«

»Amen«, murmelten die anderen.

Ria war etwas gerührt. Sie hatten nicht bei jeder Mahlzeit zusammen gebetet, vor allem in späteren Jahren nicht. Aber zu Beginn ihres Familienlebens hatte es eine wichtige Rolle gespielt.

Sie reichten die Schüsseln herum, und jeder füllte seinen Teller. Ria fühlte eine Befriedigung, die sie schon lange nicht mehr gespürt hatte, als sie sah, wie ihre Familie sich über das Essen hermachte, das sie zubereitet hatte.

»Mom, willst du, dass wir fett werden?«, beschwerte sich Kaitlyn, aber nicht ernst. Tatsächlich klang sie fast schon glücklich, und das allein war es wert, die Herausforderungen eines Familiendinners auf sich zu nehmen.

Kaitlyn schien in der Betreuungsklasse ganz gut zurechtzukommen. Sie hatte von einigen Kindern erzählt, mit denen sie sich langsam anfreundete, und es gab bislang keine weiteren Anrufe aus der Schule. Als Ria mit Erica telefoniert hatte, um zu fragen, wie Kaits erste Woche in der neuen Klasse verlaufen war, hatte diese ihr versichert, dass sich Kait gut integrierte und ihre Aufgaben erfüllte.

Drew neigte den Kopf stärker als sonst, anscheinend konnte er das Essen gut genug erkennen, um zu wissen, wo sich alles befand. Er zerteilte sein Huhn und aß langsamer als früher, aber ohne zu kleckern.

»Das ist wirklich gut, Mom. Danke, dass du ein richtiges Abendessen zubereitet hast.« Sophia lächelte sie an.

Das Kompliment tat etwas weh, denn es erinnerte Ria daran, wie oft sie in letzter Zeit auf Pizza und Fast Food zurückgegriffen hatte. Es war ihr nicht so wichtig erschienen, für sich und die Mädchen zu kochen, vor allem, weil sie – oder zumindest Sophia – ohnehin ständig auf dem Sprung waren.

Aber das war ein Trugschluss gewesen. Sie musste sich dahingehend ändern.

»Wieso verdrehst du so den Kopf, Dad?« Kaitlyn legte die Gabel beiseite und beobachtete ihren Vater. »Kannst du sehen?«

Er lächelte sie an. »Ich wünschte, es wäre so, meine Kleine. Ich kann unten und an den Rändern ein klein bisschen was erkennen, aber so gut wie nichts in der Mitte. Nur ein paar verschwommene Umrisse.«

»Was ist eigentlich passiert?«

Ria legte eine Hand auf Kaits Arm. Sie war froh, dass sich Kaitlyn dafür interessierte, und sie selbst war ebenfalls neugierig; andererseits wusste sie nicht, ob Drew schon bereit war, darüber zu reden.

Er schluckte seinen Bissen hinunter und wischte sich den Mund ab. »Traumatische optische Neuropathie«, sagte er. »Und auch wenn ich nichts sehen kann, weiß ich, dass Sophia jetzt schon glasige Augen bekommt.«

»Woher weißt du das, Dad?« Sophia nahm sich eine weitere Scheibe Maisbrot, schnitt es auf und schmierte einen großen

Klumpen Butter drauf. Ach, der Stoffwechsel von Teenagern. Ria aß ihre kleine Scheibe Maisbrot trocken.

»Ich weiß doch, wie sehr du dich für Wissenschaft interessierst«, erwiderte er und lachte. »Aber deine Mutter und Kait möchten es vielleicht wissen. Ich hatte ein Schädel-Hirn-Trauma, und dabei wurde mein Sehnerv beschädigt.« Er zuckte mit einer Schulter. »Es ist beschissen, aber in gewisser Hinsicht hatte ich auch Glück. Andere haben noch viel schlimmere Probleme mit SHTs.«

»SHT … Oh. Schädel-Hirn-Trauma«, sagte Kaitlyn. »Eines der Kinder in meiner Klasse hatte so was. Er lag im Koma und musste sich wieder an alles neu erinnern.«

»Ganz genau«, sagte Drew. »Ich hatte keine wirklichen kognitiven Symptome. Nur etwas Kopfschmerzen und Schwindel. Und den Verlust der Sehkraft.«

»Wird sie wiederkommen?«, fragte Sophia. »Deine Sehkraft, meine ich.«

Er zuckte mit den Schultern. »Das ist noch ungewiss. Ein bisschen vielleicht. Ich hab bald einen Termin, dann werde ich hoffentlich mehr wissen.«

Rias Herz pochte vor Sorge um ihn, doch sie hielt den Mund. Drew kam gut zurecht, und die positive Einstellung, mit der er stets an das Leben herangetreten war, zeigte sich auch hier. Welche Nachrichten er auch von den Ärzten bekam, er würde damit zurechtkommen.

»Aber genug von mir und meinen Problemen«, sagte Drew. »Im Moment möchte ich einfach nur dieses tolle Festmahl genießen.«

»Keine Sorge. Soph und ich werden nicht von deiner Seite weichen«, sagte Kaitlyn mit ruhiger, sachlicher Stimme. »So wie wir auch nicht von Moms Seite gewichen sind, als sie damals so krank war, kurz nachdem wir das Motel gekauft hatten.«

Rias Sinne wurden sofort sehr aufmerksam. *Nein, sag bitte nicht noch mehr.*

»Was ist passiert?«, fragte Drew.

Sophia und Kaitlyn sahen sich nachdenklich an, so als würden sie versuchen, sich zu erinnern. »Mom ging es richtig schlecht, und sie musste ungefähr zwei Wochen im Bett verbringen«, sagte Kaitlyn schließlich. »Aber Grandma hat sich um uns gekümmert und hat uns gesagt, dass wir Mom aufheitern sollen, und das haben wir getan.«

Oh Gott, würde er herausfinden, was passiert war?

Sie musste beruhigende Worte finden, die zugleich Drews Verdacht zerstreuten, ohne dabei den Mädchen zu signalisieren, dass sie versuchte, ein Geheimnis zu bewahren. Aber ihr Kopf war wie leer gefegt. Ihr fiel nichts ein, was sie hätte sagen können.

»Und wisst ihr, was ich vor Kurzem herausgefunden habe?«, sagte Kaitlyn beiläufig. »Ich habe gehört, ihr *musstet* heiraten.« Sie gestikulierte Anführungszeichen um das »musstet«.

Ria erstarrte.

Drews Wangen färbten sich rot. Er legte seine Gabel zur Seite.

»Dass ich eure Mutter geheiratet habe, war das Beste, was ich jemals getan habe«, sagte er würdevoll.

»Moment mal«, sagte Sophia. »Was meinst du damit, dass ihr heiraten musstet?«

Kaitlyn warf ihr einen bedeutungsvollen Blick zu. »Na, was glaubst du denn, was es heißt?«

»Aber mein Geburtstag ist ... Moment. *Wann* habt ihr beide geheiratet?«

Sie hatten ihren Hochzeitstag nie besonders gefeiert, aus genau diesem Grund.

»Ich hab es schon ausgerechnet«, sagte Kaitlyn. »Sieben Monate, bevor du geboren wurdest, haben sie geheiratet.«

»Wow«, sagte Sophia, während sie ihren Blick von Ria zu Drew und wieder zurück wandern ließ. »Einfach nur wow.«

»Liebling …« Ria griff nach Sophias Hand. »Dein Vater hat recht. Es war ein großer Segen.«

»Warum habt ihr euch dann scheiden lassen?«, fragte Kaitlyn schnippisch.

Sophia ging zur Schublade, in der sie alle ihre Handys verstaut hatten. »Hey, Kait, wir müssen uns für die Party fertig machen. Du hast versprochen, es wenigstens auszuprobieren. Komm schon.«

Es war offensichtlich, dass sich die Mädchen über die Neuigkeiten in der Familie unterhalten wollten. Okay, nicht zu ändern. Ria wollte auch mit Drew darüber sprechen. Genauer gesagt wollte sie ihn erwürgen.

Sobald die Mädchen nach oben gegangen waren, hob Drew eine Hand. »Ich weiß, ich weiß. Es tut mir leid. Es ist mir aus irgendeinem Grund herausgerutscht, als ich neulich mit Trey und Earl gesprochen habe. Ich wusste nicht einmal, dass Kait da war.«

»Aber wir haben doch immer versucht, das von ihnen fernzuhalten. Das Letzte, was wir jetzt gebrauchen können, ist ein weiteres Problem, wegen dem sich Sophia schlecht oder schuldig fühlen könnte.«

»Es gibt überhaupt keinen Grund, aus dem sie sich schlecht fühlen sollte«, sagte Drew nachdrücklich. »Jedes Kind ist ein Segen, und ich bereue es keine Sekunde, dich geheiratet und sie bekommen zu haben.«

Das musste Ria erst einmal verarbeiten. Er bereute es nicht, sie geheiratet zu haben. Das war schon mal etwas.

Aber andererseits war es auch kein Wunder, dass er froh war, sie geheiratet zu haben. Denn er war die seltene Art von Mann, der gerne Zeit mit Kindern und Babys verbrachte. Er hatte jede Minute genossen, die er mit seinen Mädchen zusammen sein durfte, als sie noch ganz klein waren.

Wenn er herausfand, dass sie eine Fehlgeburt gehabt hatte …

Wie auf Kommando neigte er den Kopf zur Seite und beugte sich ein wenig zu ihr herüber. »Was war denn damals los, als du kurz nach dem Kauf des Motels so krank wurdest? Davon wusste ich noch gar nichts.«

»Das war einfach … einfach nur eine schlimme Grippe«, sagte sie. Was nicht einmal gelogen war; sie hatte sich gleichzeitig mit der Fehlgeburt eine Grippe eingefangen.

»Und die hat dich richtig deprimiert?«

»Was … was meinst du damit?«

»Dass die Mädchen dich aufheitern mussten. Das klingt so gar nicht nach dir.«

Sie holte tief Luft. »Es ist nicht so leicht, wenn man krank ist«, sagte sie. »Glaubst du, wir müssen das jetzt irgendwie aufarbeiten, warum wir damals geheiratet haben?«

»Wahrscheinlich ein weiterer Fall für die Familienberatung.« Er seufzte.

»Die werden uns scheinbar nicht so schnell ausgehen.«

»Ich wünschte, sie hätten das nicht herausgefunden.« Ria ärgerte sich.

»Ich bin froh darüber«, sagte Drew. »Natürlich hätte ich es ihr nicht mit Absicht gesagt. Aber Geheimnisse sind pures Gift.«

Die Worte trafen Ria wie ein Pfeil. *Geheimnisse sind pures Gift.* Sie hatte selbst darüber gelesen, hatte es auch von Leuten gehört, die mit großen Familienproblemen konfrontiert waren. Sie hatte nur nie gedacht, dass sie selbst einmal in diese Kategorie fallen würde. Aber da war sie nun und versuchte, gleich mehrere Geheimnisse zu bewahren … vor den Mädchen und vor Drew.

Fußtritte waren zu hören, und Sophia und Kaitlyn kamen mit ihren Kostümen ins Zimmer.

Ria holte tief Luft.

»Was ist los?«, fragte Drew sofort.

»Sie sehen …« Ria machte eine Pause. »Na ja, Kaitlyn sieht fantastisch aus. Sie geht als … Ärztin, stimmt's?« Kait trug einen grünen OP-Kittel und eine sterile Maske über dem Gesicht.

»Jepp. Einfaches Kostüm.« Ungefragt ging sie zu Drew hinüber und zeigte ihm ihr Spielzeug-Stethoskop und ihre Arzttasche.

»Und ich bin eine Krankenschwester.« Sophia zwinkerte Ria zu.

Sophia war in der Tat bekleidet mit einem weißen Krankenschwester-Kostüm, das Ria allerdings nur durch das Rote Kreuz auf ihrer flotten Kappe als solches erkennen konnte. Ihr kurzer Rock, die nackte Taille und High Heels – keine echte Krankenschwester hätte sich mit so einem Outfit erwischen lassen.

Ihre ganze Erscheinung hätte eher den einen oder anderen Herzinfarkt auslösen können.

Sollte sie Sophia darauf ansprechen? Es war wirklich kein angemessenes Outfit. Andererseits hatte sie schon so einige Teenager-Kostüme auf Social Media gesehen, und sexy schien *das* Leitmotiv zu sein.

Im Vergleich dazu war Sophias Kostüm schon fast dezent. Was wiederum noch lange nicht hieß, dass sie ihre Tochter so ausgehen lassen sollte. »Ich weiß nicht …«

Es klingelte an der Tür. Navy bellte kurz. Ria öffnete und fand dort eine Gruppe von Kindern in Halloweenkostümen vor. Sofort war alles vergessen, bis auf die Tatsache, wie niedlich diese Besucher aussahen. »Kommt ruhig einen Moment herein. Wir haben auch die großen Schokoriegel.«

Für Halloween hatte sie sich immer richtig ins Zeug gelegt. Da sie dieses Jahr bei Drew waren, hatte sie nicht ihre übliche ausufernde Dekoration anbringen können, aber sie hatte die Mädchen dazu gebracht, immerhin einen großen Kürbis zu schnitzen, der jetzt auf Drews Veranda thronte.

Die Kinder kamen herein und führten ihre Kostüme vor, eine Mischung aus traditionellen Prinzessinnen und Superhelden; ein Kind hatte sich als Taschentuchverpackung verkleidet. Sie und die Mädchen machten *oooh* und *aaah* und beschrieben Drew die Kostüme. Sobald diese Gruppe gegangen war, kam ein anderes Pärchen auf die Veranda, und Ria erkannte sofort die Thornton-Zwillinge. Sie waren als Kellner und Koch verkleidet, und zwischen sich hatten sie einen Tisch aus Pappe, auf dem ein verdeckter Teller stand.

»Süßes oder Saures! Dürfen wir euch Dinner servieren?«, sagten die Zwillinge im Chor, und Ria und die Mädchen stimmten zu. Die Zwillinge entfernten die Speiseglocke vom Teller … und enthüllten den gelockten Kopf ihres kleinen Bruders, der sie angrinste. Alle sprangen auf und kreischten, und dann mussten sie erst einmal das Kostüm in Augenschein nehmen, um herauszufinden, wie sich ihr kleiner Bruder darin fortbewegen konnte. Ria erklärte es Drew, der die Rolle des Süßigkeitenverteilers übernommen hatte. Natürlich gab er den Zwillingen und ihrem Bruder eine Extraportion für ihr kreatives Kostüm.

Noch mehr Kinder kamen, und zwischendrin lachten sie gemeinsam über Kostüme, die sie selbst früher mal getragen hatten. Sogar Kaitlyn wurde lockerer und lächelte.

»Wir sollten zur Party gehen«, sagte Sophia schließlich. »Ich hab Courtney versprochen, dass wir kommen.«

Drew streckte die Hand aus und berührte Sophia sanft am Arm. »Warte mal. Wird das auch okay für euch beide sein, besonders für Kait? Keine Mobber?«

»Es sind nur Mädchen auf der Party«, versicherte ihnen Sophia. »Brave Mädchen.«

Ria fand es in Anbetracht von Sophias Kostüm etwas schwer zu glauben, dass nur Mädchen auf der Party sein würden. Aber andererseits machten sich Mädchen auch gerne mal füreinander hübsch und nicht nur für Jungs.

»Um elf Uhr seid ihr wieder zurück«, sagte Drew. Es war die zweite Nacht, die die Mädchen in seiner Wohnung verbrachten, und er war mit vollem Elan in seine Rolle als Aufsichtsperson geschlüpft.

»Sind wir, Dad«, sagten sie im Chor, und dann waren sie auch schon weg.

Danach klingelten immer weniger Kinder, und zwischendurch räumten Drew und Ria auf: Sie trug Geschirr in die Küche, und er verstaute es in der Spülmaschine oder im Spülbecken, das mit Spülwasser gefüllt war. Alles nach Gefühl.

»Das letzte Teil«, sagte sie, während sie ihm die leere Platte reichte, auf dem das Maisbrot lag, das bis auf den letzten Krümel aufgegessen worden war.

Er verstaute die Platte im Geschirrspüler und schaltete ihn ein, und sie staunte darüber, dass er den Haushalt genauso gut hinbekam wie jemand, der sehen konnte.

»Das war ein schöner Abend«, sagte er. »Hat mich an viele glückliche Momente erinnert. Möchtest du noch ein Glas Wein?«

Ria zögerte. Nach dem Aufräumen der Küche noch ein Glas Wein zusammen zu trinken, war auch so eine schöne Erinnerung, schon am Anfang ihrer Ehe hatten sie das häufig gemacht und dann als junge Eltern.

Das Problem war nur, dass es ihr so romantisch vorkam.

Er wartete auf ihre Antwort, mit einer Hand an der Weinflasche, die er aus dem Kühlschrank gezogen hatte.

Er hob die Augenbrauen, und die Andeutung eines Grübchens zeichnete sich auf seiner Wange ab, auf der bereits die Stoppeln seines Bartes zu sehen waren, obwohl sie wusste, dass er sich jeden Morgen rasierte.

Sie sollte nach Hause gehen. Sie sollte einfach verschwinden.

Aber der Gedanke an ihr leeres Haus war nicht so verlockend wie der an ihren attraktiven Ex-Mann. »Klar«, sagte sie, mit einer Stimme, die ein wenig atemlos klang. »Nur ein Glas.«

Im Wohnzimmer saßen sie einen Moment schweigend beisammen. Ria fragte sich, worüber sie reden würden – über was Wichtiges oder was Banales?

»Möchtest du einen Film schauen?«, fragte Drew und überraschte sie damit.

»Kannst du das denn?«

»Jepp«, sagte er. »Besonders einen von den gruseligen Halloweenfilmen, die ich schon eine Million Mal gesehen habe. Kannst du einen finden?« Er tastete nach der Fernbedienung und reichte sie ihr, dann setzte er sich auf die Couch.

»Ich finde bestimmt einen«, sagte sie, »aber du weißt doch, dass ich keine gruseligen Filme mag.«

»Ich pass auf dich auf«, sagte er mit einem Grollen in der Stimme, das tief in ihr ein Kribbeln auslöste. Ihre Handflächen begannen so zu schwitzen, dass es schwierig wurde, die Fernbedienung zu halten. Sie stoppte bei der ersten Sendung mit Bezug zu Halloween und setzte sich eine gute Armlänge entfernt neben Drew.

Als die Titelmelodie ertönte, zogen sich Drews Mundwinkel leicht nach oben. »Charlie Brown? Wirklich?«

»Es hat mit Halloween zu tun«, sagte sie. »Und es ist nicht so gruselig.«

»Erinnerst du dich noch …?«, sagten sie beide gleichzeitig und mussten lachen.

»Du zuerst«, sagte Drew.

»Ich musste nur gerade an das Halloween denken, als Kait solche Angst vor dem geschnitzten Kürbis hatte. Du musstest ihn wegschaffen und hast ihn an eine Nachbarfamilie verschenkt«, sagte Ria.

»Ich erinnere mich! Sie freuten sich wirklich darüber, weil sie selber keinen hatten. Leider hat ihn später in der Nacht jemand kaputt gemacht.«

»Und Kait hat geweint«, erinnerte sich Ria und kicherte. »Ich schätze, sie war immer schon die Emotionalere.«

»Ich hab an das erste Halloween gedacht, das wir zusammen verbracht haben«, sagte Drew.

»Was? Oh.« Rias Mund wurde trocken. Sie waren damals gerade mal einen Monat verheiratet. Sie waren auf eine Party gegangen, verkleidet als Pirat und Dienstmagd, und Ria wusste nicht mehr, wer von ihnen beiden mehr mit Eifersucht zu kämpfen hatte. Die Mädchen hatten sich auf Drew gestürzt, so attraktiv und verwegen, wie er aussah, und die Jungs wollten ständig mit ihr tanzen, vor allem, um einen Blick auf ihr eng geschnürtes Mieder zu bekommen und anzügliche Witze zu machen.

Sie und Drew hatten sich früh aus dem Staub gemacht, waren nach Hause gegangen und hatten sich leidenschaftlich geliebt.

Drews Arm tastete sich die Couch entlang, fand schließlich ihre Schulter und berührte sie leicht.

»Du musst dich nicht so weit wegsetzen.«

Ria atmete heftig aus. Sie war sich nicht sicher, was sie antworten sollte. Sie wollte sich verzweifelt an ihren warmen, attraktiven Ex-Mann schmiegen. Sie wollte aber auch aufspringen und nach Hause rennen.

Er bedrängte sie nicht, ließ nur seine Hand durch ihre Haare gleiten und streichelte sie sanft.

»Drew, ich denke nicht …«

»Nicht denken.«

Sie erstarrte und er ebenfalls.

Erinnerte er sich? Genau dasselbe hatte er schon mal zu ihr gesagt, in der Nacht, als sie am Strand miteinander geschlafen hatten. In der Nacht, als sie ihre Jungfräulichkeit verloren hatte; in der Nacht, als sie mit Sophia schwanger geworden war.

»Das letzte Mal, als du das zu mir gesagt hast, hat es mich ganz schön in Schwierigkeiten gebracht«, sagte sie und versuchte, witzig zu klingen.

»Ich bin ein Idiot.« Drew richtete sich auf und zog seine Hand zurück. »Ich hätte das nicht sagen sollen, damals nicht und jetzt auch nicht.« Er zögerte und fügte dann hinzu: »Aber wie ich vorher schon sagte, ich bereue das Endergebnis nicht. Und du?«

Sie antwortete nicht; sie konnte nicht. Stattdessen griff sie nach dem Weinglas und trank ein paar große Schlucke, dann stellte sie es ab. Das Letzte, was sie gebrauchen konnte, war, sich in Drews Wohnung volllaufen zu lassen. Und sich zu wünschen, sie wären wieder zusammen.

Sie wollte jemanden, der sie so lieben und akzeptieren konnte, wie sie war, mit allen Fehlern. Mit Drew gab es zu viel Ballast, zu viele Zweifel, zu viele Schuldgefühle. »Ich sollte gehen«, sagte sie. »Danke, dass du uns eingeladen hast, Drew. Die Mädchen haben es wirklich genossen. Das habe ich gespürt.«

»Klar.« Er klang niedergeschlagen, aber das war nicht ihr Problem. Er hatte sich ihr taktvoll genähert, und obwohl sie die Geste nicht ernst nahm, wusste sie, dass es am vernünftigsten war zu gehen.

Der Weg zur Tür erwies sich allerdings als einer der längsten und härtesten ihres Lebens.

11. Kapitel

Der Ärger begann, als Drew und Kaitlyn sich zusammen mit Navy auf den Weg zum Hafen machten. Drew hatte schon von vornherein schlechte Laune. Der letzte Abend mit der Familie war großartig verlaufen, wirklich großartig. Er hatte gedacht oder zumindest gehofft, dass er und Ria den Abend noch zu zweit ausklingen lassen würden. Neuerdings vibrierte sein Körper bei jeder ihrer Regungen. Es kostete ihn sehr viel Kraft, sich zu beherrschen, sich ihr nicht unangemessen zu nähern.

Sie aufzufordern, sich neben ihn zu setzen, mit ihr zu flirten – letzte Nacht kam das alles wie von selbst.

Ihm war es leichtgefallen, ihr hingegen nicht. Sie war weggelaufen, als ob er irgendeine ansteckende Krankheit hätte.

Wirklich überraschen sollte ihn das eigentlich nicht. Sie waren immer schon aus verschiedenen Welten gekommen. Er hatte von Anfang an das Gefühl gehabt, nicht gut genug für sie zu sein. Auch das hatte sich nach der Scheidung nicht geändert.

»Wie oft kommst du hierher?«, wandte er sich nun an Kaitlyn. Er machte sich aus vielerlei Gründen Sorgen um seine Tochter, und einer davon war ihre offensichtliche Vertrautheit mit dem Hafengelände. Er hatte noch nie ein Hafenviertel kennengelernt, das nicht zwielichtig und gefährlich war, auch wenn Earl Greene das vielleicht anders sah. Er fühlte sich bei dem Gedanken daran, dass seine junge Tochter dort herumhing, einfach unwohl.

»Ein paarmal pro Woche.«

Tadele und verurteile sie nicht. Er hatte diese ehrenamtliche Tätigkeit auch deswegen angenommen, weil er eine schöne Zeit mit seiner Tochter verbringen wollte. »Was gefällt dir denn hier so gut?«

»Ich mag es, dass sonst niemand aus der Schule hierherkommt.« Sie machte eine Pause und fügte dann hinzu: »Ein paar von den Hafenkindern gehen auch auf meine Schule, aber die sind nicht wirklich Teil des Problems. Die machen mir keine Schwierigkeiten.«

Drew runzelte die Stirn. Kaitlyn schien akzeptiert zu haben, dass die meisten der Kinder ihr Probleme bereiten würden. Aber warum? Sie war ein schönes, intelligentes, liebenswertes Mädchen. Er verstand es einfach nicht.

»Hier entlang.« Sie verlangsamte ihr Tempo und ergriff seinen Arm, um ihn aufzuhalten. »Pass auf – der Weg ist ziemlich steinig.«

Drew benutzte seinen Blindenstock, um die kleinen Unebenheiten auf der Straße zu überwinden, aber es war nicht ganz leicht.

»Nimm meinen Arm«, befahl sie und hielt dann inne. »Ich weiß, ich weiß, ich soll erst warten, bis du selbst um Hilfe bittest. Mom hat uns das immer wieder eingeschärft. Also, willst du dich an mir festhalten? Und hier, ich kann die Leine von Navy nehmen.«

»Danke.« Er ergriff ihren Ellbogen und wünschte, er wäre nicht auf eine Vierzehnjährige angewiesen, um die Straße entlangzugehen. »Es wird besser werden, was das betrifft«, versprach er Kaitlyn. »Ich treffe mich Ende der Woche mit einer neuen Orientierungs- und Mobilitätstrainerin.«

»Bestimmt, Dad.« Sie klang zweifelnd, überdeckte das aber mit einem mütterlichen, ermutigenden Ton, der eigentlich so gar nicht Kaits Art war.

Er war nicht viel begeisterter von der O&M-Spezialistin

als Kaitlyn, aber aus einem anderen Grund. Seine Sehkraft hatte sich bereits ein wenig verbessert, und er hoffte nun, sich nicht für den Rest seines Lebens als Blinder zurechtfinden zu müssen.

Die Hoffnung war da, dass seine Blindheit irgendwann einfach verschwinden würde, auch wenn die Chancen dafür eher gering waren. Sein Sichtfeld hatte sich erweitert, er konnte nun auch einige Bewegungen im peripheren Bereich wahrnehmen, allerdings noch sehr unklar. Er sah verschwommene Formen, aber nicht genug, um Orientierungspunkte oder Bordsteine zu erkennen. Bei hellem Sonnenlicht wurde es etwas besser, aber auch dann konnte er sich nicht auf sein Sehvermögen verlassen. Er versuchte, sich damit abzufinden, dass es wahrscheinlich nicht sehr viel besser werden würde.

Außer den Schreien der Möwen war nichts zu hören, keine anderen Menschen weit und breit.

Das gefiel ihm. Er konnte alle Zeit der Welt gebrauchen, um sich an den Gedanken zu gewöhnen, demnächst mit einem Haufen fremder Menschen zusammenzuarbeiten, während er nichts sehen konnte. Er fühlte sich dadurch total im Nachteil.

Es gab so viele Dinge, die schiefgehen konnten. Zum Beispiel diese peinlichen Momente, in denen Leute manchmal einfach weggingen, ohne dass er es bemerkte. Und dann stand er da und unterhielt sich mit der Luft. Ihm fiel ein, dass er sich früher selbst manchmal so verhalten hatte, wenn er mit sehbehinderten Personen zu tun gehabt hatte.

Ihm war damals nicht bewusst gewesen, wie unhöflich das war und wie einsam und isoliert sich die blinde Person dadurch fühlen konnte.

Er atmete tief ein und aus. Das Letzte, was er im Moment gebrauchen konnte, war, sich zu sehr auf seine Unsicherheiten zu fixieren. Also suchte er nach einem neuen Gesprächsthema. Es war nicht schwer zu finden. »Ich bin mir nicht so sicher, ob ich damit einverstanden bin, dass du dich so viel am Hafen rumtreibst«, sagte er.

»Das ist schon in Ordnung, Dad. Hey, kommen du und Mom wieder zusammen?«

Das war offensichtlich ein Ablenkungsmanöver, aber es funktionierte.

»Warum fragst du?«

Er spürte, wie sie mit den Schultern zuckte. »Gestern Abend war schön.«

»Ja, das war es wirklich. Und wir werden so was jetzt öfter zusammen machen.« Auch wenn es eine Qual für ihn sein würde, in Rias Nähe zu sein, ohne ihr wirklich nahekommen zu können.

»Wenn es für euch in Ordnung ist, Zeit miteinander zu verbringen«, sagte sie, »warum dann nicht …?«

Sie wollte natürlich wissen, warum sie nicht einfach wieder zusammenkamen. »Es ist kompliziert«, sagte er, weil er es ihr nicht erklären konnte. Er konnte Kait nicht sagen, dass ihre Mutter ihn einfach nicht genug liebte.

Der Geruch von Fisch und brackigem Wasser stieg ihm in die Nase, und er hörte in der Ferne Rufe und Leute, die sich unterhielten, während die Wellen rhythmisch an das Ufer klatschten. Auf dem Chesapeake gab es keine großen Wellen, aber es konnte trotzdem ziemlich rau hergehen.

»Hi, Juan. Hallo, Sunny.« Kaitlyn begrüßte die Leute, aber sie machte keine Anstalten, ihnen Drew vorzustellen. »Ich werde dich zuerst Captain Eli vorstellen«, sagte sie. »Wenn er dich mag und wenn Bisky dich mag, dann werden es alle anderen auch tun.«

Das musste wohl etwas mit den Gebräuchen der Seeleute zu tun haben, von denen Earl Greene ihm berichtet hatte. Vermutlich war es hilfreich, dass Kaitlyn sich damit auskannte. In der Schule hatte sie sich zweifellos ein Gespür für die zwischenmenschlichen Feinheiten aneignen müssen. »Du scheinst dich hier ja gut mit den Leuten auszukennen. Ich weiß nicht, ob mir das so gut gefällt. Wie viel Zeit verbringst du denn hier?«

»Dad, bitte, es ist alles in Ordnung.« Dann beschleunigten sich ihre Schritte. »Komm schon. Da vorne ist er.«

Unvorbereitet auf ihre plötzliche Beschleunigung, stolperte Drew und wäre beinahe gestürzt. *Großartig, einfach großartig. So hinterließ man direkt einen guten Eindruck bei hart arbeitenden Männern.* Ihm wurde heiß im Gesicht, als er sein Gleichgewicht wiederfand und Kaitlyns Arm etwas fester ergriff.

Sie wurde langsamer und unterdrückte einen Seufzer. Eine Minute später kam sie zum Stehen. »Captain Eli, ich möchte Ihnen gerne meinen Vater vorstellen.«

Drew wollte dem Mann gerne genau in die Augen sehen. Er wusste schließlich weder, wie alt der Mann war, noch, wie er seine Tochter anschaute. Er nahm eine aufrechte Haltung ein und streckte die Hand aus. »Drew Martin«, sagte er, und als die schwielige Hand des anderen Mannes seine ergriff, drückte er ordentlich zu.

Der Griff des Kapitäns war fest, aber er reagierte nicht auf das Kräftemessen. »Wir haben Ihre Tochter sehr gerne«, sagte er milde.

»Danke. Ist aber eine ganz schön raue Gegend hier für ein junges Mädchen.«

»Dad!« Kaitlyn klang peinlich berührt.

Er spürte, wie der Kapitän seine Haltung veränderte, und als er sprach, klang seine Stimme weniger freundlich. »Unsere Manieren sind auch nicht schlechter als die von anderen aus der Gegend. Und ganz besonders nicht in Gegenwart einer jungen Dame. Aber wir arbeiten hart.«

Schritte näherten sich auf dem Holzsteg, und Kaitlyn reagierte: »Hey, Mitch.«

»Das ist Kaits Vater«, sagte der Kapitän. »Pass auf – er ist ein starker Kerl. Er wird dir die Hand zerquetschen.«

Drew spürte, wie sein Gesicht heiß wurde und ihm der Schweiß den Rücken hinunterlief. Er konnte nicht erkennen, ob der Scherz freundlich oder spöttisch gemeint war. Er schüttelte die Hand des anderen Mannes, achtete darauf, es nicht zu übertreiben. Irgendwie war der Wurm drin. Da war er nun, umgeben von fremden Männern, von denen er nicht wusste, wie sie seine Tochter ansahen und ob sie in Sicherheit war.

»Dad wird hier ein paar Interviews führen. Das ist sein neuer Job. Miss Mary und Chief Greene haben das arrangiert.«

»Oh, das Projekt für das neue Museum«, sagte Mitch.

»Ich hab schon davon gehört«, sagte der Kapitän.

»Stimmt«, antwortete Drew. »Ab heute werde ich öfter hier sein. Und Kait nicht mehr.«

»Dad!«

»Ich glaube einfach nicht, dass das hier ein sicherer Ort für dich ist«, sagte er zu ihr, ohne sich darum zu kümmern, dass die anderen Männer zuhörten. Genau genommen wollte er sogar, dass sie es hörten.

»Ist für sie vielleicht sicherer als für dich, wenn du hier einfach so auftauchst und schlecht über uns redest«, sagte Mitch und stapfte mit seinen schweren Stiefeln davon.

»Und ich hab keine Zeit, mich darüber zu streiten, ob es hier im Hafenviertel sicherer ist als in irgendeiner Großstadt«, sagte der Kapitän. »Ich hab noch zu arbeiten.« Dann ging auch er davon.

»Dad!« Drew hörte Kait an, dass sie fast weinte. »Du warst unnötig gemein zu ihnen.«

»Sie sollen einfach nur wissen, dass es da jemanden gibt, dem du am Herzen liegst«, sagte er.

»Im Gegensatz zu dir waren sie im letzten Sommer für mich da.«

Autsch. Das lief alles richtig schief. »Schau mal, Kait, ich möchte das ja wiedergutmachen. Und eine meiner Aufgaben als Vater ist es, dich vor Gefahren zu beschützen, von denen du nicht einmal weißt, dass es sie gibt.«

»Was weißt du schon von Gefahren. Das hat alles nichts mit diesen Leuten hier zu tun. Die Kids in meiner Schule sind um einiges schlimmer.« Sie stampfte mit dem Fuß auf, und das Geräusch hallte auf dem Steg wider. »Und weißt du was? Wenn du dich für so einen harten Kerl hältst, dann kannst du auch alleine nach Hause gehen.« Sie drückte ihm die Leine von Navy in die Hand.

Und dann stapfte auch sie davon.

Erschüttert machte sich Drew langsam auf den Weg zurück an Land. Einmal wäre er fast von der Kante eines Stegs gestürzt, wenn ihn Navy nicht zurück in die Mitte gestupst hätte.

Er versuchte, sich zu orientieren und sich genau zu erinnern, woher sie gekommen waren. Er schlug den Weg ein, den er für den richtigen hielt, und ging mit seinem Stock langsam tastend und nach Autos lauschend voran, wie ein alter Greis.

Was für ein produktiver Tag. Er hatte sich direkt schlechte Startbedingungen für seinen neuen Job verschafft. Seine Tochter war wütend auf ihn. Und zu allem Überfluss lief er sehr wahrscheinlich gerade in die falsche Richtung und geriet immer tiefer hinein in die Welt der Hafenbewohner, wo er sich gerade einige Feinde gemacht hatte.

»Brauchen Sie Hilfe?« Die Stimme war tief, aber melodisch. Er war sich ziemlich sicher, dass es sich um eine Frau handelte, aber nicht zu hundert Prozent.

Und ja, es war einfacher für ihn, von einer Frau eine Wegbeschreibung anzunehmen als von einem anderen Mann. »Wenn Sie mir den Weg zurück in die Stadt weisen könnten, wäre ich Ihnen sehr dankbar«, sagte Drew.

»Lassen Sie sich von mir ein Stückchen führen«, sagte die Frau. »Ich bin Bisky.«

Die andere wichtige Person, die Kaitlyn erwähnt hatte. Vielleicht konnte er bei ihr einen besseren Eindruck hinterlassen. Ein paar Wogen glätten.

»Drew Martin«, sagte er. »Ich freue mich, Sie kennenzulernen. Ich weiß Ihre Hilfe zu schätzen.«

»Kein Problem«, sagte sie. »Ich hab Kaitlyn weglaufen sehen. Und ich hab selbst eine Tochter in Kaitlyns Alter, also weiß ich, wie schwer es ist, es ihnen recht zu machen.«

Er konnte erkennen, dass sie ziemlich groß war, fast so groß wie er selbst. »Arbeiten Sie auch am Hafen?«, fragte er.

»Seit ich zehn Jahre alt war. Ich hab mein ganzes Leben hier verbracht.«

»Ich bin hier, um ein paar Interviews zu führen, für das neue Museum, das gerade gebaut wird«, sagte er. »Vielleicht kann ich bei Gelegenheit eines mit Ihnen führen, wenn Sie mal eine Stunde übrig haben.«

»Viele freie Stunden hab ich nicht, aber wir können sicher was ausmachen. Ich mag Kaitlyn. Ich würde ihrem Vater also gerne behilflich sein.«

Sie machte ihm klar, dass er nur wegen seiner Tochter bei ihr einen Stein im Brett hatte. Na ja, das hatte er wohl verdient. »Glauben Sie, dass das Hafenviertel ein sicherer Ort für ein junges Mädchen wie Kaitlyn ist?«

»Ja. Meine Tochter verbringt hier jeden Tag.« Sie wurde langsamer. »Okay, hier sind wir am Rande der Innenstadt. Ungefähr fünfzig Meter weiter biegen Sie links ab und gehen die Straße hinunter, dann kommen Sie zu Ihrem Cottage.«

»Sie wissen, wo ich hinmöchte?«, fragte Drew.

»Schätzchen«, sagte sie, »du hast noch nicht so viel Zeit in einer Kleinstadt verbracht, oder?« Sie lachte, laut und ausgiebig. »Wir sehen uns im Hafen, Drew Martin. Bring deine Tochter mit.«

Er hörte, wie sie wegging, und machte sich dann, mit Navy an seiner Seite, auf den Weg in die Richtung, die sie angegeben hatte. Dieser neue Job und der Neuaufbau einer Beziehung zu seiner Tochter waren viel komplizierter, als er erwartet hatte. Aber wenigstens hatte er jetzt so etwas Ähnliches wie eine Verbündete.

Ria saß auf dem Beifahrersitz des Tesla und hörte Ted Taylor dabei zu, wie er über sämtliche Funktionen des Autos dozierte. Sie wünschte sich, sie wäre irgendwo anders.

Die Dämmerung brach herein, und nach einem langen Arbeitstag hätte sie sich viel lieber zu Hause mit ihren Mädchen auf die Couch gekuschelt und etwas zu essen bestellt.

Stattdessen war sie mit Ted zum Abendessen verabredet. Ein »Geschäftsessen« sollte es sein, allerdings hatte er sich in teure Schickimicki-Kleidung gehüllt und Blumen für sie mitgebracht. Nicht sehr geschäftsmäßig.

»Ich bin eigentlich ganz froh, dass *DiGiorno's* nicht geöffnet hatte«, sagte Ted, dem endlich der Gesprächsstoff über Tesla-Funktionen ausgegangen war. »Das gibt uns die Gelegenheit, mal aus der Stadt rauszukommen und einen schönen Ausflug an der Küste entlang zu machen. Mal was Neues zu Gesicht zu bekommen.«

»Das stimmt wohl«, sagte sie höflich. »Der Sonnenuntergang ist wirklich schön.« Sie drehte sich um und schaute aus dem Fenster, während sie durch die Innenstadt von Pleasant Shores fuhren. Als sie jedoch eine vertraute Silhouette in der Dämmerung sah, erstarrte sie und packte Ted am Arm. »Halt bitte sofort an!«

»Kein Problem, der hat fast keinen Bremsweg«, sagte er, und tatsächlich kam das Auto schnell und lautlos zum Stehen.

Sie stieg aus und eilte an den Straßenrand. »Drew, ich bin's, Ria! Warum bist du um diese Zeit noch allein unterwegs?«

»Ich komme vom Hafenviertel«, sagte er. »Kein Grund zur Sorge.«

Vielleicht stimmte das, immerhin hatte er ja seinen weißen Blindenstock dabei und war in Begleitung von Navy. »Mag sein, aber deine dunkle Kleidung macht es wirklich schwer, dich bei diesen Lichtverhältnissen zu bemerken. Ich dachte, Kaitlyn wäre bei dir.«

Er stieß einen Seufzer aus. »Ja, das dachte ich auch«, gab er zu. »Aber wir hatten einen Streit, und sie ist abgehauen.«

»Allerhand. Ich könnte sie erwürgen. Möchtest du vielleicht …?« Jetzt erst kam ihr in den Sinn, dass Drew wahrscheinlich nicht so begeistert davon war, dass sie mit Ted unterwegs war und dass er wahrscheinlich erst recht keine Lust hatte, sich von ihm mitnehmen zu lassen. Doch seine Sicherheit ging vor. »Sollen wir dich nach Hause fahren?«

»Wer ist ›wir‹?«

»Ich, ähm, ich hab ein Geschäftsessen mit Ted Taylor.«

Er schnaubte verächtlich. »Aha. Aber natürlich, ein Geschäftsessen.«

Ria hatte sich das Gleiche gedacht, aber es ärgerte sie, dass Drew sofort annahm, dass es sich um einen anderen Anlass handelte und dass sie das vor ihm verheimlichen würde. »Ich mache mir nur Sorgen um dich.«

»Danke dafür, aber mir geht's gut.« Er drehte sich um und wollte gehen, aber inzwischen war Ted aus dem Auto gestiegen und kam auf sie zu.

»Hey, Martin. Sollen wir dich nach Hause bringen?« Drew blieb stehen, drehte sich in Teds Richtung und warf ihm einen finsteren Blick zu. »Nein danke.«

»Bist du wirklich sicher?«, fragte Ria. Wie fand er sich überhaupt mit seiner Sehbehinderung so gut in der Stadt zurecht?

»Es gibt keinen Grund, Behinderte zu bevormunden«, sagte er. »Hier gibt es nichts zu sehen. Ich bin einfach ein normaler Typ, der von seiner neuen Arbeit nach Hause geht, und ich würde es begrüßen, wenn ihr mich dabei in Ruhe lasst.«

Er drehte sich auf dem Absatz um und ging. Und Ria musste zugeben, dass er alles im Griff zu haben schien. Er machte einen starken, kompetenten Eindruck, wie er so einsam davonging.

Voller Stolz und völlig unwillig, Hilfe anzunehmen.

Zumindest Hilfe von seiner Ex-Frau und ihrem Date.

»Bis später«, sagte Ria, zu leise, als dass er es hätte hören können. Sie beobachtete ihn, wie er in der zunehmenden Dämmerung verschwand.

»Soll ich ihm folgen und sichergehen, dass er gut zu Hause ankommt? Der Tesla ist sehr leise«, sagte Ted stolz, und Ria hätte ihn am liebsten erwürgt. Er benutzte Drews Sehbehinderung als weiteren Anlass, mit seinem Auto anzugeben. Vielleicht war sie aber auch nur überempfindlich. Wie auch immer, Drew wäre bestimmt äußerst wütend, wenn er wüsste, dass er verfolgt wurde.

»Nein, ich bin sicher, es geht ihm gut. Lass uns einfach weiterfahren.«

Obwohl das Restaurant super war, probierte Ria kaum etwas von ihren Meeresfrüchten, ignorierte den Wein, obwohl er sehr teuer war, und auch dem magischen Brownie-Käsekuchen schenkte sie kaum Beachtung.

Das alles war Beweis genug dafür, wie aufgebracht sie war. Sie machte sich Sorgen um Drew – ob er wohl gut zu Hause angekommen war, ob es ihn störte, dass sie mit Ted ausgegangen war. Sie hatte das starke Verlangen, ihn anzurufen, um sich nach beidem zu erkundigen. Selbst während sie versuchte, ihre Aufmerksamkeit auf Ted zu lenken.

Sie hatte sich bemüht, die Unterhaltung während des Abendessens auf Geschäftliches zu beschränken, aber Ted schien ebenso reges Interesse an ihrem Privatleben zu haben. Das Resultat war ein im Großen und Ganzen ziemlich unangenehmer Abend, und Ria war froh, dass er fast vorüber war.

»Mann, ganz schön bitter, dass Drew blind ist«, sagte Ted schließlich. »Ich vermute, er kann jetzt seinen Lebensunterhalt nicht mehr selbst bestreiten.«

Seine Worte weckten sofort den Wunsch in ihr, Drew zu verteidigen. »Warum denn das nicht? Viele Blinde verdienen sich jeden Tag ihren Lebensunterhalt.«

»Einige wenige schon«, korrigierte Ted. »Die meisten Menschen mit Behinderungen sind allerdings chronisch unterbeschäftigt. Das ist eine traurige Statistik, aber sie ist wahr.«

Ria bekam ein flaues Gefühl im Bauch bei dem Gedanken, dass Drew in einem Job landen könnte, bei dem seine Fähigkeiten nicht zum Einsatz kamen. Er war immer voll in seiner Arbeit aufgegangen; Polizist zu sein und der Allgemeinheit zu dienen, war für ihn ein wesentlicher Aspekt seiner Persönlichkeit. Es war schrecklich, daran zu denken, dass er jetzt vielleicht etwas tun musste, das weit unter seinen Fähigkeiten lag. Vor allem, weil sie wusste, wie grausam das für ihn sein würde.

»Ich glaube, Drew wird immer auf den Füßen landen, egal, ob sich seine Sehkraft nun wieder verbessert oder nicht«, sagte sie zu Ted. Und ihr wurde klar, dass sie tatsächlich davon überzeugt war. Was immer Drews Probleme sein würden, er hatte die Fähigkeit, damit klarzukommen. Er war einfach gut in allem.

»Bist du …?« Ted hielt inne. »Hängst du noch an ihm?«

Sie begegnete seinem Blick und starrte dann auf den Tisch,

auf dem das reichhaltige Schokoladendessert auf ihrem Teller dahinschmolz. »Ich sollte es nicht, aber tue es noch. Ein kleines bisschen.«

»Das ist okay. Ergibt Sinn.«

Sie sah zu Ted auf und war gerührt von der Güte in seiner Stimme.

»Es spricht sogar für dich«, sagte er, »dass du nicht so leicht loslässt. Es ist furchtbar schwer, über eine Scheidung hinwegzukommen. Ich weiß das. Ich habe mehrere Jahre gebraucht, um über meine Frau hinwegzukommen.«

»Ich wusste nicht einmal, dass du verheiratet warst.« Sie fühlte sich schuldig, weil sie nicht im selben Maße an seiner Vergangenheit interessiert gewesen war wie er an ihrer.

»Ich spreche nicht viel darüber. Das Ende einer Ehe fühlt sich wie eine Niederlage an, und es gibt keinen Grund, damit zu prahlen. Aber ich versteh dich.« Seine weichen Finger ergriffen sanft ihre Hand.

»Es fühlt sich wirklich wie ein Fehlschlag an«, sagte sie, »vor allem, weil es einen schlechten Einfluss auf unsere Mädchen hatte.«

Er nickte, den Kopf zur Seite geneigt, die Stirn in Falten gelegt. »Eine Scheidung ist schwer für Kinder. Selbst wenn die Kinder beinahe erwachsen sind, wie eure Mädchen.«

»Danke für dein Verständnis.« Sie löste ihre Hand aus seiner. »Und dafür, dass man sich so unkompliziert mit dir unterhalten kann.«

»Es war mir ein Vergnügen, und das meine ich wirklich so. Gönn dir deinen Nachtisch.«

»Ach, ich hab gut und reichlich zu Abend gegessen, und ich bin wirklich nicht so hungrig. Außerdem sollte ich lieber nicht.«

»Du machst dir doch nicht ernsthaft Sorgen um dein Gewicht, oder?«

Ria runzelte die Stirn. Warum sagte er denn so was? Andererseits, Ted war ja nur ein guter Freund, praktisch wie eine Freundin. »Ich mache mir immer Sorgen um mein Gewicht. Das kommt davon, wenn man einen Vater hat, der großen Wert auf die Figur legt.«

»Da wir gerade von deinem Vater sprechen«, sagte Ted, »ich bin mir ziemlich sicher, er sitzt da drüben.«

Ria drehte sich um und sah ihren Vater an einem Tisch mit einer fremden Frau sitzen. Es war nicht seine neue Ehefrau. »Hmm, stimmt. Ja, das ist er.«

»Sollen wir nach dem Essen rübergehen und Hallo sagen?«

»Ich bin mir nicht so sicher, ob er das begrüßen würde.« Eine Art abwehrende Wut stieg in ihr auf, während sie ihren Vater beobachtete. Es war nicht so, dass sie die neue Frau ihres Vaters besonders mochte oder dass sie sie besonders gut kannte, aber sie wusste sehr wohl, dass diese Frau gerade mit einem Baby zu Hause saß. Was hatte er also in dieser Gegend an der Küste zu suchen, mit einer anderen Frau, deren Hand er hielt, zu der er sich vorbeugte und der er tief in die Augen sah?

»Klingt, als gäbe es da was zu erzählen«, sagte Ted.

»Nichts Außergewöhnliches. Mein Vater mag zierliche Frauen, die ihn anhimmeln und ihm ihre ganze Aufmerksamkeit schenken. Was darauf hinausläuft, dass alle seine Beziehungen nur wenige Monate halten.«

»Aber waren deine Eltern nicht lange verheiratet?«

Sie nickte langsam. »Das waren sie«, sagte sie, »aber ich bin mir nicht sicher, wie treu mein Vater wirklich war, besonders in den letzten Jahren.«

»Das muss schwer für dich gewesen sein. Ich bin froh, dass du stark und einfühlsam geblieben bist, trotz all der Probleme, die du hattest.« Er sah sie mit warmer Bewunderung an. »Du bist eine unglaublich schöne Frau, aber du scheinst dir dessen gar nicht so bewusst zu sein. Du bist ganz und gar nicht eitel.«

»Ich bin das Gegenteil von eitel«, sagte sie und lachte ein wenig. »Ich habe nie das Gefühl, dass ich gut genug aussehe.« Mit Sicherheit hatte sie sich für Drew nie hübsch genug gefühlt.

Ted hob eine Hand und signalisierte dem Kellner, dass er zahlen wollte.

Ria ging auf die Damentoilette und achtete tunlichst darauf, den Bereich, in dem ihr Vater saß, zu umgehen. Sie verstand diesen Mann einfach nicht. Wie konnte er seine schöne, junge Frau mit dem Baby allein zu Hause lassen, während er mit einer Neuen herumlief?

Sie fragte sich, ob er ihrer Mutter auch untreu gewesen war.

Sie fragte sich – nur für einen Moment –, ob Drew jemals fremdgegangen war. Aber sie war sich ziemlich sicher, dass das nicht der Fall war. Drew war ein ehrenwerter Mann, der stets darauf bedacht war, das Richtige zu tun.

Das gefiel ihr an ihm, allerdings machte es ihn gleichzeitig etwas intolerant gegenüber anderen Menschen, die nicht immer das Richtige taten.

Beispielsweise seine Ex-Frau, die sich nicht gut genug um sich selbst gekümmert hatte, als sie schwanger von ihm gewesen war.

Vor dem Restaurant hielt Ted ihr die Autotür auf, doch bevor sie in den Tesla steigen konnte, schlang er seine Arme um sie und zog sie zu sich heran. »Ich kann es langsam angehen lassen«, sagte er, »aber ich würde dich wirklich, wirklich gerne besser kennenlernen.«

»So nicht, Ted.« Entschlossen schob sie seine Arme beiseite und trat einen Schritt zurück. »Ich bin noch nicht bereit dafür. Tut mir leid.«

»Ich bin ein geduldiger Mann. Und ich habe ein echtes Geschäftsinteresse an der Chesapeake Motor Lodge. Ich hoffe, es macht dir nichts aus, wenn wir in Kontakt bleiben.«

Sie lächelte ihn an, dankbar, dass er nicht wütend war. »Natürlich. Danke, dass du so verständnisvoll bist.«

Sie fuhren in kameradschaftlichem Schweigen zurück nach Pleasant Shores, doch Rias Gedanken rasten. Anscheinend hatte Drew sie für andere Männer verdorben.

Vielen Dank, Drew.

12. Kapitel

»Bist du sicher, dass du dafür nicht zu verkatert bist?«, fragte Drew Ria am nächsten Tag, als er Navy zu ihrem Auto brachte. Er wusste, dass sich das sarkastisch anhörte, aber es war ihm egal. Er war immer noch wütend über ihr herablassendes Angebot von gestern Abend: ihr Date zu unterbrechen und ihn nach Hause zu fahren.

»Natürlich bin ich nicht verkatert. Hast du mich jemals betrunken erlebt?«

»Ich weiß gar nichts mehr über dich.« Er kam sich klein und unbedeutend vor, weil er so auf ihr herumhackte, aber er war einfach zu durcheinander.

Er musste herausfinden, wie er ein Mann sein konnte, obwohl er nicht in der Lage war, all jene Dinge zu tun, durch die er bisher seine Männlichkeit definiert hatte, wie zum Beispiel Auto fahren. Er musste eine andere Definition von Männlichkeit finden als die, mit der er aufgewachsen war und die ihm sein Vater eingetrichtert hatte.

Es war hart für ihn, miterleben zu müssen, wie Ria mit einem Mann ausging, der keine offensichtlichen Probleme hatte, der sehen konnte, ein teures Auto fuhr und wohlhabend war.

Drew konnte nicht einmal seinen eigenen Hund zum Tierarzt fahren.

»Ich weiß zwar nicht, was du damit sagen willst. Aber ich habe versprochen, Navy zum Tierarzt zu fahren, und das will ich immer noch. Ich liebe sie genauso wie du.« Ria nahm ihm die Leine ab und lotste Navy auf den Rücksitz, dann setzte sie sich auf den Fahrersitz, während Drew auf der Beifahrerseite einstieg. »Ist sie immer noch krank?«, fragte Ria, als sie das Auto startete.

»Es geht ihr schlechter.« Er streckte eine Hand aus, um Navys Schnauze zu streicheln. »Sie hat heute Morgen nicht einmal ihr Frühstück angerührt.«

»Das sieht ihr gar nicht ähnlich.«

»Nein.« Die Befürchtung, dass mit seiner Hündin wirklich etwas nicht stimmte, machte ihm so viel Angst, dass er auf der Fahrt zum Tierarzt fast die ganze Zeit über schwieg. In der Arztpraxis wurden sie ziemlich schnell in ein Untersuchungszimmer geführt, nachdem Navy gewogen worden war.

Sie hatte fünf Pfund abgenommen.

Dr. Ben, der Tierarzt, wirkte jung und entspannt, aber er schien auch eine Menge aktuelles Wissen über Tiere zu haben. Er war ihnen von Trey empfohlen worden, der mit King bereits bei diesem Arzt gewesen war.

Der Mann kannte sich also zumindest mit ehemaligen Polizeihunden aus.

Er machte keine halben Sachen, sondern ordnete Bluttests an und ließ seine Labortechniker sofort die Stuhl- und Urinproben analysieren. Dann tastete er scheinbar jeden Zentimeter von Navys Körper ab, während Drew ihren Kopf hielt, sie streichelte und mit ihr sprach, um sie zu beruhigen.

Der Tierarzt untersuchte ihre Zähne, Augen und Ohren und sprach mit Drew über die Symptome, die sie hergeführt hatten.

»Ich glaube nicht, dass sie Schmerzen hat«, sagte Drew. »Es geht ihr einfach nicht gut. Sie schläft die ganze Zeit und isst fast nichts. Sie freut sich nicht, wenn wir nach draußen gehen. Es ist, als ob sie Depressionen hätte.«

»Vielleicht hat sie die auch, in gewisser Weise.« Der Tierarzt kniete weiterhin auf dem Boden und streichelte Navy.

»Wir wissen nicht genug über die Emotionen von Hunden, um sicher zu sein, ob sie tatsächlich Depressionen haben, aber in vielen Fällen scheint es so zu sein. Sie ziehen sich zurück und werden inaktiv. Ihre Ess- und Schlafgewohnheiten ändern sich, und sie verlieren das Interesse an Aktivitäten, die ihnen früher Spaß gemacht haben.«

»Das trifft haargenau auf Navy zu.« Drew runzelte die Stirn. »Ich bin mir ziemlich sicher, dass sie ihre Polizeiarbeit vermisst, aber sie verhält sich erst seit ein paar Wochen so, seit wir nach Pleasant Shores gezogen sind. Als ich meine Sehkraft verlor und sie vom Dienst suspendieren musste, schien sie noch sehr energiegeladen zu sein.«

»Hmm.« Der Arzt schwieg einen Moment. Drew gefiel es, wie er Navy immer wieder streichelte und ihre Ohren kraulte. Er war offensichtlich ein Hundeliebhaber. »Die häufigsten Auslöser einer Hundedepression, wenn man es so nennen will, sind der Verlust des Besitzers oder der Verlust eines anderen Haustiers in der Familie. Sie kann aber auch durch einen Umzug verursacht werden. Und es ist möglich, dass sie die Emotionen der Menschen in ihrer Umgebung aufnimmt.«

»Das wäre dann ich«, sagte Drew düster. Der Umzug nach Pleasant Shores hatte ihn definitiv in ein noch größeres Gefühlschaos gestürzt. Doch wenn das tatsächlich der Grund für Navys Krankheit sein sollte, würde es ihm sehr schwerfallen, sich das zu verzeihen. »Was kann ich tun?«

»Ein paar Dinge.« Der Tierarzt erhob sich und setzte sich auf einen Stuhl. Drew nahm ebenfalls neben Ria Platz. Er schätzte es, dass sie ihn reden ließ, ohne sich einzumischen oder zu versuchen, die Kontrolle zu übernehmen. Er bemerkte, dass sie ihm, wann immer möglich, die Verantwortung überließ. Sie gehörte nicht zu den Menschen, die so taten, als seien Menschen mit einer Behinderung inkompetent oder dumm.

»Normalerweise«, sagte der Tierarzt, »würde ich einfach ein bisschen mehr Bewegung und ein paar mehr Spielstunden als sonst vorschlagen. Natürlich hängt das alles davon ab, ob die Testergebnisse negativ ausfallen. Aber wenn es wirklich psychisch bedingt ist, reicht ein bisschen mehr Bewegung für einen Hund, der an so intensive Dinge wie die Polizeiarbeit gewöhnt ist, vielleicht nicht aus. Haben Sie schon einmal an Agility-Training oder andere Hundesportarten gedacht?«

Drew schüttelte den Kopf. »Das ist eine Welt, mit der ich nicht wirklich vertraut bin.« Er erinnerte sich vage daran, im Laufe der Jahre mit den Mädchen ein paar Hundeshows gesehen zu haben. Aber ehrlich gesagt war ihm das albern vorgekommen, verglichen mit der wichtigen Arbeit, die Hunde leisten konnten.

»Würde Ihr Sehvermögen ausreichen, um mit Ihrem Hund einen Hindernisparcours zu absolvieren?«

»Nein.« Das musste er sich jetzt eingestehen. »Nein, wahrscheinlich nicht.« Es war ärgerlich, aber je länger er hier war, ohne dass sich sein Sehvermögen wesentlich verbesserte, desto wahrscheinlicher wurde es, dass es so bleiben würde.

»Was ist mit Ihnen?«, sagte der Tierarzt, eindeutig an Ria gerichtet. »Könnten Sie mit dem Hund arbeiten?«

Es entstand eine Pause, und Drew ergriff das Wort, um sie zu füllen. »Sie hat mich nur hergefahren. Sie lebt nicht mit dem Hund zusammen und ist auch nicht für ihn verantwortlich.«

Es herrschte Schweigen im Raum, das nur durch Navys Hecheln unterbrochen wurde. Drews Laune sank. Natürlich war er froh, dass der Tierarzt der Meinung war, dass Navy körperlich gesund war, aber es blieb die Tatsache, dass sie nicht glücklich war und nicht fraß. Das machte sie anfällig für Krankheiten und zehrte an ihren Kräften.

»Wir haben zwei Töchter«, sagte Ria. »Vielleicht können die mit Navy helfen. Kann man Agility oder andere Hundesportarten betreiben, wenn man noch keine achtzehn Jahre alt ist?«

»Normalerweise muss ein Elternteil dabei sein, aber sicher. Viele junge Leute trainieren mit Hunden. Sie können das meistens sehr gut, weil sie die Zeit und die Energie haben, die uns Erwachsenen oft fehlt.«

Sie unterhielten sich noch ein wenig und verließen dann die Praxis. Der Tierarzt versicherte ihnen, dass er sie sofort anrufen würde, falls einer der Tests etwas Auffälliges ergeben würde. Sie brachten Navy zurück zum Auto und stiegen beide ein, doch Ria ließ den Motor nicht an.

»Das passt mir überhaupt nicht«, sagte Drew.

»Ja, das merkt man, aber …« Ria hielt inne.

»Sag es einfach.«

»Es ist nur so, dass du dich nicht zu sehr gehen lassen solltest, denn das wirkt sich auf die anderen in deiner Umgebung aus. Sieh mal, ich bin auch traurig, dass du den größten Teil deines Sehvermögens verloren hast und dass du und Navy keine Polizeiarbeit mehr machen könnt. Wirklich. Aber ich weiß, dass du damit umgehen kannst. Du bist stark, du wirst schon wieder auf die Beine kommen.«

Er wandte das Gesicht ab. »Ich brauche keine Ansprache darüber, was es heißt, ein Mann zu sein.«

»Das hat nichts damit zu tun, ein Mann zu sein, Drew! Du hattest sowieso schon immer eine verkorkste Vorstellung davon, was einen Mann ausmacht. Deine Vorstellung von Geschlechterrollen ist völlig antiquiert!«

»Und ich bin sicher, Ted Taylor ist sehr fortschrittlich, was das angeht. Vielleicht lässt er dich sogar seinen Tesla fahren.«

Sie gab ein undeutliches Geräusch von sich, startete den Wagen und fuhr mit quietschenden Reifen vom Parkplatz.

Drew grübelte. War seine Vorstellung von Männlichkeit wirklich antiquiert? Oder war Ria mit einem anderen zusammen, weil er recht hatte und nicht männlich genug für sie war?

Eines der Dinge, die Kaitlyn am Betreuungsprogramm gefielen, war, dass sie nicht den ganzen Tag im Klassenzimmer sitzen mussten. Mindestens ein- oder zweimal pro Woche waren gemeinnützige Projekte vorgesehen.

Heute, an einem der seltenen warmen Tage im November, machte sich die ganze Klasse auf den Weg zum Hafen.

Kaitlyn war nicht mehr dort gewesen, seit ihr Dad sich so peinlich aufgeführt hatte. Sie befürchtete, dass er ihr den Ort verdorben hatte. Aber als sie näher kamen, als sie das salzige Brackwasser roch und das Plätschern des Wassers gegen die Pfähle hörte, entspannten sich ihre Schultern zum ersten Mal seit einer Woche. Sie versuchte, nicht mehr an die Schule zu denken, die ihr immer noch wie ein gefährlicher Ort vorkam. Und sie verdrängte auch den Gedanken an die Psychologin, die man ihr aufgezwungen hatte. Sie mochte die Einzelsitzungen, aber einem fremden Erwachsenen ihr Herz auszuschütten, war äußerst stressig. Und die Familiensitzungen waren unerträglich.

Die Sonne schien schwach und golden auf die Bucht und verwandelte sie in eine Decke aus glitzernden Diamanten. Sie konnte ein paar Stimmen von den Docks und Krabbenbuden hören, die meisten Fischer waren jedoch draußen auf dem Meer.

Der Rest ihres Körpers entspannte sich, sogar die Muskeln in ihrem Gesicht. Sie war so gern hier.

Sie ging neben Venus her, die sich mit einem anderen Mädchen aus der Klasse unterhielt. Kaitlyn hatte ziemlich schnell erkannt, dass das Betreuungsprogramm nur eine weitere Form von Unterricht war und die Kids dort einfach nur Kids waren. Kein Haufen von Spinnern, denen man irgendwelche abstrusen Aktivitäten aufzwang. In mancher Hinsicht war es besser als die normale Schule, weil sie in ihrem eigenen Tempo arbeiten konnte, anstatt darauf zu warten, dass der Rest der Klasse die Grundlagen meisterte. Erica war eine großartige Lehrerin, die für Ordnung sorgte, indem sie den Kindern viel Verantwortung übertrug, überraschenderweise mehr als in der Regelschule. Der andere Lehrer des Programms war zwar nicht so cool, aber auch nicht schlecht.

Heute hatte jeder eine andere Aufgabe übernommen. Die Hauptaufgabe war die Säuberung des Ufers von Müll und allem, was den Fischen schaden konnte. Rory und Kaitlyn sollten Wasserproben für ihren Leistungskurs nehmen. Anhand ihrer Daten sollten sie dann einen Antrag an eine der gemeinnützigen Organisationen schreiben, die sich für den Erhalt der Bucht einsetzten. Erica schien zu glauben, dass sie wirklich etwas bewirken konnten.

»Viel Spaß mit Rory«, sagte Venus und kicherte leise. Sie wandte sich der Gruppe zu, die Handschuhe und Müllsäcke für die Ufersäuberung sammelte.

Rory machte sich direkt auf den Weg zum Wasser, anscheinend wollte er unbedingt loslegen. Kaitlyn nahm sich noch kurz Zeit, um sich umzusehen und den Moment zu genießen.

»Ich hätte nicht gedacht, dass du dich wieder hertraust«, drang eine Stimme von einem der Stege herüber. Kaitlyn blickte auf und sah Sunny, Biskys Tochter, auf sich zukommen.

»Ja, ich war ein paar Tage weg, nachdem mein Dad sich wie ein Idiot benommen hat. Tut mir leid.«

»Mom hat gesagt, sie hat ihm geholfen, den Weg nach Hause zu finden«, sagte Sunny. »Wie ist er denn blind geworden? Mom meinte, er schien sich noch nicht an seinen weißen Stock gewöhnt zu haben.«

Schuldgefühle nagten an Kaitlyn. Sie war eine trotzige Göre gewesen, weil sie ihren Vater an einem fremden Ort allein gelassen hatte und er den Weg nach Hause nicht hatte finden können. »Er ist Polizist. *War* Polizist. Wurde im Dienst am Kopf verletzt und kann seitdem nicht mehr sehen.«

»Das ist übel.« Sie schwiegen eine Minute lang und beobachteten die Gruppe von Kindern, die sich am Ufer tummelte, um Müll aufzusammeln.

Kaitlyn dachte darüber nach, wie nett Sunny war, und darüber, dass sie außerhalb der üblichen sozialen Hierarchie der Schule stand. »Also, äh ... Hast du was über das Video von mir gehört?«

»Ja.« Sunny nickte.

»Meinst du, die Leute haben's schon vergessen?«

Sunny rümpfte die Nase. »Ich hab vor einer Woche was drüber gehört, glaub ich. Seitdem nicht mehr. Aber ich gehöre ja auch nicht zu den angesagten Kids. Wer weiß, worüber die reden.«

»Von wem hast du denn davon gehört?«

»Shelby Grayson«, sagte Sunny. »Keine große Überraschung. Sie ist immer auf der Suche nach Aufmerksamkeit. Hey, ist der Hund deines Vaters ein Blindenhund?«

Kaitlyn schüttelte den Kopf. »Nö. Sie war ein Polizeihund, bis Dad verletzt wurde. Warum?«

Sunny zuckte mit den Schultern. »Ich mag Hunde«, sagte sie. »Wir haben früher Welpen für eine der Blindenhundeschulen aufgezogen.«

»Dann weißt du, wie man Hunde zu Blindenhunden ausbildet?«

Sunny zuckte mit den Schultern. »Nicht wirklich. Wir haben nur mit den Welpen eine Art Vorbereitungstraining gemacht. Aber ich arbeite gern mit Hunden. Als es mit einem unserer Welpen Probleme gab, haben wir ihn für eine Weile zurückgenommen, und ich hab ihm alle möglichen Tricks beigebracht.«

»Cool.« Kaitlyn zögerte. Sunny war freundlicher als sonst, vielleicht, weil sonst niemand hier war und sie sich langweilte. »Würdest du mir helfen, Navy zu trainieren? Ich meine, ich weiß, dass du viel zu tun hast, also wäre es in Ordnung, wenn du keine Zeit hast.«

»Würde dein Dad dir denn erlauben, dafür hierherzukommen?«

Kait rollte mit den Augen. »Er muss es ja nicht wissen.«

Sunny schaute skeptisch. »Er war in der letzten Woche fast jeden Tag für ein paar Stunden hier unten und macht seine Interviews. Er würde es wahrscheinlich herausfinden.«

»Venus sagt immer, es ist besser, um Vergebung zu bitten als um Erlaubnis.« Kaitlyn versuchte, Venus' falschen britischen Akzent zu imitieren, und Sunny gluckste.

»Kaitlyn«, drang Ericas Stimme an ihr Ohr. »Lass Rory nicht die ganze Arbeit für dein Wissenschaftsprojekt allein machen.«

Kaitlyn winkte ihr zu. »Ich komm schon«, rief sie und wandte sich dann wieder Sunny zu. »Ich werde sehen, ob ich mal nach der Schule mit Navy herkommen kann. Wann bist du hier?«

»Wann bin ich *nicht* hier?« Sunny lächelte schief.

»Ich werde versuchen, sie morgen mitzubringen.« Als Kaitlyn die kleine Straße hinunterlief und dann zum Wasser abbog, bemerkte sie, dass sie schneller ging als sonst und dass sie lächelte. Es würde Spaß machen, Navy ein paar neue Tricks beizubringen. Es würde Spaß machen, ihren Dad mit etwas zu überraschen, das sie geschafft hatte.

Und es würde großen Spaß machen, mit einer Freundin Pläne zu schmieden, falls Sunny tatsächlich eine Freundin werden würde.

Sie holte sich ein paar Probenflaschen von Rory und ging zu einem der Gezeitentümpel. Die Sonne wärmte ihren Rücken, ihr Gesicht wurde von einer kühlen Brise aus der Bucht umweht.

»Hey, Kaitlyn.« Rod Berger winkte ihr von einem Picknicktisch aus zu, an dem er mit Moses saß. »Ich muss dir was zeigen.«

»Kein Interesse.« Bei den beiden konnte es sich um alles Mögliche handeln, von einem toten Fisch bis hin zu einem Bild aus einem Pornoheft. Was auch immer es war, Kaitlyn wusste bereits, dass sie es nicht sehen wollte.

Als sie auf sie zukamen, wurde Kaitlyn bewusst, dass Erica und der Rest der Klasse sie hier nicht mehr sehen konnten. Wenn sie schrie, würde sie wohl jemand hören – Sunny reparierte ein paar Stege weiter eine Krabbenfalle –, aber sie fühlte sich trotzdem unwohl und isoliert, als die beiden Jungen sie in Richtung Wasser drängten.

Rod zückte sein Handy. »Ein tolles Bild von dir«, sagte er. Er hielt ein Foto hoch, auf dem sie dabei war, mit verhaltenem Lächeln ihren Pullover auszuziehen. Sie sah darauf aus, als würde es ihr gefallen. Sie erinnerte sich deutlich daran, dass sie sich zu diesem Lächeln hatte zwingen müssen, aber auf dem Bild sah es echt aus.

Hitze stieg in ihr auf und machte sich zuerst in ihrer Brust und dann in ihrem Hals und ihrem Gesicht breit. »Hast du einen Screenshot davon gemacht?«

»Es ist online. Jeder kann's sehen.«

»Ich hab gehört, dass es noch mehr davon gibt«, fügte Moses auf seine typisch schleimige Art hinzu.

Kaitlyn hätte sich am liebsten auf den Boden geworfen und laut gestöhnt. Sie hatte gehofft, dass sie in ihrer neuen Umgebung frei von Mobbern und von allem wäre, was sie bisher immer hatte ausrasten lassen.

Aber wenn jemand jetzt anfing, Fotos von ihr zu veröffentlichen ... »Verschwindet«, sagte sie, und als die Jungs sich nicht rührten, versetzte sie Moses einen festen Stoß und blickte Rod an. »Ich habe Selbstverteidigung gelernt«, sagte sie. »Ich weiß genau, wo ich euch treffen muss.«

Die beiden Jungs wichen mit erhobenen Händen zurück und kicherten.

Kaitlyn wandte sich ab, als ob es sie nicht kümmerte, und sammelte weiter ihre Proben. Aber ihre Gedanken rasten. Würden noch mehr Bilder ans Licht kommen? Und wenn ja, was würde das für ihre mögliche Freundschaft mit Sunny und den Schülern in ihrer neuen Klasse bedeuten?

13. Kapitel

Drew hatte seine Männlichkeitsprobleme vielleicht weit genug überwunden, um damit einverstanden zu sein, dass Ria ihn fuhr. Aber als sie das Auto über die holprige, zerfurchte Straße lenkte, dachte er unweigerlich: Oh Mann, das könnte ich besser.

Es war Freitagmorgen, nur drei Tage, nachdem sie Navy zum Tierarzt gebracht und sich über Drews Verhalten gestritten hatten.

»Diese Straße ist furchtbar«, beschwerte sie sich. »Bist du sicher, dass das der richtige Weg ist?«

»Wir sollten in dreißig Sekunden an eine Gabelung kommen«, sagte er. Er hatte die detaillierte Wegbeschreibung auswendig gelernt. »Du musst nach links abbiegen.«

Ein weiterer starker Ruck bewirkte, dass sein Kopf an die Decke des Wagens stieß.

»Da ist die Abzweigung!«, rief sie, als sie nach links lenkte. »Du hattest recht!«

»In einer Viertelmeile solltest du rechts einen Wanderwegweiser sehen.« Er war sich nicht sicher, ob das eine gute Idee war, aber er freute sich darauf. Er musste mit Ria reden, und Navy brauchte Bewegung. Und ja, er wollte ihr und sich selbst beweisen, dass er ihr die Führung überlassen konnte. Nicht dass das einfach gewesen wäre.

»Da ist der Wegweiser. Und ein Parkplatz. Ich halte hier.« Der Wagen hielt an, und sie schaltete ihn aus. »Uff. Keine leichte Fahrt. Aber ich hoffe, das ist es wert.«

»Das ist es«, sagte er mit mehr Zuversicht, als er fühlte.

Er stieg aus, öffnete die hintere Beifahrertür und nahm Navy an die Leine. Er hörte das Hecheln und spürte die gespitzten Ohren und das leichte Zittern des Hundes. Wenigstens sie war froh, hier zu sein.

»Haben wir Wasser für sie?«, fragte Ria.

Drew klopfte auf seinen Rucksack. »Wasser für sie und für uns.« Er erwähnte es nicht, aber er hatte auch ein wenig Essen, eine Decke und eine Flasche Wein mitgebracht.

Warum er das getan hatte, wusste er nicht, aber es gab ihm das Gefühl, wieder ein Mann zu sein, wenn er einen Ausflug organisierte. Und ja, er wollte Ted ausstechen, seinen Vorsprung, was Dates mit Ria betraf, einholen.

Hitze durchströmte ihn bei dem Gedanken an Ria und Ted, wie sie in einem feinen Restaurant speisten und in Teds lautlosem, teurem Auto fuhren. Ted mochte wohlhabend sein und in einem eleganten Haus wohnen, aber Drew wusste, was er wollte, und es war genau dasselbe, was jeder andere heißblütige Mann wollte, wenn er mit einer Frau wie Ria zusammen war. Und Drew wollte nicht, dass Ted es bekam.

Brennende Eifersucht durchfuhr seinen Körper. Ria gehörte *ihm*.

»Drew, geht's dir gut?«

»Ja. Warum?« Seine Stimme hörte sich dumpf und heiser an.

»Du scheinst irgendwie sauer zu sein.«

»Tut mir leid.« Er atmete langsam ein und wieder aus. »Beschreib mir die Umgebung«, sagte er, als sie sich auf den Weg machten.

»Es ist noch recht grün, und die Blätter haben noch Farbe«, sagte sie. »Es ist ein schöner breiter Weg. Das Sonnenlicht sprenkelt den Boden mit einem hübschen Muster, und überall sind große Farne. Und über mir fliegt ein Vogel, der aussieht wie ein Falke.«

Neben ihnen plätscherte ein Bach. Drew atmete ein, durchdringender Kieferndtuft erfüllte seine Sinne. Ein Windhauch streichelte sein Gesicht. Navy zerrte an ihrer Leine, und er konnte spüren, wie sie durch das Laub schnüffelte. Er hielt Rias Ellbogen fest, aber er mochte diese Abhängigkeit nicht, wollte nicht, dass sie dachte, er würde jetzt immer so an ihr dranhängen. »Viele Blinde wandern mit Wanderstöcken«, sagte er und verschluckte sich fast an dem Wort *blind*. Aber er benutzte es absichtlich. Er musste sich wohl oder übel dran gewöhnen. »So weit bin ich zwar noch nicht, und ich glaube, die Felsen würden meinen Stock ruinieren. Aber ich würde wirklich gerne selbstständig gehen können.«

»Ist es so schlimm, wenn du dich an mir festhältst?«

Ihre Frage hing eine Sekunde lang in der Luft, während Drew sich von seiner Überraschung erholte. Er drückte ihren Arm ein wenig. »Eigentlich … fühlt es sich sogar gut an.«

Er hörte, wie sie scharf einatmete, etwas, das er wahrscheinlich nicht bemerkt hätte, als er noch hatte sehen können. Es war nicht etwa so, dass seine anderen Sinne auf wundersame Weise schärfer geworden waren, wie viele Leute dachten. Er konzentrierte sich einfach mehr auf Gerüche, Geräusche und Berührungen. So, wie er aufmerksamer auf das Keuchen von Navy und das Knirschen der trockenen Tannennadeln unter ihren Füßen lauschte, so achtete er auch mehr auf die Geräusche, die Ria von sich gab, und darauf, wie sich ihre weiche Haut unter seinen Fingerspitzen anfühlte. Und auf ihren Duft, Geißblatt mit einem Hauch von Moschus, wie in einer mondhellen Sommernacht.

Navy bellte freudig. »Sollen wir sie von der Leine lassen?«, fragte Ria.

»Sie hört sehr gut auf Rückruf. Also ja.« Er griff nach unten, um die Leine zu lösen, und Navy lief los. Um sie zu testen, gab er ihr das Kommando zum Zurückkommen, und sie rannte zu ihm zurück. »Siehst du?«, sagte er zu Ria und rief dann Navy ein »Okay« zu, um ihr die Erlaubnis zu geben, wieder loszurennen.

»Sie sieht sehr, sehr glücklich aus, Drew. Das war eine gute Idee.«

Es *war* eine gute Idee gewesen. Drew war schon immer gern gewandert. Jetzt, ohne sein Augenlicht, nahm er die Sonne, die auf seine Schultern brannte, die frische Kiefernluft und das Zwitschern und Pfeifen der Vögel viel bewusster wahr.

»Erinnerst du dich an die Wanderungen, die wir gemacht haben, als Sophia noch ein Baby war?«, fragte Ria. Sie dachte also in dieselbe Richtung wie er. Wanderungen, die sie früher gemeinsam unternommen hatten.

»Das waren gute Zeiten«, sagte Drew. »Wir hätten nie aufhören sollen, gemeinsam zu wandern.«

Sie war einen Moment lang still. »Also … Wir sollten über Kaitlyn reden. Über die wöchentliche Sitzung, die der Psychologe empfohlen hat.«

Okay, sie wollte also nicht in ihre Vergangenheit eintauchen. »Meiner Meinung nach scheint es ihr besser zu gehen«, sagte er, »auch wenn sie nicht viel von ihren Gefühlen mit mir teilt.« Er stockte und versuchte, auf einem felsigen Stück Boden Halt zu finden.

Ria neben ihm wurde langsamer. »Ja, mit mir redet sie auch nicht viel. Aber sie scheint jetzt glücklicher zu sein, wenn sie von der Schule nach Hause kommt. Sie sagt, das Betreuungsprogramm sei nicht so schlimm, wie sie dachte, und ich weiß, dass sie zumindest eine Freundin gefunden hat, ein Mädchen namens Venus.«

Sie erreichten einen breiten, ebenen Weg und beschleunigten gleichzeitig das Tempo. »Ich hab herausgefunden, dass sie noch eine andere Freundin unten an den Docks hat«, sagte Drew. »Die Tochter einer Frau namens Bisky.«

»Ja, ich glaube, das ist Sunny. Ich habe sie kennengelernt. Scheint ein nettes Mädchen zu sein.«

Seine angespannten Schultern lockerten sich ein wenig. »Also kommt sie jetzt mit den anderen besser klar.« Das, so wusste er, war das Wichtigste für ein Mädchen in Kaitlyns Alter. »Was ist mit ihren Schulleistungen?«

»Die sind auch gut. Erica sagt, sie holt in der Schule auf und arbeitet sehr selbstständig.«

Er seufzte dankbar. »Wir haben großes Glück. Wenn ich daran denke, was hätte passieren können …«

»Ich weiß. Aber …« Rias Stimme klang zögerlich, was ungewöhnlich für sie war. »Ich … ich glaube wirklich, sie braucht dich hier für eine Weile. Schaffst du das?«

»Ja.« Wenn es um seine Kinder ging, waren seine Prioritäten vollkommen klar. Als er sein Augenlicht verloren hatte, hatte er sie ein wenig durcheinandergebracht, aber jetzt nicht mehr. »Ich bleibe mindestens drei Monate. So lange habe ich das Cottage gemietet, und so lange dauert auch der Freiwilligendienst.«

Navy stürmte bellend auf sie zu und stieß beinahe gegen Drews Beine. Er griff nach unten, fühlte, dass ihr Fell voller Kletten war, und lachte. Heute Abend würde er sie bürsten müssen, aber das war in Ordnung. Sie war glücklich, das war das Entscheidende.

»Oh, Navy, es gefällt dir hier, was?« Rias Tonfall war zärtlich und warm.

Er erinnerte sich daran, wie sie immer in diesem Tonfall mit ihm gesprochen hatte, und er genoss es, ihre Stimme zu hören. Zu sehr. Also ging er weiter, und sie folgte ihm. Navy strich ein paarmal an seinen Beinen vorbei und eilte dann davon, über knisternde Blätter. Eine kühle Brise fuhr durch die Tannennadeln über ihm und erzeugte dabei eine sanfte Melodie.

»Hier kommt die Küste«, sagte Ria. Drew hörte das leichte Plätschern von Wellen am Ufer. »Drew, es ist wunderschön!«

Ein primitives Gefühl von Stolz stieg in ihm auf. *Er* hatte diesen Anflug von Freude in ihrer Stimme verursacht, indem er diesen Ort gefunden und sie dazu gebracht hatte mitzukommen.

Dann drückte sie seine Schulter. »Es tut mir leid. Ich sollte nicht darüber reden, wie schön es ist, wenn du es nicht sehen kannst.«

»Ich kann es nicht sehen, aber ich kann es fühlen.« Und es stimmte. Er roch den Duft des Wassers, den ein leichter Windstoß zu ihnen trug, und er hörte das Rascheln in den Bäumen. Sein Fuß stieß gegen einen dicken Stock. Er hob ihn auf und warf ihn ins Wasser. Ein lautes Platschen verriet ihm, dass Navy ihm nachgerannt war.

»Das Wasser ist heute so blau«, sagte sie. »Weißt du noch, wie es seine Farbe ändert?«

»Das hängt vom Himmel ab«, sagte er und lächelte.

»Da sind ein paar Segelboote ganz links«, fügte sie hinzu, »und ein großer Baumstamm, der rechts ins Wasser ragt.«

»Siehst du Fische?«, fragte er.

Sie beugte sich vor. »Nein, sie verstecken sich.«

Navy sprang mit einem kleinen Bellen auf sie zu, und Drew spürte, wie das Ende des nassen Stocks in seinen Oberschenkel pikste. Er griff nach unten und nahm ihn ihr weg, dann warf er ihn wieder in die Bucht hinaus.

»So ist's gut, Mädchen. Hol ihn!«, sagte Ria, und einen Moment später kehrte Navy ans Ufer zurück und brachte den Stock zurück. Dann schüttelte sie sich und spritzte sie nass.

»Navy!«, schimpfte er, ohne es wirklich böse zu meinen. »Sei brav. Geh und schüttel dich im Wald ab.«

»Hier ist ein kleiner Picknicktisch«, sagte Ria. »Da ist auch ein großer umgestürzter Baum, auf dem wir sitzen könnten.«

»Picknicktisch.« Er wusste, dass sie sich dort wohler fühlen würde. »Ich habe eine Decke, falls er schmutzig ist.«

»Perfekt. Es sind fünf Schritte nach vorne und fünf nach links.«

Er ging zum Tisch, nahm seinen Rucksack ab und spürte, wie sie ihm beim Auspacken half.

Frösche quakten, und über ihm raschelten die Blätter. Ihre Hände berührten sich für einen flüchtigen Augenblick.

Drew stand plötzlich in Flammen.

Er wandte sich ihr zu und legte einen Arm um ihre Schultern. Sie entspannte sich und kam näher. Dann spürte er, wie sie sich versteifte und zurückzog.

Sein Verlangen nach ihr machte ihn unvorsichtig. »Ree. Süße Ree.«

»Drew …« Sie schüttelte ihre Schultern, so als ob sie versuchte, sie zu entspannen.

»Es ist nur … Ich fühle mich immer noch zu dir hingezogen. Können wir an unserer Beziehung arbeiten?«

»Ich weiß nicht … Wir haben immer noch dieselben Probleme.« Sie entfernte sich noch weiter von ihm.

Er kannte das. Schon nach Sophias Geburt hatte sie begonnen, sich ihm zu entziehen. Nach Kaitlyns Geburt war das noch häufiger der Fall gewesen, und am Ende ihrer Ehe hatte er sie kaum noch berühren dürfen.

Er lockerte den Griff um ihren Arm, ließ seine Hand nach unten zu ihrer gleiten und drückte sie. »Du bist eine wundervolle Frau, Ria.« Sein Daumen strich über ihr Handgelenk, und er spürte, wie sich ihr Puls beschleunigte und sie heftiger atmete.

Er sollte mehr auf ihre Worte hören und weniger auf ihren Körper. Aber sie hatte nicht Nein gesagt, nicht wirklich.

Er stellte sich vor sie hin und nahm sanft ihre andere Hand. »Weißt du, was ich will?«

»Ich bin ... Ich bin mir nicht sicher.« Sie klang, als sei sie außer Atem, und er spürte, dass sie genau wusste, was er wollte. Vielleicht wollte sie es sogar auch.

Es gab nur einen Weg, das herauszufinden. Er rückte ein wenig näher und strich mit seiner Hand langsam über ihren Arm, ihre Schulter und ihre Haare. »Ist das okay?« Er wollte nichts tun, was sie nicht wollte, auf keinen Fall.

Sie gab einen leisen Laut von sich.

Er rückte noch näher, bis sich ihr Atem vermischte. »War das ein Ja?«

Er spürte ihr Nicken und näherte seine Lippen ihren.

Das Gefühl ihres Mundes, vertraut und doch neu, schickte Schockwellen durch seinen Körper. Seine süße, komplizierte Ria. In seinem Herzen noch immer seine Frau.

Weil er sie so gut kannte, spürte er die Anspannung in ihren Muskeln. Enttäuschung machte sich in ihm breit. Wenn er ihre Signale richtig deutete, dann wollte sie das nicht. Widerstrebend hob er den Kopf. Eine Minute lang blieb er so mit ihr in seinen Armen stehen, ein paar Zentimeter Abstand zwischen ihnen. Selbst dieser Abstand war für ihn schwer zu ertragen, aber er wollte sich ihr auf keinen Fall aufdrängen.

Sie stieß einen kleinen Seufzer aus, dann schmiegte sie sich enger an ihn, hob ihre Hände zu seinem Gesicht und zog ihn zu sich herunter, damit er sie erneut küssen konnte. Diesmal erwiderte sie den Kuss, und jeder rationale Gedanke war wie weggeblasen.

An seine Stelle trat das Verlangen, das sich schon viel zu lange aufgestaut hatte. Er zog sie fest an sich und vertiefte den Kuss. Statt der Abfuhr, die er halb erwartet hatte, erwiderte sie ihn begierig. Erleichterung mischte sich mit Verlangen.

Sie schmeckte nach Pfefferminze und duftete nach Zuhause – und sie lag in seinen Armen. Er war im Himmel.

Ria klammerte sich an Drew, ihr wurden die Knie weich,

weil der Kuss so intensiv war. Drew war stark und sanft, streichelte ihre Wange und machte kleine zustimmende Geräusche. Es war fast so, als würden sie bereits miteinander schlafen. Ihr ganzer Körper verwandelte sich in flüssige Lava.

Hatte er sie jemals zuvor so geküsst?

Er war so selbstbewusst, so kraftvoll und doch so aufmerksam. Er reagierte auf jede ihrer Bewegungen und wusste genau, was in ihr vorging. Sie wollte nicht, dass es aufhörte, und gab unwillkürlich einen leisen, protestierenden Ton von sich, als er seine Lippen von ihren löste.

»Warte«, sagte er und neigte den Kopf zurück. »Ich kann dich ein wenig sehen. Ich will dich sehen.«

Sie lächelte und versuchte, wieder zu Atem zu kommen. »Ich will mehr …« Sie stellte sich auf die Zehenspitzen und küsste ihn erneut auf den Mund.

»Du bist so wunderschön wie immer.« Er ließ seine Hände seitlich über ihre Brüste, ihre Taille und ihre Hüften gleiten. »Ich kann nicht nur sehen, sondern auch fühlen, wie schön du bist.« Er glitt mit den Händen auf ihren Rücken und zog sie an sich.

Sein muskulöser, dicht an sie gepresster Körper raubte ihr den Atem und sandte Hitze bis tief in ihr Innerstes. Wie aus weiter Ferne nahm sie die kühle Brise und das Vogelgezwitscher und Navy wahr, die sich an ihre Beine schmiegte … Drews Energie war so intensiv, dass sie Ria fast überwältigte. Sie schlang die Arme um ihn und klammerte sich an seinen harten, muskulösen Rücken.

Ihn zu spüren, war fremd und doch so vertraut wie ihr eigener Körper. Er hob den Kopf. »Ich will dich«, sagte er heiser. »Ich will dich so sehr.«

Seine Worte drangen tief in ihr Herz und entfachten dort ein Feuer, das für lange Zeit erloschen war. Sie schnappte nach Luft. »Wir sind im Freien, es ist kalt.«

»Würde mich nicht stören.« Er trat einen Schritt nach vorne, sodass sie einen Schritt zurückwich und den Picknicktisch hinter sich spürte. Er hob sie mühelos hoch, setzte sie darauf und bewegte sich zwischen ihre Knie.

»Drew …«

»Psst. Ich weiß.« Er küsste sie erneut leicht und fuhr mit den Lippen zärtlich über ihr Kinn, ihren Hals und ihre Schultern. Und dann zog er sie dicht an sich, sodass ihr Gesicht an seiner Brust ruhte. »Es ist weder die Zeit noch der Ort dafür, aber, Schatz …« Er atmete tief ein und wieder aus. »Wir würden so gut miteinander harmonieren. Das war schon immer so.«

Sie brachte ihren Atem wieder unter Kontrolle. Sie öffnete die Augen und starrte auf die Bucht hinaus, die weit und wunderschön vor ihnen lag.

Sie sollten wie vernünftige Erwachsene über ihr gegenseitiges Verlangen reden. Aber Reden würde alles kaputt machen, und Ria wollte dieses Gefühl festhalten, es wiederaufleben lassen, es von der realen Welt mit Kindern, Geldproblemen und Geheimnissen fernhalten.

Navy bellte, sprang auf und legte ihre Vorderpfoten auf den Picknicktisch neben ihnen. Im selben Moment streckten beide eine Hand nach ihr aus, um sie zu streicheln.

»Sie war schon immer eifersüchtig«, bemerkte Drew und lächelte. »Erinnerst du dich?«

»Und ob.« Sie erinnerte sich daran, wie sie Navy immer beruhigt hatte, um die Mädchen nicht zu wecken, und danach auf Zehenspitzen zurück ins Schlafzimmer geschlichen war. In der Anfangszeit hatte Ria sogar spezielle Hundesnacks gekauft, von denen sie wusste, dass sie lange halten würden, damit sie mal eine Stunde für sich hatten.

Leider erinnerte sie sich auch an Zeiten, in denen sie sich bereitwillig von Navy hatte unterbrechen lassen, weil sie sich wegen ihres Gewichts unsicher gefühlt hatte. Und zusammen mit diesen Erinnerungen strömten weitere auf sie ein: ihre Streitereien, Drews Vernachlässigung der Mädchen während des Sommers und ihr eigenes schreckliches Geheimnis.

Sie rutschte zur Seite und löste sich aus Drews Griff. »Was für Essen hast du eigentlich mitgebracht?«, fragte sie, wobei sie ihre Stimme absichtlich distanziert und hell klingen ließ.

Damit machte sie ihm klar, dass der Moment zwischen ihnen – was auch immer sie da gerade geteilt hatten – verstrichen war.

14. Kapitel

Samstag schien ein guter Tag zu werden.

Als Kaitlyn Sunny per SMS fragte, ob sie an Sophias Stelle gegen Bezahlung ein paar Stunden im Motel arbeiten wolle, war sie sich nicht sicher, ob sie und Sunny bereits gut genug befreundet waren oder ob Sunny beleidigt sein würde, wenn sie ihr so etwas Entwürdigendes vorschlug, wie in einem Motelzimmer zu putzen. Sie hatten nur Telefonnummern ausgetauscht, weil sie über ein gemeinsames Training mit Navy gesprochen hatten.

Aber Sunny hatte sofort zurückgeschrieben: *JA! Ich bin pleite.*

Eine halbe Stunde später kam sie mit ihrem Fahrrad, und beide erhielten viele überflüssige Anweisungen von Kaitlyns Mutter.

»Denkt dran, kein Putzlappen, der für die Reinigung der Toiletten verwendet wird, darf für irgendetwas anderes benutzt werden.«

»Toilettenlappen sind was Besonderes«, sagte Kaitlyn zu Sunny. »Das ist eine von Moms wichtigsten Regeln.«

»Ich finde auch, dass Toilettenlappen vom Rest des Universums getrennt sein sollten«, erwiderte Sunny. »Wenn ich andere Leute zu Hause besuche, hab ich immer Angst, dass sie diese Regel nicht kennen.«

Moms Gesicht verzog sich zu einem Lächeln. »Wir werden gut miteinander auskommen.«

Kaitlyn nahm Sunnys Arm und zog sie in das Zimmer, das noch gereinigt werden sollte. »Wir senden dir eine Nachricht, wenn wir Fragen haben.«

»Macht das Fenster auf, wenn ihr den starken Reiniger benutzt«, rief ihre Mutter.

»Machen wir.« Kaitlyn rollte mit den Augen, und Sunny grinste.

Kaitlyn stellte schnell fest, dass Sunny eine fleißige Arbeiterin war. Das musste sie auch sein, bei ihrer Mutter und ihrer Arbeit in den Docks. Kaitlyn hatte in den letzten anderthalb Jahren viel Zeit mit dem Reinigen von Motelzimmern verbracht und wusste daher, dass es am besten war, die Arbeit so schnell und gründlich wie möglich zu erledigen. Sie arbeiteten gut zusammen.

Tatsächlich konnte Sunny besser putzen als Sophia. Vor allem, wenn Sophia schlecht gelaunt war, wie heute Morgen. Sie hatte vorgegeben, krank zu sein, aber Kaitlyn nahm ihr das nicht ab; wenn überhaupt, dann hatte sie allenfalls ihre Tage.

Aber egal. »Ich bin froh, dass du kommen konntest«, sagte sie zu Sunny, während sie ein Bett bezog.

»Ich auch. Deine Mutter bezahlt echt gut.« Sie hatte recht, es war mehr als der Mindestlohn. Ihre Mom verstand, dass man ein wenig Geld investieren musste, wenn man wollte, dass Teenager für einen arbeiteten. Zumindest in mancher Hinsicht war ihre Mutter wirklich cool.

»Und wie läuft es mit deiner neuen Klasse?«, fragte Sunny. »Letztes Jahr wollten sie mich auch da reinstecken, aber Mom hat so viel Wirbel gemacht, dass sie es am Ende nicht getan haben.«

»Warum wollten sie dich denn da reinstecken?« Dann fiel Kaitlyn ein, dass sie eigentlich nicht wollte, dass Sunny erfuhr, warum *sie* in die Klasse gesteckt worden war. Sie öffnete den Mund, um die Frage zurückzunehmen.

Aber Sunny war bereits dabei zu antworten. »Prügelei und Schulschwänzen«, sagte sie und zuckte mit den Achseln.

»Keine große Sache. Ich habe damit aufgehört. Mehr oder weniger zumindest.«

»Wie kam's zu der Prügelei?« Obwohl sie ein Hafenkind war, schien Sunny nicht die Art von Mädchen zu sein, die jemand schikanieren würde.

»Ach, wegen so einer blöden Sache. Dieser Mistkerl Kyle Sprang hat das Gerücht verbreitet, ich hätte mit ihm geschlafen. Als ich ihn vor einer Gruppe von Leuten hab abblitzen lassen, hat er behauptet, er hätte mich verlassen, weil ich wie ein Fischkutter rieche.«

Kaitlyns Augen weiteten sich. »Das ist ja furchtbar!«

Sunny zuckte mit den Schultern und grinste dann. »Er hat sich mit dem falschen Hafenkind angelegt«, sagte sie.

»Was hast du getan?«

»Ich hab ihm gesagt, wenn er nicht die Klappe hält, erzähle ich allen, dass er so groß ist.« Sie hielt Zeigefinger und Daumen vor ihr Gesicht, drei Zentimeter auseinander. »Mann, war der sauer. Aber er wollte nicht, dass sich meine Geschichte verbreitet, also hat er aufgehört rumzuerzählen, ich hätte was mit ihm gehabt.«

Kaitlyn starrte sie an. »Du bist ein Genie.«

»Ja, deshalb putz ich ja auch Toiletten.« Sunny hob eine Hand. »Ich beschwer mich nicht, glaub mir. Wenigstens muss ich nicht mehr an den Docks arbeiten. Und es ist besser bezahlt.«

Sie putzten das Zimmer fertig und gingen zum nächsten über. Währenddessen redeten sie über die Schule und Navy und die Kinder in Kaitlyns neuer Klasse. Sunny fragte sie nach ihrer Familie, besonders nach ihrem Vater. »Ich wünschte, er wäre nicht blind«, sagte Kaitlyn. »Ich meine, natürlich wünsche ich mir das für ihn. Aber früher war er dieser große, Furcht einflößende Polizist. Niemand wollte sich mit mir anlegen. Jetzt ... hat niemand mehr Angst vor ihm.«

»Das ist ätzend.« Sunny ging in die Hocke, um ein benutztes Taschentuch unter einem Schreibtisch aufzuheben. »Aber er scheint ein ziemlich netter Kerl zu sein.«

»Ja. Er ist nur grade etwas durcheinander und ziemlich empfindlich. Deshalb war er auch so unhöflich zum Kapitän.«

»Eli wird drüber hinwegkommen. Wenn er es überhaupt bemerkt hat.«

»Du und dein Dad – habt ihr ein enges Verhältnis?«, fragte Kaitlyn. »Tut mir leid, wenn das eine unhöfliche Frage ist«, fügte sie schnell hinzu.

Sunny winkte mit der Hand. »Passt schon. Ich kenn meinen Dad gar nicht.«

»Oh.« Kaitlyn wusste nicht, ob sie ihr Mitgefühl ausdrücken oder weitere Fragen stellen sollte.

Sunny nahm den Staubsauger in die Hand und hielt inne. »Mom ist ein bisschen … Na ja, sie ist nicht gerade traditionell. Keiner von uns, weder ich noch meine älteren Brüder, kennen unsere Väter. Keiner von ihnen ist bei unserer Mom geblieben.«

»Das ist ja furchtbar!« Kaitlyn tat die ganze Familie leid. Außerdem war sie ein bisschen schockiert, weil es sich so anhörte, als hätten Biskys Kinder alle verschiedene Väter. »Deine Mutter macht so einen starken Eindruck. Ich hätte nicht gedacht, dass sie sich von Männern schlecht behandeln lässt.«

Sunny lachte. »Das würde sie nie. Sie *will* gar nicht, dass die Männer bei ihr bleiben.« Sie schaltete den Staubsauger ein und begann, ihn kräftig durch den Raum zu schieben.

Kaitlyn grübelte. Meistens waren es Jungs, die Mädchen abservierten, oder Männer, die Frauen verließen. Oder zumindest waren es für gewöhnlich die Frauen, die am Boden zerstört waren, weil eine Beziehung in die Brüche ging, wie ihre Mutter nach der Scheidung. Der Gedanke, dass Frauen ohne Schwierigkeiten Männer hinter sich lassen und stolz und glücklich wie Bisky weiterleben konnten, verblüffte sie irgendwie.

Kaitlyn machte sich gerade mit zwei verschiedenen Lappen und Eimern auf den Weg ins Bad, als ihr Handy piepste. Anscheinend war auf Frock eine Nachricht eingegangen. Davon bekam sie in letzter Zeit nicht allzu viele. Sie blieb stehen, holte ihr Handy heraus und tippte auf die Nachricht.

Du hättest mich nicht blockieren sollen. Grüße, TomDickandHarry.

Ihr Herz begann zu klopfen. Wie war er an sie herangekommen, obwohl sie ihr Konto gelöscht und ein neues, privates eröffnet hatte?

Dein Dad bekommt heute ein paar ausgedruckte Fotos mit der Post.

Kaitlyn atmete ruckartig aus und keuchte. »Ich muss zu meinem Dad«, schrie sie gegen den Lärm des Staubsaugers an. »Jetzt gleich.«

»Was ist los?« Sunny schaltete den Staubsauger aus.

Kaitlyns Handy piepste erneut.

Die digitalen Fotos sind auch bereit zum Versenden.

Kaitlyn atmete so schwer, dass sie dachte, sie würde gleich in Ohnmacht fallen. »Jemand hat meinem Dad schlimme Bilder geschickt.«

Sunny kam herüber und nahm Kaitlyn das Handy aus der Hand. »Was für Bilder? Und außerdem kann er sie doch gar nicht sehen, oder?«

»Ich muss sie holen, bevor er sie findet und jemandem zeigt.« Sie griff nach ihrem Mantel. »Und seine Sehkraft kommt langsam zurück. Vielleicht kann er sie ja sehen.«

»Warte, ich komm auch mit. Wir machen noch das Zimmer fertig und sagen deiner Mutter dann, dass wir eine Pause einlegen.«

»Dafür haben wir keine Zeit!«

»Wir haben Zeit.« Sunny gab Kaitlyn das Handy zurück. »Schreib ihr eine SMS.«

Mit zitternden Händen schrieb Kaitlyn ihrer Mutter hastig eine Nachricht. Dann rannten sie zu Drews Cottage.

Was für Bilder hatten *TomDickandHarry*? Es konnten nur Standbilder aus dem Video sein, so wie das, das Moses und Rod ihr unten an den Docks gezeigt hatten; es gab keine andere Gelegenheit, bei der sie etwas getan haben könnte, das für so einen Kerl auch nur im Entferntesten interessant gewesen wäre. Aber wer war er nur?

Während sie rannte, ging sie im Kopf alle Möglichkeiten durch. Chris konnte es nicht sein. Er war zwar derjenige, der sie gebeten hatte, ihr Shirt auszuziehen, aber er war nicht verschlagen und grausam, zumindest glaubte sie das nicht. Tyler und seine Freunde ... Es konnte definitiv einer von ihnen sein, aber wer? Würde Tyler selbst so etwas tun? War er *TomDickandHarry*?

Aber Sophia war mehr oder weniger mit ihm zusammen. Würde er der Schwester seiner Freundin wirklich so etwas Schreckliches antun?

Und dann dachte sie an Moses und Rod und an das Bild, das sie ihr unten am Hafen gezeigt hatten. Waren sie es etwa die ganze Zeit gewesen?

Kaitlyns Lunge brannte, als sie am Cottage ankamen. Sie musste immer wieder an das enttäuschte Gesicht ihres Dads denken. Er durfte niemals von ihrer Verfehlung erfahren.

Schlimm genug, wenn ihre Mom davon erfuhr, aber immerhin wusste sie bereits, dass Kaitlyn alles andere als perfekt war.

Ihr Dad hielt sie immer noch für seine kleine Prinzessin, und obwohl das lächerlich war, wollte sie, dass es so blieb.

Die Post würde durch den Schlitz in der Eingangstür zum Cottage geworfen werden und dann auf dem Boden landen. Zum Glück hatte sie einen Schlüssel. Und zum Glück schien ihr Dad nicht zu Hause zu sein.

Sie schloss die Tür auf und sah die auf dem Boden verstreute Post. Ihre Schultern entspannten sich ein wenig. Navy eilte zur Tür, um zu sehen, was los war, und gab ein scharfes Bellen von sich. Dann streckte sie sich lang, reckte das Hinterteil in die Luft und gähnte, was wie ein leises Stöhnen klang.

Während Sunny sich um den Hund kümmerte, wühlte Kaitlyn in der Post, bis sie ihn entdeckte: einen großen Briefumschlag mit Drews Namen und Adresse in Druckbuchstaben. Kein Absender. »Das muss er sein«, sagte sie und hielt ihn Sunny unter die Nase.

Sunny sah auf, nachdem sie Navys Bauch gestreichelt hatte. »Kein Porto. Der Kerl muss ihn selbst durch die Tür gesteckt haben.«

»Was für ein kompletter Vollidiot.« Kaitlyn atmete durch. Erleichterung machte sich in ihr breit. Sie waren rechtzeitig gekommen. Ihr Dad hatte noch keine Gelegenheit gehabt, den Brief zu sehen oder ihn jemandem zu zeigen, der ihn ihm beschreiben konnte.

»Willst du ihn nicht aufmachen?«

»Ja, ich denk schon.« Sie setzte sich in der Diele auf den Boden, lehnte sich an Navy und riss den Umschlag auf.

Darin befand sich ein zwanzig mal fünfundzwanzig großes Foto von ihr, auf dem sie gerade dabei war, ihr Oberteil auszuziehen. Das Gleiche, das Rod und Moses ihr gezeigt hatten. Sie schämte sich furchtbar. Instinktiv hielt sie es so, dass Sunny es nicht sehen konnte.

Ein Zettel war beigefügt. *»Wenn du nicht willst, dass deine Eltern das sehen, komm zurück und beende, was du angefangen hast. Wir mögen dich lieber als deine Schwester.«*

Kaitlyn wurde schwindlig vor Verwirrung. Was meinten sie? Was hatte Sophia mit der Sache zu tun?

»Kait?« Die Stimme kam von oben. Das Geräusch schneller Schritte war zu hören. Oh, oh. Ihr Dad war hier. Schon kam er die Treppe herunter. »Bist du das, Schatz?«

Gerade als Kaitlyn versuchte, den Umschlag unter ihr Oberteil zu schieben, kam er um die Ecke.

»Hi, Mr. Martin«, sagte Sunny und trat vor Kaitlyn. »Ich bin Kaits Freundin Sunny. Sie kennen meine Mom?«

Kaitlyn versuchte, Sunny ein *Danke* zu signalisieren.

»Schön, dich zu sehen«, sagte er und streckte die Hand aus. Sunny ergriff sie und schüttelte sie energisch. »Was habt ihr Mädels heute vor?« Er neigte den Kopf zurück. »Ist das die Post?«

»Ähm, ja.« Kaitlyn schnappte sich schnell die Prospekte und Rundschreiben und reichte sie ihm.

»Irgendwas Interessantes?«

»Nein«, sagte sie, etwas zu schnell. »Ich meine, wahrscheinlich nicht. Ist alles nur Werbung.«

»Wir wollten sehen, ob wir Navy ein bisschen trainieren können«, sagte Sunny.

»Oder zumindest mit ihr spielen«, fügte Kaitlyn hinzu, denn sie wusste, dass ihr Dad Navy mehr auslasten wollte. Sie hatten darüber gesprochen, sie zu einem Agility-Kurs an der Küste mitzunehmen, aber bis jetzt hatte Dad Navy nicht angemeldet.

In diesem Moment rutschte ihr der Briefumschlag aus dem Oberteil und fiel auf den Boden. Ihr Dad sah oder hörte ihn, sie war sich nicht sicher, was von beidem, und streckte seine Hand aus. »Noch mehr Post?«

Kaitlyn erstarrte und sah Sunny an.

»Nein, das sind meine Notizen zum Hundetraining«, sagte Sunny und nahm Kaitlyn den Umschlag ab. »Ist es für Sie in Ordnung, wenn wir mit Navy für eine Weile an den Strand gehen? So kalt ist es draußen ja nicht.«

»Navy würde sich sicher freuen. Je mehr Bewegung sie bekommt, desto besser fühlt sie sich.«

»Toll!« Sunny warf Navy einen Blick zu und schnalzte mit der Zunge. »Wo ist ihre Leine?«

Drew deutete auf den Haken an der Wand und half ihr, Navy das Geschirr anzulegen, während Kaitlyn schwitzend danebenstand. Sie war so kurz davor gewesen, erwischt zu werden.

»Wir sind in einer Stunde zurück. Komm schon, Kait!« Sunny nahm ihren Arm und zerrte sie praktisch zur Tür.

Zusammen liefen sie den Weg zum Strand hinunter.

»Du hast mir den Arsch gerettet. Danke«, sagte Kait zu Sunny.

»Ich kann gut mit Erwachsenen umgehen. Und mit Hunden«, fügte Sunny hinzu und strich über Navys Rücken, die den Kopf nach hinten neigte, sodass es aussah, als hätte sie ein breites Lächeln aufgesetzt.

»Hast du den Zettel gesehen?«, fragte sie Sunny.

Sunny nickte. »Was meinen die damit, *beenden, was du angefangen hast*? Dass du dich ganz ausziehen sollst?«

Kaitlyn wurde schwer ums Herz. »Das ist wahrscheinlich genau das, was es bedeutet.« Sie biss sich auf die Lippe und kniete sich hin, um Navy ebenfalls zu streicheln, denn sie konnte selber ein paar Streicheleinheiten vertragen. »Was soll ich nur tun?«

Sunny runzelte die Stirn und hob die Hand. »Uns wird schon was einfallen.« Sie klang nicht wirklich überzeugt.

Auch Kaitlyn war ratlos, aber sie wusste, dass sie handeln und diesen Idioten aufhalten musste. Ihre Eltern wären außer sich, wenn sie es herausfinden würden.

Am Sonntagnachmittag, nachdem Kaitlyn und ihre Freundin am Tag zuvor im Motel alles stehen und liegen gelassen hatten – was Ria eigentlich freute, weil es bedeutete, dass Kait eine Freundin gefunden hatte –, öffnete Ria die Haustür und begrüßte ihre Mutter, Erica und deren Schwester Amber sowie Mary. Ein weiteres Auto fuhr in die Einfahrt, und eine große Frau stieg aus und kam auf sie zu.

Ria wusste, dass die Mädchen den Nachmittag und den Abend bei Drew verbringen würden. Das bedeutete, dass sie niemanden hatte, mit dem sie den großen Topf Minestrone teilen konnte, den sie gekocht hatte.

Es gab also niemanden, der sie von der Erinnerung an den zärtlichen, intensiven Moment mit Drew ablenken konnte.

Sie hatte aus dem Fenster auf den dunklen Himmel und den kalten, stetig fallenden Nieselregen geblickt, Feuer im Kamin gemacht und ihre Freundinnen angerufen. Nach einem kurzen Zögern hatte sie auch Sunnys Mutter eingeladen. Es war gut, die Familien der Freunde der eigenen Kinder zu kennen. Überraschenderweise hatte die Frau, die sich Bisky nannte, zugesagt.

Jeder brachte etwas mit: Salat, Brot, Nachtisch, Wein. Sie drängten sich alle in der warmen, duftenden Küche zusammen und setzten sich bald an Rias großen Küchentisch. Sie aßen und redeten und lachten. Je mehr Wein floss, desto lauter wurde es.

Ria lehnte die Angebote der Frauen ab, ihr beim Abwaschen zu helfen. »Lasst uns den Kaffee und Nachtisch am Feuer genießen«, sagte sie. Und so gingen sie ins Kaminzimmer. Als alle ein kuscheliges Plätzchen gefunden hatten, war

Ria auf einmal sehr froh über die große, umlaufende Couch, die sie sich gegönnt hatte. Der Kamin strahlte Wärme aus. Hier, gemütlich versammelt, schien die Kälte draußen in weiter Entfernung zu sein.

»Wie geht es deiner süßen Kaitlyn?«, fragte Mary.

Ria lachte. »Die meiste Zeit würde ich sie nicht gerade als *süß* bezeichnen«, sagte sie.

Bisky schnaubte zustimmend. »Teenager. Als ich im Irak stationiert war, hab ich dafür von der Armee eine Prämie bekommen, aber ich schwör, dass ich die jetzt nötiger hätte.« Sie sah Erica an. »Du unterrichtest drüben an der Schule, richtig? Ich weiß nicht, wie du jeden Tag mit dieser Meute zurechtkommst.«

»In diesem Alter kommen sie mit mir besser zurecht als mit ihren Eltern«, sagte Erica. »Was Kaitlyn betrifft, so scheint sie sich in ihrer Klasse ganz gut zu machen. Sie versteht sich mit den anderen Kindern. Und sie ist wirklich klug.«

Ria und Julie tauschten stolze Blicke aus. Sie waren beide immer der Überzeugung gewesen, dass Kait begabt war.

»Ich bin froh, dass Kait sich mit deiner Tochter angefreundet hat«, sagte Ria zu Bisky. »Sie ist ein reizendes Mädchen. Gute Manieren und eine großartige Arbeitsmoral.«

Bisky lächelte. »Danke. Ich bin auch stolz auf sie.«

Amber kam aus der Küche und trug große Stücke von dem Schokoladen-Käsekuchen herein, den sie mitgebracht hatte. Als sie Julie und Mary die Teller reichte, sprang Erica auf, um ihr zu helfen.

Amber winkte ab. »Setz dich«, sagte sie. »Mir geht's gut, schon vergessen?«

Erica biss sich auf die Lippe. »Natürlich«, sagte sie und ließ sich auf die Couch zurücksinken. Aber sie beobachtete ihre Schwester sorgenvoll, als sie in die Küche zurückging. Ria sah, wie ihre Mutter und Mary Blicke austauschten. Amber hatte einen schweren Kampf gegen ihren Krebs hinter sich und war abgemagert und zerbrechlich gewesen, als sie hier angekommen war. Jetzt schien es ihr viel besser zu gehen, sie war voller Energie, hatte rosa Wangen und kurzes, dichtes Haar. Aber offenbar hatte Erica Zweifel, ob Amber wirklich schon vollkommen genesen war.

Amber tauchte wieder auf und hielt Ria einen Teller hin.

Ria betrachtete einen Augenblick die klebrige Schokomasse und den Karamellbelag, dann zwang sie sich, den Blick abzuwenden. »Ist schon gut. Ich bin satt.« Und sie wollte kein Gramm zunehmen, nur für den Fall, dass sie und Drew …

»Niemand ist zu voll für Käsekuchen«, protestierte ihre Mom.

»Ganz genau«, sagte Bisky und nahm einen großen Bissen.

Mary schnappte sich den Teller, mit dem Amber vor Rias Nase herumfuchtelte, und stellte ihn auf dem Couchtisch ab. »Zwing der armen Frau doch kein Essen auf. Lass sie ihre eigenen Entscheidungen treffen.«

»Du hast recht«, sagte Amber. »Tut mir leid. Wenn du auf deine Gesundheit achten möchtest, dann verstehe ich das.«

»Andererseits«, sagte Bisky, »wenn du abnehmen möchtest, nur um einem Mann zu gefallen, dann vergiss es.«

Die anderen nickten zustimmend. Obwohl Bisky ihren Lebensunterhalt auf dem Wasser verdiente und einen ganz anderen Beruf ausübte als die anwesenden Geschäftsfrauen und Lehrerinnen aus der Stadt, schien sie gut in die Gruppe zu passen.

»Ria hat's nicht nötig, für einen Mann auf ihr Gewicht zu achten«, sagte Rias Mom. »Sie hat bereits jemanden, der an ihren Lippen hängt und jede Minute mit ihr verbringen möchte.«

»Oh, wen denn?« Amber blickte interessiert von ihrem Käsekuchen auf. »In dieser Stadt gibt es so gut wie keine attraktiven alleinstehenden Männer.«

Erica hob die Augenbrauen. »Ich dachte, du wärst nicht an Dates interessiert.«

»War ich auch nicht. Aber eine Frau wird doch wohl noch ihre Meinung ändern dürfen. Wer hat denn ein Auge auf dich geworfen?«, fragte sie Ria. Dann fügte sie hinzu: »Ich verspreche, ich werde ihn dir nicht wegschnappen.«

»Ihr Mann. Ex-Mann«, korrigierte sich Julie. »Ganz offensichtlich ist Drew immer noch verrückt nach dir.«

Ria blickte zu Boden. Sie spürte ein Kribbeln, das ihr teils angenehm und teils unangenehm war. Seit ihrer Wanderung musste sie ununterbrochen an den Kuss mit Drew denken. Drew war so wunderbar und hatte ihr gezeigt, dass der Funke zwischen ihnen keineswegs erloschen war, sondern im Gegenteil zu einer noch größeren Flamme angewachsen zu sein schien.

Aber in ihrer Anfangszeit und den ersten Jahren ihrer Ehe hatten sie sich auch sehr zueinander hingezogen gefühlt, und dennoch war ihre Beziehung nicht gerade von Erfolg gekrönt gewesen. Sie hatte sich ständig Sorgen um ihr Gewicht gemacht, und obwohl er nie ein Wort zu ihr gesagt hatte, war sie sich sicher, dass Drew es auch bemerkt und schrecklich gefunden hatte. Sie hatte Fotos von seinen früheren Freundinnen gesehen. Die meisten waren schlank gewesen.

»Drew ist heiß«, sagte Amber.

Ria drehte sich um, um zu sehen, wer das gesagt hatte. Amber hielt die Hand hoch. »Keine Sorge, ich schnapp ihn dir nicht weg, versprochen. Er gehört ganz dir.«

»Er gehört mir aber nicht. Wir sind geschieden. Und die zwanzig Kilo, die ich in den letzten paar Jahren zugenommen habe …« Sie zuckte mit den Achseln. »Also, ich bin nicht besonders an einer Beziehung interessiert.«

»Ein guter Mann würde wollen, dass du glücklich bist, und dich so lieben, wie du bist«, sagte Bisky.

»Drew ist ein guter Mann«, sagte Rias Mom.

»Das ist er«, gab Ria zu. »Aber er ist ein Mann, und Männer achten aufs Aussehen.«

»Na ja«, sagte Erica nachdenklich, und die anderen wandten sich ihr zu. »Trey hat vieles akzeptiert, von dem ich dachte, dass es für ihn gar nicht ginge. Zum Beispiel die Tatsache, dass ich keine Kinder bekommen kann«, erklärte sie und sah Bisky an, die wahrscheinlich die Einzige war, die Ericas Geschichte nicht kannte.

»Und es stört ihn kein bisschen«, sagte Amber. »Er vergöttert dich immer noch.«

Erica errötete und schüttelte den Kopf, aber mit einem Lächeln im Gesicht.

»Trotzdem«, sagte Ria, »du bist dünn. Männer bevorzugen schlanke Frauen.« Sie zögerte, dann fügte sie hinzu: »Das ist auch bei meinem Dad so.« Dann biss sie sich auf die Lippe. Sie wollte ihre Mom nicht verletzen, indem sie die Probleme, die zu ihrer Scheidung geführt hatten, zur Sprache brachte. Und schon gar nicht wollte sie ihrer Mutter erzählen, dass ihr Dad offenbar seine neue Frau betrog.

Amber stellte ihren leeren Teller ab und legte ihre Füße auf die Ottomane. »Schlank sein ist nicht alles«, sagte sie und schaute ins Feuer.

Ihre Worte trafen Ria schwer. Amber, etwa gleichaltrig und so wie sie Mutter eines Teenagers, war fast gestorben und noch immer nicht über den Berg. Wie lächerlich war es, sich um ein paar Kilo mehr Gedanken zu machen, wenn man bedachte, was Amber durchgemacht hatte. Sie griff nach dem Kuchenteller auf dem Couchtisch – er hatte sie schon die ganze Zeit über angelacht –, nahm einen großen, köstlichen Bissen und genoss den Kontrast zwischen dem salzigen Karamell und der üppigen, cremigen Schokolade.

Nachdem sie sich noch eine Weile unterhalten hatten,

stand Amber auf. Erica folgte ihr. »Es tut mir leid, dass ich euch schon verlassen muss«, sagte Amber. »Ich arbeite noch an meiner Ausdauer.«

»Und ich muss bis morgen noch Schularbeiten korrigieren«, sagte Erica. »Vielen Dank für die Einladung, es hat großen Spaß gemacht.«

Ria umarmte die beiden und begleitete sie hinaus. Als sie zurückkam, hörte sie ihre Mom, Mary und Bisky über Ambers Gesundheitszustand reden.

»Es geht ihr schon viel besser«, sagte ihre Mom. »Sie denkt jetzt langsam darüber nach, wie sie den Rest ihres Lebens gestalten will und wie ihre Zukunft aussehen könnte.«

»Das ist gut«, sagte Mary heiter. »Keiner von uns weiß, wie viel Zeit wir noch haben. Wir müssen das Leben in vollen Zügen genießen.«

»Apropos voll, ich bin viel zu voll«, sagte Ria. Ohne es wirklich zu merken, hatte sie das ganze Stück Käsekuchen gegessen und damit viel mehr Kalorien zu sich genommen, als ihre Diät vorsah. »Ich hätte diesen Kuchen nicht essen dürfen.«

»Hör auf«, sagte Bisky. »Du hast dir ab und zu eine kleine Belohnung verdient. Das haben wir alle.«

Ria antwortete nicht. Bisky hatte viel mehr Selbstvertrauen als sie.

»Manchmal«, sagte Mary langsam, »denke ich, wir wären alle besser dran, wenn wir aufhören würden, darüber nachzudenken, wie wir auf andere wirken und was sie über uns denken. Wir sollten uns lieber darauf konzentrieren, uns selber glücklich zu machen.«

»Du hast leicht reden«, sagte Rias Mom. »Du bist von Natur aus schlank. Und hübsch dazu. Die meisten von uns müssen sich abmühen, wenn sie gut aussehen wollen.«

»Solange du dich darum scherst, was Männer denken«, sagte Bisky. »Und weißt du was? Du würdest dich wundern.

Die meisten Männer machen sich viel weniger Gedanken um eine perfekte Figur, als du denkst. Ich meine, sieh mich an. Ich bin schwer genug, um drei Viertel der Männer dieses Landes zu verprügeln, und trotzdem … scheint es niemanden zu stören.« Sie lächelte ein wenig.

Ria wurde neugierig. Hatte Bisky Dates? Trotzdem … »Die meisten Männer sind visuell orientiert«, sagte sie. Sie wusste, dass sie sich wiederholte und auf die anderen antifeministisch wirken musste, aber gleichzeitig hatte sie das Gefühl, dass sie zu diesen Frauen ehrlich sein konnte. »Und es ist ihnen wichtig, wie man aussieht. Die meisten Männer finden schlanke Frauen attraktiv.«

Bisky zuckte mit den Schultern. »Bleib bei dieser Sichtweise, wenn sie dich glücklich macht«, sagte sie.

»Es macht mich nicht glücklich, aber es ist wahr.« Ria wusste, dass es stimmte.

»Dann kannst du nicht gewinnen, oder?«, fragte Mary. »Und was bringst du deinen Mädchen bei?«

»Kaitlyn fängt schon an, sich Sorgen um ihr Gewicht zu machen«, sagte Rias Mom und seufzte. »Das ist wirklich traurig. Du warst in ihrem Alter genauso«, fügte sie hinzu und sah Ria an.

Schuldgefühle überfluteten Ria. Hatte sie Kaitlyn ein schlechtes Körperbild vermittelt? Sie hatte nie mit Kait über ihr Gewicht gesprochen – nicht nur, weil Kaitlyn für sie perfekt aussah, sondern weil sie wusste, dass es falsch war. Aber sie selbst beschwerte sich vor den Mädchen andauernd über ihr eigenes Gewicht. Sie war ihnen ein schlechtes Vorbild.

Würde sie jemals den Bogen raushaben, wie man eine gute Mutter war?

15. Kapitel

»Du musst der Mann in der Familie sein!« Drew hatte noch immer die Worte seines Vaters vom Ende ihres Telefonats im Ohr, als er sich auf den Weg durch die Stadt machte.

Und genau das wollte Drew auch sein. Nun, da er Ria nähergekommen war, wollte er das unbedingt. Er dachte die ganze Zeit an sie, musste an ihren Körper, ihre wunderschönen Augen und üppigen Lippen denken. An die kleinen Seufzer, die sie immer von sich gab, wenn sie Lust empfand.

Das Problem war, dass er bereits deutlich unter Beweis gestellt hatte, dass er nicht gut war in Beziehungen. Er hatte viele Fehler. Und nun hatte er zusätzlich zu seinen Charakterschwächen auch noch eine schwere körperliche Behinderung. Und er war arbeitslos.

Oder zumindest hatte er keinen richtigen Job. Obwohl er zugeben musste, dass ihm seine Interviews mit den Fischern und Fährleuten langsam Spaß machten. Nach einem holprigen Start hatten einige von ihnen begonnen, sich ihm gegenüber zu öffnen.

Vor allem Bisky, die sich heute mit ihm vor *Goody's* traf. Sie hatte für das Interview eine etwas komfortablere Umgebung den kühlen, windigen Docks vorgezogen.

Er war neugierig darauf, wie sie sich in einer von Männern dominierten Welt behaupten konnte. Er wollte sie über ihr Leben auf dem Wasser befragen. Aber er wollte sie auch um Rat bitten. Was hielt sie davon, wenn ein blinder Mann in einer Beziehung war? Wäre so etwas aus ihrer Sicht als Frau überhaupt denkbar?

»Hey, Martin.« Bisky begrüßte ihn auf die gleiche freundliche Art, mit der sie die Männer begrüßte, mit denen sie arbeitete. Sie berührte auch seinen Arm, was er zu schätzen wusste. Es war gut zu wissen, wo die Leute um einen herum tatsächlich standen. Seine Intuition war noch nicht so gut wie die von anderen, die schon länger blind waren. Durch die Arbeit mit seiner neuen Orientierungs- und Mobilitätstrainerin lernte er vieles über die Subkultur der Sehbehinderten. Wenn er gut drauf war, fand er sie sogar interessant: die jungen Leute, die Videos drehten und die sozialen Medien nutzten, um das Bewusstsein für Behinderungen zu fördern, aber auch diejenigen, die ihr Augenlicht erst als ältere Erwachsene verloren hatten und wie er lernten, damit umzugehen. Es gab so viele verschiedene Arten von Sehbehinderungen und so viele Bewältigungsstrategien. Je mehr er lernte, desto weniger allein fühlte er sich.

Sie betraten das Lokal und wurden sofort vom Duft des Mittagessens umweht. *Goody's* hatte eine sehr überschaubare Speisekarte, aber das, was sie anboten, war gut: Krabbenkuchen-Sandwiches, Burger und riesige vegetarische Sandwiches, alle mit knusprigen, fettigen Pommes als Beilage. *Goody's* hatte nicht einmal Limonaden im Angebot, sodass man gezwungen war, Milchshakes zum Mittagessen zu trinken; entweder das oder Wasser.

Nachdem Drew zum ersten Mal einen von *Goody's* Milchshakes gekostet hatte, war er sich sicher, dass niemand hier jemals Wasser orderte.

Sie bestellten beide Krabbenkuchen-Sandwiches, und dann suchte sich Bisky einen Tisch am Fenster, wo es hell war. Drew stellte fest, dass er mehr verschwommene Formen sehen konnte als je zuvor.

Hoffnung stieg in ihm auf. Vielleicht würde er … Aber nein. Er wollte sich nicht Tagträumen hingeben, in denen er sein Sehvermögen wiedererlangte und glücklich bis ans Ende seiner Tage lebte. Seine Ärzte meinten, er würde bestenfalls ein minimales Sehvermögen zurückerlangen. Nicht genug, um Auto zu fahren. Nicht genug, um als Polizist zu arbeiten.

Es hörte sich ganz danach an, als sei das kleine Lokal ziemlich voll. Er nahm viel Gemurmel, leckere Essensgerüche und gelegentlich ein herzhaftes Lachen oder lautes Kichern wahr. *Goody's* war ein fröhlicher Ort.

Zumindest fühlte es sich in diesem Moment so an. Er wollte sich gar nicht vorstellen, wie es hier jeden Tag zuging, wenn die furchtbare Horde an Grundschul- und Gymnasium-Kindern über das Lokal herfiel. Er ballte unwillkürlich die Fäuste, als er sich an die Hänseleien erinnerte, die Kaitlyn ertragen musste. Hänseleien, die vielleicht zu ihrer Entscheidung beigetragen hatten, eine Überdosis an Pillen zu nehmen.

Das Essen kam, und Drew freute sich über die Ablenkung durch den heißen, würzigen Krabbenkuchen auf einem hausgemachten Hefebrötchen.

Er tunkte seine Pommes in Ketchup und trank einen großen Schokoladen-Milchshake. Nach diesem Essen würde er sich im Fitnessstudio anstrengen müssen, aber das war es wert.

An den Geräuschen ihm gegenüber konnte er erkennen, dass auch Bisky ihr Mittagessen genoss, auch wenn sie nicht viel sagte. Vielleicht lag es daran, dass sie so viel Zeit mit Männern verbrachte, aber sie war eine angenehme Person, mit der man gut still zusammensitzen konnte.

Sie war aber auch eine gute Gesprächspartnerin. Nachdem sie sich satt gegessen hatten, begann er, ihr Fragen über das Leben auf dem Meer zu stellen. Wie lange sie diese Arbeit schon machte, wie lange ihre Familie hier in Pleasant Shores lebte und was sie sich für die Zukunft wünschte, nachdem sich die Chesapeake Bay so schnell veränderte. Seine Teilnahme an dem Projekt zur mündlichen Überlieferung und seine Unterhaltungen mit den Fischern und Fährleuten hatten Drew dazu angeregt, sich einige Hörbücher über die Geschichte und das Ökosystem der Bucht anzuhören. Sie waren nicht einfach und enthielten viele wissenschaftliche Details, aber es hatte ihm Spaß gemacht.

Bisky sprach über all diese komplizierten Zusammenhänge und über die Erosion, die die Ufer dieser Gegend und vor allem die Inseln in der Bucht zerfraß. »Das und die Tatsache, dass meine Kinder nicht wirklich an Krabben und Austern interessiert sind, führt wahrscheinlich dazu, dass ich die letzte Generation meiner Familie sein werde, die am Wasser arbeitet.«

»Das würden Sie als einen Verlust empfinden, oder?«

»Ich weiß es nicht.« Sie klang sehr philosophisch. »Würde ich mir wünschen, dass meine Kinder das Geschäft übernehmen und das gleiche Leben führen wie meine Großeltern? Sicher, aber die Dinge ändern sich. Und wir können die Zukunft nicht vorhersehen.« Sie senkte die Stimme. »Apropos, wie sieht es mit *Ihrer* Zukunft aus? Wollen Sie in Pleasant Shores bleiben? Möchten Sie Ihre Frau noch einmal heiraten und bei der Erziehung Ihrer Mädchen helfen?«

Die Frage kam aus heiterem Himmel, aber Drew nahm an, dass es nur gerecht war, nachdem er Bisky so viele persönliche Dinge gefragt hatte. »Es gibt da ein paar Dinge, die dem im Wege stehen.«

»Zum Beispiel?«

»Zum Beispiel, dass ich keinen richtigen Job habe, dass ich mich erst noch an meine Blindheit gewöhnen muss und dass ich nicht der beste Ehemann und Vater war, selbst als ich noch sehen konnte und mehr Geld verdiente.«

»Immerhin sind Sie jetzt hier«, sagte Bisky und erhob ihre Stimme, um gegen den zunehmenden Lärm um sie herum anzukommen. »Sie sind für Ihre Kinder da. Das ist schon etwas wert.«

Er hob eine Schulter und schüttelte den Kopf. »Ich kann

mich nicht mehr so wie früher um sie kümmern. Ich kann sie nicht beschützen.«

»Mir scheint, Sie haben einen ziemlich ausgeprägten Beschützerinstinkt«, sagte sie. »Jedenfalls brauchen wir euch Männer dafür gar nicht. Machogehabe wird überbewertet. Hey, da ist …« Sie hielt inne. »Ach, vergessen Sie's.« Ihre Stimme hatte sich plötzlich verändert.

»Was ist los?«

Nach einem kurzen Schweigen seufzte sie. »Ihre Ex-Frau ist hier.«

»Ria?« Sein Herz machte einen kleinen Sprung, und er konnte die Freude in seiner Stimme nicht verbergen. »Wo?«

»Mit jemand anderem«, sagte sie.

Die Freude wich aus ihm wie die Luft aus einem geplatzten Ballon. »Warten Sie … sagen Sie's mir nicht. Ein blonder Typ? Sieht reich aus, trägt einen Anzug?«

»Ja.«

Drew ließ den Kopf sinken, er seufzte. »Können sie uns sehen?«

»*Wollen* Sie, dass sie uns sehen?«

»Ich bin mir nicht sicher.« Drew fuhr sich mit der Hand über das Gesicht. Am liebsten hätte er sich nach Hause teleportiert, um nachher nicht an seiner Frau und ihrem Date vorbeilaufen zu müssen.

Bisky verschob ihren Stuhl. »So. Jetzt sitzen Sie zum Großteil hinter einer Topfpflanze, und ich verdecke den Rest von Ihnen, bis Sie sich entschieden haben, ob Sie Ihre Frau eifersüchtig machen wollen oder nicht.«

Das überraschte ihn. »Ich will sie nicht eifersüchtig machen. Ich spiele keine Spielchen.«

Bisky lachte. »Wissen Sie nicht, dass Liebe immer ein Spiel ist?«, sagte sie. »Es wäre interessant zu sehen, wie sie reagiert, wenn sie uns zusammen sieht.«

»Danke, aber nein. Das ist nicht mein Stil.«

In diesem Moment hörte er Rias schallendes Lachen, das von einer Baritonstimme begleitet wurde, die zweifellos zu Ted gehörte.

Drew kochte vor Wut und ballte die Fäuste. Ein anderer Mann brachte da gerade seine Frau zum Lachen.

Aber er konnte sich nicht wie ein Steinzeitmensch benehmen, schließlich lebten sie im einundzwanzigsten Jahrhundert. Drew tastete nach seinem Stock. Ein Gefühl der Unzulänglichkeit überkam ihn.

Das zwischen ihm und Ria würde nicht funktionieren. Er war nicht genug für sie, konnte ihr nicht genug geben. Ria verdiente so viel mehr, als er ihr bieten konnte.

Er musste vorsichtig sein, den Mädchen keine falschen Hoffnungen machen, dass sie wieder eine Familie sein könnten, denn das konnten sie nicht.

Und um sich nicht selbst verrückt zu machen, musste er auch seine eigenen Hoffnungen begraben.

Er stand auf und klappte seinen Stock auf. »Danke für das Gespräch«, sagte er zu Bisky. »Gehen Sie jetzt auch?«

»Ja«, sagte sie. »Sie können meinen Arm nehmen, wenn Sie möchten.«

Das wollte er aber nicht und machte sich allein auf den Weg zur Tür. Plötzlich blieb er mit seinem Bein an einem Stuhl hängen und stürzte. Er konnte gerade so sehen, dass Bisky ihn wieder aufrichtete. Was er nicht sehen konnte, sich aber sehr wohl vorstellen konnte, war, dass alle ihn anstarrten, den ungeschickten Blinden. Einschließlich seiner Ex-Frau und ihres neuen Liebhabers.

Er nahm Biskys Arm und behielt äußerlich die Fassung, während in seinem Inneren die Gefühle tobten. Wie konnte er mit einem Mann wie Ted mithalten, wenn er nicht einmal ohne die Hilfe einer Frau das Lokal verlassen konnte?

Am Tag darauf fuhr Ria in Drews Einfahrt vor. Sie wandte sich an ihre Tochter, die mal wieder extrem launisch war. »Du kannst …« Aber Kaitlyn war bereits ausgestiegen und hatte die Tür zugeknallt.

Ihr Mutter-Tochter-Ausflug war ein totaler Reinfall gewesen.

Ria stieg aus dem Auto. Ihr Rücken schmerzte, und sie war auch geistig erschöpft. Sie hatte gedacht, es sei eine gute Idee, den Nachmittag mit ihrer Tochter zu verbringen. Die Schule war früher aus gewesen, und Kaitlyn brauchte neue Kleidung. Am Anfang war auch Kaitlyn begeistert gewesen.

Aber nach einer halben Stunde hatte sie die Lust verloren und war mürrisch geworden, wollte nichts mehr anprobieren und auch nicht zusammen spazieren gehen. Sie wollte nur noch zurück nach Pleasant Shores und zu Drew.

Rias Herz schmerzte, als sie sah, wie ihre Tochter mit gesenktem Kopf vor ihr davonlief. Sie wollte Kait so gern helfen, aber es ging einfach nicht. Sie machte alles nur noch schlimmer.

Wenn es doch nur ein heller, sonniger Tag gewesen wäre, das hätte Kaits Stimmung vielleicht gehoben. Stattdessen hatten sie tristes Novemberwetter. Wenn doch nur der Chesapeake glitzern würde, anstatt graue Wellen ans Ufer zu rollen.

Kait war schon fast an der Tür von Drews Cottage, als er herauskam und sie abfing, indem er sie an den Unterarmen festhielt. »Was ist denn los?«

»Mom ist los!« Kait gestikulierte in Rias Richtung. »Sie will, dass ich bei schlechtem Wetter zehn Meilen laufe und Nonnenkleider trage, um zu verbergen, wie dick ich bin! Sag ihr, sie soll damit aufhören, Dad!« Sie riss sich von ihm los und stürmte ins Haus.

Drew stand auf den Stufen vor seiner Haustür und blickte mit verschränkten Armen in Rias Richtung. Wenn sie ihn nicht so gut gekannt hätte, hätte sie gedacht, dass er seine Muskeln für sie spielen ließ, aber so war er nicht. Er war nicht eitel; er hatte keine Ahnung, wie gut er aussah.

Sie holte tief Luft und versuchte, ihre automatische, intuitive Reaktion auf ihn zu unterdrücken. »Hey, ich bin hier«, sagte sie, um ihm Orientierung zu geben. »Tut mir leid, dass sie so aufgewühlt ist.«

»Was ist passiert?« Sein Ton war kühl.

Sie dachte daran, wie er gestern mit Bisky das Lokal verlassen und sich dabei an ihren Arm geklammert hatte. War er dabei, sich von ihr, Ria, zu lösen?

Sie verdrängte den Gedanken. »Ich wollte nur mit Kaitlyn spazieren gehen, ein bisschen shoppen«, erklärte sie.

»Warum denkt sie, dass du sie für dick hältst?«

Ria stieß einen Seufzer aus und setzte sich auf Drews Türstufen. »Weil ich es vermasselt hab. Ich habe über meinen Schrittzähler gesprochen und wie viele Schritte ich noch gehen müsste, was sie als Aufforderungen verstanden hat, sich mehr zu bewegen, weil sie denkt, dass sie dick ist. Was natürlich nicht stimmt. Sie ist wunderschön.«

»Ist das alles?« Er setzte sich neben sie, aber eine gute Armlänge von ihr entfernt.

»Nein.« Ihr Bauch verkrampfte sich, weil sie sich dafür schämte, dass sie so eine schlechte Mutter war. »Ich habe ihr auch gesagt, wie sie sich kleiden sollte, um …« Sie brach ab und beschloss dann, den Gedanken zu Ende zu führen. »Um ihre Brust nicht zu betonen.« Sie wurde rot im Gesicht, als sie diese Worte sagte, denn sie erinnerte sich daran, wie es Drew immer gefallen hatte, wenn sie Kleider mit Dekolleté trug.

Drew runzelte die Stirn. »Die Psychologin hat gesagt, dass wir ihr Gewicht lieber nicht erwähnen sollen.«

»Habe ich auch nicht! Sie hat sich nur darüber beklagt, dass die Jungs ihr immer auf die Brüste schauen, und ich habe manchmal das gleiche Problem, also dachte ich …« Sie brach ab, als Drew sich verspannte. »Ich habe sie schlecht beraten. Zum Glück kann sie sich an dich wenden.«

»Ich werde tun, was ich kann.«

»Das werde ich auch«, versprach sie. »Sobald sie wieder mit mir spricht. Ich meine es ernst, Drew. Ich bin so froh, dass du hier bist, um ihr zu helfen. Ich geh ihr nur auf die Nerven.«

»Schaut dir Ted Taylor auch auf die Brüste?«, fragte er mit fester Stimme.

»Was?« Sie legte den Kopf schief und musterte ihn.

»Schaut er dir auf die Brüste? Wenn ihr zum Mittagessen verabredet seid.« Dann winkte er ab. »Vergiss es. Ich kenne die Antwort auf die Frage bereits.«

Ria kannte sie auch. Sie erinnerte sich daran, Ted ein paarmal dabei erwischt zu haben, wie er sie ansah, mehr als bei ihren früheren Dates. Natürlich war sie auch üppiger geworden. Vielleicht war es schwer, den Blick auf ihre Brüste zu vermeiden.

»Unsere Verabredung zum Mittagessen war rein geschäftlich«, erwiderte sie betreten. »Ted wird wahrscheinlich in mein Motel investieren.« Wobei er sich sehr in die Leitung des Motels einmischen wollte, was sie für keine gute Idee hielt.

»Aha.« Er atmete unwirsch aus. Offensichtlich glaubte er ihr nicht.

»Wenn du schon so fragst, dann verrate mir doch … Warum warst *du* mit Bisky Turner unterwegs?«

Überrascht drehte er den Kopf in ihre Richtung. »Du hast uns gesehen?«

»*Goody's* ist ein kleiner Laden.«

»Ich hab sie für meinen Job interviewt, das ist alles.«

Sie war so erleichtert über seine Antwort, dass sie impulsiv nach Drews Hand griff.

Er drückte sie und zog Ria näher zu sich heran. »Du bist perfekt, so wie du bist«, sagte er mit diesem verräterischen leisen Knurren in der Stimme. »Fühl dich niemals unsicher wegen deines Aussehens, das die Natur dir gegeben hat.«

Seine Berührung und der Klang seiner Stimme sandten Hitzeschauer durch ihren gesamten Körper. Sie versuchte, ihre Hand wegzuziehen. »Wir sollten nicht …«

Er hielt ihre Hand fest und drückte sie. »Wir hätten kein Feuer entfachen sollen, wenn wir nicht wollten, dass es brennt«, sagte er.

»Das stimmt«, flüsterte sie. »Aber ich halte es trotzdem für keine gute Idee.« Wenn sie sich wieder näherkommen würden, hätten sie wieder die gleichen Probleme wie vorher.

Denn ihr habt Probleme, sagte eine leise Stimme in ihrem Kopf, und sie wusste, dass es stimmte. Sie konnte sich nicht darauf verlassen, dass ein gut aussehender Mann wie Drew sie nicht wie ihr Vater verlassen würde, wenn ihr Körper sich mit den natürlichen Lebensphasen einer Frau veränderte.

Abgesehen davon würde er sie sicher verachten, wenn er das mit ihrer Fehlgeburt erfuhr.

Oder vielleicht doch nicht, fragte sie sich. Drew war verständnisvoller als früher.

Sie dachte an das Treffen mit ihren Freundinnen und wie sie über ihre Figur gesprochen hatten. Jede von ihnen schien ein gesünderes Selbstbild zu haben als sie. Diese negative Selbstwahrnehmung hatte sich mit Sicherheit auf ihre Ehe ausgewirkt. Und jetzt wirkte es sich auch auf ihre Beziehung zu ihren Töchtern aus. Wenn sie nicht daran arbeitete, würde sie es in beiden Bereichen weiterhin vermasseln. »Ich muss gehen«, sagte sie, stand auf, ließ Drews Hand los und eilte davon, bevor er etwas sagen oder tun konnte, um sie zurückzuhalten.

Sie musste nachdenken.

16. Kapitel

Am Mittwochmorgen ging Kaitlyn zur Schule und fühlte sich ausnahmsweise mal gut und sicher. Wie konnte es auch anders sein, mit Venus auf der einen und Sunny auf der anderen Seite?

Die Sonne ließ sich endlich blicken, und der Wind hatte sich gelegt, sodass die Chancen gut standen, dass ihre Frisur an diesem Tag nicht ruiniert werden würde. Kaitlyn hatte ihrer Mom ihr nerviges Verhalten verziehen, nachdem diese sich auf peinliche Weise bei ihr entschuldigt hatte. Und dann hatte es ein noch peinlicheres Gespräch mit ihrem Vater gegeben, in dem es darum ging, dass alle Körper schön waren.

Sie wollten nur ihr Bestes, und sie sorgten sich um sie, aber das war einfach voll daneben.

»Ich hab ein gutes Gefühl, was den heutigen Tag angeht«, sagte Sunny. »Wir werden herausfinden, wer diese Fotos geschickt hat. Ganz einfach.«

»Und wie?«, fragte Venus und runzelte die Stirn.

»Vertrau mir. Wir werden unsere Verdächtigen so lange nerven, bis sie sich selbst verraten.«

»Ich denke, es muss jemand sein, der gut mit Computern umgehen kann. Ich meine, jemand hat das Video in Standbilder umgewandelt, und zwar in qualitativ hochwertige Bilder. Sie haben sogar …« Kaitlyn zögerte.

»Was?«, sagten die beiden anderen Mädchen gleichzeitig. Etwas in ihrer Stimme ließ sie aufhorchen.

»Sie haben sie bearbeitet«, sagte sie. »Ich habe sie mir zu Hause genau angesehen. Sie haben meine Brüste noch größer gemacht, als sie ohnehin schon sind.«

»Wie ist das überhaupt möglich?« Venus warf einen Seitenblick auf Kaits Brüste.

»Halt die Klappe!« Kaitlyn wurde rot im Gesicht. Wenn sie doch nur so ein süßes, mittelgroßes B-Körbchen wie Sophia haben könnte.

»Ich wünschte, du würdest mir etwas von deiner Oberweite abgeben«, sagte Venus. »Ich bin immer noch flach wie eine Tortilla. Und wenn ich mir die Statur meiner Mutter ansehe, dann werde ich das wohl auch bleiben.«

»Es ist nicht immer einfach, wenn man Kaitlyns Figur hat«, sagte Sunny altklug. »Das kann dazu führen, dass sich Jungs aus den falschen Gründen für einen interessieren.«

Die beiden sprachen so schön *normal* über ihre Körper. Nicht so wie ihre Mom, die sich selbst deswegen ganz verrückt machte. »Wie auch immer«, sagte Kaitlyn, »außer Chris und vielleicht Tyler könnte auch Kyle Sprang involviert sein. Ihr wisst, was ihr zu tun habt.«

Beide Mädchen nickten, denn es war bereits das dritte Mal, dass sie mit ihren Zielpersonen über brisante Themen sprachen und dabei jedes Mal Verdächtige ausschlossen.

Sie betraten die Schule und gingen zu dritt den Flur entlang, Kaitlyn in der Mitte, Venus auf der einen Seite und Sunny auf der anderen. Heute war eine Schulversammlung – ironischerweise zum Thema Mobbing. Kaitlyn hasste die Versammlungen normalerweise. Sie waren eine Gelegenheit für die Kids, laut herumzuschreien und gemeine Bemerkungen zu machen, weil sie außerhalb ihrer normalen Schulroutine stattfanden.

Aber mit ihren Freundinnen an ihrer Seite fühlte Kaitlyn sich beschützt.

»Da sind sie«, sagte Venus und nickte in Richtung von Chris, der sich neben Tyler Pollackson gesetzt hatte. Ugh. Normalerweise hätte Kaitlyn sich so weit wie möglich von ihnen weggesetzt.

Ihr Herz pochte, als sie direkt hinter Kyle, Chris und Tyler Platz nahmen. »Also, Tyler«, sagte Venus und beugte sich vor, »was hältst du von dem Thema der heutigen Versammlung?«

Er sah sie skeptisch an, offensichtlich überrascht, von einer Sterblichen angesprochen zu werden. »Was ist denn das Thema?«

»Cybermobbing«, sagte sie geduldig. »Du weißt schon, wie zum Beispiel unangemessene Fotos von Leuten zu posten, damit sie sich schlecht fühlen.«

Sahen Chris und Tyler ein wenig beunruhigt aus? Schwer zu sagen.

»Das wird sicher langweilig, wie alle Versammlungen«, meinte Chris und schaute zu Tyler hinüber, der die Stirn runzelte. Dann griff er in seine Tasche. Er zog eine Juul heraus, die er in die Schule geschmuggelt hatte, und nahm einen Zug.

Tyler lachte, Chris lachte mit. Wenn sie gegen die Regeln verstießen und dagegen ihre eigenen Regeln machten, gab ihnen das offenbar ein Gefühl von Kontrolle.

Kaitlyn drehte sich bei ihrem überheblichen Lachen der Magen um. Sie wünschte, sie könnte woanders sitzen. Aber Sunny und Venus schienen ihre Angst nicht zu teilen.

»Wie kommt es, dass du vapst, Chris?«, fragte Venus. »Nervös wegen der Versammlung?«

»Nein.« Chris grinste sie an, und Kaitlyn fragte sich, warum sie ihn jemals süß gefunden oder gedacht hatte, dass sie gut zusammenpassen würden.

»Fühlst du dich etwa schuldig?«, fragte Sunny. »Hast du in letzter Zeit Cybermobbing betrieben?«

Chris rutschte auf seinem Sitz hin und her. »Halt die Klappe! Warum redest du überhaupt mit uns?«

»Vermutlich ist sie immer noch heiß auf dich!« Tyler lachte so laut, dass sich ein paar Kinder in der Reihe vor ihnen umdrehten und ihn ansahen.

Er schien ihre Aufmerksamkeit zu bemerken, denn er lächelte noch breiter und sprach noch lauter. »Vielleicht kannst du das nächste Mal eine *richtige* Fotosession machen.«

Kaitlyn wurde schlecht.

Sunny stupste sie an. »Er weiß Bescheid«, flüsterte sie. »Vielleicht war er es, der die Bilder bei deinem Dad eingeworfen hat.«

Gerade als Chris einen weiteren Zug von seiner Juul nahm, kamen zwei Lehrer auf sie zu. Sie hatten vermutlich Tylers Gerede gehört.

Einer der älteren Lehrer schnupperte. »Rieche ich da etwa Marihuana?«

»Was hast du da gerade in deine Tasche gesteckt?«, fragte der andere Lehrer Chris.

Chris öffnete den Mund und machte ein unschuldiges Gesicht. Er stand auf und zog die Juul heraus. »Das ist ein Verdampfer! Das sind keine Drogen!«

»Her damit«, sagte einer der Lehrer und nahm Chris die Juul aus der Hand. »Und da es gegen die Regeln verstößt, auf dem Schulgelände zu kiffen, bringe ich dich zum Direktor.« Er sah Tyler stirnrunzelnd an. »Hast du was damit zu tun?«

Tyler hob die Hände, Handflächen nach oben. »Ich nicht. Vapen ist nix für mich.«

Kyle, der neben ihm saß und so dürr war, dass er vorher nicht einmal zu sehen gewesen war, lachte laut auf.

Chris warf den beiden einen bösen Blick zu, als er von den Lehrern abgeführt wurde.

Nach der Versammlung erhoben sich Kaitlyn, Sunny und Venus von ihren Sitzen und eilten in den hinteren Teil der Aula. An den Haupteingängen der Schule war kein Wachmann zu sehen, also nutzten sie die Gelegenheit, schlichen nach draußen und gaben sich ein High five. »Wir haben Chris erwischt und ihn in Schwierigkeiten gebracht.«

»Er sah definitiv schuldbewusst aus.«

»Das geschieht ihm recht, er hat ganz bestimmt mit dem Video zu tun. Jetzt wird er sicher Angst vor uns haben.«

Aber Kaitlyn war sich da nicht so sicher. Sie hatten Chris in Schwierigkeiten gebracht, weil er gevapt hatte, und sie hatten bemerkt, dass er sich bei der Erwähnung des Themas Cybermobbing unwohl fühlte. Aber zu wissen, dass er wahrscheinlich an dem Video beteiligt war, machte die Sache nicht einfacher. Zwar wusste sie nun, dass er wirklich der Kotzbrocken war, für den sie ihn gehalten hatte. Aber ihr war auch klar, dass er sehr wütend darüber sein würde, dass sie ihn in Schwierigkeiten gebracht hatten.

Am Mittwochnachmittag ging Drew zusammen mit seinem Vater zu den Docks hinunter.

Es war ein unerwarteter Besuch. Gestern Abend am Telefon hatte sein Dad geklungen, als sei etwas nicht in Ordnung. Es war selten, dass sein Vater Gefühle zeigte, weshalb Drew dem Besuch zugestimmt hatte, obwohl an diesem Nachmittag ein Interview geplant war.

Anfangs war sein Dad sehr schweigsam gewesen. Drew wusste aus Erfahrung, dass es keinen Sinn hatte, ihn zu drängen. Nachdem er ihm also ein Sandwich gemacht hatte, lud Drew ihn ein, zu dem Interview mitzukommen. Bisher waren alle damit einverstanden gewesen, wenn er Kaitlyn zu den Interviews mitbrachte, weshalb er davon ausging, dass es kein Problem sein sollte, wenn nun sein Dad dabei war.

Eigentlich hatte er sich erhofft, dass Kait öfter zu den Interviews mitkam. Aber er sah ein, dass es gut für sie war, wenn sie Freunde in ihrem Alter fand, mit denen sie Sachen unternehmen konnte.

Der Gedanke an Kait und die Sorge, dass sein Dad ihn verurteilen könnte, verunsicherten Drew, sodass er an der nächsten Straßenecke anhielt und versuchte, sich zu orientieren. »Ist das hier die Hauptstraße?«, fragte er.

»Woher soll ich das wissen?«

Drew entspannte bewusst seinen Kiefer. »Sieh dir das Straßenschild an.«

»Main Street ... Ja.« Die Stimme seines Dads war fest. »Ich dachte, du hättest gesagt, du kennst den Weg.«

Natürlich, sein Dad hasste es, wenn er den Weg nicht kannte, und hatte sich schon immer geweigert, um Hilfe zu bitten. »Ja, ich kenne den Weg. Es ist nicht mehr weit. Lass uns nach rechts gehen.« Er stupste seinen Vater an, tastete den Bürgersteig vor ihm ab und ging weiter.

»Wenn diese Sache mit dem Sehen nicht besser wird«, sagte sein Dad, »was willst du dann arbeiten? Kannst du überhaupt arbeiten?«

Drew spürte, wie sich seine Schultern anspannten. Er kannte das. Er und seine Brüder waren mit dieser fordernden, stets unzufriedenen Stimme seines Vaters aufgewachsen. Sie hatte Drew als Ältesten dazu veranlasst, ständig danach zu streben, in die Fußstapfen seines Vaters zu treten und der beste Kadett an der Akademie und der beste Polizist auf dem Revier zu werden.

Leider hatte sein Dad auch einen Keil zwischen ihn und seine Brüder getrieben oder es zumindest versucht. Obwohl sie alle in derselben Gegend von Baltimore lebten, standen sie sich nicht sehr nahe.

Drews Streben, seinem Vater zu gefallen, war am Ende sinnlos gewesen. Nun, da eine Polizeikarriere für ihn ausgeschlossen war, gab es keine Möglichkeit mehr, es seinem Dad recht zu machen.

Wenn man sein ganzes Leben lang versucht hatte, jemanden zu beeindrucken, konnte man diesen Wunsch leider nicht so leicht aufgeben. Drew konzentrierte sich auf die Strecke und schaffte es, zum Treffpunkt zu gelangen, ohne weitere Fragen zu stellen und ohne auf den Arm seines Dads angewiesen zu sein, was für sie beide unangenehm gewesen wäre.

Eine Stunde später traten sie aus dem Hauptquartier des Fischereiunternehmens, in dem Krabben- und Austernfischer ihren Tagesfang verkauften. Sie hatten sich dort mit einem langjährigen Beamten der Wasserschutzpolizei verabredet, der ihnen viel erzählte – von der Durchsetzung der Fangbeschränkungen natürlich, aber auch von der Verhaftung von Wilderern und der Festnahme von Bootsfahrern, die unter Alkoholeinfluss standen. Der Beamte hatte sich überhaupt nicht an der Anwesenheit von Drews Dad gestört, nachdem er erfahren hatte, dass Drews Dad ein ehemaliger Polizist war. Und Drew hatte das Gefühl, dass auch sein Vater die Unterhaltung genoss.

»Netter Kerl«, sagte Drew, als sie zurückgingen.

»Mmhm«, sagte sein Dad unwirsch. »Ist das alles, was du tust, Leute ausfragen?«

Die Worte seines Vaters trafen ihn wie ein Vorschlaghammer und nahmen ihm die Freude an seinem neuen Job. Er seufzte und antwortete nicht. »Willst du noch ein oder zwei Bier trinken, bevor du nach Hause fährst? Du kannst bei mir übernachten.« Er erwartete nicht, dass sein Vater Ja sagen würde, andererseits hatte er bisher mit keinem Wort erwähnt, was ihn bedrückte.

»Gerne. Ich muss mit dir reden.«

Da war er, der wahre Grund seines Besuchs. »Es gibt eine kleine Bar am Ende der Pier Road, glaube ich. Du wirst mir helfen müssen, sie zu finden. Der Ort heißt *Tiny's*.«

Sein Vater musste sehr aufgeregt sein, sonst hätte er sicher nicht einen Passanten nach dem Weg gefragt, um so schnell wie möglich die Bar zu erreichen. Als sie dort ankamen, roch es nach Zigarettenrauch und Bier. Offensichtlich war die

Nachricht vom landesweiten Rauchverbot noch nicht bis auf die Halbinsel vorgedrungen. Die Männerstimmen deuteten darauf hin, dass zumindest ein paar Tische besetzt waren.

Sie setzten sich an die Bar und bestellten Fassbier. »Also, um was geht's?«, fragte Drew.

»Um deine Brüder.« Dad klang so angewidert, dass Drew, als der Barkeeper ihnen das Bier brachte, sich auf eine größere Rechnung einstellte. Dies würde sicher nicht die einzige Runde Bier an diesem Nachmittag bleiben.

»Was hat Mike denn wieder angestellt?« Mike, Drews mittlerer Bruder, war unfähig, einen Job oder eine Beziehung länger als ein paar Monate zu behalten.

Sein Dad schnaubte. »Er ist wieder pleite. Er bettelt deine Mutter um Geld an.«

»Keine große Überraschung.«

Sein Dad gab ein weiteres frustriertes Schnauben von sich. »Ich sag ihr immer wieder, sie soll ihn in Ruhe lassen, aber kurz vor seinem Besuch habe ich sie dabei erwischt, wie sie ihr Erspartes aus der Keksdose geholt hat.«

Drew musste lächeln, als er an die alte apfelförmige Keksdose dachte. »Mom hatte schon immer ein weiches Herz.«

»Ja, deshalb hatte ich auch immer ein Auge auf ihr Geld in der Keksdose.«

Seine Mutter verdiente sich gern etwas dazu, indem sie Gelegenheitsarbeiten erledigte – Nachbarn bei der Steuer helfen, Babysitten, als Köchin bei großen Veranstaltungen einspringen. In einer Ehe, in der der Ehemann der Ernährer und Chef war, bedeutete das ein wenig Unabhängigkeit. »Sie hat das Geld selber verdient, und sie sollte es ausgeben können, wofür sie möchte.«

»Deinem Bruder Geld zu geben, ist, als würde man es in die Mülltonne werfen«, brummte sein Dad wütend. »Willst du noch eins?«

Drew hatte noch kaum an seinem Bier genippt, also schüttelte er den Kopf und wartete, bis der Barkeeper seinem Vater ein neues Bier hingestellt hatte. Es sah so aus, als würde sein Dad heute definitiv bei ihm übernachten.

»Wie geht's Steve?«, fragte Drew.

Sein Dad schwieg eine Minute lang, nahm einen großen Schluck, dann knallte er sein Glas auf den Bartresen. Drew wurde nervös. Warum zögerte sein Dad so lange mit der Antwort?

Drews Dad neigte sich zu ihm. »Er ist …« Sein Dad hielt inne, richtete sich auf und trank einen weiteren großen Schluck Bier.

Drew wurde angst und bange. Er hatte seinen jüngsten Bruder, Stevie, seit Monaten nicht mehr gesehen. Wenn er nun krank war oder einen Unfall gehabt hatte … »Sag's mir einfach.«

Sein Dad kam noch näher und senkte seine Stimme. »Es hat sich herausgestellt, dass er … dass er schwul ist.«

Drew atmete erleichtert auf. Stevie ging es gut. Dann wurde ihm bewusst, was sein Dad gerade gesagt hatte, und seine Augenbrauen hoben sich. »Wirklich?«

»Das hat er gesagt.« Dads Stimme klang mürrisch.

Drew dachte an seinen eins neunzig großen jüngsten Bruder, der jetzt Krankenpfleger war. Der Gedanke, dass er schwul sein könnte, war Drew nie in den Sinn gekommen, wahrscheinlich, weil Stevie ein hervorragender Sportler war und nie den Kampf gescheut hatte, vor allem, wenn es darum ging, ein jüngeres oder kleineres Kind zu verteidigen.

Nur weil Stevie nicht dem Stereotyp entsprach, hatte Drew angenommen, dass er heterosexuell war. Da hatte er sich ziemlich ins Fettnäpfchen gesetzt. Ihm wurde bewusst, dass Stevie schon länger keine Mädchen mit nach Hause gebracht hatte. Das hätte seine Mom ihm sicher erzählt. Sie wollte mehr Enkelkinder und hatte es aufgegeben, auf Mike und Drew zu warten.

»Warum hat er nicht schon früher was gesagt?«, fragte er seinen Dad. Er fing an, seinen Bruder in einem ganz neuen Licht zu sehen.

»Wer weiß, warum er nie was gesagt hat.« Sein Dad knallte sein Glas wieder auf den Tresen. »Schätze, er war zu feige.«

»Noch ein Bier?«, fragte der Barkeeper, und Drews Dad bejahte mit einem Grunzen.

Drew wartete, bis der Mann das Bier gebracht hatte und – dem Klirren der Gläser nach zu urteilen – sich wieder entfernte. »Wie hast du reagiert, als Stevie es dir erzählt hat?«

»Er hat es nicht mir, sondern deiner Mutter erzählt, und die hat's dann mir erzählt. Ich habe nicht mit ihm gesprochen.« Er hielt inne. »Deshalb bin ich hier. Könntest du vielleicht mal mit ihm reden? Ihn zur Vernunft bringen?«

Drew atmete heftig aus und musste dabei fast lachen. »Ich glaube nicht, dass das funktionieren wird.«

»Woher willst *du* das wissen?«, fragte Dad. »Du bist doch nicht ... Deswegen hast du Ria nicht verlassen, oder?«

»Nein!« Drew stützte seine Stirn für ein paar Sekunden auf seine Hand. »Nein, ich bin hetero. Aber ich kann Stevie zu nichts zwingen. Es ist wahrscheinlich ... Schwul zu sein ist wahrscheinlich einfach ein Teil von ihm.« Traurigkeit überkam ihn, als er an den jüngeren Bruder dachte, den er nur selten sah und der all die Jahre einen wichtigen Teil seiner Identität vor der Familie geheim gehalten hatte.

Drews Dad schlug mit der Faust auf die Theke. »Was habe ich falsch gemacht, dass ich einen Sohn großgezogen habe, der ein ... eine Schwuchtel ist?« Er schwieg eine Minute lang, dann knurrte er fast flüsternd: »Mom sagt, er hat einen Freund.«

Jeder Verdacht, dass Stevie nur nach Aufmerksamkeit suchen könnte, zerschlug sich. »Wow.«

»Ich … ich weiß einfach nicht, was ich tun soll.«

Es war die Art von Eingeständnis, die sein Vater noch nie gemacht hatte. Er hatte immer die Kontrolle gehabt, war immer der ruppige, strenge Polizistenvater gewesen.

Drew war nicht besonders erfahren, was LGBTQ-Themen anging, aber wie es aussah, fiel ihm die Aufgabe zu, seinen Dad aufzuklären. »Zunächst mal nennst du ihn nicht Schwuchtel«, sagte er. »Und … wenn du ihm ein guter Vater sein willst, lädst du ihn und seinen Partner zum Essen ein.«

»Kommt gar nicht infrage!« Sein Dad war deutlich lauter geworden, weshalb Drew dem Barkeeper ein Zeichen gab und ein paar Scheine hochhielt. »Wenn das unten bei *Julio's* …«

Julio's war der Ort, an dem alle Polizisten im Ruhestand ihren Morgenkaffee tranken und darüber sprachen, was sie in der Nacht zuvor über den Polizeifunk gehört hatten.

»Ich bin sicher, dass es bei *Julio's* Leute gibt, die schwule Familienmitglieder haben. Vielleicht sind sie sogar selbst schwul.«

»Auf gar keinen Fall«, sagte Dad. »Auf gar keinen Fall.« Aber in seiner Stimme lag ein winziger Zweifel. »Wenigstens bist du mehr wie ich. Oder zumindest wirst du das sein, wenn du deine Familie zurückbekommst und sie richtig aufziehst.«

»Und mein Augenlicht wiedererlange und bei der Polizei bleiben kann?« Drew schüttelte den Kopf. »Das wird nicht passieren.«

»Du machst doch nicht weiter mit diesen … diesen *Interviews*, oder?«

»Es ist ein befristeter Teilzeitjob, also nein. Aber ich mag ihn.«

Sein Dad gab wieder einen seiner berühmten angewiderten Laute von sich.

Das tat weh, aber Drew ignorierte das Gefühl. »Ich muss mir überlegen, wie es mit meiner Karriere weitergehen soll. Die Abteilung hat einen Sozialarbeiter, der mir helfen kann.«

»Ein Sozialarbeiter«, sagte sein Dad spöttisch. »Was ist nur aus meinen Söhnen geworden? Ich war immer so stolz.«

»Es ist nichts falsch an ... Warte. Du warst stolz?« Das war neu für Drew. Sein Dad hatte sie immer nur zusammengestaucht und für Disziplin gesorgt. Liebe und Stolz waren Gefühle, die er nur von seiner Mom kannte.

»Ich dachte, ich würde drei Jungs großziehen, die so werden wie ich.« Sein Dad war nun am Lallen, was sehr ungewöhnlich für ihn war, genau wie diese Offenbarungen. »Das ist alles, was ich wollte. Dass meine Jungs in meine Fußstapfen treten.«

Es war nicht der richtige Moment, es auszusprechen, aber plötzlich wollte Drew nicht mehr in die Fußstapfen seines Vaters treten, nicht so sehr wie früher.

Seit er blind war, sah er die Dinge mit ganz anderen Augen.

17. Kapitel

Am Freitagabend beendete Ria ihr bescheidenes Single-Abendessen (Salat mit Hähnchenstreifen), schaute in den Schrank mit den Snacks, entschied sich gegen ein Dessert und ging ins Fernsehzimmer. Was sollte sie mit einem freien Abend anfangen?

Die Mädchen hatten ihr erst heute Nachmittag von ihren Plänen für den Abend erzählt. Kaitlyn übernachtete bei Sunny, und Sophia ging zu einer Party bei einer Freundin, die vielleicht in einer Übernachtung enden würde.

Normalerweise war eine von ihnen abends zu Hause. Und normalerweise war es Kaitlyn. Ria versuchte, keine Aktivitäten für sich selbst zu planen, wenn sie wusste, dass Kait zu Hause sein würde, denn es bestand die Möglichkeit, dass ihre Tochter jemanden zum Reden brauchte oder Hunger bekam oder aus irgendwelchen anderen Gründen ihre Mutter brauchte.

Es war eigentlich ein sehr gutes Zeichen, dass Kait in den letzten Wochen nicht mehr so auf sie angewiesen war. Ihre Therapiesitzungen schienen zu helfen, sogar die Familiensitzungen, die sie angeblich hasste. Noch wichtiger war, dass sie endlich anfing, Freunde zu finden. Am Mittwoch nach der Schule waren sowohl Biskys Tochter Sunny als auch Venus, ein Mädchen aus dem Betreuungsprogramm, vorbeigekommen, um mit Kaitlyn abzuhängen, und Ria war vor Freude fast in die Luft gesprungen, als sie die drei lachen und Musik hören und ununterbrochen reden hörte. Venus und Sunny waren am Ende sogar zum Abendessen geblieben. Sie waren zwei reizende Mädchen – stark, unabhängig, genau das Richtige für Kait.

Ria hatte die leise Hoffnung, dass sich Kaits Zustand langsam besserte. Sie musste nur noch lernen, eine Beschäftigung für sich selbst zu finden, wenn sie einen Abend allein verbrachte.

Sie schaltete gerade durch die Fernsehkanäle, als es an der Tür klingelte.

Es war dunkel geworden, und sie erwartete niemanden, also spähte sie durch die Jalousien. Ihr Herz machte einen Sprung, und sie eilte zur Tür, blieb aber auf halbem Weg stehen. Sie atmete langsam ein und aus, dann ging sie den Rest des Weges bis zur Haustür und öffnete sie langsam.

»Hi, Drew«, sagte sie, und ihre Stimme klang zumindest etwas ruhiger. »Hi, Navy. Bist du gekommen, um mich zu besuchen?«

Navy wedelte heftig mit dem Schwanz und hechelte.

Drew streckte ihr mit hochgezogener Augenbraue seinen Werkzeugkasten entgegen. »Ich habe gehört, Sie haben Probleme mit Ihrem Abfluss, Ma'am?«

Er scherzte, wie er es früher immer getan hatte. Die Freude in seiner Stimme löste etwas in ihr aus. Sie hielt die Tür auf. »Komm herein«, sagte sie. »Klingt, als hätten sich die Mädchen beschwert.«

Er lächelte. »Es ist einfacher, sich bei ihrem Dad zu beschweren, als darüber nachzudenken, wie sie dir helfen könnten«, sagte er. »Und ich hoffe, es macht dir nichts aus, dass ich Navy mitgebracht habe. Es geht ihr zwar schon besser, aber ich möchte, dass sie so viel Bewegung und Aufmerksamkeit wie möglich bekommt. Außerdem sah sie ganz traurig aus, als ich ohne sie gehen wollte.«

»Und du bist ein Softie.« Hatten die Mädchen Drew erzählt, dass sie Hilfe bei der Hausarbeit brauchte, um ihn dazu zu bringen vorbeizukommen? Versuchten sie, ihre Eltern wieder zusammenzubringen?

Egal. Sie freute sich über seine Anwesenheit aus Gründen, über die sie sich keine näheren Gedanken machen wollte. »Der verstopfte Abfluss ist nur die Spitze des Eisbergs, wenn du mir ernsthaft helfen möchtest.«

Er kam herein, streifte seinen Mantel ab und hängte ihn an das Ende des Geländers. Dann zog er seine Arbeitsstiefel aus. »Ich will dir wirklich bei den Reparaturen helfen«, sagte er, »aber du musst mich unterstützen, meine Partnerin sein.«

Ich will deine Partnerin sein. »Sicher«, sagte sie und versuchte, sich an die Tatsache zu gewöhnen, dass er gekommen war. Was hatte das zu bedeuten? Warum war er wirklich da? »Möchtest du was trinken?«

»Nicht jetzt«, sagte er. »Vielleicht später.«

Moment – er hatte vor, länger zu bleiben? Ria wurde warm. »Es ist der Abfluss im Badezimmer«, sagte sie in einem sachlichen Ton. »Ich bin sicher, dass er wegen unserer Haare verstopft ist, aber ich bekomme den Stöpsel nicht heraus, um ihn zu reinigen.«

»Aha. Du musst das Gewinde darunter abschrauben.«

»Oh … Davon habe ich noch nie was gehört, aber wenn du das sagst …« Sie ging mit Navy an der Seite ins Badezimmer und öffnete den Schrank unter dem Waschbecken. »Warte kurz, während ich den ganzen Kram hier unten ausräume.«

Sie schnappte sich die Shampooflaschen und Stapel von Lappen und stellte alles neben der Badewanne ab. »Okay, es ist leer. Machst du das, oder soll ich?«

»Mal sehen, ob ich das nach Gefühl erledigen kann.« Er kniete sich hin und ertastete die Rohre. Dann legte er sich auf den Rücken, um besser heranzukommen. »Gib mir mal meine Zange.«

Sie reichte sie ihm und erinnerte sich an die Zeit, als sie

erst kurze Zeit verheiratet waren und in einer winzigen, renovierungsbedürftigen Wohnung in Baltimore gelebt hatten. So hatten sie viele Freitagabende verbracht und an der Wohnung gearbeitet. Normalerweise hatte Drew die meiste Arbeit erledigt, und sie war dabei seine Assistentin gewesen, die ihm Lappen oder Schraubenschlüssel reichte oder Farbspritzer aufwischte.

Das hatte sie einander nähergebracht, und meistens hatten diese Nächte leidenschaftlich geendet. Sie errötete, als sie sich erinnerte.

»Kannst du die Zange nicht finden?«, fragte er.

Sie lenkte ihre Gedanken wieder zurück auf die Gegenwart. Hastig kramte sie in seinem Werkzeugkasten, fand eine kleine Zange und reichte sie ihm.

Er war einige Minuten lang mit Schrauben beschäftigt, seine Muskeln spannten die Ärmel seines Hemdes.

Ria rieb sich die feuchten Hände an ihrer Jeans ab und ballte sie zu Fäusten. Sie wollte ihm näherkommen, ihm nahe sein, und ein Teil von ihr fand, dass es ihr Recht war. In vielerlei Hinsicht fühlte sie sich immer noch wie seine Frau.

»Ich hab's. Lass mich das Gewinde durchschieben und … So. Versuch mal, den Abflussstöpsel hochzuziehen.«

Als sie daran zog, sprang er sofort heraus. »Äh, wie ekelhaft«, sagte sie und wurde jäh aus ihren romantischen Fantasien gerissen. Sie schnappte sich ein paar Lappen und wischte den Dreck weg, den sie sehen konnte. Dann holte sie Papiertücher und ein Essstäbchen, um damit das Innere des Abflusses auszuwischen.

»Ich bin gerade ziemlich froh, dass ich nicht sehen kann, was du siehst«, sagte er, als er sich auf den Wannenrand setzte und auf sie wartete.

Sie zog ein Büschel langer Haare aus dem Abfluss des Waschbeckens. »Bist du nicht froh, dass du dich nicht mit den

Haaren von drei Frauen herumschlagen musst, die überall in deinem Haus herumliegen und deine Abflüsse verstopfen?«

Er flüsterte etwas vor sich hin.

»Bitte?« Hatte sie richtig gehört?

»Ich vermisse es.«

»Unsere Haare überall im Bad?«

Sein Mundwinkel zog sich nach oben. »Ja. Ich vermisse alles.«

»Oh …«, sagte sie und atmete dabei aus. Ihr wurde warm ums Herz.

Er räusperte sich. »Da ist noch etwas, das ich dir sagen wollte. Es war falsch von mir, dich zu dem zu drängen, was wir vor Jahren am Strand getan haben. Auch wenn es viel zu wenig ist und viel zu spät kommt, aber es tut mir leid.«

Sie hielt inne und starrte ihn an. »Du meinst … das erste Mal, als wir …?« Absurd, dass sie sich nicht dazu durchringen konnte, das Wort auszusprechen.

»Ja. Ich meine, ich werde niemals bereuen, dass wir Sophia bekommen haben. Aber ich hätte nicht so viel Druck auf dich ausüben sollen. Ich habe nicht verstanden, wie wichtig es ist, dass das Ganze im gegenseitigen – wie nennen es die Kinder …«

»Dass es im gegenseitigen Einvernehmen passiert?«, fragte sie und war erstaunt, dass er sich dessen überhaupt bewusst war. Nicht dass Drew sexistisch war – er war ein echter Gentleman –, aber er war nicht gerade der Typ Mann, der sich mit solchen Themen befasste.

»Ja. Gegenseitiges Einvernehmen. Ich war viel zu aggressiv. Ein Idiot.«

»Du erinnerst dich vielleicht nicht mehr«, sagte sie, »aber du hast mich zu nichts gezwungen.« Sie schluckte, als die Erinnerungen an seine Hände, seinen Duft, seine Männlichkeit in ihr aufstiegen. So etwas hatte sie noch nie erlebt. Es hatte sie schockiert und überwältigt. Und es hatte ihr gefallen. »Ich war voll dabei«, sagte sie.

»Das dachte ich auch, aber ... ich habe mich immer schlecht gefühlt.«

»Das ist jetzt sowieso Schnee von gestern.«

»Das ist es nicht, denn es hat alles, was danach kam, beeinflusst. Du hattest das Gefühl, dass du mich heiraten musstest, als hättest du keine andere Wahl.«

»Du hast dich genauso gefühlt«, betonte sie. »Du hast dich auch verpflichtet gefühlt. Warst du zu diesem Zeitpunkt schon bereit zu heiraten?«

»Wahrscheinlich nicht«, gab er zu. »Aber ich wollte es trotzdem. Bist du fertig mit dem Abfluss?«

»Ja.« Sie sah zu, wie er wieder unter das Waschbecken kroch, ihr zeigte, wie man den Abflussstöpsel herunterließ, und alles wieder korrekt anschloss.

Sie konnte nicht glauben, dass er die Umstände ihrer überstürzten Ehe erwähnt hatte. In all den Jahren, die sie zusammen gewesen waren, hatten sie kaum darüber gesprochen. Drew war nie sehr gesprächig gewesen, und dasselbe galt wohl auch für sie. Sie hatte sich immer gut damit gefühlt, seine Frau zu sein, aber auch, als stünde ihr diese Ehre nicht zu, als hätte sie sie zu Unrecht erhalten. Sie hatte nie gewusst, wie sie das in Worte fassen sollte.

Er stand auf und wusch sich am Waschbecken die Hände, dann drehte er sich zu ihr um. »Was kommt als Nächstes?«

Sie musste unwillkürlich lächeln. Sie war unfähig, ihre Freude darüber zu verbergen, dass er mehr Zeit mit ihr verbringen wollte, um ihr zu helfen. »Nun, wenn du dir sicher bist ... Ich habe ein paar Dichtungsstreifen gekauft, um das Fenster im Esszimmer zu isolieren, aber die Streifen müssen genagelt werden, und ich weiß beim besten Willen nicht, wie ich sie anbringen soll.«

»Nach dir«, sagte er und folgte ihr ins Esszimmer.

»Setz dich«, sagte sie. »Du kannst ein Bier trinken, während ich das Material hole.« Sie reichte ihm eine Flasche und errötete ein wenig, als sie merkte, dass sie seine Lieblingsmarke letzte Woche im Laden gekauft hatte. Hatte sie unbewusst geplant, ihn zu sich einzuladen? Sollte sie ihm etwas anderes zu trinken besorgen, damit er davon nichts mitbekam?

Schließlich öffnete sie sein Lieblingsbier, stellte es vor ihn hin und beeilte sich, die Dichtungsstreifen zu holen.

Als sie zurückkam und ihm das Material beschrieb, hatte sie sich wieder etwas beruhigt. Sie hörte sich seine Erklärungen an, schnitt den Dichtungsstreifen zurecht und hielt ihn fest, während er ihn anbrachte.

»Um noch einmal auf das Thema von vorhin zurückzukommen«, sagte sie und nahm das Gespräch dort wieder auf, wo sie aufgehört hatten. Sie vermutete, dass die meisten Ehepaare diese Fähigkeit besaßen – den ganzen Tag über ein Gespräch am Laufen zu halten, während man der alltäglichen Arbeit nachging. »Deine Eltern haben immer so getan, als hätte ich dich zur Ehe gezwungen.«

»Vielleicht haben sie das anfangs auch so empfunden.« Er hämmerte den letzten Nagel in den Fensterrahmen. »Aber sie haben schnell gemerkt, dass ich mich freiwillig drauf eingelassen habe. Und dann hast du ihnen Enkelkinder geschenkt – wahrscheinlich die einzigen, die sie haben werden.«

Ria fühlte einen Schmerz, als sie an die Fehlgeburt dachte. Es würde ihnen das Herz brechen, wenn sie davon erfuhren.

Und Drew auch.

»Meine Eltern haben dich ziemlich schnell lieb gewonnen.«

Sie lächelte. »Ich liebe sie auch, besonders deine Mutter. Ich vermisse sie.«

Er lehnte sich zurück an die Wand und hob eine Augenbraue. »Soll ich dir von Dads Besuch am Mittwoch erzählen?

Willst du hören, wie er sich betrunken hat und dann bei mir übernachten musste?«

Sie starrte ihn an. Drews Dad war normalerweise kein großer Trinker. »Er hat sich betrunken?«

Drew nickte. »Wir waren bei *Tiny's* unten am Hafen, und ich hatte Mühe, ihn zu mir nach Hause zu bringen. Er konnte kaum stehen.«

Ria ließ sich auf die Kante eines Stuhls sinken. »Ich hab ihn nur einmal in den Ferien ein bisschen beschwipst erlebt. War irgendwas los?«

Drews attraktive Gesichtszüge verfinsterten sich. »Ja. Er ärgert sich, weil Stevie Mom erzählt hat, dass er schwul ist.«

Ria nickte und dachte an Drews jüngeren Bruder. »Das hatte ich schon vermutet.«

Drew sah sie verwundert an. »Ach ja? Warum hast du mir das nicht gesagt?«

Ria prustete. »Weil ich dachte, dass du damit nicht umgehen könntest!«

»Wirklich? Aber so bin ich gar nicht.« Er runzelte die Stirn. »Oder doch?«

Ria zuckte mit den Schultern. »Du warst immer sehr auf das Macho-Image der Martins bedacht. Nicht dass ein schwuler Mann kein Macho sein kann. Besonders, wenn es um Stevie geht.«

»Ja.« Drew schüttelte den Kopf. »Anscheinend hat er einen Freund.«

»Oh, das ist ja toll!« Sie hatte immer gedacht, Stevie wäre einsam. »Sind deine Eltern … Kann dein Dad das akzeptieren?«

»Ich bin sicher, Mom hat damit keine Probleme. Dad … Na ja, er wollte, dass ich mit Stevie rede, um ihn zur Vernunft zu bringen, wie Dad es formuliert hat.« Er lachte. »Ich habe ihm gesagt, dass das nicht funktionieren wird und dass er Stevie und seinen Partner zum Essen einladen soll.«

»Das ist eine gute Idee.« Ria konnte die Überraschung in ihrer Stimme nicht verbergen. Sie hätte Drew nie eine ausgeprägte Homophobie vorgeworfen, aber sie hätte auch nie gedacht, dass er einen schwulen Bruder so schnell akzeptieren würde. »Glaubst du, er wird es tun?«

»Ich weiß es nicht. Schwer vorstellbar.«

»Hey, weißt du was?« Ria lächelte, als sich in ihrem Kopf eine Idee formte. »Wir könnten sie hierher zum Essen einladen und deine Eltern auch.« Und dann errötete sie. Schließlich waren sie ja nicht verheiratet, und es gab keinen Grund für sie, seine Eltern einzuladen.

Aber mit ihm in diesem Haus und in dieser dämmrigen Stimmung fühlte sie sich, als wären sie verheiratet. Nur dass es noch schöner als früher war, denn Drew hatte sich verändert. Es schien viel einfacher, mit ihm zu reden. Er war irgendwie warmherziger.

»Ja. Ich würde Stevie wirklich gern sehen und seinen Partner kennenlernen.« Er sprach langsam, als ob er es sich gut überlegt hätte. »Stevie gehört zur Familie, und ich sollte mich mehr darum bemühen, ihn zu verstehen.«

»Das würde ihn sicher freuen. Er hat immer so zu dir aufgesehen.«

»Wirklich?« Er schaute in ihre Richtung und schüttelte den Kopf. »Du hast eine Menge Dinge bemerkt, die mir entgangen sind.« Es sah aus, als wollte er noch mehr sagen, aber dann richtete er sich auf. »Hast du noch was zu tun für mich?«

»Natürlich«, sagte sie prompt. Als Hausbesitzerin gab es eine endlose Liste an Dingen, die zu erledigen waren, und da sie sich um das Motel kümmern musste, hatte sie selten Zeit für Reparaturen in ihrem eigenen Haus. »Oben in meiner Kommode klemmt eine Schublade, die mich ganz verrückt macht.«

Er lächelte. »Benutzt du immer noch die alte von den Mädchen?«

»Natürlich.« Er hatte sich immer über sie lustig gemacht, weil die Kommode ein Gänseblümchenmuster hatte und die Mädchen schon lange zu alt dafür waren. Aber sie mochte diese Kommode, weil sie sie an die frühen, sorglosen Tage erinnerte. »Sie ist in einem guten Zustand, und es wäre …«

»Es wäre eine Verschwendung, sie wegzuwerfen und eine neue zu kaufen«, sagte er einstimmig mit ihr. »Ich weiß, ich weiß.«

»Die Treppe hoch und dann rechts«, sagte sie. »Das Geländer ist auf der linken Seite.«

Sie folgte ihm und versuchte, die Tatsache zu ignorieren, dass sie gerade dabei waren, gemeinsam in ihr Schlafzimmer zu gehen. Aber sie konnte nicht verhindern, dass ihr Herz dabei schneller schlug. *Hör auf damit*, sagte sie sich und führte ihn direkt zur Kommode, um ihm die betreffende Schublade zu zeigen. »Sie klemmt jedes Mal, wenn ich sie rausziehen will«, erklärte sie und freute sich, dass ihre Stimme dabei normal klang. »Und dann wieder, wenn ich sie reinschiebe.«

Seine Hand bewegte sich über ihre, und als sie sie wegziehen wollte, hielt er sie einen kurzen Augenblick lang fest. Sie sah ihn an und bemerkte, wie sein Gesicht sich leicht rötete. »Hast du was von diesem Einmachwachs da?«, fragte er. »Oder vielleicht eine Kerze? Das ist alles, was ich brauche.«

»Ähm, sicher. Ich bin gleich wieder da.« Sie begrüßte die Gelegenheit, von ihm wegzukommen, um sich zu beruhigen, doch sobald sie sich die Schachtel mit Paraffinwachs geschnappt hatte, trugen ihre Füße sie sofort wieder nach oben. Als könnte sie es nicht ertragen, von ihm getrennt zu sein, wenn sie wusste, dass er in ihrem Haus war.

Er hatte die klemmende Schublade herausgezogen. »Ist es okay, wenn ich deine Sachen rausnehme?«, fragte er.

»Natürlich!« Sie sah ihm dabei zu und gab ihm dann den Wachsblock in die Hand. Er rieb ihn langsam an den Schubladenauszügen entlang und gab ihn ihr dann zurück. »Versuch es jetzt mal.«

Sie schob die einwandfrei funktionierende Schublade wieder zu und applaudierte ihm. »Danke schön! Damit sind wir ein tägliches Ärgernis los, und die Mädchen werden froh sein, dass ich mich nicht mehr dauernd darüber beschwere.« Sie stapelte die Kleidung zurück in die Schublade, während Drew auf der Bettkante saß und geduldig wartete.

Nachdem sie die Schublade zugeschoben hatte, drehte sie sich um und sah ihn an, wobei sie sich sofort an all die schönen Momente erinnerte, die sie in diesem Bett verbracht hatten, dem Bett, das immer schon ihr Ehebett gewesen war.

Getrieben von Gefühlen, die sie kaum verstand, setzte sie sich neben ihn, schlang ihre Arme um ihn und legte den Kopf auf seine Schulter. »Danke, dass du mir geholfen hast.« Sie hörte die Heiserkeit in ihrer eigenen Stimme und schnupperte den speziellen Drew-Duft in seinem Nacken.

Er rührte sich nicht.

Auch sie erstarrte, und ihr wurde heiß im Gesicht.

Warum war sie so direkt? Was hatte sie sich dabei nur gedacht?

Genau das war das Problem: Sie hatte nicht gedacht, sondern gefühlt.

Sie ließ die Arme sinken und hob den Kopf. »Tut mir leid. Ich …«

Er zog sie an sich, strich ihr die Haare mit seiner großen Hand aus dem Gesicht und presste seine Lippen auf ihre.

Da war sie, diese männliche Sicherheit, die er immer gehabt hatte. Ria war wie von Sinnen, als er den Kuss vertiefte. Es war Drew, er war derselbe, und doch war alles neu.

Er hob den Kopf, und sie stieß einen kleinen Seufzer des

Bedauerns aus, doch er setzte sich nur anders hin und zog sie auf seinen Schoß. »Gefällt dir das auch so gut wie mir?«, hauchte er an ihrem Hals und unterstrich seine Frage mit einem leichten Biss, der ihren Herzschlag so beschleunigte, dass sie dachte, sie würde ohnmächtig werden.

Sie nickte, weil sie nicht sprechen konnte.

»Lass uns kurz hinlegen«, sagte er und zog Ria neben sich. Liebevoll, beinahe andächtig, küsste er ihre Nase, ihre Stirn, ihre Wangen. Dann zog er Ria an sich, sodass sie eng aneinandergeschmiegt dalagen und Ria wie Eis in seinen Armen dahinschmolz.

Sie umarmten und küssten sich. Am Ende waren beide außer Atmen.

Seine Hand wanderte zum unteren Rand ihres Oberteils.

Sie wollte, dass er sie berührte. Sie wollte, dass ihr Mann sie berührte. Denn obwohl sie rechtlich geschieden waren, hatten weder ihr Körper noch ihr Herz das Urteil akzeptiert.

Als seine Hand unter ihr Oberteil in Richtung Bauch glitt, überkam sie ein ungutes Gefühl: Er würde spüren, dass ihr Bauch nicht flach war.

Aber das macht nichts. Kein Körper ist perfekt.

Sie war noch nicht ganz überzeugt, aber sie fing an, es zu glauben. Sie beugte sich vor, um ihn zu küssen.

Abrupt zog er seine Hand zurück, rollte sich auf den Rücken und blieb schwer atmend liegen. »Tut mir leid. Ich hätte das nicht tun sollen.«

»Ist schon gut, Drew.« Die Stellen, die nicht von ihm berührt wurden, fühlten sich kalt an.

»Nein. Das hat uns schon beim ersten Mal in Schwierigkeiten gebracht.«

Ihr Gehirn brauchte einige Zeit, um ihm zu folgen. »Hm?«

»Solange wir nicht verheiratet sind, werde ich nicht mehr mit dir schlafen«, sagte er. »Was wäre, wenn du wieder schwanger würdest? Und so, wie ich uns kenne, wäre das sehr wahrscheinlich.« Er schüttelte den Kopf. »Ich würde gern noch ein Kind mit dir haben, selbst jetzt noch, aber nur, wenn wir verheiratet sind.«

Seine Worte brachten Ria zurück in die harte Realität. Was, wenn sie wieder schwanger wurde?

Sie war bereits das letzte Mal schwanger geworden, ohne dass er davon wusste.

Und dann hatte sie das Baby durch ihre eigene Fahrlässigkeit verloren.

Sie rollte sich von ihm weg, setzte sich auf die Bettkante und atmete tief durch. »Du hast recht. Es tut mir so leid. Wir hätten nicht … Du solltest lieber gehen.«

»Ja. Natürlich.« Er setzte sich ebenfalls auf, richtete seine Kleidung und zog sie für einen ungestümen, schnellen Kuss an sich. »Aber du sollst wissen, dass ich ständig darüber nachdenke, Ree. Über uns.«

Sie dachte auch nach. Sie dachte über das Geheimnis nach, das zwischen ihnen stand, und fragte sich, ob es an der Zeit war, die Wahrheit zu sagen.

Am darauffolgenden Sonntagabend räumte Drew in Rias Küche seinen Teller auf, nachdem er viel zu viel selbst gemachte Pizza gegessen hatte. »Du bist eine tolle Köchin«, sagte er zu ihr.

»Ja, Mom, du bist eine ausgezeichnete Köchin, wenn du mal kochst.« Kaitlyns Tonfall verriet, dass sie sich nur halb beschwerte. »Sie hat keine Pizza mehr gemacht seit … seit Ewigkeiten«, fügte sie hinzu und verstummte.

»Seit der Scheidung«, sagte Sophia. Sie klang ungewöhnlich genervt.

»Nun, jetzt weiß ich es noch mehr zu schätzen.« Er griff nach Rias Hand.

Das Gefühl von ihrer Hand in seiner erinnerte ihn an den Heimwerkerabend. Sein Körper wurde hellwach. Er wollte Ria wirklich, und es hatte ihn übermenschliche Anstrengungen gekostet, sie nicht gänzlich zu verführen. Immerhin war sie seine Frau.

Aber das war sie nicht. Nicht mehr. Und es mussten einige Dinge geklärt werden, bevor sie irgendwelche Schritte in diese Richtung unternahmen.

Er bemerkte, dass er immer noch ihre Hand hielt. Er strich mit seinem Daumen über ihre weiche Innenseite und ließ sie los.

»Familienspieleabend ohne Pizza geht einfach nicht.« Ria klang ein wenig atemlos.

Kait räusperte sich.

»Familienspieleabende sind blöd«, murmelte Sophia.

Drew bemerkte die schlechten Schwingungen und vermutete, dass sie auf das Händchenhalten zurückzuführen waren. Er und Ria sollten den Mädchen besser kein falsches Bild vermitteln, bis sie herausgefunden hatten, ob ihre Beziehung zu kitten war, ob er sich als guter Familienvater beweisen konnte und ob Ria ihm überhaupt genug vertraute, um ihm eine Chance zu geben.

»Apropos Spiele«, sagte er, »lasst uns loslegen. Ihr habt keine Chance gegen mich.«

Er erinnerte sich daran, wie sie als Familie früher zusammen Karten oder Monopoly gespielt hatten. Er hatte den Mädchen beigebracht, wie man ein guter Spieler war, ohne zu weinen, wenn man mal verlor. Sie hatten eine Menge Spaß zusammen gehabt, hatten geredet und gelacht, Witze übereinander gemacht. Das waren gute Zeiten gewesen.

»Monopoly oder Scrabble?«, fragte Ria.

»Wie wär's mit …?« Er brach ab. Er konnte keine normalen Brettspiele spielen; er war blind. Ohne es zu wollen, hatte er eine Erwartungshaltung aufgebaut, die er nun nicht erfüllen konnte. Abgesehen von seiner eigenen Enttäuschung – denn er liebte Spieleabende mit seiner Familie – fühlte er sich wie ein Versager.

Hätte er im Voraus geplant, hätte er zumindest die Spielkarten für Sehbehinderte mitbringen können, die sie im Reha-Programm verteilt hatten.

»Ich bin für Scrabble. Lasst uns Scrabble spielen«, sagte Kait. Ihre Stimme hatte denselben Tonfall angenommen, den sie schon als kleines Kind gehabt hatte.

»Dad kann nicht Scrabble spielen, Dummkopf.« Sophias Stimme war scharf.

»Oh, da wäre ich mir nicht so sicher.« Er hörte, wie Ria ihren Stuhl zurückschob. Mit zurückgelegtem Kopf nahm er schemenhaft wahr, wie sie zum Regal ging und etwas herauszog.

»Schaut mal, was ich hier habe«, sagte sie triumphierend und knallte eine Schachtel auf den Tisch.

Für ein paar Augenblicke herrschte Stille, während die Mädchen die Schachtel untersuchten.

»Braille-Scrabble?«, sagte Kait.

»Dad kann keine Brailleschrift lesen«, wandte Sophia ein.

»Hey, ich bemüh mich, sie ein wenig zu lernen.« Er griff nach dem Arm seiner älteren Tochter und drückte ihn. Sie war heute Abend nicht sie selbst.

»Es ist nicht nur Blindenschrift«, erklärte Ria. Sie öffnete die Schachtel, holte die Teile heraus und reichte sie herum. »Auf jedem Stück ist Brailleschrift, aber es gibt auch erhabene Buchstaben, die man ertasten kann. Sie sind groß gedruckt, für Leute, die nicht ganz blind sind. Aber hier ist das wirklich Coole.« Sie holte etwas anderes heraus und legte es ebenfalls auf den Tisch. »Das ist ein Scrabble-Brett mit einem Raster, damit die Buchstaben nicht so leicht verrutschen.«

»Es ist also wie geschaffen für einen Tollpatsch wie dich, Kait.« Sophia lachte.

Er hörte einen sanften Schlag. »Halt die Klappe. Ich war noch klein, als ich das Brett ein paarmal umgeworfen hab.«

Drew fuhr mit den Händen über das erhöhte Raster des Scrabble-Bretts. Er ertastete Notationen in bestimmten Feldern. Als ihm die Funktionsweise dämmerte, breitete sich ein Grinsen auf seinem Gesicht aus. »Das ist also ein dreifacher Wortwert«, sagte er und berührte ein Feld, »und das ist ein doppelter Wortwert, richtig?«

»Du hast es erfasst«, sagte Ria. »Das wird dir sicher keine großen Schwierigkeiten bereiten. Wir sind erledigt, Mädels.«

Als er ihren scherzhaften Tonfall hörte und mit den Fingern über die Scrabble-Steine mit den erhabenen Buchstaben und den Blindenschriftzeichen fuhr – vielleicht konnte er seine Blindenschriftkenntnisse dadurch ein wenig verbessern –, wurde Drew auf einmal von einer ganz neuen Art von Liebe für Ria erfüllt. Er hatte nie aufgehört, sie als Mutter seiner Kinder zu lieben. Als er nach Pleasant Shores gekommen war, hatte er sofort erkannt, dass er sich immer noch zu ihr hingezogen fühlte.

Aber das war etwas anderes. Dass sie das Problem mit seiner Blindheit vorausgesehen und sich die Zeit genommen hatte, das Lieblingsspiel ihrer Familie in einem Format zu besorgen, das er weiterhin mitspielen konnte … Das war wahre Fürsorge. Ria war nicht der Typ, der viel Aufhebens um seine guten Taten machte. Es war einfach ein Teil von ihr.

Die Liebe zu ihr ließ sein Herz anschwellen.

Sie begannen zu spielen. Drew war anfangs langsam, aber er hatte schnell den Dreh raus, die Buchstaben zu erfühlen und sich die Wortmöglichkeiten vorzustellen. Als er zum ersten Mal ein Wort mit dreißig Punkten aus einem dreifachen Wortblock bilden konnte, streckte er den Arm in die Luft.

»Ja!«, rief er. »Tretet zur Seite, meine Damen. Der Scrabble-König ist zurück.«

»Du wurdest gerade entthront.« Kait arrangierte ihre Spielsteine auf dem Brett, und sowohl Ria als auch Sophia stöhnten auf. Kaitlyn nahm seine Hand und zeigte ihm, was für ein Wort sie direkt neben dem seinem gelegt hatte. Dadurch war sie ihm jetzt etliche Punkte voraus.

Ria erhielt einen Anruf aus dem Motel. Ein Mitarbeiter hatte sich krankgemeldet, sodass sie in ein paar Stunden die Spätschicht übernehmen musste. Dann bekam Kaitlyn einen Anruf von Venus und eine SMS von Sunny. »Lasst uns die Handys weglegen«, sagte Ria. Kaitlyn nickte, und beide warfen ihre Handys in einen Korb, den Ria zu diesem Zweck im Esszimmer aufbewahrte.

Und dann lachten sie alle nur noch und wetteiferten miteinander. Drew hatte das Gefühl, dass Ria ein wenig mit ihm flirtete, was ihm ein warmes Gefühl gab und ihm neue Möglichkeiten eröffnete.

Kait war in das Spiel vertieft und schien glücklich. Er griff spontan nach ihrer Hand und drückte sie. »Ich bin froh, dass es dir besser geht, meine Kleine«, sagte er.

»Glaub nicht, dass ich dich deshalb gewinnen lasse«, scherzte sie, doch sie drückte ebenfalls seine Hand und zeigte ihm, dass sie verstand, was er damit sagen wollte.

Er hatte es vermisst, von den Stimmen und dem Gelächter seiner Familie umgeben zu sein. Er wollte es wiederhaben.

Aber etwas fehlte: der Klang von Sophias Stimme. Normalerweise war sie genauso enthusiastisch wie alle anderen, doch heute Abend war sie still. Zu still. Und wenn sie sprach, klang sie mürrisch und traurig.

Er griff nach ihrer Hand. »Was ist los, Sophia?«

Sie antwortete nicht, aber er hörte, wie sie ruckartig einatmete. Etwas Nasses tropfte auf ihre verschränkten Hände.

»Hey, du weinst ja«, sagte Kait.

Ria legte ihre Hand auf die von Sophia und Drew. »Was ist los, Schatz?«

»Es ist toll, dass es Kait wieder besser geht«, sagte sie mit bitterer Stimme. »Aber …«

»Aber was?«, fragte Ria. »Warum weinst du, mein Schatz?«

»Ich … ich glaube …« Sie brach ab. »Ich kann es nicht mal aussprechen.«

»Was bedrückt dich?« Drew konnte die Angst und die Sorge in ihrer Stimme hören. Seine gute Laune verflog. »Du kannst es uns sagen.«

»Ich glaube … ich bin schwanger.«

»*Was?*«, rief Ria. »Bist du sicher? In welchem Monat bist du?«

»Ich hab einen Schwangerschaftstest gemacht.« Sophia putzte sich die Nase. »Ich bin mir also ziemlich sicher.«

»Du machst Witze«, sagte Kaitlyn. »Ich dachte … Ach, egal.«

Wut und Angst rangen in Drews Brust miteinander und machten es ihm schwer zu sprechen. Es fiel ihm sogar schwer zu atmen. Während Sophia leise schluchzte, fragte er schließlich: »Wer hat dir das angetan?«

»Ja, Soph. Wer war es?«, fragte Kaitlyn.

Alle waren still und sahen Sophia fragend an.

Zögerlich antwortete sie: »Ich kann's nicht sagen.«

»Schatz, du musst es sagen!« Ria rang nach Luft.

Während er mit einer Hand Sophias Schulter umklammerte, griff Drew mit der anderen über den Tisch nach Kaitlyns Arm. Am liebsten hätte er sie alle umarmt. »Ich werde der Sache auf den Grund gehen«, versprach er.

»Das wird nichts bringen, Dad!«, sagte Kaitlyn.

»Ich bin kein Rätsel, das es zu lösen gilt!« Drew hörte, wie Sophia ihren Stuhl zurückschob, aus dem Zimmer eilte und die Treppe hinauflief.

Er atmete tief ein und langsam wieder aus und versuchte nachzudenken. *Lass dich nicht von deinen Impulsen leiten. Benutze dein Training*. Diese Regel war ihm auf der Polizeischule eingebläut worden, und sie hatte ihn nie im Stich gelassen.

Auch wenn es sein unmittelbarer Impuls war, sollte er nicht Hals über Kopf nach dem Kerl suchen, der Sophia in diese Lage gebracht hatte. Vor allem, da er nicht die ganze Geschichte kannte.

Ihn überfiel eine erschütternde Einsicht: Er war auch einmal ein solcher Kerl gewesen, der ein Mädchen geschwängert hatte, ohne mit ihr verheiratet gewesen zu sein. Plötzlich konnte er verstehen, warum Rias Vater ihn gehasst hatte.

Ria weinte, und als Drew von seinem Stuhl aufstand und zu ihr ging, um sie zu trösten, bemerkte er, dass Kaitlyn ihm zuvorgekommen war. Sie stand hinter Rias sitzender Gestalt und hatte die Arme um ihre Mutter gelegt. »Es wird alles gut, Mom. Wir werden das gemeinsam mit ihr durchstehen.«

Drew schloss die Augen. Er war dabei, sich zu verändern, sich von der Herangehensweise seines Vaters zu lösen. Das Problem war nur, dass er keine Ahnung hatte, wie er mit der Schwangerschaft seiner Tochter umgehen sollte, wenn er sich nicht wie ein Höhlenmensch verhalten wollte. »Was sollen wir tun?«, fragte er die zusammengekauerten Gestalten.

»Du bleibst bei Mom. Ich werde mit ihr reden.« Kait legte Drews Hände auf Rias Schultern und drehte sich dann um.

»Kait. Wie geht's *dir* damit?«

»Mir geht's gut. Besser als euch beiden.« Sie klopfte ihm auf den Arm. »Ich werde nachsehen, wie es ihr geht. Gebt mir ein paar Minuten mit ihr allein.«

»In Ordnung«, sagte er, »aber wir werden nachkommen. Wir müssen miteinander reden.«

»Okay«, sagte Kaitlyn. Er hörte, wie sie das Esszimmer verließ und die Treppe hinaufging.

Inmitten seiner Verzweiflung war er stolz darauf, dass Kait so ein vernünftiges, mitfühlendes Mädchen war. Doch Ria musste das hart getroffen haben. Er hörte sie schwer atmen. Als er ihr Gesicht berühren wollte, fühlte er, dass es tränenüberströmt war.

Er griff nach einem Stuhl, setzte sich schwerfällig neben Ria, legte einen Arm um sie und zog sie an sich. Es war ein Zeichen dafür, wie aufgeregt sie war, dass sie ihm erlaubte, sie zu umarmen.

Äußerlich vergoss er keine Träne, aber innerlich war ihm nach Weinen zumute. Sophia. Seine süße junge Tochter, erst siebzehn und so verletzlich. »Wir haben ihr nicht genug Aufmerksamkeit geschenkt, bei all den Problemen mit Kait«, sagte er, während Schuldgefühle und Bedauern in ihm aufstiegen.

Ria nickte an seiner Brust, immer noch weinend.

»Wir werden einen Weg finden, ihr zu helfen«, versprach er.

Sie hatten einen Fehler gemacht, aber sie würden ihn beheben. Gemeinsam würden sie Sophia helfen, mit dieser verheerenden Veränderung in ihrem Leben fertigzuwerden.

18. Kapitel

Kaitlyn riss die Tür zum Zimmer ihrer Schwester auf und stürmte hinein. Sophia lag mit dem Gesicht nach unten auf ihrem Bett, ihre Schultern zuckten.

Kaitlyn legte ihrer Schwester die Hand auf einen Arm und zog sie an sich. »Steh auf.«

Sophia rollte sich auf die Seite. »Lass mich in Ruhe.«

»Wir müssen hier verschwinden«, beharrte Kaitlyn und zerrte immer noch am Arm ihrer Schwester. »Komm schon. Du kommst mit mir zum Motel.«

»Mom und Dad hassen mich«, keuchte Sophia und stützte sich auf ihren Ellbogen.

Sie klang sehr dramatisch, aber wenn irgendeine Situation Dramatik rechtfertigte, dann diese. »Sie sind ausgeflippt, aber sie hassen dich nicht. Keiner tut das.«

»Ich will nur schlafen.« Sophia ließ sich wieder aufs Bett fallen. Ihr Handy vibrierte. Sie hob den Kopf, sah aufs Display und ließ sich wieder zurücksinken.

Kaitlyn stand auf und zerrte sie in eine sitzende Position. »Hör zu, wenn du jetzt nicht auf mich hörst, werden sie in dein Zimmer kommen und sich mit dir unterhalten wollen. Willst du das?«

Sophia schüttelte den Kopf.

»Dann komm mit. Ich hab dir etwas Zeit verschafft, aber wir können nicht hierbleiben. Wir müssen in die Lobby gehen.«

»Warum?« Sophia rieb sich mit dem Laken über die Augen, um ihr zerlaufenes Make-up zu beseitigen und nicht mehr wie ein Waschbär auszusehen. Nur Sophia schaffte es, einen totalen Heulkrampf zu kriegen und trotzdem hübsch dabei zu sein.

»Weil jemand an der Rezeption sein muss, und Mom ist nicht in der Verfassung dafür. Sie ist am Boden zerstört.« Kaitlyn zerrte Sophia auf die Beine. »In ihrem aufgeregten Zustand wird sie sicher nicht zum Motel gehen, und Dad wird bestimmt bei ihr bleiben.«

Sophia runzelte die Stirn, dann nickte sie. »Okay.«

»Nimm dein Handy mit. Willst du noch deinen Mantel holen, oder sollen wir lieber so schnell wie möglich rüberlaufen?«

»Ich brauche einen Mantel für das B-B-Baby«, sagte Sophia und verfiel wieder in Schluchzen.

»Reiß dich zusammen!« Kaitlyn schlug die Hände über dem Kopf zusammen. War sie die Einzige in dieser Familie, die noch bei Verstand war? »Das Baby ist höchstens so groß wie eine Büroklammer, und es ist ganz tief in dir drin. Ihm wird nicht kalt werden.« Sie nahm die Hand ihrer Schwester und zog Sophia die Treppe hinunter.

Ihre Eltern waren immer noch im Esszimmer. Ihr Dad tröstete ihre Mom, der es, wie Kaitlyn vorausgesagt hatte, ähnlich schlecht zu gehen schien wie Sophia. »Wir sind drüben in der Lobby und halten an der Rezeption die Stellung«, sagte Kait laut genug, dass sie es hören konnten, und eilte mit Sophia aus dem Haus, bevor einer der beiden Einspruch erheben konnte.

Sie wollte ihrer Familie helfen, indem sie die Schicht an der Rezeption übernahm. Aber sie wollte ihren überforderten Eltern auch entkommen und mit Sophia allein sein, damit sie herausfinden konnte, was mit ihr los war.

Sie rannten über den Rasen und den Parkplatz und kamen gerade in der Lobby an, als Clarence, einer ihrer Teilzeitangestellten, aufstand und sich streckte. »Ich hab mich grade gefragt, wann Schichtwechsel ist«, sagte er und zog seine buschigen weißen Augenbrauen hoch. »Hab 'ne Verabredung mit 'ner Flasche.«

»Na dann, viel Vergnügen.« Welcher alte Herr redete denn vor Teenagern bitte übers Trinken?

Die Lobby war auf eine altmodische und etwas übertrieben wirkende Art und Weise mit Kürbissen und Herbstblättern dekoriert. Kaitlyn hatte gehört, wie ihre Mom mit dem gruseligen alten Ted Taylor darüber gesprochen hatte, alles zu erneuern, aber Kaitlyn bezweifelte, dass es dazu kommen würde. Jeder mochte das Motel so, wie es war, trotz oder vielleicht gerade wegen des Truthahns mit den Kulleraugen aus Kürbissen und ähnlicher Deko.

Das Radio war auf einen Sender eingestellt, der nur Elvis spielte. Auch das schien den Gästen zu gefallen. Kaitlyn war der Meinung, dass sie bewusst noch kitschiger sein sollten, indem sie zum Beispiel Erdnussbutter-Sandwiches servierten oder Elvis-Filme zeigten. Aber niemand hatte sie jemals nach ihrer Meinung gefragt.

Sie ging hinter den großen Tresen der Rezeption und überprüfte den Computer, um sicherzugehen, dass der alte Clarence ihn nicht kaputt gemacht hatte. Sophia ließ sich in einen der gepolsterten Stühle fallen.

»Also, wer ist der Vater?«, fragte Kaitlyn. »Ist es Tyler?«

Sophia sah sie einen Moment lang an, wandte den Blick ab und nickte dann.

Kaitlyn machte sich Sorgen um ihre Schwester. »Ich dachte, du wolltest keinen Sex haben.«

»Das wollte ich auch nicht.« Sophia schob die Unterlippe vor. »Und du komm bloß nicht auf die Idee, es nur zu tun, weil ich es getan habe. Es hat nicht gerade Spaß gemacht.«

Kaitlyn lehnte sich vor und stützte die Ellbogen auf den Tresen. »Wenn du es nicht wolltest, hat er dich dann …?«

Sie runzelte die Stirn und musterte ihre Schwester, die sie immer noch nicht ansah. »Hat er dich dazu gezwungen?«

»Nein.«

»Okay, aber ...« Kaitlyn spürte, dass mehr an der Sache dran war. Jungs konnten solche Idioten sein. »Warum hast du es dann getan?«

Sophia zuckte mit den Schultern und sah immer noch weg. »Ich will nicht drüber reden.«

Das war ihr gutes Recht, aber Kaitlyn war trotzdem besorgt. »Hast du ihm von dem Baby erzählt?«

Sophia nickte.

»Und, was hat er gesagt?«

»Er sagte ...« Ihre Stimme versagte, und sie begann wieder zu weinen.

Kaitlyn holte eine Packung Taschentücher unter dem Tresen hervor, brachte sie ihrer Schwester und setzte sich neben Sophia auf die Stuhlkante. »Was hat er gesagt?«

»Er hat gesagt, dass es nicht seins ist, und wenn ich verrate, dass es von ihm ist, dann wird er allen möglichen Mist über mich auf Frock posten.«

Kaitlyn ballte ihre Faust und schlug sie in ihre andere Hand. »Mann, ich würde ihn am liebsten umbringen.« Noch lieber hätte sie Tyler gern so viel Mist angehängt, dass er es nie wieder wagen würde, etwas Schlechtes über ein Mädchen zu posten.

»Er hat bereits in einigen seiner Posts miese Dinge über mich gesagt, deshalb werde ich von anderen gemobbt.« Sophia klang sehr verzagt.

Kaitlyn war fest entschlossen, ein Druckmittel gegen Tyler zu finden.

Sie legte einen Arm um Sophia. »Kümmere dich nicht darum, was andere über dich sagen. Das tu ich auch nicht.« Und sie stellte mit einiger Überraschung fest, dass dies tatsächlich der Fall war. Ja, die Leute machten sich manchmal über sie lustig und hänselten sie, aber es war nicht so verheerend, wie sie anfangs geglaubt hatte. Sie hatte ein Leben, und zwar ein gutes, vollkommen unberührt von den dunklen Untiefen der sozialen Medien.

»Und wenn ich dann im neunten Monat bin …« Sophia ließ ihr Gesicht in ihre Hände sinken. »Dann werde ich nicht mehr hübsch sein! Und nicht mehr dünn!«

Kaitlyns Sorgen schwanden. Solange sich Sophia Gedanken über ihr Aussehen während der Schwangerschaft machte, war alles nicht so schlimm. »Du wirst bestimmt hübsch sein. Du wirst jede Menge toller Umstandskleider tragen, und wahrscheinlich bleibst du die ganze Zeit über so dünn, wie du jetzt bist, und alle werden dich hinreißend finden. Du wirst jede Menge Aufmerksamkeit bekommen.«

»Glaubst du?« Sophias Stimme klang immer noch zittrig.

»Ja. Ich weiß es.« Kaitlyn reichte ihr die Taschentücher, und Sophia schnäuzte sich mit einem lauten Tröten die Nase.

Die Türklingel bimmelte, und einer ihrer langjährigen Gäste, der alte Mr. Patterson, kam in seinen Hausschuhen herein. »Könnt ihr mir einen Dollar wechseln?«, fragte er.

»Ja«, sagte Kaitlyn, öffnete die Kasse und zählte die Vierteldollar. »Was wollen Sie denn um diese Zeit noch kaufen?«

»Nur eine Coca-Cola«, sagte er.

»Die kostet zwei Dollar«, erinnerte sie ihn. »Sie brauchen keine Vierteldollarscheine, Sie brauchen Dollarscheine. Oder eine Kreditkarte.«

»Bist du sicher? Das ist doch lächerlich.« Er runzelte die Stirn.

»Wissen Sie was? Ich glaube, wir haben hier hinten im Kühlschrank noch Cola.« Sie holte ihm eine Dose.

Er drückte ihr den Vierteldollar, den sie ihm gerade gegeben hatte, wieder in die Hand. Sie überlegte, ob sie ihm sagen sollte, dass die Cola aufs Haus ginge, aber sie wollte ihn nicht an kostenlose Softdrinks gewöhnen. Ihre Mom wäre sicher nicht bereit dazu, und sie sollte ihm keinen Grund geben, mit dem Motel unzufrieden zu sein. Sie brauchten jeden zahlenden Stammgast, den sie kriegen konnten.

Nachdem er wieder nach draußen verschwunden war und sie sich vergewissert hatte, dass er in die richtige Richtung ging, um zu seinem Zimmer zu kommen, betrat sie wieder die Lobby und sah, dass Sophia auf ihr Handy starrte.

»Er hat was auf seinem Frock-Account gepostet.«

Kaitlyn blickte über ihre Schulter. »Warte mal, Tyler ist doch nicht *TomDickandHarry*, oder?«

»Nein, aber ich glaube, er folgt ihm. Oder vielleicht teilt er sich diesen Account mit ein paar anderen Jungs. Hör zu, lass es einfach sein. Ich werde mich darum kümmern.«

»Du wirst ihn doch nicht wiedersehen, oder?«

»Auf keinen Fall. Ich hab ihm gesagt, er soll verschwinden. Er ist echt attraktiv, aber du solltest mal sein Haus sehen, Kait.«

»Schick?«

»Ja, aber … Seine Mutter ist …« Sie brach ab.

»Unfreundlich?«

Sophia schüttelte den Kopf. »Das ist es nicht. Es ist nur so … Tylers Brüder behandeln sie wie Dreck. Und offenbar ist das nichts im Vergleich dazu, wie ihr Vater sie behandelt hat, als er noch da war.« Sophia lief ein Schauer über den Rücken. »Und ihr Hund ist im Hinterhof angekettet, und sie schenken ihm nie Aufmerksamkeit. Das ist nicht in Ordnung. Irgendwas stimmt in diesem Haus nicht.«

»Klingt furchtbar. Ist das der Ort, an dem du …?«

»Ja, als niemand zu Hause war. Und ich werde nie wieder hingehen. Er ist ein Ekelpaket.«

Kaitlyn musterte ihre Schwester und wunderte sich, wie widersprüchlich sie war. Dann kam ihr ein schrecklicher

Gedanke. »Weißt du … Die Drohungen gegen mich haben größtenteils aufgehört. Du hast doch nicht mit ihm geschlafen, damit sie aufhören, mich zu mobben, oder?«

Sophia wandte den Blick ab.

Kaitlyn kniete sich vor Sophia hin, ergriff ihre Hände und zerrte an ihnen, bis Sophia ihr in die Augen sah. »Sag mir die Wahrheit!« Kaitlyns Herz pochte.

Sophia nickte. »Okay, ja, ich geb's zu. Und sie haben ja auch aufgehört, dich zu belästigen, oder? Es hat funktioniert.«

Kaitlyn war hin- und hergerissen zwischen einem tiefen Gefühl der Liebe für ihre Schwester und dem blanken Entsetzen darüber, was Sophia getan hatte. »Ja, aber … Oh Mann, Soph. Ich will nicht, dass du einen so hohen Preis dafür zahlen musst.«

Sophia zuckte mit den Schultern. »Es war keine große Sache«, sagte sie mit einer Tapferkeit, die offensichtlich vorgetäuscht war. Dann bebte ihr Kinn. »Es ist nur … Ich hätte nicht gedacht, dass ich schwanger werden würde.« Ihr Gesicht verzog sich, als würde sie gleich wieder in Tränen ausbrechen.

Kaitlyn versuchte, ihr zuvorzukommen, obwohl sie selber ganz durch den Wind war. Sophia musste sich beruhigen und durfte sich nicht wieder aufregen. »Ich meine, es hat doch auch was Gutes, dass du schwanger bist«, sagte sie. »Es ist schon irgendwie cool, dass ich Tante werde.«

Sophia kicherte ein wenig, aber ihre Stirn war immer noch in Falten gelegt. Sie hatte eine Menge zu verarbeiten.

Ein weiterer Gast rief an, weil er seinen Schlüssel verloren hatte und Hilfe brauchte, um wieder in sein Zimmer zu kommen. Kaitlyn sagte Sophia, sie solle auf die Rezeption aufpassen, und sprintete die Straße hinunter, um das Zimmer für ihn zu öffnen. Auf dem Rückweg bemerkte sie einen Haufen leerer Pizzakartons vor dem Zimmer eines Gastes. Als sie sie zum Müllcontainer brachte, dachte sie darüber nach, was sie gerade erfahren hatte.

Irgendwie würde sie einen Weg finden, um sicherzustellen, dass Tyler und seine Freunde nie wieder jemandem so etwas antun konnten. Sie wusste nicht, wie, noch nicht jedenfalls, aber sie würde es herausfinden. Zusammen mit Sunny und Venus würde ihr sicher ein cleverer, teuflischer Plan einfallen. Vielleicht würde Sophia auch mitmachen.

Sophia hatte ein großes Opfer für sie gebracht und den Preis dafür bezahlt. Jetzt war es an Kaitlyn, sich zu revanchieren.

Am Montagmorgen stand Ria in der Küche und brutzelte Gemüse für ein Omelett. Regen prasselte gegen die Scheiben, und durch den Spalt im Fenster konnte sie die kalte Luft von draußen spüren.

Eine weitere Stelle, die sie und Drew wetterfest machen mussten.

Sie hatte bereits Obst geschnitten, und im Backofen warteten frisch gebackene Kekse. Sie schlug sechs Eier mit dem Schneebesen auf, betrachtete die Schüssel, schlug ein paar weitere auf und warf sie hinein.

Wahrscheinlich übertrieb sie es total. Sie war nicht mal hungrig. Normalerweise begnügte sie sich mit einem halben Muffin und etwas Kaffee.

Aber nach Sophias schockierender Enthüllung gestern Abend wusste sie, dass sie ihre Kraft brauchte. Und die Mädchen brauchten sie noch mehr.

Sie hörte Schritte auf der Treppe. Kaitlyn betrat die Küche. »Hi, Mom«, sagte sie und umarmte Ria, während sie über ihre Schulter auf den Herd schielte.

Kaitlyns lockere Art machte Ria froh. Sie drückte Kaitlyn an sich. »Wo ist deine Schwester?«

»Sie will heute nicht in die Schule.«

Ria reichte Kaitlyn die Schale mit den Eiern. »Du hast mir beim Omelettmachen zugesehen. Jetzt bist du dran. Ich geh und hol sie.«

»Viel Glück dabei.« Kaitlyn stocherte zweifelnd in dem Gemüse in der Pfanne herum und gab dann die Eier darüber.

Na ja, dann würde es eben eine etwas andere Art von Omelett werden.

Oben angekommen, stieß Ria die Tür zu Sophias Zimmer auf und ging zum Bett ihrer ältesten Tochter. Sophia lag mit dem Rücken zur Tür, zusammengekauert. Mitleid überkam Ria, und sie spürte einen stechenden Schmerz in der Brust. Dieser verflüchtigte sich jedoch, als ein zweiter Blick ihr verriet, dass Sophia wach war und auf ihr Handy starrte.

»Aufstehen«, sagte Ria und rüttelte Sophia an der Schulter. »Zieh dich an und komm nach unten. Ich möchte, dass du ein gutes Frühstück zu dir nimmst.«

»Mom! Ich will nicht zur Schule gehen, und nach gestern Abend hatte ich gedacht ...«

Ria hob eine Hand, um ihren Redefluss zu unterbrechen. »Nein. Du wirst ab jetzt sieben oder acht Monate lang keine Lust haben und ›Ich will nicht‹ sagen, aber du wirst auf keinen Fall die ganze Zeit nur zu Hause herumliegen.« Sie empfand mehr Mitgefühl mit ihr, als Sophia je wissen würde. Schließlich war sie selbst in einer ähnlichen Situation gewesen. Aber als sie und Drew sich gestern Abend unterhalten hatten, waren sie zu der Überzeugung gelangt, dass sie Sophia nicht verzärteln durften. Sie so zu behandeln, als sei sie zerbrechlich, und so zu tun, als sei ihre Schwangerschaft eine Katastrophe, würde Sophia nicht guttun und ihren ohnehin schon großen Hang zum Drama nur noch verstärken.

Und Ria fing sofort damit an, ihre Vorsätze in die Tat umzusetzen. Drew hatte sogar angeboten, vorbeizukommen und dafür zu sorgen, dass Sophia zur Schule ging, aber sie hatte ihm versichert, dass sie das selber hinbekommen würde.

»Du weißt gar nicht, wie peinlich das ist«, stöhnte Sophia. »Was ist, wenn ich in der Schule kotze? Was, wenn man es schon sieht?« Sie hob die Decke an und fuhr sich mit der Hand über den Bauch, der sogar in einem hautengen Tank-Top flach war. »Sieht man es?«

»Noch nicht.«

»Aber das *wird* man!« Sophia brach in Schluchzen aus.

Ria war versucht, die Worte ihres Vaters zu wiederholen: Da sie es zugelassen hatte, musste sie nun die Konsequenzen tragen. Das war hart, aber es hatte auch etwas Wahres.

»Hör zu, Schatz«, sagte sie, »es tut mir leid, dass ich mich so sehr auf Kaitlyn konzentriert und dir nicht genug Aufmerksamkeit geschenkt habe. Ich hatte keine Ahnung, dass du überhaupt in einer Beziehung bist.«

»Bin ich auch nicht«, sagte Sophia und schniefte. »Nicht mehr.«

»Oh, Schatz.« Sie rieb Sophias Arm. Das war etwas, womit sich Ria nie hatte auseinandersetzen müssen. Von dem Moment an, als Drew von ihrer Schwangerschaft erfahren hatte, hatte er die volle Verantwortung übernommen. Er wollte sie sofort heiraten, mit ihr zu allen Arztterminen gehen und kümmerte sich die ganze Zeit so sehr um sie, bis es ihr fast zu viel geworden war. Trotzdem hatte sie es genossen. So war er eben. Er hatte ihr das Gefühl gegeben, wertgeschätzt zu werden. Letztendlich war das der Grund, warum sie zugestimmt hatte, ihn zu heiraten.

Wenn Sophias Typ sie schlecht behandelte, würde Ria ihm den Kopf abreißen. Wobei sie wusste, dass Drew ihr sicher zuvorkommen würde.

Andererseits, wenn sie keine glückliche Beziehung hatten, dann war es besser, dass Sophia ihn los war.

In den nächsten Wochen würde noch Zeit genug sein, darüber zu reden, was Sophia dazu gebracht hatte, Sex zu haben, noch dazu mit einem Jungen, der sie schlecht behandelte. Gestern Abend hatte es so geklungen, als wäre sie eine willige Partnerin gewesen. Es gab also keinen Grund, Vorwürfe zu erheben. Sie würden ernste Entscheidungen treffen müssen, aber das konnte warten.

Ria fühlte sich unzulänglich, wie so oft, wenn sie mit solch einem komplizierten, unerwarteten und heiklen Teil der Erziehung konfrontiert wurde. Aber sie begann auch zu erkennen, dass sie durchaus fähig war, Lösungen für Probleme zu finden, und dass Drew sie dabei unterstützen würde. Sie würden das durchstehen, wie alles andere auch.

»Wir haben eine Menge zu besprechen, Schatz«, sagte sie. Am Fußende des Bettes stand ein Korb mit zerknitterter, aber sauberer Kleidung. Sie zog ihn zu sich heran und begann, die Kleidung zu falten, während sie weiterredete. »Zunächst einmal müssen wir dafür sorgen, dass du ärztliche Unterstützung bekommst. Das ist das Wichtigste. Und dann müssen wir über den Vater sprechen ...«

»Ich will nicht darüber reden.«

»Wir *werden* darüber reden, aber nicht heute. Wir werden auch darüber reden, ob du das Baby behalten oder zur Adoption freigeben willst.« Es gab noch eine andere Möglichkeit, aber Ria war sich ziemlich sicher, dass Sophia – so wie sie selbst damals – nicht in Erwägung ziehen würde, die Schwangerschaft zu beenden. »Wie auch immer du dich entscheidest, Dad und ich werden dich unterstützen. Und Kait auch.«

Sophia lugte hervor, den Kopf in ihren Armen vergraben, so, wie sie es als kleines Mädchen immer getan hatte. Die Kummerfalten in ihrem Gesicht wurden weicher. Und sie sah erleichtert aus.

Nun, da sie schwanger war, wirkte Sophia ironischerweise noch mehr wie ein kleines Kind, das seine Eltern brauchte.

»Aber zuerst ziehst du dir was an und kommst nach unten. Du musst in die Schule gehen.«

Sie vergewisserte sich, dass Sophia zumindest mit den Füßen schon aus dem Bett war, und ging dann nach unten, um das Frühstück fertig zu machen.

Sie erreichte die Küche gerade noch rechtzeitig, um die Kekse vor dem Anbrennen zu bewahren, und scheuchte Kaitlyn zum Tisch, während sie drei Teller holte. Ein wenig Butter auf die Kekse – okay, viel Butter –, starker Kaffee für sie und Fruchtsaft für die Mädchen, und schon war sie fertig.

Sophia betrat die Küche, ließ sich auf ihren Stuhl fallen, und alle machten sich über das Essen her.

Ria sah sich in der warmen Küche um und konzentrierte sich dann auf jedes ihrer wunderschönen Mädchen. Trotz ihrer Probleme waren sie gute, charakterstarke Kinder. Sich die Zeit für ein gemeinsames Frühstück zu nehmen, half Ria, sich auf die Liebe zu besinnen, die sie für sie empfand, und gab den dreien das Gefühl, eine Familie zu sein.

Bei diesem Gedanken warf sie einen Blick auf den einen leeren Stuhl am Tisch. Sie wären noch mehr eine Familie, wenn Drew hier wäre.

Sophia aß ein paar Bissen und warf dann den Löffel weg. »Ich hab keinen großen Hunger und will nicht zunehmen«, sagte sie. »Ich fühl mich schon total aufgebläht.«

»Es ist normal und gesund, in der Schwangerschaft zuzunehmen«, sagte Ria, was ihr ein wenig surreal vorkam, aber sie war sich sicher, dass sie in den nächsten Monaten noch viele surreale Gespräche führen würden. »Du musst auf dich aufpassen und dich gesund ernähren. Wenn du das nicht tust, riskierst du eine Fehlgeburt.«

»Genau das *will* ich ja.« Sophia sah sie an und hob ihr Kinn.

»Nein, dass willst du nicht, glaub mir.«

Kaitlyns Kopf drehte sich in ihre Richtung. »Hattest du jemals eine Fehlgeburt?«

Das war das Problem mit scharfsinnigen Töchtern im Teenageralter. Beide sahen sie an. Sie wollte nicht lügen. »Ja, hatte ich«, sagte sie. »Und es tat schrecklich weh.«

»Wann?«, fragte Sophia. »War es damals, als du so krank wurdest, kurz nachdem du das Hotel gekauft hast?«

Ria biss sich auf die Lippen, dann nickte sie langsam.

»Weiß Dad davon?« Sophia schlug die Hand vor den Mund. »Warte – es war schon von Dad, oder?«

»Natürlich! Und nein, er weiß es nicht. Und ich möchte, dass das auch so bleibt.«

Draußen konnten sie den Schulbus vorbeifahren hören. »Beeil dich«, sagte Kaitlyn zu Sophia. »Wir müssen los, sonst kommen wir zu spät.«

»Lasst das Geschirr einfach stehen. Ich kümmere mich darum.« Ria legte Sophia eine Hand auf die Schulter. »Kopf hoch, Schatz. Deine Familie steht hinter dir. Du wirst das schon schaffen.«

»Komm«, sagte Kaitlyn und lief in den Flur. Und dann kurz darauf: »Navy! Hallo, Mädchen! Oh, hi, Dad. Wir kommen zu spät zur Schule. Wir sehen uns nachher.«

»Ich gehe auch – keine Sorge«, sagte Sophia, und beide eilten zur Tür hinaus.

Ria trocknete sich die Hände am Geschirrtuch ab und ging in den Flur, wo Drew immer noch an der Haustür stand. »Tja, es war ein wenig mühsam, aber ich hab's geschafft, dass sie beide zur Schule gehen. Ich fürchte, du bist umsonst gekommen.«

Er antwortete nicht. Als sie ihn ansah, bemerkte sie, dass er weiße Flecken auf den Wangenknochen hatte, ein sicheres Zeichen dafür, dass er die Zähne zusammenbiss. »Was ist los?«

Er hob sein Kinn. Seine Stimme war kalt wie Eis. »Du hattest eine Fehlgeburt.«

Rias Magen krampfte sich zusammen. Sie starrte ihn wie versteinert an. Sie hätte ihm die Wahrheit sagen sollen. Sie hatte nicht gewollt, dass er es auf diese Weise erfuhr.

Aber ob sie wollte oder nicht, nun war der Moment der Wahrheit gekommen.

19. Kapitel

In Drew brodelte ein wütender Vulkan. Er folgte Ria in ihre Küche, Navy an seiner Seite. »Du hattest eine Fehlgeburt? Und du hast den Mädchen gerade gesagt, dass sie es mir nicht verraten sollen?«

Was ihn besonders schmerzte, war, dass sie ohne zu fragen zugestimmt hatten, als wäre er ein Kind, das vor der Wahrheit geschützt werden musste. Was für ein Bild vermittelte Ria den Mädchen von ihm, wenn er nicht da war?

»Drew. Ich wollte nicht, dass du das hörst ...«

Der Vulkan in ihm explodierte. »Was hast du mir noch verschwiegen?« Er schrie die Worte, lauter, als er Ria jemals angeschrien hatte. »Du hast ihnen Respektlosigkeit beigebracht. Gegenüber ihrem Vater. Ganz zu schweigen von deiner eigenen Respektlosigkeit deinem Mann gegenüber!«

Das Schreien fühlte sich gut an, vertraut. So hatte sein Vater ihn und seine Geschwister im Zaum gehalten. So klang ein Familienoberhaupt.

Nein, so klingt jemand, der nicht weiß, wie man in einer Familie lebt, der nicht gut genug für jemanden wie Ria ist.

Die selbstkritische Stimme in seinem Kopf machte ihn noch wütender. Er wollte nicht über seine Unzulänglichkeiten nachdenken. »Du hast mich nie respektiert. Hast mich nie für gut genug gehalten. Aber das hier, diese Lügen ... Unsere Mädchen in deine Lügen hineinzuziehen ... Du bist schlimmer, als ich dachte.«

Ria antwortete nicht. Sie klapperte mit den Pfannen. Er roch Kaffee, Toast und geschmolzene Butter.

Er trat näher, wütend über ihren Duft, wütend darüber, dass sie einfach das Geschirr abwusch und ihn ignorierte. »Du hast unser Baby verloren und mir nichts davon gesagt?«

Das Klappern verstummte.

»Warum nicht?«, fragte er. »Du bist es doch nicht absichtlich losgeworden …«

»Nein. Natürlich nicht.« Aber da war etwas in ihrer Stimme … »Setz dich, Drew. Ich werde nicht mit dir reden, solange du hier so herumwütest.«

Schlechte Manieren. Schlecht in Beziehungen.

Er mochte ungehobelt sein, aber ihm war bewusst, dass man eine Frau nicht körperlich bedrohte. Ihm stieg die Galle hoch, und er hatte einen heißen Kopf, aber er suchte nach einem Stuhl und setzte sich hin.

»Möchtest du einen Kaffee?«

»Nein«, schnauzte er, obwohl er einen wollte. Navy ließ sich neben ihm auf den Boden fallen und stieß einen Seufzer aus. »Erzähl mir die ganze Geschichte.«

Er hörte, wie sie Kaffee einschenkte, den Kühlschrank öffnete und Sahne hineingoss. Ein Stuhl schrammte über den Boden, und dann stupste sie ihn mit der Hand an, und er spürte eine warme Tasse. Sie hatte ihm Kaffee geholt, obwohl er Nein gesagt hatte.

Sie räusperte sich. »Ich wollte das Baby nicht.«

Ihre Worte verschlugen ihm die Sprache. Er war schwer getroffen. Selbst als sie ungeplant mit Sophia schwanger geworden war, hatte sie sich sofort für das Kind entschieden. Wie konnte sie sich so sehr verändert haben?

Wie konnte sie sein Kind nicht wollen? Für ihn war das die ultimative Zurückweisung.

Sein Herz war erfüllt von Trauer. Sie hätten noch ein Kind haben können. Wie alt wäre es jetzt, zwei? Er stellte sich Kaitlyn und Sophia in diesem Alter vor. Kleinkinder, die laufen lernten, die anfingen zu rennen und Nein zu sagen. Die begannen, die Menschen zu werden, die sie jetzt waren. Seine Kehle wurde eng.

»Ich fühle mich schrecklich deswegen, aber versetz dich in meine Lage«, fuhr Ria fort. »Wir hatten uns gerade getrennt. Ich musste für die Mädchen da sein, sie größtenteils allein erziehen. Da konnte ich nicht auch noch ...«

Ihre Stimme klang vorwurfsvoll, eine weitere Bestätigung für sein Versagen. »Sie allein großzuziehen war deine Entscheidung. Ich habe dir das gemeinsame Sorgerecht angeboten. Du hast dich stattdessen entschieden hierherzuziehen.«

»Richtig, weil du die ganze Zeit gearbeitet hast, oft mit Nachtschichten. Du hättest die Mädchen nicht die halbe Woche bei dir haben können, wie du es vorgeschlagen hattest, weil sie die meiste Zeit über allein gewesen wären. In gewisser Hinsicht benötigen Teenager mehr Aufsicht als kleine Kinder, nicht weniger. Und es war sowieso kein Geld da, um zwei Wohnsitze zu finanzieren.«

Er wurde rot vor Wut. »Als ob du so erfolgreich in deinen Erziehungsmethoden gewesen wärst. Eine Selbstmörderin und eine Schwangere.«

Er hörte, wie sie tief einatmete. Navy jammerte und trottete mit klimperndem Halsband zu Rias Tischseite hinüber.

Beide schwiegen. Nachdem sein Puls sich langsam wieder beruhigt hatte, überdachte er, was er da gerade gesagt hatte. Es war unfair, ihr die Schuld an den Problemen der Mädchen zu geben. Er hob eine Hand. »Ich mache mich genauso verantwortlich dafür, wenn nicht sogar mehr. Ich habe sie im Stich gelassen.«

Sie sagte immer noch nichts.

»Aber warum hast du mir nichts von dem Baby erzählt? Glaubst du nicht, dass ich es verdient hätte, es zu erfahren?

Ich war der Vater!« Erneut wurde er von Trauer überwältigt. Er hatte sich immer ein weiteres Kind gewünscht.

»Ja, natürlich. Ich hätte es dir sagen sollen. Aber …« Sie brach ab.

»Aber was?«

Draußen vor dem Haus nahm der Verkehr zu. Menschen waren auf dem Weg zur Arbeit, Eltern brachten ihre Kinder zur Schule. Ein kalter Windhauch schlug ihm entgegen, und ihm wurde bewusst, dass er oder die Mädchen die Tür offen gelassen haben mussten.

»Zwei Dinge«, sagte sie schließlich. »Erstens: Ich hab's dir nicht gesagt, weil ich mich schrecklich fühlte. Ich hatte furchtbare Schuldgefühle. Ich habe Tag und Nacht gearbeitet, um das Motel auf die Wiedereröffnung vorzubereiten. Es war körperlich anstrengende Arbeit. Damit meine ich nicht schweres Heben und Tragen – darauf habe ich geachtet –, sondern Böden und Wände schrubben, Teppiche reinigen, Müll raustragen. Von morgens bis abends. Außerdem musste ich ständig daran denken, was für eine Belastung ein weiteres Baby zum damaligen Zeitpunkt für mich gewesen wäre.« Sie hielt inne. »Ich glaube, deshalb hat Gott ihn mir weggenommen«, sagte sie schließlich leise.

Drew zuckte zusammen. »Es war ein Junge?«

»Ja. Sie haben Tests …« Er hörte, wie sie schluckte. »Tests durchgeführt, um zu bestimmen, ob der Fehlgeburt genetische Ursachen zugrunde lagen.«

»Und war das der Fall?«

»Nein, sie haben nichts finden können.«

Drew saß da und versuchte, das alles zu verarbeiten.

Ria war mit einem Jungen schwanger gewesen. Es musste passiert sein, als sie das letzte Mal miteinander geschlafen hatten. Er konnte sich daran erinnern, als wäre es gestern gewesen. Er hatte seine Sachen für die Abreise gepackt, und da …

Es war ungeplanter, ungeschützter Sex gewesen, leidenschaftlich und intensiv. Er hatte gedacht, sie würden sich vielleicht versöhnen.

Aber am nächsten Morgen hatten sie sich sofort wieder gestritten, und schließlich hatte er seine Kisten zum Auto getragen und war gefahren.

Sie musste in den Wochen danach herausgefunden haben, dass sie schwanger war. »Ich verstehe immer noch nicht, warum du es mir nicht gesagt hast«, wiederholte er und verdrängte die Vorstellung, wie sie schwanger und alleinerziehend hatte hart arbeiten müssen, um ein neues Unternehmen zu gründen und Geld für ihre Kinder zu verdienen.

»Ich hab's dir nicht gesagt, weil du sonst in die Luft gegangen wärst, so wie jetzt!« Sie klang verärgert. »Dieser ganze Macho-Blödsinn. Nichts als Geschrei und Kritik und Vorwürfe. Damit konnte ich nicht umgehen.«

Sein Blutdruck stieg wieder an. »Dieser Macho-Blödsinn ist das, was einen Mann ausmacht.«

»Nein, Drew«, sagte sie, »das ist das, was du und dein Vater denkt, aber das stimmt nicht. Macho-Männer sind zerbrechlich. Man muss ihnen die Wahrheit vorenthalten, weil sie sie nicht verkraften können.«

»Ich bin nicht wie mein Vater!«

Es klopfte an der Hintertür, und Navy bellte scharf. »Ria?«, erklang eine männliche Stimme. »Weißt du, dass deine Tür offen steht?«

Ted Taylor. Als ob er hier ständig ein und aus gehen würde. Tat er das? Verbrachte sie Zeit mit ihm, wenn die Mädchen in der Schule waren?

Sein Magen zog sich zusammen.

Rias Stuhl scharrte, und er konnte hören, wie sie durch den Raum ging. »Hey, Ted«, sagte sie leichthin, »es ist gerade ungünstig.«

»Können wir uns später treffen?«, hörte er Ted fragen.

»Sicher«, sagte sie und klang dabei zerstreut. »Ich ruf dich an.«

War das nicht nett und freundlich? Es hörte sich an, als ob sie sich ständig trafen. Drew stand auf, sein Stuhl knallte auf den Boden. Ria verabschiedete Ted, schloss die Tür und kam zurück in die Küche. »Ich dachte, es gäbe eine Chance, dass wir wieder zusammenkommen«, sagte er, »aber jetzt sehe ich, dass es nicht so ist.«

»Drew …«

Er winkte ab. »Diese ganze Geheimniskrämerei. Den Mädchen zu sagen, sie sollen Geheimnisse vor ihrem Vater haben.«

»Das war falsch«, sagte sie schnell. »Beides. Ich hätte es dir sagen sollen.«

Das behauptete sie *jetzt*, nachdem er es bereits herausgefunden hatte.

Jetzt, wo sie ihn nicht mehr brauchte, weil sie einen anderen Mann hatte.

Er war optimistisch gewesen und hatte gedacht, er hätte sich genug verändert, um mit Ria glücklich zu werden. Aber selbst wenn er sich wirklich geändert hatte – in ihren Augen würde er immer derselbe bleiben. Was auch immer sie sagte, welche netten Worte sie ihm auch immer zuflüsterte, sie hielt ihn immer noch nicht für gut genug. Ihr Verhalten zeigte das ganz deutlich.

Seine Hoffnung auf eine Versöhnung – seine *törichte* Hoffnung – verblasste und wurde durch eine Mischung aus Enttäuschung, Eifersucht und Wut ersetzt.

»Du bist nicht die, für die ich dich gehalten habe«, sagte er. »Selbst nach unserer Trennung habe ich dich respektiert. Aber jetzt sehe ich, dass du nichts weiter bist als eine hinterhältige, respektlose, betrügerische …«

»Betrügerisch?«, unterbrach sie ihn. »Drew, ich würde nie …«

»War das Baby überhaupt von mir?«, zischte er. Er hörte sie schwer atmen. Sein Pfeil hatte ins Schwarze getroffen.

»Ich werde weiterhin für die Mädchen da sein«, sagte er mit eisiger Stimme, »aber ich will nichts mehr mit dir zu tun haben. Hast du das verstanden? Nichts.«

Als Kaitlyn und Sophia vor der Schule ankamen, wurde Sophia langsamer. »Da ist er«, sagte sie mit leiser Stimme.

Kaitlyn warf einen Blick auf die kleine Gruppe von Schülern, die vor dem Eingang herumlungerte. Es war zwar kalt, trotzdem blieben die meisten von ihnen lieber draußen, als eingepfercht im Klassenzimmer zu sitzen.

Tyler und seine beiden Kumpels, der kleine durchgeknallte Kyle und Zieh-deinen-Pulli-aus-Chris, standen oben auf den Stufen neben dem Haupteingang wie ein König und seine Höflinge und überblickten die Umgebung.

Kaitlyn sah ihre sonst so selbstbewusste Schwester an. Jetzt stand sie ungeschminkt und mit geschwollenen Augen und hängenden Schultern da. Sie war ohne ihre Rüstung. Es war ganz offensichtlich, dass etwas nicht stimmte.

Dieser Vollidiot Tyler Pollackson hatte ihr das angetan.

Und Sophia hatte es zugelassen, wegen Kaitlyn.

Kaitlyns Kiefer krampfte sich zusammen. Sie ballte die Hände zu Fäusten. »Sieh ihn einfach nicht an«, sagte sie zu Sophia.

Sophia nickte und umklammerte ihren Arm. »Geh mit mir rein.«

Obwohl Kaitlyn normalerweise den anderen Eingang benutzt hätte, blieb sie in diesem Fall bei ihrer Schwester. Es war kurz vor der ersten Stunde, und immer mehr Schüler strömten ins Gebäude.

Tyler, Chris und Kyle hatten sich nicht bewegt. Als Sophia und Kaitlyn näher kamen, begannen die drei sofort, sich gegenseitig anzustupsen.

»Geh einfach weiter«, flüsterte Kaitlyn ihrer Schwester zu. »Wir sind fast an ihnen vorbei.«

Im letzten Moment wurde Sophia langsamer und sah in Tylers Richtung. Sie wirkte verletzlich, obwohl sie die Lippen zusammenpresste und offensichtlich versuchte, ihre Gefühle zu verbergen.

Kaitlyn erschrak innerlich, als ihr die Bedeutung von Sophias Gesichtsausdruck bewusst wurde. Sophia hatte mit diesem Idioten geschlafen. Und sie war sich ziemlich sicher, dass Sophia davor noch Jungfrau gewesen war. Tyler war der Erste gewesen, was für Sophia eine große Bedeutung hatte.

Aber offensichtlich nicht für Tyler. Kaitlyn warf ihm den verächtlichen Blick zu, der eigentlich von Sophia hätte kommen müssen.

Tyler rümpfte die Nase und wandte sich spöttisch ab. Dann streckte er eine Hand nach Sophia aus und grinste.

»Lass sie in Ruhe!« Kaitlyn schritt an ihrer Schwester vorbei und stellte sich zwischen Sophia und Tyler. »Komm schon. Gehen wir rein«, sagte sie zu Sophia.

Aber Tyler streckte jetzt den Arm aus und versperrte ihnen den Weg. Die Schüler hinter ihnen drängten sich an ihnen vorbei, ohne besondere Notiz von ihnen zu nehmen.

Das lag daran, dass man sich nicht mit Tyler Pollackson anlegte, wenn man den Tag mit intaktem Gesicht, Stolz oder Ruf überstehen wollte.

Kein Junge sollte so viel Macht haben. Schon gar nicht ein so gemeiner und egoistischer Junge wie Tyler. Kaitlyns Lippen kräuselten sich ebenfalls zu einem spöttischen Grinsen.

Er musterte sie und runzelte die Stirn. Sie konnte erkennen, dass er nachdachte – nichts, wofür er besonders bekannt war. Doch nach einer kurzen Weile kam ihm die Erkenntnis.

Kaitlyn ahnte sofort, worum es ging.

Er weiß, dass ich es weiß.

War das gut oder schlecht für Sophia? Sie traf die riskante Entscheidung, dass es gut war, und hob ihr Kinn. »Ganz genau. Ich weiß, was du getan hast. Und wenn du sie nicht in Ruhe lässt, werde ich es meinem Dad erzählen.«

Er hob eine Augenbraue und legte den Kopf schief. »Deinem blinden Dad?«

»Erwischt«, sagte Kyle und blickte dann zu Tyler und Chris, als wolle er sich vergewissern, dass er ihnen nicht auf die Füße getreten war.

Chris lachte.

Kaitlyns Puls raste, ihre Muskeln zitterten.

Bis auf ein paar Raucher, die sich eine letzte Dosis Nikotin gönnten, war der Rest der Schüler inzwischen in die Klassenzimmer gegangen.

Kaitlyn holte tief Luft. Sie würde einen Weg finden, es ihnen heimzuzahlen. Dafür, dass sie ihren Vater beleidigt hatten, und für alles andere auch. »Er mag blind sein, aber er ist sehr schlau. Genau wie meine Mutter.«

»Du erzählst ihnen besser nichts«, warnte er. »Ich weiß genau, wie ich dich auch in Schwierigkeiten bringen kann.« Er grinste vielsagend, streckte die Hand aus und zupfte an ihrem Pulli.

Kaitlyns Übermut verflog, ihr Magen krampfte sich zusammen. Das Video. Das hatte sie fast vergessen. Sie ergriff Sophias Arm und marschierte auf schwachen, zitternden Beinen in die Schule.

Nachdem sie sich von Sophia verabschiedet hatte, traf sie sich mit Venus und Sunny an ihrem üblichen Platz, der Bank vor der Schulbibliothek. Sie erzählte ihnen, was Tyler gesagt hatte und wie unausstehlich sich die Jungs benommen hatten.

»Kannst du es deinen Eltern nicht einfach sagen?«, fragte Sunny. »Wenn du ihnen von dem Video erzählen würdest, hätte die Sache ein Ende. Oder wenn es an die Öffentlichkeit kommt, dann könnten sie dir wenigstens helfen.«

»Nein, das kann ich mir nicht vorstellen. Dad hat sich zwar gebessert, aber ich glaube trotzdem, dass er die Beherrschung verlieren würde.«

»Er wird drüber hinwegkommen«, sagte Venus. »Solange du nicht reinen Tisch machst, hat Tyler, oder wer auch immer das Video hat, Macht über dich. Und du willst doch nicht, dass so ein Typ eine solche Macht hat.«

Die Glocke signalisierte den Unterrichtsbeginn, also gingen sie alle zu ihren Spinden.

Eine SMS erreichte sie auf ihrem Handy. Sie öffnete sie.

Du hast bis 12.30 Uhr Zeit, dich zu entscheiden. Viele Grüße, TomDickandHarry.

Wer verbarg sich hinter *TomDickandHarry*? War es Tyler?

Oder, wie Sophia vermutet hatte, eine Kombination aus mehreren Personen – vielleicht Tyler, Chris und Kyle?

Sie schrieb zurück:

Von was für einer Entscheidung redest du?

Ob du den Platz deiner Schwester einnehmen möchtest.

Kaitlyn atmete schwer. Tyler musste einfach *TomDickandHarry* sein. Und er wollte sie dazu bringen, das Gleiche zu tun wie Sophia.

»Was ist los?« Venus schnappte sich ihr Handy und las die Nachricht.

»Gib's mir zurück!«

Aber Venus hielt ihr das Handy unter die Nase. »Mädchen, du brauchst Hilfe. Sunny und ich werden dir helfen.« Sie studierte den Text noch einmal. Dann sagte sie zu Sunny: »Dieser Kerl *TomDickandHarry* will, dass sie das Gleiche wie ihre Schwester macht.« Sie verzog das Gesicht. »Was hat deine Schwester getan? Ist es das, was ich denke?«

Kaitlyn atmete aus und hob die Hände. »Das kann ich nicht sagen.«

»Dann ist es das, was du denkst«, sagte Sunny in einem sachlichen Ton.

»Du musst Nein sagen.« Venus legte ihr eine Hand auf die Schulter. »Das verstehst du doch, oder? Du musst Nein sagen.«

»Aber …« Kaitlyn dachte daran, was die Jungs gegen sie in der Hand hatten. Und was sie über Sophia in Umlauf bringen konnten. Oh Mann, daran hatte sie noch gar nicht gedacht. Wenn die Jungs Kaitlyn beim Ausziehen ihres Pullis gefilmt hatten, was hatten sie dann vielleicht für Videos von ihrer Schwester?

»Gib's zurück«, sagte sie und streckte ihre Hand nach dem Handy aus. »Ich muss ihn hinhalten.«

»Hinhalten funktioniert bei so einem Typen nicht«, sagte Sunny. »Du musst energisch sein. Das hab ich von meiner Mutter gelernt.« Sie schnappte sich das Telefon von Venus und tippte eine Nachricht. Dann drückte sie zu Kaitlyns Entsetzen auf *Senden*.

»Nein! Was hast du geschrieben?«

Sunny reichte ihr das Telefon. *VERGISS ES* war die Nachricht, die sie geschickt hatte.

Venus schaute über Kaitlyns Schulter und gab Sunny ein High five.

»Mach dir keine Sorgen, Kaitlyn. Wir werden dir beistehen«, sagte Sunny.

»Genau, wir halten dir den Rücken frei«, fügte Venus hinzu. Daraufhin trennten sie sich und gingen in ihre jeweiligen Klassenzimmer.

Kaitlyn warf den ganzen Morgen lang heimlich einen Blick auf ihr Handy, aber es kam keine weitere Nachricht. Vielleicht hatte Sunny also doch recht gehabt. Ihr entschiedenes Auftreten hatte Wirkung gezeigt. Trotzdem hatte sie ein mulmiges Gefühl im Bauch, das sie davon abhielt, sich auf den Unterricht zu konzentrieren. Erica schimpfte zweimal mit ihr, weil sie abwesend war.

Wenn das Ganze doch nur ein Tagtraum gewesen wäre und kein Albtraum! Sie konnte das Ende der Stunde kaum erwarten.

Ihre Kehle war furchtbar trocken, und ihr Magen schmerzte so sehr, dass sie überhaupt nichts essen konnte. Nach dem Mittagessen machten sie sich auf den Weg zu ihrer Aktivitätsstunde. Das war gut, denn Kaitlyn hatte nicht das Gefühl, dass sie sich auf Naturwissenschaften oder Mathe hätte konzentrieren können. Vielleicht gab es etwas Interessantes zu tun, etwas, das sie von ihren Ängsten ablenkte.

Die Aktivitätsstunde fand in der Turnhalle statt, in der sich verschiedene Gruppen versammelt hatten. Die meisten Kinder saßen auf dem Boden, ein paar der Sportler warfen Körbe. Kaitlyn setzte sich zu den Leuten des Filmklubs, zu dem Sunny und Venus sie überredet hatten, und genoss das wohltuende Gefühl, von ihren Freundinnen umgeben zu sein. Es fühlte sich gut an, von Sunny auf der einen Seite und Venus auf der anderen flankiert zu werden.

Sie hielt nach Sophia Ausschau, konnte sie aber nirgendwo finden.

»... fangen wir mit ein paar Vorschauen an«, sagte Sissy, das Mädchen, das den Filmklub leitete.

Die Glocke läutete. Kait schaute reflexartig auf die Uhr. Zwölf Uhr dreißig.

TomDickandHarry hatten gesagt, dass sie bis zwölf Uhr dreißig Zeit hätte.

Und ihre Gruppe, die aus mindestens dreißig Schülern bestand, wollte sich eine Vorschau ansehen. Ein kalter Schauer lief ihr den Rücken hinunter. Sie sprang plötzlich auf. »Ich muss mit Sissy reden«, sagte sie und versuchte, sich an Venus vorbeizudrängeln.

»Was ist denn los?« Venus ergriff ihre Hand und sah sie an.

»Ich muss mit Sissy sprechen«, sagte Kaitlyn und riss sich los.

Aber es war zu spät. Das Video startete. Wie in Zeitlupe blickte Kaitlyn auf den Fernsehbildschirm und sah einen vertrauten grünen Pulli. Ihren. Dann schwenkte die Kamera auf ihr schüchternes, unbeholfenes Lächeln, das nun für den gesamten Filmklub zu sehen war. Sie beobachtete es, wie man ein Zugunglück beobachtet, und sah, wie ihre Hände zum unteren Rand ihres Pullovers wanderten und begannen, ihn auszuziehen.

»Moment mal«, sagte Sissy. »Das ist nicht das Video, das ich zeigen wollte.«

»Lass es laufen«, sagten ein paar der Jungs und stießen sich gegenseitig an. Das Gelächter und Gejohle der Gruppe erregte die Aufmerksamkeit der Kinder aus den benachbarten Gruppen.

Das Video lief weiter, weil Sissy Probleme hatte, das Handy zu finden, mit dem sie das Video abspielte.

Natürlich hatte sie das. Denn jemand, der technisch versiert war – Kyle –, hatte da was umgestellt.

Kaitlyn hätte nach einem Ausschaltknopf suchen sollen. Sie hätte versuchen sollen, das Kabel zu finden, mit dem der Bildschirm eingesteckt war, aber ihre Arme waren weich wie Gummi. Es gab nichts, was sie dagegen tun konnte. Ihr schlimmster Albtraum spielte sich vor ihren Augen ab, genau hier und jetzt.

Kaitlyn sank am Rande der Gruppe auf den Boden und ließ ihr Gesicht in die Hände sinken, während das Gelächter und die Rufe wie eine Welle über sie hinwegschwappten.

Dazwischen vernahm sie die Stimmen einiger Aufsicht führender Lehrer und das Klappern von Absätzen, die auf sie zukamen. Kaitlyn blickte gerade auf, als das Video mit einem Mal abbrach.

Gerade als die Lehrer sie erreicht hatten, begann auf dem Bildschirm eine harmlose Filmvorschau zu laufen.

Die Jungs waren zu raffiniert, um sich erwischen zu lassen. Sie vergrub ihr Gesicht wieder in den Händen.

Um sie herum redeten und lachten alle weiter und schenkten dem Bildschirm keine Aufmerksamkeit mehr.

»Kaitlyn, geht's dir gut?« Erica kniete sich neben sie und legte ihr sanft eine Hand auf den Arm. »Was ist los?«

Sie blickte auf und sah, wie Sunny und Venus mit besorgtem Gesichtsausdruck auf sie zukamen. Plötzlich überfiel sie Angst, dass sie Erica erzählen würden, was los war. Das würde alles nur noch schlimmer machen.

»Es geht mir gut«, sagte sie und zwang sich zu einem Lächeln. Dann schaute sie zu Sunny und Venus und schüttelte leicht den Kopf.

»Wenn du dir sicher bist ...«, sagte Erica zweifelnd. Sie ging zu einer nahe stehenden Gruppe kichernder Kinder, kniete sich hin und begann mit ihnen zu reden.

»Du solltest es ihr sagen, Kait«, sagte Venus. »Mrs. Harrison ist cool. Sie wird schon wissen, was zu tun ist.«

»Auf keinen Fall.« Kaitlyn schüttelte den Kopf. »Ich werde keine Erwachsenen einbeziehen. Die würden alles nur noch schlimmer machen.«

»Also gut«, sagte Sunny. »Wir müssen selbst herausfinden, wer dahintersteckt. Und dann ...« Sie sah von Kaitlyn zu Venus und wieder zurück.

»Und dann was?«, fragte Venus.

Kaitlyns Aufregung und Wut verwandelten sich in Entschlossenheit. »Und dann halten wir sie auf.«

»Du hast recht«, sagte Sunny, »aber wie?«

»Das weiß ich noch nicht«, gab Kaitlyn zu. »Aber zu dritt wird uns schon was einfallen. Es wird ihnen noch leidtun, dass sie sich jemals mit mir und Sophia angelegt haben.«

»Und mit uns.« Sunny streckte eine Hand aus, um Kaitlyn vom Boden aufzuhelfen. »Komm, steh auf. Wir haben noch einiges an Arbeit vor uns.«

Das flaue Gefühl in Kaitlyns Magen verstärkte sich. Sie mussten etwas tun. Denn sonst würden ihre Mom und ihr Dad es herausfinden, und dann wäre ihr Schicksal zu Hause und in der Schule besiegelt.

20. Kapitel

Beim Abendessen wurde Ria klar, dass sich bei den Mädchen etwas verändert hatte.

Zwischen der Zimmerreinigung – da die Putzkraft abgesagt hatte –, dem Einchecken von Gästen und dem Erstellen der Finanzen, um zu berechnen, wie viele Monate das Motel noch weitergeführt werden konnte, war sie selbst immer wieder in Tränen ausgebrochen.

Sie war froh, dass es ihr gelungen war, sich zu beschäftigen und nicht in der Dunkelheit zu versinken, die sich direkt unter der Oberfläche abzeichnete. Dass Drew von der Fehlgeburt erfahren hatte, war schon schlimm genug, aber er hatte sie auch noch beschuldigt, ihn betrogen zu haben.

Als sie mit ihm über die Fehlgeburt gesprochen hatte, war all der Kummer wieder hochgekommen, den sie wegen des Verlusts des Babys empfunden hatte.

Eine Tochter war schwanger, die andere hatte einen Selbstmordversuch unternommen und hatte laut ihrer Lehrerin immer noch Probleme in der Schule. Das Gefühl, dass sie an allen Fronten versagte, drohte sie zu überwältigen.

Jetzt servierte sie den Mädchen chinesisches Take-away-Essen, das keine von ihnen wirklich mochte. Als sie vorher deren geschwollene Augen gesehen hatte, hatte sie gewusst, dass auch sie einen schrecklichen Tag gehabt haben mussten.

Vorsichtiges Nachfragen hatte nichts gebracht. Sie würde das Problem, oder eines davon, direkt angehen müssen. »Was hat es mit dem Video auf sich?«, fragte sie die Mädchen.

Kait zuckte zusammen, und beide tauschten flüchtige Blicke aus.

»Wovon redest du, Mom?«, fragte Sophia mit allzu unschuldiger Stimme.

»Erica hat mir erzählt, dass Gerüchte über ein oder mehrere Videos im Umlauf sind.«

Sie sahen sich wieder an. »Es ist nichts«, sagte Kaitlyn. »Wahrscheinlich nur wieder ein dummer Streich, wie üblich.«

»Warum habe ich das Gefühl, dass du mir nicht die ganze Wahrheit sagst?« Sie deutete mit ihrer leeren Gabel auf Kait.

»Weil du das immer denkst.« Sophia nahm noch mehr Reis und rührte ihn unter die Kung-Pao-Soße, sodass ein Brei entstand, von dem Ria wusste, dass sie ihn nicht essen würde.

»Wie soll ich dir helfen, wenn du mir nicht sagst, was los ist?«

»Hier geht's nicht um dich, Mom, also lass es!« Kaitlyn stand auf. »Hab nicht wirklich Hunger. Ich geh nach oben.«

»Ich auch«, sagte Sophia und schob ihren Teller beiseite. »Ich muss noch ein paar Hausaufgaben machen, bevor wir zu Dad gehen.«

Ria presste die Lippen zusammen, um sie nicht anzuschreien, sie zurückzurufen, sie zu zwingen, mit ihr zu reden. Sie waren zu alt für so etwas. Das würde nicht funktionieren.

Sie kämpfte gegen das Gefühl des Versagens an und schickte Drew eine ausführliche SMS, in der sie ihm erklärte, was Erica über die Gerüchte gesagt hatte, und ihn bat zu versuchen, mit den Mädchen zu reden.

Kein Verstecken mehr, keine Geheimnisse mehr. Wenn er damit zurechtkam, großartig; wenn nicht, würde er mit dem gleichen Gefühl des Versagens zurechtkommen müssen, wie sie es empfand.

Mechanisch stand sie vom Tisch auf, kippte das Essen in Plastikbehälter, verstaute sie im Kühlschrank und räumte die Küche auf. Dann ging sie durch die Zimmer und sammelte alle Sachen ein, die die Mädchen liegen gelassen hatten. Sie fand ein Stirnband, das Sophia letzte Woche gesucht hatte. Sie trug die Sachen nach oben und legte sie in Stapeln vor die Türen der Mädchen. Sie wollte bei Kaitlyn anklopfen, überlegte es sich dann aber anders und ging wieder nach unten.

Sie fand eine SMS von Drew, die genauso kühl und unpersönlich war wie ihre: *Danke. Werde um 7 mit ihnen reden, wenn sie kommen.*

Sie sah auf ihre Uhr, die zehn vor sieben anzeigte. Und tatsächlich, Kaitlyn kam mit einer Reisetasche die Treppe herunter. »Soph! Beeil dich!«, rief sie die Treppe hinauf.

»Bin schon da.« Sophia kam ein paar Stufen nach unten, machte kehrt, um ihr Schulbuch zu holen, das sie vergessen hatte, und trabte dann wieder nach unten.

»Tschüs, Mom«, sagte Kait, gefolgt von Sophia. Sie sahen ein wenig munterer aus als beim Abendessen. Die Aussicht, Drew zu besuchen, musste sie aufgemuntert haben. Oder dass sie von ihr wegkamen, dachte sie mürrisch.

»Ich hab euch lieb«, sagte sie und hoffte auf eine Umarmung, aber sie musste sich mit einem Schulterklopfen begnügen. »Schickt eine SMS, wenn ihr da seid.«

Sie sah ihnen zu, wie sie unter den Straßenlaternen entlanggingen. Als sie außer Sichtweite waren, hatten sie schon mehr als die Hälfte des Weges zu Drews Haus zurückgelegt.

Sie schluckte schwer und wandte sich um, blieb aber stehen, als ein Auto hupend in ihre Einfahrt einbog.

Sie sah zu, wie es zum Stehen kam. Drei Türen öffneten sich, und Erica, Bisky und Amber stiegen aus.

Ria starrte sie an. »Ähm, hallo zusammen.«

»Steig ins Auto«, sagte Erica. »Wir wissen, dass du heute Abend allein zu Hause bist, weil wir gesehen haben, wie deine Mädchen zu Drew gegangen sind. Komm, wir machen einen Frauenabend.«

»Ich glaube nicht ...«

»Deine Mutter und Mary treffen uns dort.«

»Aber ... warum?« Ria blickte auf ihre verblichenen Jeans und ihren schlichten Pullover. »Ich bin nicht zum Ausgehen angezogen.«

»Du bist perfekt gekleidet für das *Gusty Gull*«, sagte Amber. »In der Nebensaison tragen die Leute dort praktisch ihre Bademäntel.«

»Viele Leute gehen dort in Angelkleidung hin«, sagte Bisky. »Komm schon, hab ein wenig Spaß mit uns.«

»Ich möchte nicht ...« Sie seufzte. Ach, war doch egal. Es war nett von ihnen, sie auf diese Weise zu überraschen.

Zehn Minuten später standen sie mit ihrer Mom und Mary in einer der wenigen Hafenkneipen von Pleasant Shores, die das ganze Jahr über geöffnet hatten. In der Ecke spielte eine Drei-Frauen-Band schwungvolle, aber nicht zu laute Tanzmusik. Das altersmäßig gemischte Publikum saß hauptsächlich an den Tischen und aß zu Abend, aber ein paar Frauen um die zwanzig tanzten mit dem achtzigjährigen Henry Higbottom am Rand der Tanzfläche.

Ria fühlte sich schon ein wenig besser, weil sie einfach mal rauskam und mit ihren Freundinnen etwas unternahm. »Wessen Idee war das denn?«, fragte sie die anderen.

»Meine«, sagte Erica prompt. »Bei unserem Gespräch vorhin habe ich gemerkt, dass du dir Sorgen um die Mädchen machst. Ich wollte nicht, dass du allein bist.«

Amber stieß ihre Schwester mit dem Ellbogen an. »Aber es war *meine* Idee, hierherzukommen, wo es Musik und Männer gibt«, sagte sie. »Wenn es nach der alten Oma hier gegangen wäre, würden wir jetzt bei Salat und leichtem Bier zu Hause sitzen.« Sie sah sich in der Menge um. »Es ist nicht leicht, in

Pleasant Shores ein Date zu kriegen, aber wenn wir uns zu Hause im Wohnzimmer verkriechen, kriegen wir sicher keins.«

»Ich will keine Verabredung«, sagte Ria automatisch und runzelte dann die Stirn. Wenn es mit Drew vorbei war, wirklich vorbei, musste sie dann wieder anfangen zu daten?

Bei dem Gedanken schüttelte es sie.

»Haben die Mädchen dir etwas über die Gerüchte erzählt?«, fragte Erica.

Ria schüttelte den Kopf. »Ich frage mich, ob es dieselben Jungs sind, die Kait zuvor belästigt haben.«

Bisky runzelte die Stirn. »Ich dachte, die Pleasant Shores Academy wäre so toll. Aber anscheinend gibt es dort genauso viel Mobbing wie anderswo.«

»Hat Sunny was gesagt?«, fragte Ria.

»Machst du Witze? Glaubst du, mein Kind würde mit mir über etwas Wichtiges in ihrem Leben sprechen?«

Es war eine Erleichterung für Ria, zu wissen, dass sie nicht die Einzige war, die Kommunikationsprobleme mit ihren Kindern hatte.

Amber schaltete sich wieder in das Gespräch ein. »Jungs schikanieren Mädchen eben gern. Mensch, das war doch schon immer so.«

»Ich hatte gehofft, es würde mit der Zeit besser werden«, sagte Rias Mom, »aber anscheinend nicht.«

»Toxische Männlichkeit. Das ist ein ständiges Problem.« Mary hob die Hand, um die Aufmerksamkeit der Kellnerin zu erregen. »Weißwein für mich, Connie.«

»Was zum Teufel ist toxische Männlichkeit?«, fragte Bisky.

Mary warf ihr einen schiefen Blick zu. »Ich bin mir ziemlich sicher, dass man das jeden Tag unten an den Docks beobachten kann«, sagte sie.

»Männer geben an allen möglichen Orten und in allen möglichen Branchen an, um andere Männer zu beeindrucken«, sagte Amber. »Aber es ist traurig, wenn das in der Schule passiert. Nicht überraschend, aber traurig.«

»Besonders dann, wenn es die eigenen Töchter betrifft«, sagte Ria. »Und heutzutage ist es noch schlimmer, weil alles, was passiert, in den sozialen Medien verbreitet wird. Obwohl ich in den Accounts von Kaitlyn und Sophia nichts gesehen habe. Ich schau ab und zu rein.«

Erica rümpfte die Nase. »Ich fürchte, dass die meisten Kinder Fake-Accounts oder andere Möglichkeiten nutzen, um zu verhindern, dass ihre Eltern ihre Geheimnisse sehen.«

»Wir müssen alles in unserer Macht Stehende tun, um unseren Töchtern zu helfen«, sagte Mary. »Das ist nichts, was eine Familie allein bewältigen kann. Glaubt mir, ich weiß das.«

Ria warf einen Blick auf Erica, die Mary interessiert ansah. Apropos Gerüchte ... Alle sagten, dass Mary eine komplizierte Vergangenheit hatte, dass sie zu viel Geld gekommen war, aber keine Familie hatte. Sie selbst sprach nie darüber, aber gelegentlich ließ sie eine Bemerkung fallen.

Jemand tippte Ria auf die Schulter. Als sie sich umdrehte, stand Ted Taylor vor ihr. Er lächelte und sah glücklich aus. »Es ist schön, dich hier zu sehen. Ich hätte nicht gedacht, dass du solche Orte häufig besuchst.«

»Nur, wenn ihre Freundinnen sie hierherschleppen«, sagte Amber.

»Dann hat sie gute Freundinnen.« Ted hielt Ria eine Hand hin. »Willst du tanzen?«

»Oh, ich weiß nicht ...« Sie schaute auf die Tanzfläche und bemerkte, dass sie sich während ihres Gesprächs gefüllt hatte.

»Nur zu, Mädchen«, sagte Amber.

Die anderen Frauen nickten, mit Ausnahme von Mary, die nur den Kopf schief legte und die Augenbrauen hochzog.

Ted sah Ria bewundernd an. Es war offensichtlich, dass

sie ihm außerordentlich gut gefiel. Aber er schien sie auch als Geschäftsfrau zu respektieren und sich gerne mit ihr zu unterhalten.

Er war ein netter Mann und würde von vielen Frauen als guter Fang betrachtet werden. Groß, fit und wohlhabend, mit guten Manieren und einem tollen Auto. Leider war er aber nicht Drew. Und obwohl sie wusste, dass sie über ihren Ex hinwegkommen musste, wollte sie nichts überstürzen. Ihr Herz war zu wund, ihre Gefühle für Drew waren noch zu stark. Sie stand auf und winkte Ted zu einem ruhigen Platz in der Ecke. Sie wollte ihn nicht vor einer Gruppe von Frauen zurückweisen; es hatte Mut erfordert, sie hier anzusprechen.

»Ich weiß das Angebot zu schätzen«, sagte sie. »Aber ich bin noch nicht bereit, mit dir zu tanzen.« Sie sah ihm dabei fest in die Augen, um ihm zu vermitteln, dass sie damit mehr als nur Tanzen meinte.

Er begegnete ihrem Blick und nickte dann langsam. »Verstehe«, sagte er. »Danke, dass du ehrlich zu mir bist.« Seine Worte klangen ein wenig abgehackt; er war zerknirscht.

Ria war auch nicht besonders glücklich darüber. Aber sie hatte das Richtige getan. Ob es ihr gefiel oder nicht, ihr Herz gehörte einem anderen.

»Na, was gibt's, Mom?«, fragte Drew am Dienstagabend, als er durch die Tür seines Elternhauses trat und seine Mutter umarmte. Die alte Küche war voller Dampf, und es duftete nach Gebackenem. »Ist das Pekannusskuchen?«

»Ja, der Lieblingskuchen deines Vaters«, sagte sie.

»Oh, oh.« Seine Mom versuchte immer, seinen Vater mit Essen milde zu stimmen. Was führte sie dieses Mal im Schilde? Und warum hatte sie Drew da hineingezogen?

Es hatte Drew einige Mühen gekostet, eine Mitfahrgelegenheit nach Baltimore zu finden, und wahrscheinlich würde er seinen Vater bitten müssen, ihn nach Hause zu fahren. Aber als seine Mutter ihn zum Essen eingeladen hatte, hatte sie irgendwie so geklungen, als sei es wichtig. Und als er den vertrauten Duft von Rindereintopf roch, das Radio Oldies spielen hörte und die Arme seiner Mutter um sich spürte, wusste er, dass er zu Hause war.

Vielleicht würde es ihm helfen, die Schuldgefühle, die Wut und die Sorgen zu vergessen, die jedes Mal in ihm aufstiegen, wenn er an Ria, Sophia und Kait dachte.

Er umarmte seine Mom und ließ sie dann los, ließ aber einen Arm um ihre Schultern gelegt. »Geht's dir gut? Und Dad?«

»Ich wollte versuchen, vor Thanksgiving alle zusammenzubringen, um deinen Vater vorzubereiten.«

»Alle?«

Er nahm ihr verschwörerisches Nicken wahr. »Deine Brüder kommen.«

Drews Augenbrauen schossen nach oben. »Weiß Dad das? Und worauf vorbereiten?«

»Auf ein großes Thanksgiving-Essen mit uns allen zusammen. Mike, Stevie und sein Partner, Ria, deine Mädchen und du.«

»Ria wird zu keinem Thanksgiving-Dinner kommen, an dem ich teilnehme«, sagte er barsch und trat einen Schritt zurück. »Wir werden uns nicht wieder versöhnen.«

»Warum nicht?«, fragte sie. »Als wir zu Besuch waren und ich euch zusammen gesehen habe, wenn auch nur für ein paar Minuten, schien es, als würdet ihr euch ... na ja, wieder näherkommen.«

»Nein.« Obwohl er das auch gedacht hatte.

»Aber die Mädchen haben gesagt, dass ihr als Familie viel Zeit miteinander verbringt.«

Drew dachte an die gemeinsamen Mahlzeiten, an das Verteilen von Süßigkeiten an Halloween, an Ria, die ihn mit Scrabble in Blindenschrift überrascht hatte. »Das ist nur den Mädchen zuliebe«, sagte er.

»Oh, aber ich hatte so gehofft, dass ihr wieder zusammenkommen würdet. Ich will unbedingt noch ein Enkelkind, und du und Ria ...«

Ihre Worte durchbohrten sein Herz und unterbrachen seine Tagträume. Er hatte sich auch ein weiteres Kind gewünscht.

»Sie hat mich nie respektiert«, sagte er. »Das ist alles, was ich dazu sage.« Egal, was er für Ria empfand, er wollte nicht preisgeben, was sie getan hatte.

»Das klingt gar nicht nach ihr.« Vom Herd war ein Brutzeln zu vernehmen. »Oh nein, der Reis!«

»Lass mich dir helfen, Mom.« Er bewegte sich auf den Herd zu, aber sie streckte eine Hand aus und hielt ihn zurück.

»Setz dich einfach, mein Junge. Mach dir keine Sorgen um das Essen – das ist mein Job. Ich glaube einfach nicht, dass Ria jemals respektlos zu dir sein würde. Sie hatte allen Respekt der Welt vor dir. Ich konnte es in ihren Augen sehen.«

»Lass gut sein.« Er setzte sich an den Küchentisch, an dem er so viele Mahlzeiten eingenommen hatte. Dieser Raum war der Mittelpunkt des kleinen Hauses, das seine Eltern nach ihrer Heirat gekauft hatten. Nach der Geburt von Drew und seinen Brüdern war es aus allen Nähten geplatzt, mit nur einem Badezimmer und zwei Schlafzimmern. Drew hatte seinem Dad einen Winter lang geholfen, den Keller auszubauen, damit er einen Ort hatte, an den er vor seinen kleinen Brüdern flüchten konnte.

Auf dem Herd brutzelte es. Der Geruch von Schinken, Bohnen und Reis vermischte sich mit dem vertrauten Duft von *Ropa Vieja*, dem puerto-ricanischen Eintopf aus Rinderhackfleisch, den sie sich extra für Dad beigebracht hatte.

Ria hatte sich das Rezept ebenfalls beigebracht, um Drew eine Freude zu machen. Damals, als sie ihm noch gefallen wollte.

»Bist du sicher, dass du dir nicht bloß eingebildet hast, sie hätte keinen Respekt vor dir ...«

»Sie hat unser Baby verloren, weil sie sich überanstrengt hat, und mir nichts davon gesagt!«

Seine Mom gab ein leises Geräusch von sich, und Drew bedauerte sofort, dass er die Beherrschung verloren und es ihr gesagt hatte, auch wenn es der Wahrheit entsprach. Und er bedauerte es umso mehr, als er seinen Vater in die Küche stürmen hörte. »Was höre ich da? Deine Frau hat ein Baby verloren, weil sie zu hart gearbeitet hat?« Er wartete nicht auf eine Antwort. »Ich wusste immer, dass es falsch von ihr war, so viel zu arbeiten. Sie wollte die Hosen anhaben, und das hat sie nun davon.«

»Nein, so ist es nicht.« Er verspürte den starken Drang, Ria zu verteidigen, auch wenn sein traditionsbewusster Vater das nicht verstehen würde. Frauen arbeiteten die ganze Zeit. Und der Grund, warum sie so viel arbeiten musste, war ihre Scheidung.

Es war deine Schuld, weil du dich nicht um deine Familie gekümmert hast.

Der Geruch von Angebranntem erregte seine Aufmerksamkeit und unterbrach die Tirade seines Vaters. Dann öffnete sich die Hintertür, und Drew hörte, was er seit fast zwei Jahren nicht mehr gehört hatte: die Stimme seines jüngsten Bruders. »Hey, Leute. Hey, Mom«, sagte Stevie, und Drew hörte, wie er seiner Mutter einen Kuss gab.

»Du kümmerst dich besser ums Essen. Angebranntes esse ich nicht.« Sein Dad stapfte aus der Küche. Die Kellertür schlug zu, und Drew hörte, wie die Schritte seines Dads nach unten polterten.

»Oje, ich muss sehen, was von dem Essen noch zu retten ist«, sagte Mom.

»Lass mich dir helfen«, sagte Stevie.

»Nein, nein. Ihr Männer entspannt euch.«

Das war typisch für seine Mom. Drew drehte sich zu seinem Bruder um und hob den Kopf ein wenig. Er versuchte, ihn zu sehen, konnte aber nur einen verschwommenen Umriss erkennen. Er streckte eine Hand aus. »Stevie, lange nicht gesehen.«

Einen Moment lang herrschte Stille. Dann ergriff Stevie seine Hand und schüttelte sie heftig. »Ja, Mann, viel zu lange. Ich … ich hab von deinem Unfall gehört. Tut mir leid.«

»Ich komme gut damit zurecht.« Und zum ersten Mal wurde ihm bewusst, dass das stimmte. Mittlerweile empfand er den Verlust seiner Sehkraft nur noch als lästig und nicht mehr wie ein schreckliches Schicksal.

»Ich hätte dich ja besucht, aber … ich wusste nicht, wie … wie du es aufnehmen würdest … Meinen ›Lebensstil‹«, fügte er hinzu, und Drew konnte die Anführungszeichen praktisch hören. »Du bist Dad sehr ähnlich.«

»Nicht in jeder Hinsicht.« Drew hob das Kinn. Das war das zweite Mal in Folge, dass jemand ihn mit seinem Vater verglichen hatte. Und obwohl er seinen Dad liebte und versucht hatte, ihm in vielerlei Hinsicht nachzueifern, sah er mehr und mehr die Probleme seiner Weltanschauung. »Ich würde gern deinen Partner kennenlernen«, sagte er zu Stevie.

»Wirklich?« Stevie klang überrascht. »Wenn du es wirklich ernst meinst, würde mich das sehr freuen.«

»Ich freue mich darauf«, sagte Drew, und es war nicht gelogen. Es würde nicht einfach für ihn sein, da es eine komplette Kehrtwende darstellte zu dem, wie er seinen Bruder bisher gesehen hatte.

Aber er war nun mal sein Bruder, und Drew würde Stevie so akzeptieren, wie er war.

Die Hintertür öffnete sich ein weiteres Mal, und Mike trat ein. Er klopfte Drew und Stevie auf die Schulter, umarmte ihre Mom, hob Topfdeckel an, die nicht angehoben werden sollten, rührte in Soßen, die nicht umgerührt werden sollten, und platzte wie üblich mitten ins Geschehen.

Das spornte Stevie ebenfalls an zu helfen. Drew schaffte es, den Tisch zu decken, indem er seinen Tastsinn benutzte und sich an den Aufbewahrungsort für das Besteck erinnerte, der sich seit zwanzig Jahren nicht geändert hatte. Dann setzte er sich hin und machte den anderen Platz, die das Essen auf den Tisch stellten.

Drews Mom rief die Kellertreppe hinunter, und sein Dad kam sofort nach oben gestapft, als hätte er nur darauf gewartet. »Was ist denn hier los?«, brummte er. »Alle machen Frauenarbeit.«

»Willkommen im einundzwanzigsten Jahrhundert«, sagte Mike. »Schön, dich zu sehen, Dad.«

Sein Vater antwortete nicht. Er hatte Stevie immer noch nicht begrüßt. Stattdessen setzte er sich ans Kopfende des Tisches. »Ria hat immer für dich gekocht«, sagte er zu Drew.

»Nicht wirklich«, sagte Drew. »Wir haben beide gekocht.«

Aber sein Dad war in Fahrt. »Zu meiner Zeit waren Männer noch Männer. Nicht so wie ihr drei.«

Es herrschte Stille im Raum. Drew fragte sich, ob seine Brüder beleidigt sein und gehen würden.

Offenbar nicht. Sie reichten nur die Teller weiter und bedienten sich selbst. Wie immer versuchte ihre Mom, die Wogen zu glätten. »Ihr habt nur Hunger. Sobald ihr was gegessen habt, wird's euch besser gehen.«

Der beruhigende Tonfall erinnerte Drew an die Art, wie Ria geklungen hatte, als sie den Mädchen gesagt hatte, sie sollten Drew nichts von ihrer Fehlgeburt erzählen. Seine Mom versuchte wie immer, den Frieden zwischen ihrem

Mann und ihren Söhnen zu wahren. Zum ersten Mal erkannte Drew, dass sie wahrscheinlich die Reifste und Vernünftigste von ihnen allen war.

»Weißt du, Dad«, sagte Stevie mit milder Stimme, »wenn es nicht Moms Pekannusskuchen gäbe, wäre ich schon längst weg.« Drew konnte sich vorstellen, was er dachte: dass es sicher eine Katastrophe wäre, wenn er seinen Partner zu einer Familienfeier mitbrächte.

»Es gibt Pekannusskuchen?«, fragte sein Dad und klang plötzlich ganz heiter.

Mike prustete los. Und während sie sich durch den Rest des Abendessens kämpften, vereint allein durch die fabelhaften Kochkünste ihrer Mutter, fragte sich Drew, ob er seinem Vater wirklich so ähnlich war. Und wenn ja, würde das dann bedeuten, dass er seine Töchter genauso vergraulen würde, wie sein Dad seine Söhne vergrault hatte?

21. Kapitel

»Das ist die einzige Möglichkeit, ihn auf frischer Tat zu ertappen, Sophia«, sagte Kaitlyn am späten Dienstagabend, während sie versuchte, die beschwichtigende Hand ihrer Schwester von ihrem Arm zu schütteln.

Sie standen mit Venus und Sunny vor Chris' vornehmem Haus am Wasser. Es war dunkel geworden, ein kalter Wind wehte aus der Richtung der Bucht.

»Mir gefällt das Ganze nicht«, sagte Sophia und zitterte. »Du weißt nicht, wie er sich in seinem eigenen Haus verhalten wird. Was, wenn er noch aufdringlicher ist als sonst?«

»Ich komm schon damit klar.« Kaitlyn zuckte mit den Schultern und löste sich aus Sophias Griff. Sie hatte das Gefühl, dass sie mit der Situation umgehen konnte. Sie war eher wütend als verängstigt.

Die zweite Vorführung des Videos hatte sie ganz wild darauf gemacht, das Rätsel zu lösen: Wer steckte dahinter? Wenn sie recht hatten, dass Chris dahintersteckte – schließlich war er derjenige in dem Video, der sie dazu überredet hatte, ihren Pulli auszuziehen –, dann würden sie ihn vielleicht davon überzeugen können, das Video zu löschen, indem sie ihm damit drohten, ihn bei der Polizei anzuzeigen. Chris hatte ihnen in die Hände gespielt, indem er Kaitlyn überraschend zu sich nach Hause eingeladen hatte. Eine Einladung, die Kaitlyn mit Misstrauen betrachtete. Aber wenn sie dadurch an die Beweise kamen, die sie brauchten, war es das wert.

Sie hatten ihre Eltern austricksen müssen, um am Abend hierherkommen zu können. Ihre Mom dachte, sie würden wieder bei ihrem Dad übernachten, und ihr Dad dachte, sie wären bei ihrer Mom. Und da die beiden nicht miteinander zu sprechen schienen, war Kaitlyn zuversichtlich, dass sie nichts davon mitbekommen würden.

Obwohl die offensichtliche Feindseligkeit der beiden sie sehr bedrückte. Für eine kurze Zeit hatte sie gedacht, dass ihre Eltern wieder zusammenkommen würden.

»Ich habe Mom und Dad auf Kurzwahl«, warnte Sophia. »Wenn du in Schwierigkeiten gerätst, rufe ich sie sofort an. Und dann müssen wir ihnen alles erzählen.«

Kaitlyn zuckte zusammen. Sie wollte auf keinen Fall, dass ihre Eltern von dem Video erfuhren oder, Gott bewahre, es sahen. Das war Motivation genug, um die Sache so schnell wie möglich über die Bühne zu bringen.

Sie holte tief Luft, sah in die zuversichtlichen Augen von Sunny und Venus, um sich noch mal innerlich zu stärken, und ging dann den Bürgersteig hinauf zur Veranda. Sie läutete. Die Türklingel schallte durchs ganze Haus.

Vielleicht war niemand zu Hause. Vielleicht war Chris nicht da, und sie musste das alles gar nicht tun.

Aber nein, sie wollte es ja tun.

Die Tür öffnete sich, sie sah einen dunklen Eingangsbereich. Ein großer Mann winkte sie herein. »Du musst wegen Chris hier sein«, sagte er. »Ich bin sein Vater. Gib mir deinen Mantel. Ich hol ihn mal.«

Die Stimme kam ihr bekannt vor. Sie schob sich die Haare aus dem Gesicht und sah zu Chris' Vater auf. »Hey, Sie sind Mr. Taylor«, sagte sie. »Meine Mutter ist eine Freundin von Ihnen: Ria Martin.«

»Dann musst du … Bist du Kaitlyn?«, fragte er. Sie nickte, und er schenkte ihr ein lauwarmes Lächeln. »Freut mich, dich kennenzulernen«, sagte er, drehte sich um und verschwand durch eine Tür.

Das war eine Erleichterung. Wenn irgendwas schiefging, würde der Freund ihrer Mutter hier sein, um zu helfen. Sie überlegte, ob sie Sophia und den Mädchen eine SMS schicken sollte, aber da kam Chris bereits die Treppe herunter.

»Hey, du bist gekommen«, sagte er. Er lächelte, aber nicht auf eine fiese Art. Er schien sich aufrichtig zu freuen. »Willst du Limo? Was zu essen?«

»Nein, danke«, sagte sie. Hoffentlich würde es nicht lange dauern.

»Lass uns nach unten gehen.« Er öffnete eine Tür und rief dann in den vorderen Teil des Hauses, wohin sein Vater verschwunden war: »Dad, wir sind im Arbeitszimmer.«

Er führte sie in den Keller. Kaitlyns Herz pochte wie wild. Wie konnten ihre Freundinnen sie hier im Auge behalten? Der Plan war, dass sie in einem Bereich bleiben sollte, den sie beobachten konnten – auf *keinen* Fall in den oberen Stockwerken –, aber sie hatten nicht bedacht, dass Chris einen Keller haben könnte, etwas, das in dieser Küstengegend eher selten war. Hier unten gab es zwar Fenster, aber sie waren hoch oben und klein.

»Setz dich«, sagte Chris und deutete auf eine große Couch. Er schaltete den Fernseher ein, dessen Bildschirm fast so groß war wie eine Kinoleinwand, und wählte, ohne sie nach ihrer Meinung zu fragen, irgendeinen Sender mit einem Abenteuerfilm aus.

Dann setzte er sich ganz nah zu ihr und legte ihr seinen Arm um die Schultern. »Ich bin wirklich froh, dass du vorbeigekommen bist«, sagte er mit einer Stimme, die er wahrscheinlich für sexy hielt.

»Ja, ich wollte mit dir reden«, sagte sie. »Was weißt du über das Video?«

Er wich ein wenig zurück und hob beide Hände wie Stoppschilder. »Das hat nichts mit mir zu tun. Ich hatte keine Ahnung, dass das jemand gefilmt hat.«

»Fällt mir schwer, das zu glauben«, sagte sie. Sie sah sich um. »Woher weiß ich, dass du mich nicht in diesem Moment heimlich filmst?«

»Das würde ich nie tun.«

»Was dagegen, wenn ich mich umsehe?« Kaitlyn improvisierte. Sie hatte ihn dazu bringen wollen, seine Schuld einzugestehen, aber jetzt, in diesem Moment, war sie sich nicht mehr so sicher, ob das funktionieren würde. Er schien wirklich nicht zu wissen, woher das Video stammte. Also spähte sie hinter die Möbel, um sicherzugehen, dass sich niemand versteckte und sie beobachtete. Sie schaute sogar hinter den Großbildfernseher.

Raschelte da etwas vor dem Fenster? Sie ging hinüber und stellte sich auf die Zehenspitzen, aber sie konnte es nicht erreichen.

Ihr war ein wenig unheimlich zumute. Aber vielleicht waren es Sunny, Sophia und Venus, die nach ihr Ausschau hielten. Und außerdem würde Mr. Taylor ihr helfen, wenn sie in Schwierigkeiten geriet.

»Komm, setz dich zu mir«, sagte Chris. »Du gefällst mir sehr, sehr gut, Kaitlyn. Du bist so hübsch.«

Sie musterte ihn. Wie hatte sie jemals denken können, dass seine Komplimente aufrichtig gemeint waren? Sie klangen wie billige Sprüche.

»Ich will nur dein Freund sein«, sagte er. »Du weißt schon, sozusagen exklusiv.«

Sie neigte den Kopf und stellte sich mit verschränkten Armen vor ihn. »Das hast du schon mal gesagt. Aber nachdem ich meinen Pulli ausgezogen hatte, wolltest du nichts mehr mit mir zu tun haben.«

»Warum sagst du das?«

»Na ja, du hast mich danach in der Schule völlig ignoriert«, erwiderte sie.

»Ich hab dich wohl nicht gesehen. Ich würde dich nie ignorieren.«

Hielt er sie etwa für blöd? »Ich habe eine Telefonnummer. Du hättest mir eine SMS schreiben oder mich über mein Profil kontaktieren können«, sagte sie. »Hey, wie heißt du auf Frock?«

»Ich habe kein Konto«, sagte er. Er klang mürrisch. »Also, wirst du jetzt nett zu mir sein oder nicht?«

»Das kommt drauf an. Wirst *du* nett zu *mir* sein?« Sie straffte die Schultern. Irgendwie machte das Spaß. »Was bedeutet ›nett‹ überhaupt? Genau das zu tun, was du willst, ohne Rücksicht auf meine Gefühle?«

Er stand auf und kam zu ihr. Sie dachte, er würde sich entschuldigen, aber stattdessen legte er seine Hände auf ihre Schultern und zog sie zu sich. Er presste seinen Mund auf ihren. Seine Zunge wanderte sofort in ihren Mund. Sie stieß ihn zurück und wandte ihr Gesicht ab. Das war unfair, dass ihr erster Zungenkuss so ekelhaft sein musste. »Hör auf!«

Er packte ihr Kinn und drehte ihr Gesicht zurück zu seinem. Er küsste sie erneut, während seine andere Hand zu ihrer Brust wanderte.

Sie schubste ihn noch fester von sich als zuvor. »Mr. Taylor! Hey, Mr. Taylor!«

Schwere Schritte im Obergeschoss ließen Erleichterung in ihr aufkommen. Als Chris wieder nach ihr griff, zog sie ihren Unterarm wie einen Schutzwall hoch. »Fass mich nicht an. Dein Dad kommt gleich runter.«

Chris neigte lauschend den Kopf zur Seite. »Das glaub ich nicht«, sagte er.

Kaitlyn lauschte ebenfalls. Mr. Taylors Schritte klangen, als ginge er nach oben anstatt nach unten. Hatte er sie tatsächlich nicht gehört?

»Mr. Taylor!«, rief sie erneut, aber die Schritte wurden nicht langsamer. Ihr kam ein furchtbarer Gedanke: Wollte er sie vielleicht gar nicht hören?

»Meinem Dad ist das egal«, sagte Chris und bestätigte damit ihre Befürchtungen.

Kaitlyns Herz raste. Ihre Kehle war trocken. *Ich bin auf mich allein gestellt.*

Als er wieder auf sie zukam, erinnerte sie sich an die Selbstverteidigungsvideos, die ihre Mom ihr und Sophia gezeigt hatte, und hob ihr Knie genau im richtigen Moment an. Er stieß einen Schrei aus und krümmte sich zusammen.

Eigentlich sollte das einen Kerl außer Gefecht setzen, aber sie hatte ihn anscheinend nicht hart genug getroffen. Mit einem wütenden Gesichtsausdruck richtete er sich wieder auf. Jetzt kam er auf sie zu, ohne auch nur den Versuch zu unternehmen, verliebt zu wirken. Er legte ihr eine Hand auf die Brust und stieß sie nach hinten, sodass sie auf der Couch landete.

Er beugte sich über sie, wollte sie am Aufstehen hindern. Sie schrie, so laut sie konnte. »Sunny! Venus! Sophia! Hilfe!« Sie schnappte nach Luft. »Mr. Taylor! Helfen Sie mir!«

Oben läutete es an der Tür.

Einen Moment lang war Chris abgelenkt, was Kaitlyn nutzte, sich wegzurollen und über die Rückenlehne der Couch zu klettern, um sie zwischen sich und Chris zu schieben. Dann drehte sie sich um und rannte so schnell sie konnte die Treppe hinauf. Sie stürmte gerade aus dem Keller, als Sophia in den Eingangsbereich trat.

»Du gehst schon?« Mr. Taylor sah sie mit hochgezogenen Augenbrauen an.

»Ihr Sohn hat sich gerade auf mich gestürzt«, sagte sie. »Haben Sie mich nicht schreien hören?«

»Ich hab's durchs Fenster gesehen«, sagte Sophia. »Er hat sie gepackt und geküsst und auf die Couch gedrückt!«

Mr. Taylor sah seinen Sohn, der Kaitlyn die Treppe hinauf gefolgt war, beunruhigt an. »Das hast du doch nicht wirklich, oder?«

Chris schüttelte den Kopf. »Nö. Ich mein, wir haben geknutscht, aber ... deshalb ist sie doch rübergekommen.«

»Das ist eine Lüge«, sagte Sophia und hob ihr Kinn. »Und wir haben gesehen, wie du sie herumgeschubst hast. Wir haben alles durchs Fenster beobachtet.«

»Das ist ja abartig«, sagte Chris. »Wer sieht denn anderen beim Knutschen zu?«

Mr. Taylor blickte stirnrunzelnd zur Kellertür und dann zurück zu den beiden. »Ich glaube, ihr Mädels solltet lieber gehen. Ihr erhebt hier lächerliche Anschuldigungen, die ihr niemals beweisen könnt.«

»Liebend gerne«, sagte Kaitlyn zu Sophia. Sie drehten sich um und gingen zur Tür hinaus.

Kaitlyn lehnte sich an eine der lächerlichen Säulen auf der Veranda. Ihr Herz pochte hart und schnell. Sie war völlig außer Atem.

»Alles okay?«, fragte Sophia.

»Mir geht's gut, nur ...« Kaitlyn atmete tief ein. Ihr Herzschlag beruhigte sich endlich ein wenig. »Nur, dass ich nicht die Antworten bekommen hab, nach denen ich gesucht habe. Er hat sich wie ein Arsch verhalten, aber nichts zugegeben.«

Sophia stieß sie mit der Schulter an. »Keine Sorge«, sagte sie. »Sunny und Venus haben alles auf Video aufgenommen. Einschließlich einiger Dinge, die dich überraschen werden.«

»Ich will nicht spazieren gehen«, sagte Sophia am Donnerstagmorgen, als Ria in ihr Zimmer kam. »Ich bin immer noch krank.«

»Wenn es dir gut genug geht, dass du Filme auf deinem Computer anschauen kannst, dann geht's dir auch gut genug, um spazieren zu gehen.« Ria sah sich auf dem mit Kleidung übersäten Boden um, bis sie einen Kapuzenpullover und ein Paar Sportschuhe fand. Sie reichte sie Sophia. »Es ist ein schöner Tag. Wir werden uns beide besser fühlen, wenn wir nach draußen gehen. Das war unsere Abmachung.«

»Du hast gesagt, ich könnte zu Hause bleiben, wenn wir *reden*«, jammerte Sophia. »Du hast nichts von einem *Spaziergang* gesagt.«

In Wahrheit hatte Ria auch keine große Lust auf einen Spaziergang. Sie hätte diesen Donnerstagmorgen lieber damit verbracht, sich im Bett zu verkriechen und irgendeinen sinnlosen Film anzuschauen. Nichts, was eine Liebesgeschichte beinhaltete, denn das würde sie erinnern an ...

Sie verdrängte den Gedanken an ihren Ex-Mann. Reality-TV, das war es, was sie sich ansehen würde. Eine Kochsendung oder vielleicht *Messie-Alarm!*.

Aber sie hatte keine Wahl, denn sie war eine Mutter. Zehn Minuten später schlenderten sie den felsigen Strand entlang.

Die Brise war dort stärker und sehr kühl. Ria war froh, dass sie eine Thermoweste unter ihrem Kapuzenpulli angezogen und darauf bestanden hatte, dass Sophia dasselbe tat. Die Novembersonne war hell, aber zu schwach, um sie zu wärmen. Ein paar Fischerboote waren am Hafen zu sehen.

Sie schaute zu Sophia, die mit gesenktem Kopf vor sich hin stapfte. Ihr Herz war so sehr von Liebe für ihre älteste Tochter erfüllt, dass es wehtat. Sie legte einen Arm um Sophias Schultern. »Wir müssen über das Baby reden«, sagte sie. »Hast du dir Gedanken darüber gemacht, was du tun willst?«

Sophia blickte sie an und trat dann gegen einen Stein. »Ein bisschen«, sagte sie vorsichtig.

»Gut. Denn du denkst jetzt für zwei. Du musst dir überlegen, was das Beste für dich und dein Baby ist.« Sie beobachtete Sophias Gesicht und sah, wie sich ihr Mund verzog. »Willst du es selbst großziehen?«

Sophia nickte. »Natürlich will ich das!«

Ria rieb Sophia liebevoll den Rücken, während sie gingen. »Okay. Stellen wir uns vor, nächstes Jahr, in deinem letzten Schuljahr, findet ein Footballspiel statt. Das erste der Saison, und du hast ein Baby. Kannst du hingehen?«

»Klar! Ich nehm's einfach mit. Oder …« Sie runzelte die Stirn. »Weinen Babys oft?«

»Die meisten«, sagte Ria. »Und sie schlafen auch sehr viel. Da ist ein lautes Stadion vielleicht keine gute Idee.«

Sophia sah zu ihr hinüber. »Das ist okay, denn du und Papa werdet auf das Baby aufpassen. Oder?«

Ria schürzte ihre Lippen und schüttelte den Kopf. »Ich kann nicht für deinen Vater sprechen, aber nein, ich wäre nicht bereit, am Wochenende auf dein Baby aufzupassen, damit du dich amüsieren kannst. Außerdem hättest du gerade entbunden. Wahrscheinlich würdest du stillen.«

Sophia schlug sich die Hand vor den Mund. »Ich wäre dick!«

Ria zuckte zusammen. *Das ist deine Schuld*, sagte sie sich. *Du bist dafür verantwortlich.* »Mit einem Baby nimmt man zwar etwas zu, aber da du noch so jung bist, nimmst du sicher schnell wieder ab.«

»Ich würde nach einem Babysitter suchen«, sagte Sophia.

»Okay, das ergibt Sinn. Was kostet so ein Babysitter heutzutage?«

Sophia runzelte die Stirn. »Ich hab schon für zehn Dollar die Stunde babygesittet.«

Ria nickte. »Angenommen, du brauchst vier Stunden. Das sind dann also vierzig Dollar, plus das Essen, das du beim Spiel kaufst, also etwa fünfzig. Woher willst du das Geld nehmen?«

»Von dir und Dad?«, fragte Sophia hoffnungsvoll.

Ria schüttelte den Kopf. »Erinnerst du dich, dass ich dieses Jahr nur die Hälfte deiner Ausgaben bezahlt habe und du die andere Hälfte verdient hast? Und wir hatten vereinbart, dass du in deinem letzten Schuljahr alles selber zahlst. Das gilt weiterhin.«

»Mom!« Sophia trat mit voller Kraft gegen einen weiteren Stein. »Ich könnte im Motel arbeiten«, sagte sie mit mürrischer Stimme.

»Aber wer kümmert sich dann um das Baby, während du arbeitest? Und während du zur Schule gehst? Du müsstest wahrscheinlich Onlineunterricht nehmen, was schwierig wäre, während du dich um ein Baby kümmerst, aber es wäre machbar.«

Ein Muskel in Sophias Wange verkrampfte sich. Ria hatte ein ungutes Gefühl in der Magengegend. Sie wusste nicht, ob sie das Richtige tat, indem sie dieses Gespräch mit Sophia führte. Sie wünschte, sie hätte das mit Drew besprechen können. Sie vermisste sein Urteilsvermögen.

Sie schaute nach oben, beobachtete eine Möwe, die über ihr schwebte und klagend krächzte. »Schau«, sagte sie, »ich sage ja nicht, dass du es nicht schaffen kannst. Und natürlich würden dein Dad und ich dir bei den Ausgaben für das Baby helfen, wie zum Beispiel Essen, medizinische Versorgung und Zubehör. Aber sowohl der finanzielle als auch der zeitliche Mehraufwand wären einfach zu groß für uns, wenn wir uns auch noch um das Baby kümmern müssten, während du arbeitest oder ausgehst.«

»Du willst damit also sagen, dass ich weder das eine noch das andere tun könnte?« Sophia klang entrüstet. »Dass ich im Grunde zu Hause eingesperrt wäre?«

»Genau.« Ria zögerte. »Ich würde mir Sorgen machen, dass du dich isoliert fühlst, wenn du nur Onlineunterricht hättest und nicht mit deinen Freunden ausgehen könntest. Aber ich würde dich unterstützen, wenn du dich dafür entscheidest. Und deine Freunde würden dich bestimmt nicht vergessen. Ich bin sicher, dass sie dich und das Baby besuchen würden.«

Sophia schnaubte. »Ja, ein Mal vielleicht.«

»Du könntest einen Kurs für junge Eltern machen. Die sind kostenlos. Du würdest andere Mütter kennenlernen, mit denen du dich treffen kannst. Neue Freunde finden.«

»Nicht in meinem Alter«, sagte Sophia.

»Stimmt, wahrscheinlich eher nicht.«

Ria hatte das Gefühl, dass sie genug gesagt hatte, zumindest zu diesem Thema. Sie erinnerte sich nur zu gut daran, wie sie sich an Sophias Stelle gefühlt hatte und wie überfordert sie gewesen war, als ihre Mutter sie mit all den Entscheidungen konfrontiert hatte, die sie treffen musste.

Der Unterschied war nicht nur, dass sie ein paar Jahre älter war, sondern auch, dass sie Drew hatte. Drew, der in dem Moment, als er erfahren hatte, dass sie schwanger gewesen war, die Verantwortung übernommen hatte. Er hatte darauf bestanden, dass er auf jeden Fall seinen Teil beitragen und sie finanziell unterstützen würde. Aber was er vor allem wollte, war heiraten.

Diese Option war ein Trost für sie gewesen, als sie mit all den Ungewissheiten zu kämpfen hatte. Und obwohl die Heirat eine Reihe von Herausforderungen mit sich brachte – sie mussten eine überstürzte Hochzeit planen, mit seiner Familie fertigwerden und in ihre neuen Rollen als Ehepartner hineinfinden –, war er an ihrer Seite gewesen, sodass sie sich ihnen nicht allein hatte stellen müssen.

Seit sie ihrer Familie vor vier Tagen ihre Schwangerschaft offenbart hatte, hatte Sophia hartnäckig darauf bestanden, dass sie den Vater des Babys nicht liebte und er sie genauso wenig und dass sie ihn nicht in ihrem Leben haben wollte. Trotzdem fand Ria, dass sie es noch einmal ansprechen sollte.

»Diese Entscheidungen sollten mit dem Vater des Kindes getroffen werden«, sagte sie.

»Auf keinen Fall. Weißt du irgendetwas über Adoptionen, wie sie funktionieren?«

Erleichterung überkam Ria, denn das war die Entscheidung, von der sie hoffte, dass Sophia sie treffen würde. »Ich weiß, dass man mitbestimmen kann, wer die Adoptiveltern sein sollen. Und normalerweise kann man sich erkundigen, wie es dem Kind geht, und es sogar manchmal besuchen und dabei zusehen, wie es aufwächst.«

Sophia öffnete den Mund und schloss ihn wieder. »Ich werde drüber nachdenken.«

»Gut. Ich weiß, dass du das Richtige tun wirst. Und du kannst jederzeit mit mir oder deinem Dad über alles sprechen.« Sie legte einen Arm um Sophias Schultern und drückte sie noch einmal fest. »Mittagessen bei *Goody's*?«

»Ja.« Sophia schaute zu Boden. »Hey, Mom, wenn ich dir was erzähle, kannst du es dann für dich behalten? Ich meine, totale Schweigepflicht?«

Ria verspürte ein Kribbeln, als sie Sophias ernsten Ton hörte. »Es sei denn, es ist jemand in Gefahr«, sagte sie.

»Keiner ist in Gefahr. Ich hab versprochen, nichts zu verraten, aber ich muss es jemandem sagen«, sagte Sophia. »Da ist dieses Video …«

22. Kapitel

Drew atmete schwer, seine Schritte hämmerten auf dem Pflaster der Uferpromenade, Schweiß rann ihm über Brust und Rücken.

»Vorsicht, Fahrrad«, sagte Stevie, und Drew spürte, wie die Leine, die sie aus einem alten Handtuch gebastelt hatten, leicht die Richtung änderte.

»Alles klar.« Stevie lief zurück in die Mitte der Promenade, und Drew folgte ihm.

»Lass uns 'nen Zahn zulegen«, sagte Drew. Er ging schneller und spürte, wie Stevie reagierte und auch schneller wurde, sodass er wieder vor Drew war. Die körperliche Anstrengung fühlte sich großartig an. Und ja, Drew kam sich etwas lächerlich vor, weil er wie ein Hund an seinen Bruder angeleint war, aber hey, wenn er auf diese Weise wieder joggen konnte, würde er das in Kauf nehmen.

»Da ist … eine Bank … direkt vor uns.« Stevie wurde langsamer und atmete schwer. »Lass uns ausruhen.«

Ehrlich gesagt hatte Drew nichts dagegen. Er war nicht mehr joggen gewesen, seit er sein Augenlicht verloren hatte, und durch das Laufband erreichte er einfach nicht den gleichen Grad an Anstrengung. Er ließ sich neben seinen Bruder fallen. »Danke, Stevie. Gut, dass du gekommen bist.« Er hob das Gesicht, um den warmen Sonnenschein und die kühle Brise der Bucht zu spüren. Er konnte etwas Fischiges riechen, das Fett eines Imbissstands und den Schweiß seines Bruders.

Stevies Anruf hatte ihn überrascht, aber er hatte sich gefreut. Er fühlte sich immer noch schlecht, weil sie den Kontakt zueinander verloren hatten. Als Stevie gesagt hatte, dass sie etwas zu besprechen hätten, hatte Drew ihn eingeladen, an seinem nächsten freien Tag vorbeizukommen. Und nun waren sie hier.

Stevie ging zum Imbissstand und holte für beide eine Flasche Wasser. Als er zurückkam, reichte er Drew eine Flasche, öffnete seine eigene, und beide nahmen einen großen Schluck.

»Ich wollte mit dir über was reden«, sagte Stevie. »Etwas, das du neulich Abend bei Mom und Dad gesagt hast.«

»Ja? Was denn?«

»Mom hat mir erzählt, dass Ria eine Fehlgeburt hatte und dass es Rias Schuld war. Bist du dir da sicher?«

Drew spuckte fast sein Wasser aus. »Das hat sie dir erzählt?«

»Du kennst doch Mom«, sagte Stevie.

»Natürlich. Also, ja, Ria sagte, es sei ihre Schuld. Sie hat schwere körperliche Arbeit geleistet, um ihr Motel für die Eröffnung vorzubereiten, und das war wohl zu viel für sie.«

»Weißt du«, sagte Stevie, »ich habe eine Ausbildung zum Geburtshelfer gemacht.« Er sagte das nicht wie ein Experte, sondern wie ein bescheidener kleiner Bruder.

Darüber hatte Stevie also sprechen wollen? Drew hatte gedacht, er bräuchte Hilfe bei irgendeinem Problem, wahrscheinlich etwas, das mit ihrem Vater zu tun hatte. Stattdessen war Stevie um Drews Leben und um seine Probleme besorgt.

»Ich hab viele Fehlgeburten erlebt«, sagte er jetzt. »Die Frauen neigen dazu, sich selbst die Schuld zu geben. Auf den Stationen kommen ständig Sozialarbeiter und Seelsorger vorbei, zum Teil aus diesem Grund. Für viele Frauen ist das sehr niederschmetternd.«

Stevies Worte lösten Schuldgefühle in Drew aus. Er hatte nicht wirklich darüber nachgedacht, wie schwer es für Ria gewesen sein musste, eine Fehlgeburt zu haben und damit allein fertigwerden zu müssen. Er war defensiv und wütend geworden, als er davon erfahren hatte. Zwar mit gutem Grund, aber dennoch …

»Es war wahrscheinlich nicht ihre Schuld«, sagte Stevie.

Der besserwisserische Ton seines Bruders begann, ihm auf die Nerven zu gehen.

Sein *kleiner* Bruder sollte es besser wissen als er? »Sie hat viel geputzt, Müllsäcke geschleppt und lange gearbeitet«, sagte Drew.

»Überall auf der Welt arbeiten Frauen hart und bekommen Kinder«, sagte Stevie. »Man denke nur an die Bauern auf den Reisfeldern oder an die Menschen, die ohne Versicherung in Fabriken schuften. Sie arbeiten ohne irgendwelche Probleme bis zum Tag ihrer Entbindung.«

»Ja, aber … Ria ist nicht gerade eine Bäuerin.«

»Wusstest du, dass etwa eine von vier Schwangerschaften mit einer Fehlgeburt endet?«

»Tatsächlich?« Drew schüttelte den Kopf. »Nein, das hab ich nicht gewusst. Aber was mich wirklich wütend macht, ist, dass sie es mir nicht gesagt hat. Sie dachte, ich könnte nicht damit umgehen, hat mir nicht vertraut. Ich habe es verdient, Bescheid zu wissen.«

»Hättest du denn damit umgehen können? Bist du gut damit umgegangen, als du es erfahren hast?«

Stevies Bemerkungen gingen Drew immer mehr auf die Nerven. »Ich wurde wütend«, sagte er. »Aber weil sie mich belogen hatte und nicht wegen der Fehlgeburt selbst.«

Stevie war still, und Drew wünschte, er könnte den Gesichtsausdruck seines Bruders sehen. Ein paar Frauen liefen vorbei und unterhielten sich schnell auf Spanisch. Es klang, als würden sie einen Kinderwagen schieben. Hinter ihnen, auf der Beach Street, bewegten sich langsam ein paar Autos.

»Wusstest du, dass Mom ein paar Fehlgeburten hatte?«, fragte Stevie.

»Nein.« Das überraschte ihn. Das hatte sie nie erwähnt. »Wann?«

»Eine vor dir und eine nach mir«, sagte Stevie. »Ich habe es erst gestern Abend erfahren, als Mom und ich über Ria gesprochen haben.« Er hielt inne. »Aber sie hat es vor Dad geheim gehalten, also sag ihm nichts davon.«

»Was?« Drew spürte, wie ihm die Kinnlade herunterfiel. Seit wann konnte so etwas einer Frau passieren, ohne dass der Ehemann etwas davon mitbekam?

Und wie seltsam, dass Stevie fast dasselbe zu ihm sagte wie Ria zu ihren Töchtern. *Nein, Dad weiß nichts davon, also erzählt es ihm nicht.*

»Mom hat's ihm verheimlicht«, sagte Stevie, »weil sie dachte, er könnte nicht damit umgehen, weil sie dachte, er würde wütend werden und ihr die Schuld geben.«

Sie dachte, er würde wütend werden und ihr die Schuld geben.

Sie dachte, er könnte nicht damit umgehen.

Drew klammerte sich an der Kante der Holzbank fest. Eine raue Stelle grub sich in seinen Finger.

»Ich bin genau wie er, oder?«

Stevie atmete laut aus. »Nein, in den meisten Dingen nicht. Du beschimpfst mich ja auch nicht, weil ich schwul bin. Aber Ria gegenüber hast du dich wirklich wie Dad verhalten.«

Mit anderen Worten, er hatte Anschuldigungen gemacht und war wütend geworden, bevor er die ganze Geschichte gehört hatte. »Ich schätze, das habe ich.«

»Und Ria ist echt großartig. Ihr wart ein tolles Paar. Deshalb bin ich gekommen, um dir zu sagen … Bring es in Ordnung. Sowohl deiner Kinder als auch dir und Ria zuliebe.«

Drew hatte das Gefühl, als würde er den Boden unter den Füßen verlieren. Was er bisher als wahr erachtet hatte, stellte sich plötzlich als falsch heraus. Es waren Dinge geschehen, von denen er keine Ahnung hatte.

»Dad wollte immer, dass wir uns wie Machos verhalten«, sagte Drew langsam. »Aber wenn Macho sein bedeutet, dass man dich vor der Wahrheit beschützen muss …«

»Da fühlt man sich auf einmal nicht mehr so groß und männlich.« Stevie klopfte ihm auf die Schulter, so sanft, dass Drew sich nicht sicher war, es wirklich gespürt zu haben.

»Du hast die Mädchen schon seit ein paar Jahren nicht mehr gesehen.« Drew spürte, wie sich seine Kehle zuschnürte. Er hatte sich nicht sonderlich um Stevie bemüht, aber Stevie hatte es auf sich genommen, hierherzukommen und ihn zurechtzuweisen, nicht aus Eigennutz, sondern um Drew zu helfen.

»Ich würde sie gerne sehen«, sagte Stevie. Er zögerte. »Jerome würde sie auch gerne kennenlernen.«

»Jerome, hm?« Wieder wünschte Drew, er könnte das Gesicht seines Bruders sehen. »Du meinst es ernst mit ihm?«

»Wir sind seit zwei Jahren zusammen«, sagte Stevie. »Wir sind glücklich.«

Drew nickte. »Gut. Freut mich, das zu hören.« Es stimmte. Er wollte, dass Stevie glücklich war und ein gutes Leben hatte, das er mit jemandem teilen konnte.

Er wollte das Gleiche auch für sich, aber er hatte es vermasselt. »Ein Treffen hört sich gut an. Die Mädchen würden sich sicher freuen, dich zu sehen. Und Jerome würde ich auch gern kennenlernen.«

Sie holten sich ein paar Hotdogs vom Imbissstand und gingen zurück zu Drews Cottage. Sie aßen die Hotdogs, tranken Bier und schauten ein bisschen Football. Die ganze Zeit über war Drew tief in Gedanken versunken.

Er hatte schreckliche Dinge zu Ria gesagt, aus Wut darüber, dass sie ihm die Wahrheit vorenthalten hatte. Aber seine Mom hatte genau die gleiche Wahrheit vor seinem Vater verborgen. Manchmal dachten Frauen, sie wüssten besser, was Männer brauchten, als sie selbst.

Vielleicht hatten sie recht damit.

Andererseits wollte er nicht mit Samthandschuhen angefasst werden. Er wollte nicht so zerbrechlich wirken.

Er verabschiedete sich von Stevie mit einem Dankeschön und dem Versprechen, sich bald wieder mit ihm zu treffen, aber seine Gedanken waren woanders. Er konnte nicht aufhören, darüber nachzudenken, was für ein Idiot er gewesen war.

Er und Ria hätten eine Chance gehabt. Seine Mom hatte es erkannt und es sich gewünscht. Stevie hatte es ebenfalls erkannt.

Und was noch hinzukam: Er selber hatte es gewollt und war der Meinung gewesen, dass sie es auch wollte.

Er wollte es *immer noch*. Er wollte sich unbedingt mit Ria versöhnen, den Rest seines Lebens mit ihr verbringen.

Er liebte sie.

Es war an der Zeit, seine Fehler zu korrigieren. Aber er konnte das, was er getan hatte, nicht mit einer einfachen kleinen Entschuldigung wiedergutmachen.

Dazu brauchte er einen ausgeklügelten Plan.

»Pst, sie kommen!« Kaitlyn hockte mit dem Rücken am Führerhaus am Boden des Fischkutters und spähte hinaus in die Dunkelheit.

»Alle Mann auf Position«, sagte Venus mit falschem britischem Akzent und kicherte.

»Du bist echt ein komischer Vogel«, sagte Sunny.

»Pst!«, zischte Sophia.

Ein paar Leute liefen an den Docks vorbei. Es waren nicht die Jungs, sondern ein Mann und eine Frau, die sich unterhielten. »Falscher Alarm«, rief Kaitlyn über ihre Schulter.

»Ich kann nicht glauben, dass sie bereit sind, uns Geld zu geben, damit wir das Video löschen«, sagte Venus, die im Führerhaus des Krabbenkutters saß.

Kaitlyn ging geduckt zur Tür, um sich besser mit den anderen unterhalten zu können. »Denkt daran, dass das heute Abend nicht das Wichtigste ist. Wir wollen ihnen erstens eine Lektion erteilen und zweitens Filmmaterial von ihnen sammeln, mit dem wir sie später konfrontieren können.«

»Und zwar von allen«, sagte Sophia. »Wir haben Chris auf dem Kellervideo und ein bisschen Filmmaterial von Kyle, aber noch nicht genug, um Tyler damit einschüchtern zu können.« Scheinbar unbewusst legte sie schützend eine Hand auf ihren Bauch. Sophia hatte zugegeben, dass sie ihrer Mutter von dem Pulli-Video erzählt hatte, was Kaitlyn wütend gemacht hatte. Aber offenbar war ihre Mom nicht ausgeflippt. Und Kaitlyn konnte nicht wütend auf Sophia sein, solange ihre Schwester selbst damit fertigwerden musste, dass sie von einem echten Vollidioten geschwängert worden war.

»Wie viel Geld haben sie geboten?«, fragte Sunny. Obwohl sie ihnen das Boot ihrer Familie für die heutige Eskapade zur Verfügung stellte, war sie als Letzte eingetroffen und hatte noch nicht alle Einzelheiten erfahren.

»Tausend Dollar«, sagte Venus.

»Was? Lasst es uns nehmen und unter uns aufteilen!«

Sophia winkte ab. »Nein. Es ist wichtiger, ihnen eine Lektion zu erteilen. Wir wollen sicherstellen, dass sie so was nie wieder tun.«

»Ihr wisst nicht, wie es ist, arm zu sein. Was meine Familie mit tausend Dollar machen könnte …« Sie blickte jeden von ihnen einzeln an. »Schon gut. Ich seh schon, ich bin in der Unterzahl.«

»Und es wären keine tausend Dollar, wenn wir sie durch vier teilen würden«, erinnerte Sophia sie.

»Keiner von uns hat viel Geld«, sagte Venus, »aber Geld ist nicht alles.«

»Hey, bist du da?« Eine tiefe Stimme ließ Kaitlyn zusammenzucken.

»Sie sind hier«, flüsterte Venus unnötigerweise, und sie und Sunny versteckten sich.

Kaitlyn brach der Schweiß aus, und sie vergaß fast ihren Text. Aber Sophia legte ihr eine Hand auf die Schulter. Als sie anfing zu sprechen, klang ihre Stimme ruhig. »Na endlich. Habt ihr das Geld?«

»Ja klar«, sagte Chris.

Allein beim Klang seiner Stimme wand sich Kaitlyn innerlich. Einen Moment lang hatte er ihr wirklich Angst eingejagt, unten in seinem Keller. Sie hatte versucht, nicht daran zu denken, aber sein arroganter Tonfall brachte die Erinnerung wieder zurück.

»Gebt es uns.« Sophia klang kühl und gefasst. »Wir haben auch Alkohol dabei.«

»Echt?« Chris, Tyler und Kyle sprachen kurz gedämpft miteinander.

Kaitlyn riss sich zusammen. »Wir wollen doch mit euch feiern«, sagte sie, »solange ihr uns vorher das Geld gebt.«

»Seht ihr, die stehen auf uns«, sagte Tyler, und einer der anderen Jungs lachte.

Kaitlyn musste sich auf die Lippe beißen, um nicht zu schreien: »In deinen Träumen, Idiot!« Aber sie beherrschte sich. Sie hatten eine Aufgabe zu erledigen.

Sie warf einen Blick zu ihrer Schwester hinüber. Sophias Augen wurden schmal, ihre Hände hatte sie zu Fäusten geballt. Für einen kurzen Moment hatte Kaitlyn fast Mitleid mit Tyler und freute sich hämisch. Er hatte sich das falsche Mädchen zum Schwängern und Fallenlassen ausgesucht.

Die Jungs kletterten an Bord, und Sophia holte die Biere

heraus, die sie von zu Hause mitgebracht hatte. Sie hofften beide, ihr Dad würde nicht merken, dass sein Vorrat geschrumpft war. Wäre typisch für einen ehemaligen Polizisten gewesen, dass er nachzählte und bemerkte, dass ein paar Flaschen fehlten.

Aber darüber würden sie sich später Gedanken machen. Es war ja nicht so, dass sie es tatsächlich trinken würden, vor allem Sophia nicht, die seit ihrem Besuch beim Gynäkologen auf alles achtete, was ihre Gesundheit betraf.

»Boote sind mir unheimlich«, murmelte Chris.

»Ja, weil du nie schwimmen gelernt hast, du Depp«, sagte der schrullige kleine Kyle.

»Her mit dem Geld.« Kaitlyn streckte eine Hand aus.

»Lösch zuerst das Video«, sagte Tyler.

»Beides gleichzeitig«, schlug Venus vor und trat aus dem Schatten. »Warum zeigst du ihnen nicht das Video, während ich das Geld zähle?«

Seltsamerweise schienen Venus' Anwesenheit und ihr sachlicher Ton die Jungs zu beruhigen. Sie kletterten weiter an Bord und reichten Venus einen Umschlag.

Das Boot rumpelte, dann sprang der Motor an.

»Hey!«, sagte Chris. »Wer hat das Boot angeworfen?«

»Oh, Sunny ist auch hier.«

»Ihr kennt mich nicht«, sagte Sunny aus dem Führerhaus, in das sie geschlüpft war, um das Boot zu steuern. »Ich bin nur ein Hafenkind.«

Kaitlyn warf einen Blick auf Sophia und bemerkte, dass ihre Wangen rot wurden. Es war noch nicht lange her, dass sie die gleiche Meinung über Hafenkinder gehabt hatte. Doch nachdem sie Sunny kennengelernt hatte, hatte sie ihre Meinung revidiert.

»Hier, trinkt ein Bier«, sagte Sophia und warf jedem der Jungs eines zu, während das Boot in die Bucht hinausfuhr. »Und lasst uns das Video abspielen.«

Es war die Szene mit Kaitlyn und Chris im Keller. Die Aufnahme war ein wenig dunkel, da sie offensichtlich vom Fensterschacht aus aufgenommen worden war. Kaitlyn wand sich innerlich, als sie sich selbst sah, besonders an der Stelle, als Chris versuchte, sie zu küssen.

»Genau da«, sagte Venus und hielt das Video an. Dann scrollte sie zurück, spielte das letzte Stück noch einmal ab und drückte auf Pause. »Genau da. Das war dein erster Fehler.«

»Ja, du hättest ihr einfach das Oberteil vom Leib reißen sollen«, sagte Kyle und lachte böse.

Sophia, die sich vorbeugte, um sich eine Limo zu holen, stieß mit ihrer Hüfte gegen seinen Arm, als er gerade die Bierdose zum Mund führte. Das Bier ergoss sich über sein Hemd und seine Jeans. »Ups«, sagte sie.

»Hey! Jetzt werd ich nach Alkohol riechen, und meine Mom wird's merken.«

Die Mädchen ignorierten ihn, und Venus spielte das Video weiter ab. Nach dreißig Sekunden stoppte sie. »Man kann es nicht hören, aber man kann Kaitlyns Lippen lesen«, sagte sie. »Sie hat gesagt: ›Hör auf.‹«

»Und wenn ein Mädchen ›Hör auf‹ sagt, meint sie es auch.« Der herablassende Ton ihrer großen Schwester war wie Musik in Kaitlyns Ohren.

Chris sah verlegen aus. Dann hob er eine Hand, als ob ihm eine neue Idee gekommen wäre. »Ich hab's schon meinem Dad erklärt«, sagte er. »Warum bist du zu mir gekommen, wenn du nicht, du weißt schon, was von mir wolltest?«

Kaitlyn legte ihre Hand an ihr Kinn und sah nach oben, als würde sie ernsthaft über seine Frage nachdenken. »Mal sehen ... könnte ein Mädchen einen Jungen aus einem anderen Grund besuchen, als dass sie mit ihm rummachen will?« Dann blickte sie Chris an. »Ich wollte, dass du zugibst, dass du in das Pulli-Video involviert warst, und es löschst«, sagte sie. »Nicht, weil ich Interesse an dir hab oder ein Date mit dir wollte.«

»Das ist gemein!«, sagte Chris. »Du hast mich reingelegt.«

»Wie du mir, so ich dir«, sagte Sunny.

»Genau.« Venus packte Kyle am Kragen seines Hemdes und zerrte ihn in eine aufrechte Position. »Wir haben diesen kleinen Widerling im Fensterschacht gefunden, wie er alles gefilmt hat. Er meinte, du hättest ihn dazu angestiftet. Genauso, wie du ihn beim ersten Mal dazu gebracht hast, Kait zu filmen.«

»Also, wer trickst hier wen aus?«, fragte Sunny.

»Der Unterschied ist«, sagte Sophia, »dass wir besser darin waren als ihr.«

»Lasst uns mit der Show weitermachen«, sagte Venus. »Diese Jungs müssen noch viel lernen, und die Zeit ist knapp.«

»Ich will das Video nicht sehen. Ich will, dass du es löschst«, jammerte Kyle. »Ich hab Bier auf meinem Hemd und will nicht auf einem Boot fahren. Davon wird mir immer schlecht. Ich hab ihnen ja gesagt, wir hätten nicht herkommen sollen.«

»Ich glaube nicht, dass wir das Video löschen können«, sagte Venus mit gespieltem Bedauern. »Mir ist aufgefallen, dass zwanzig Dollar fehlen. Wir werden es also noch eine Weile behalten.«

Tyler lachte fies. »Dann können wir ja auch Kaits Video zeigen.«

»Das glaub ich nicht«, sagte Sophia. »Ich habe nämlich zwei eurer drei Handys.«

»Was?« Chris und Tyler tasteten nach ihren Taschen.

»Hey, was zum ... Gib's zurück«, sagte Chris.

»Sie ist eine gute Taschendiebin«, sagte Kaitlyn und grinste.

Sophia hielt die Handys übers Wasser. »Wenn du die Videos von Kait nicht sofort löschst, und zwar überall«, sagte sie, »wird das Wasser sie löschen.«

»Mein Handy haben sie nicht«, rief Kyle und hielt es hoch.

Sunny hatte sich hinter ihn geschlichen. »Jetzt haben wir's«, sagte sie und nahm es ihm aus der Hand. »Und damit wir uns richtig verstehen: Wir wissen, dass du das Video im Internet wiederfinden und runterladen kannst. Aber wenn du das tust …« Sie gestikulierte in Richtung Venus.

»Wenn du das tust, werde ich meine Kenntnisse in Video-Editing nutzen, um das Video von euch entsprechend zu bearbeiten«, sagte sie. Sie deutete auf Kyle. »Und ich hab auch Fotos von dir im Kellerfenster, also kann ich dich auch ins Video reinschneiden.«

Kaitlyn unterdrückte ein Schmunzeln. Was die Jungs nicht wussten, war, dass dieses ganze Gespräch aufgezeichnet wurde. Die Beweise wurden immer mehr, einschließlich des Versuchs der Jungs, mit ihnen zu verhandeln. Endlich würden sie sowohl gegen Tyler als auch gegen die beiden anderen Kerle etwas in der Hand haben.

»Ihr Jungs braucht sicher Zeit, um über alles nachzudenken«, sagte Sunny. »Deshalb hab ich unser Ruderboot im Schlepptau. Es ist sehr bequem. Warum verbringt ihr nicht die Nacht hier draußen in der Bucht und sagt uns morgen früh Bescheid, wie ihr euch entschieden habt?«

»Aber sie haben ja ihre Handys gar nicht«, sagte Sophia und gab vor, besorgt zu sein.

»Dafür können sie ziemlich laut sein«, sagte Kaitlyn. »Man könnte sie sogar Großmäuler nennen. Ich wette, wenn sie lange um Hilfe schreien, wird sie jemand hören. Nachdem sie zurück an Land gezogen wurden – oh, ihr habt doch nicht etwa geglaubt, dass wir euch Ruder mitgeben, oder?«

Tylers Gesicht war feuerrot geworden. Jetzt stand er auf und stürzte sich nicht auf Kaitlyn, sondern auf Sophia, und warf sie um.

Sie hielt ihren Bauch, als sie hinfiel.

Chris gab ihr einen kleinen Tritt.

Wut und Angst stiegen in Kaitlyn auf und flossen wie Lava durch ihre Adern. Sie stürzte sich auf Chris, schlang ihre Arme von hinten um ihn und begann, ihn zurück zum Ruderboot zu zerren. Sunny sah, worauf sie hinauswollte, packte ihn an den Füßen, und gemeinsam warfen sie ihn ins Boot. Dann schoben sie das Ruderboot weit genug vom Krabbenkutter weg, sodass Chris nicht wieder an Bord steigen konnte.

»Wir müssen als Nächstes Tyler erwischen«, keuchte Kaitlyn. »Er könnte Sophia verletzen.«

Sie eilten zurück zu den anderen und fanden Sophia am Boden sitzend. »Geht's dir gut?«, fragte Kaitlyn und kniete sich neben sie.

»Ja, aber ihm nicht.« Sie zeigte auf Tyler, der sich auf dem Boden wand und sich in den Schritt fasste. Sie sahen zu, wie er zu würgen begann und sich dann erbrach.

Venus zuckte mit den Schultern. »Ich wollte sehen, ob er wirklich Eier hat«, sagte sie. »Überraschenderweise hat er welche.«

»Ich kann nicht schwimmen«, stöhnte Chris aus dem Boot hinter ihnen.

Sunny leuchtete ihn mit der Taschenlampe an. »Ich glaube, er hat sich in die Hose gemacht«, sagte sie leise zu Kaitlyn.

»Wow.« Er hatte richtig Angst. Gut so. Nun konnte er am eigenen Leib spüren, wie sich das anfühlte.

Venus platzierte einen ihrer Stiefel auf Tylers Rücken. »Wir können euch Jungs entweder hier draußen lassen, oder ihr versprecht uns, dass ihr so was nie wieder tun werdet.«

»Unser Geld«, jammerte Kyle. »Ich hab es von meinem Konto abgehoben. Meine Mom bringt mich um, wenn sie das erfährt.«

»Das heißt also …«, sagte Venus. »Du hattest vor, es uns wieder abzunehmen, nachdem du uns dazu gebracht hast, das Video zu löschen?«

Kyle nickte. »Er sagte, es wär ein Kinderspiel.« Er zeigte auf Tyler.

»Daraus wird nichts«, sagte Sophia schroff. »Ich persönlich finde, du solltest das Geld einer Organisation gegen häusliche Gewalt spenden.«

»Und eine weitere Spende sollte an die Hilfsorganisation für Hafenarbeiter gehen«, fügte Sunny hinzu. »Ich bin mir sicher, dass du allen Hafenkindern und ihren Familien helfen möchtest.«

»Fünfhundert für jeden?«, schlug Venus vor.

»Ja, ja, okay. Lasst uns nur nicht hier«, flehte Chris.

Tyler hatte immer noch kein Wort gesagt. Er stöhnte und wand sich auf dem Boden und hielt sich die Hände vor den Schritt.

»Ach, und übrigens: Das wird alles auf Video aufgezeichnet«, sagte Sunny. »Solltest du also jemals vorhaben, einer Frau etwas anzutun, egal ob mit Videokamera oder ohne … wird die ganze Welt dieses Video zu sehen bekommen.«

Kaitlyn verspürte keinerlei Schuldgefühle, als sie zusah, wie Tyler vor sich hin stöhnte, Kyle sich die Augen ausweinte und Chris darum bettelte, ans Ufer gebracht zu werden. Sie gab ihrer Schwester und den beiden anderen Mädchen ein High five. Während Sunny das Boot zurück zu den Docks lenkte, verspürte sie eine große Zufriedenheit.

23. Kapitel

»Anscheinend haben die Mädchen einen Plan, wie sie sich an den Jungs rächen können, die sie schikaniert haben«, sagte Ria am späten Donnerstagabend in der Buchhandlung zu Mary und Julie. Der Laden hatte schon vor Stunden geschlossen, aber Mary und ihre Mom waren mit den Vorbereitungen für das Weihnachtsgeschäft beschäftigt, und Ria hatte ein paar Flaschen Wein mitgebracht, um ihre harte Arbeit zu feiern. Und auch, um ein offenes Ohr bei ihnen zu finden.

»Hast du herausgefunden, was passiert ist?«, fragte ihre Mom.

»Ich unterliege der Schweigepflicht. Aber viel davon hat mit Sexualität und dem eigenen Körperbild zu tun, wofür ich mich sehr schuldig fühle.«

Julie und Mary sahen sich an. »Immer wenn eine Frau sagt, dass alles ihre Schuld ist«, sagte Mary, »bin ich etwas skeptisch, denn unsere Gesellschaft sorgt gern dafür, dass wir uns schuldig fühlen.«

Ria zwang sich zu einem Lächeln, antwortete aber nicht. Sie wollte nicht respektlos gegenüber Mary sein, indem sie widersprach.

»Ich sehe, dass du skeptisch bist«, sagte Mary. »Ich kann dir ein paar Bücher zum Thema empfehlen.«

»Sie kann *immer* Bücher empfehlen«, warf ihre Mom ein.

»Aber denk doch mal drüber nach«, fuhr Mary fort. »Die Werbung gibt uns ständig das Gefühl, dass unsere Haushaltsführung, unsere Haut und unsere Erziehungsmethoden unzureichend sind und dass wir ein Produkt kaufen sollten, um uns zu optimieren. Die Werbetreibenden haben ein großes Talent dafür, ihre Botschaften äußerst überzeugend zu gestalten.«

»Ja, das stimmt«, gab Ria zu.

»Und all die unrealistischen Bilder, die wir in den Medien sehen. Das Aussehen der weiblichen Models, zum Beispiel. Es ist alles retuschiert. Glaub mir, ich weiß, wovon ich rede.«

Ria musterte sie ungläubig. Mary war schlank, hatte langes weißes Haar und einen unglaublichen Knochenbau. »Sind die Gerüchte wahr, dass du früher Model warst?«, fragte sie sie.

Die ältere Frau öffnete den Mund und schloss ihn dann wieder. Sie schaute von Ria zu Julie und dann wieder zurück. »Das bleibt unter uns?«, fragte sie.

Sie nickten beide.

»Das war ich«, gab sie zu. »Nicht die berühmteste, aber ich hab auf dem Laufsteg gemodelt und war auf einigen Titelseiten von Zeitschriften, bevor ...« Sie brach ab.

Sie warteten.

»Das liegt alles in der Vergangenheit«, sagte Mary und wischte sich die Hände ab. Offensichtlich sollte ihr Geheimnis ein Geheimnis bleiben. »Im Moment«, fuhr sie fort, »konzentrieren wir uns auf dich, Ria, und deine Neigung, dir die Schuld für Dinge zu geben, die nicht deine Schuld sind.«

»Aber eine meiner Töchter hat sich darauf eingelassen, ein ... kompromittierendes Video zu drehen«, sagte sie, »und ihr wisst beide, dass sie versucht hat, sich das Leben zu nehmen.«

Die Augen ihrer Mutter weiteten sich. »Ein kompromittierendes Video? Das klingt gar nicht nach Kaitlyn.«

Ria winkte ab. »Vergiss, dass du das gehört hast, ich habe Sophia versprochen, nichts zu verraten. Sie besteht darauf, dass sie das selber regeln. Der Punkt ist, dass ihre Sorgen um ihren Körper sie anfällig für Mobbing gemacht haben – und nein, ich weiß nicht, wer die Jungs sind. Und jetzt ist Sophia auch noch schwanger.«

Ihre Mom wusste bereits Bescheid, aber Mary hielt sich die Hand vor den Mund. »Oje«, sagte sie.

Ria nickte. »Seht ihr nicht, wie viel da das eigene Körperbild und die Sexualität eine Rolle spielen? Wenn ich nicht so sehr mit all diesen Dingen zu kämpfen hätte …«

»Schatz«, sagte ihre Mutter, »wir haben *alle* mit diesen Dingen zu kämpfen.«

Mary nickte energisch. »Die meisten Frauen haben Probleme damit. Man sollte meinen, dass Models davon ausgenommen sind, da sie als so schön gelten, aber sie sind alle besessen von ihrem Gewicht und haben Angst vor dem Altern und fühlen sich unwohl, wenn sie sich in Gegenwart eines Mannes ausziehen, weil sie befürchten, dass sie ihren Modelfotos nicht gerecht werden – was sie natürlich nicht tun.«

»Interessant«, sagte Ria. Konnte es sein, dass das Unbehagen, das sie ihrem Körper gegenüber empfand, nicht ungewöhnlich war? War sie vielleicht gar nicht so besonders, wie sie dachte?

Die Vorstellung, dass so viele andere Frauen ihre Probleme teilten, sorgte dafür, dass sie sich weniger allein und weniger lächerlich fühlte.

»Und *wenn* du jemandem die Schuld geben musst, dass du diese Sorgen an deine Töchter weitergegeben hast, dann … dann gib mir die Schuld«, sagte Julie. »Ich habe während deiner gesamten Kindheit Diät gehalten und mich nach den Ansichten deines Vaters gerichtet, wie eine Frau auszusehen hat. Ich bin mir sicher, dass sich das auf dich ausgewirkt hat.«

»Dads Ansichten haben bestimmt ihre Spuren hinterlassen«, sagte Ria. Dann fiel ihr etwas ein. »Weißt du, als er Kaitlyn das letzte Mal gesehen hat, hat er ihr geraten, ins Fitnessstudio zu gehen.«

»Ich habe ihm gesagt, er soll sich nicht zum Aussehen der Mädchen äußern«, erwiderte ihre Mom.

»Ich auch. Und ich habe ihn auf die Bemerkung mit dem Fitnessstudio angesprochen. Er meinte, es hätte nichts mit dem Gewicht zu tun – er hätte nur Konversation gemacht.«

Ihre Mom rollte mit den Augen.

»Selbst wenn das wahr wäre, was sicher nicht der Fall ist«, sagte Mary, »würde ein junges Mädchen – eigentlich jede Frau – eine solche Bemerkung als Kritik auffassen.«

»Ja, so war's bei Kaitlyn auch.« Ria zuckte mit den Schultern. »Wir können im Moment nichts gegen Dad oder die Medien unternehmen. Aber ich bin der Meinung, dass die Schule ihre Aufklärungskampagne gegen Mobbing verstärken sollte.«

»Du hast recht«, sagte ihre Mutter, »und man sollte den Kindern sagen, welche Konsequenzen es hat, Videos von minderjährigen Mädchen zu zeigen. Das ist eine Straftat.«

»Auch wenn die Täter minderjährig sind?«, fragte Mary.

»Ja, da bin ich mir fast sicher. Earl würde es wissen.«

»Vielleicht«, sagte Mary und zwinkerte Ria zu, »sollten du und Earl eine Art Programm für die Kinder auf die Beine stellen.«

Die Augen ihrer Mom fingen an zu leuchten. »Eine gute Idee!«

»Und ich könnte hier im Laden Bücher zum Thema vorstellen«, sagte Mary. »Um auf die Thematik aufmerksam zu machen. Selbst wenn die Jungs, die mit der Sache zu tun haben, selber keine Bücher lesen, so tun es doch sicher einige der Erwachsenen.«

»Das wär wunderbar«, sagte Ria. Sie stand auf und umarmte erst ihre Mom und dann Mary. »Vielen Dank, dass ihr mir bei dieser Sache helft, als wärt ihr selber betroffen. Das bedeutet mir sehr viel.«

Was würde sie nur ohne ihre Mom und Freundinnen wie Mary tun? Wenn sie mit ihnen zusammen war, fühlte sie sich gleich so viel stärker.

Sie hielt sich dann immer viel mehr für einen guten Menschen als für eine verkorkste Außenseiterin.

Wenn sie dieses Gefühl nur auf ihre Arbeit und ihr Liebesleben übertragen könnte!

»Eins möchte ich noch wissen.« Ihre Mom legte eine Hand auf Rias Arm. »Was läuft da zwischen dir und Drew? Es geht mich zwar nichts an, aber ich hatte das Gefühl, dass du und er …« Sie sah in Rias Gesicht und brach ab. »Oder nicht?«

Ria schüttelte hastig den Kopf. »Es sah für eine Weile so aus, aber … es ist vorbei.« Sie stand auf und begann, die Weingläser abzuräumen, um weitere Fragen zu diesem Thema zu vermeiden.

Sie dachte darüber nach, worüber sie gesprochen hatten, über ihre eigene Situation und wie diese auch ihre Mädchen betraf.

Wie es wohl war, ein Leben zu führen, ohne sich ständig schuldig oder unzulänglich zu fühlen?

Und wenn sie gar nicht zu dick war? Wenn sie einfach einen kurvigen Körper hatte?

Sie hatte sich für so viele Dinge die Schuld gegeben, einschließlich der schlechten Einstellung ihrer Töchter zu ihrer Figur. Vielleicht war es falsch, dass sie sich selbst verurteilte?

Mary hatte gesagt, dass Frauen immer dazu neigten, zu viel Verantwortung zu übernehmen.

Sie sah sich selbst nach ihrer Fehlgeburt im Krankenhaus liegen. Ausnahmsweise erlaubte sie sich einmal nicht, diese Erinnerung sofort zu verdrängen.

Stattdessen ließ sie ein wenig Mitgefühl für diese Frau zu, die in der Notaufnahme lag und unter Tränen andere Eltern und ihre Mutter anrief, damit sie sich um die Mädchen kümmerten, während sie sich »einer kleinen medizinischen Behandlung« unterzog.

Obwohl sie sich damals so schwach und schrecklich gefühlt hatte, war sie eigentlich ziemlich stark gewesen. Es bestand sogar die Möglichkeit, dass die Fehlgeburt *nicht* ihre Schuld gewesen war, oder zumindest nicht ganz. Ihr Arzt hatte das damals gesagt, aber sie hatte ihn ignoriert. Sie war zu aufgelöst gewesen, um zu verstehen, was er ihr sagen wollte.

Drew hatte immer beteuert, dass er ihren Körper mochte, und wenn sie rational darüber nachdachte, hatte sie keinen Grund, ihm nicht zu glauben.

Aber er war schnell dabei gewesen, ihr die Schuld an der Fehlgeburt zu geben, und er hatte sie verletzt, indem er ihr unterstellt hatte, das Baby sei nicht von ihm gewesen. Das hatte sie nicht verdient. Sie bedauerte, dass sie die Fehlgeburt vor ihm geheim gehalten hatte, aber angesichts seiner Reaktion war sie fast froh, dass sie es getan hatte. Damals hätte sie seine Missbilligung nicht verkraften können.

Heute war sie stärker und konnte es aushalten, auch wenn es sie traurig machte.

Es klopfte an der Tür. Mary stand auf und hob die Hand. »Wartet, ich hol meine Waffe«, sagte sie, »und dann seh ich nach, wer es ist.«

Ria sah ihre Mom schief an, die den Kopf schüttelte und mit einem warmherzigen Lächeln der älteren Frau dabei zusah, wie sie hinter dem Tresen herumkramte.

»Mom! Grandma! Lasst uns rein!«

»Alles in Ordnung«, rief Ria Mary zu. »Es sind nur die Mädchen.«

Julie eilte zur Tür, um sie hereinzulassen. Nicht nur Sophia und Kaitlyn, sondern auch Venus und Sunny stürmten in den Buchladen und tanzten beinahe vor Freude. »Wir haben's geschafft!«, und: »Warte, bis du alles gehört hast, Mom!«

Sie erzählten eine wilde Geschichte über Täuschung, List, eine Bootsfahrt und Rache. Dabei unterbrachen sie sich gegenseitig und lachten. »Wir haben das alles auch auf Video«, sagte Kaitlyn. »Dinge, von denen sie nicht wollen würden, dass sie jemand sieht. Chris Taylor hat sich in die Hose gemacht!«

»Und Kyle Sprang, das Genie, hat geheult wie ein kleines Kind.«

»Moment mal«, sagte Ria, und ein Schauer lief ihr über den Rücken. »Chris Taylor? Ted Taylors Sohn?«

»Ja, aber erwarte nicht, dass Mr. Taylor irgendwas dagegen unternimmt«, sagte Kaitlyn. »Er war da, als Chris gestern Abend versucht hat, mir an die Wäsche zu gehen, und er hat keinen Finger gerührt, um mir zu helfen, obwohl ich *weiß*, dass er gehört hat, wie ich geschrien hab.«

»Sie war laut«, sagte Sunny. »Wir haben sie sogar draußen gehört.«

»Und er saß einfach im Wohnzimmer«, sagte Sophia. »Als Kaitlyn ihm erzählt hat, was passiert war, tat er so, als würde sie lügen.«

»Wie bitte?« Ria machte große Augen und öffnete den Mund, um etwas zu sagen, schloss ihn dann aber wieder. Sie dachte darüber nach, wie sich Ted die letzten Jahre und vor allem im letzten Monat ihr gegenüber verhalten hatte. War er wirklich zu so etwas fähig?

Sie hatte Ted immer für einen netten Kerl gehalten. Aber wenn er es zuließ, dass sein Sohn ein unschuldiges Mädchen überfiel und ihre Hilferufe einfach ignorierte ... Sie ballte die Fäuste. »Oh, ich könnte ihn erwürgen. Ich würde ihn gern hinter Gitter bringen, aber ... er würde es sicher einfach leugnen.«

»Überlass Ted Taylor uns«, sagte ihre Mom und sah Mary an.

»Genau«, sagte Mary. »Wenn die Mädchen den Jungs so eine wunderbare Abreibung verpassen können – und täusch dich nicht, Ria, diese Stärke und diese Art der Problemlösung haben sie von dir gelernt –, bin ich sicher, dass wir uns was Passendes für Ted ausdenken können.«

Als sie das verschwörerische Grinsen der beiden sah, entkrampften sich Rias geballte Fäuste. Sie wusste, dass sie ihn erwischen würden.

Dann brachte sie die Mädchen nach Hause. Zuerst setzte sie Sunny ab, danach fuhr sie mit Kaitlyn, Sophia und Venus zu sich nach Hause, da Venus nicht in der Nähe wohnte und bei ihnen übernachten musste, damit sie am nächsten Tag leichter zur Schule kam.

Sie war stolz auf die Mädchen. Sie hatten das Problem auf eine Art gelöst, auf die kein Erwachsener gekommen wäre. Weder sie noch Drew oder gar die Polizei hätten das besser hinbekommen. Die Jungs waren durch die Androhung der ultimativen Strafe für Jugendliche eingeschüchtert worden: Demütigung vor Gleichaltrigen und in den sozialen Medien.

Eine angemessene Strafe. Und als sie Kaitlyn mit Venus und Sophia lachen sah, erkannte Ria, dass die Planung und Durchführung der Strafe Kaitlyn dabei geholfen hatte, ihr Selbstvertrauen zurückzugewinnen.

Noch nie hatten sich ihre Mädchen so gut verstanden wie in diesem Moment. Und Kaitlyn hatte ein paar wunderbare Freundinnen gewonnen. Sowohl Sunny als auch Venus waren Mädchen mit Herz und Verstand. Sie würden sicher einen positiven Einfluss aufeinander ausüben.

Ria war voller Dankbarkeit, als sie den Mädchen eine gute Nacht wünschte und nach oben ging. Sie musste sich keine Sorgen mehr um ihre Töchter machen. Und das war die Hauptsache, das Allerwichtigste.

Sie war auch unglaublich dankbar, dass sie Mary und ihre Mom hatte, für ihre Weisheit und Liebe. Heute Abend hatten sie ihr dabei geholfen, einige ihrer größten Hemmungen zu überwinden.

Als sie sich auszog und nach ihrem Nachthemd griff, erhaschte sie einen Blick auf sich selbst in ihrem großen Spiegel. Fast reflexartig wollte sie sich abwenden, hielt sich aber zurück. Langsam drehte sie sich wieder um.

Sie sah einen Körper vor sich, wie man ihn in keinem Modemagazin abgebildet sehen würde. Aber laut Mary sahen auch die Körper der Models in der Realität anders aus. Ria hatte immer gewusst, dass das Aussehen von Models unnatürlich und für die meisten Frauen unerreichbar war, aber sie hatte es nicht wirklich geglaubt.

Sie betrachtete ihre Brüste, ihren Bauch, ihre Oberschenkel. Niemand würde sie als schlank bezeichnen, aber sie konnte sehen, dass ihre Figur in einer anderen Zeit mit anderen Werten als schön gegolten hätte.

Was bedeutete, dass es keine wahrhaft objektive Definition von Schönheit gab. Auch das war etwas, das ihr eigentlich schon längst bewusst gewesen war, das sie aber bisher ignoriert hatte.

Es gab so viel, worüber sie nachdenken musste. Als sie von unten Musik und das Lachen der Mädchen hörte, wurde ihr wieder bewusst, für wie viel sie dankbar sein musste.

Sie zog ihr Nachthemd an, legte sich ins Bett und musste sich eingestehen, dass jetzt nur noch eine Sache fehlte.

Selbst nachdem sie und Drew sich heftig gestritten hatten, hatten sie sich immer umarmt und einen Gutenachtkuss gegeben. Sein warmer Körper neben ihr im Bett hatte sich immer so gut angefühlt. Sie liebte es zu beobachten, wie sich sein Gesicht im Schlaf entspannte. Und sie hatte sich für die glücklichste Frau der Welt gehalten, mit einem so gut aussehenden Mann verheiratet zu sein, der in seinem Kern ein guter, liebevoller und fürsorglicher Mensch war.

Seine Probleme, die sich in ihrem Streit über die Fehlgeburt gezeigt hatten, hatten sich als zu groß erwiesen, als dass sie zusammen sein konnten. Und in diesem Moment, allein in ihrem Bett, gestand sie sich ein, wie schmerzvoll das war.

Vermutlich konnte sie dankbar dafür sein, dass Drew sie vor einem Verhältnis mit Ted Taylor bewahrt hatte, dessen Charakterschwäche sich in seinem Verhalten gegenüber ihren Töchtern offenbart hatte. Und sie würde immer dankbar sein, dass Drew ihr ihre Töchter geschenkt hatte, ihre schönen, klugen Töchter, die dabei waren, Frauen zu werden.

Sie war einfach nur einsam. Sie sehnte sich nach Drew. Sie drückte ein Kissen an ihre Brust, vergrub ihr Gesicht darin und ließ den Tränen freien Lauf.

Drews Hände waren derart verschwitzt, dass er fast sein Wasserglas fallen ließ. Dieses sonntägliche Familienessen bei *DiGiorno's* war vielleicht ein großer Fehler gewesen.

Ria hatte dem Drängen der Mädchen nachgegeben und war mitgekommen, aber sie fühlte sich sichtlich unwohl, was bei ihrer Vorgeschichte auch kein Wunder war. Sie hatte nicht viel gegessen, und die Unterhaltung war trotz der guten Laune und der Bemühungen der Mädchen sehr stockend gewesen.

Um sie herum waren die Tische voller Menschen, die sich unterhielten und lachten. Alle schienen sich besser zu amüsieren als die Martin-Familie.

Plötzlich gab Kaitlyns Handy einen Ton von sich. Kaitlyn quietschte überrascht, was für Drew völlig unecht klang. Er spürte, wie Sophia sie unter dem Tisch trat, und erkannte, dass sie der gleichen Meinung war.

Aber es musste sich auch nur für Ria überzeugend anhören.

»Mom«, sagte Kaitlyn, »Venus und Sunny sind bei *Goody's*. Sie haben gefragt, ob Sophia und ich auch kommen. Können wir?«

»Wenn wir hier fertig sind«, sagte Ria.

»Aber sie wollen, dass wir jetzt kommen. Bitte, bitte, bitte? Ich bin mit Essen fertig.« Das Besteck klirrte, das Geschirr klapperte auf dem Tisch.

»Ich auch«, sagte Sophia und schob ihr Geschirr ebenfalls weg.

Ria sagte nichts. »Von meiner Seite aus okay«, sagte Drew. Er wollte sich nicht über Ria hinwegsetzen und sie in schlechte Laune versetzen, aber er wollte unbedingt, dass es so ablief, wie er es geplant hatte.

»Gut«, sagte sie mit fester Stimme.

»Danke, Mom!« Die beiden verabschiedeten sich, und Kaitlyn drückte ihm zum Ansporn die Schulter.

Ria räusperte sich. »Bist du bald fertig? Ich glaube, ich bin schon satt.«

»Ich würde gerne ein Dessert bestellen«, sagte er.

Er konnte hören, wie sie einen lauten Seufzer von sich gab.

Vielleicht war das Ganze ein Fehler. Aber er hatte unbedingt in dieses Restaurant kommen wollen, in dem sie ihm zum ersten Mal von ihrer Schwangerschaft erzählt hatte. Und er hatte tagsüber herkommen wollen, weil die großen Fenster zur Bucht hin so viel Licht hereinließen, dass er etwas sehen konnte – mehr als an jedem anderen Ort.

Schweiß sammelte sich in seinem Nacken. Wo war der Kellner, der die nächste Phase seines Plans einleiten sollte?

Und dann roch er sie: Rosen.

Ein leises Klirren auf dem Tisch zeigte an, dass zuerst eine, dann zwei Vasen auf den Tisch gestellt wurden. Gleichzeitig wurden die Teller mit dem Essen abgeräumt. Wenn Drews Anweisungen befolgt worden waren, dann sollten es vier Dutzend Rosen in allen Farben des Regenbogens sein. Er kniff die Augen zusammen und konnte gerade so die verschwommenen Formen der Sträuße erkennen. Er streckte die Hand aus, um eine der zarten Blüten zu berühren.

»Was hat das zu bedeuten, Drew?« Rias Stimme klang ein wenig höher als sonst.

Er lauschte, um sich zu vergewissern, dass die Kellner weg waren. Dann griff er über den Tisch und nahm ihre Hand. »Es tut mir leid, was ich gesagt habe. Dass das Baby möglicherweise von jemand anderem war. Ich war ein Idiot, das war falsch von mir.«

»Ist schon gut. Du hättest das nicht tun müssen. Obwohl«, sagte sie, und er spürte, wie sie sich nach vorne beugte, »die Rosen sind wunderschön und duften herrlich.«

Sie schien ein wenig aufzutauen. Aber da war noch mehr, was er sagen wollte. Viel mehr. »Ich hatte in allem unrecht. Ich habe mit Stevie gesprochen und eine Menge über Fehlgeburten gelernt. Er meinte, dass sie unglaublich häufig vorkommen und dass die meisten Frauen sich selbst die Schuld geben, aber dass sie sehr oft einfach nicht verhindert werden können. Und dass körperliche Arbeit nicht die Ursache sein kann.«

»Danke«, sagte sie. Ihre Stimme war ruhig. »Mein damaliger Arzt hat was Ähnliches gesagt, aber ich habe ihm nicht geglaubt.«

»Ich hoffe, du tust es jetzt. Es war nicht deine Schuld, und es war falsch von mir, das zu behaupten oder dich darin zu bekräftigen.«

»Okay, aber … Drew, hast du …? Warum hast du dir diesen Ort ausgesucht, um dich zu entschuldigen?«

Er sprach innerlich ein kurzes Gebet. Der Moment war gekommen. »Ich habe viel über das erste Mal nachgedacht, als wir hier waren.«

»Ja?«

Er hielt ihre Hand fest. »Ich werde nie vergessen, wie du mir gesagt hast, dass du ein Baby bekommst.«

»Das war ein sehr emotionaler Moment«, sagte sie trocken.

»Weißt du noch, was ich erwidert habe?«

»Drew …«

»Ich sagte, *wir* bekommen ein Baby. Und nachdem ich dich gefragt habe, ob du einverstanden bist, habe ich gesagt: ›Es gibt niemanden, mit dem ich lieber ein Baby haben würde.‹«

»Drew«, sagte sie und zog ihre Hand weg. »Hör auf. Das ist zu schmerzhaft für mich.«

Niedergeschlagenheit drohte ihn zu übermannen, wie eine Wolke, die sich vor die Sonne legte. Er war kurz davor aufzugeben. Aber er hatte sich versprochen, es durchzuziehen, denn er würde nie Gewissheit haben, wenn er nicht fragte. In der Kirche heute hatte er um Kraft und Mut gebetet, und diese forderte er nun ein. Es war eine andere Art von Stärke und Mut als die, die sein Dad respektierte, aber sie war wahrscheinlich wichtiger.

Er beugte sich vor, als die Sonne wieder herauskam, und konnte Ria sehen, einen verschwommenen Umriss. »Es ist immer noch wahr«, sagte er. »Es gibt niemanden, mit dem ich lieber Kinder hätte.«

»Drew …«

»Aber damals«, fuhr er fort, »hatte ich keine Ahnung. Ich habe mich deiner nicht würdig gefühlt. Ich wusste, dass du dazu gezwungen warst, und ich habe das ausgenutzt, weil es die einzige Möglichkeit war, wie du mich heiraten würdest.«

»Ich dachte, *du* hast dich dazu gedrängt gefühlt.«

»Kannst du dich erinnern, was ich noch zu dir gesagt habe? ›Für mich würde ein Traum wahr werden, wenn du mich heiraten würdest.‹ Und so war es auch. Trotz aller Probleme, die wir hatten.«

Seit er sein Augenlicht verloren hatte, hatte er mit seinem Selbstwertgefühl gekämpft. Er definierte sich jetzt anders, weil er es musste – er konnte keine Verbrecher mehr jagen und keine Waffe mehr abfeuern. Diese Neudefinition war gut, aber eine Sache war gleich geblieben: Er wollte der Mann in der Familie sein, sie zusammenhalten. Er musste sich beweisen, auch wenn Ria immer noch schwieg, was er als schlechtes Zeichen deutete.

»Es war falsch von mir, dich anzuschreien und zu beschuldigen. Es tut mir leid.« Wenigstens das würde er klarstellen. »Ich kann nicht versprechen, dass ich nie wieder die Beherrschung verliere, aber ich werde daran arbeiten. Ich werde versuchen, es nie wieder so an dir auszulassen.«

Sie räusperte sich. »Es war falsch von mir, die Fehlgeburt vor dir zu verheimlichen«, sagte sie fast flüsternd. »Es tut mir auch leid. Es tut mir mehr leid, als du dir jemals vorstellen könntest.«

Er griff nach ihrer Hand und drückte sie fest. »Ich liebe dich, Ree«, sagte er. »Mehr als jemals zuvor. Wir haben beide so viel gelernt, sind so gewachsen. Wir haben verstanden, dass das Leben voller Probleme und Herausforderungen ist und dass die Menschen voller Fehler sind. Mit diesem Wissen ... könnten wir eine erfülltere, bessere Ehe führen als je zuvor. Uns verbindet eine Geschichte ... zwei wunderschöne Mädchen ...« Seine Stimme versagte.

Er überspielte es, indem er auf die Knie ging und eine kleine Schachtel aus seiner Tasche zog. Im Raum war es still geworden. Er hoffte, dass das daran lag, dass die meisten Leute gegangen waren, und nicht, weil sie zusahen.

Er öffnete die Schachtel und hielt sie Ria hin. Er hörte, wie sie abrupt Luft holte. Es hatte ihn einige Mühen gekostet, aber er hatte ihren alten Diamantring, den sie ihm im Wutanfall entgegengeworfen hatte, in eine Fassung aus Roségold mit zwei Rubinen, einem auf jeder Seite, einsetzen lassen. Einen Rubin für jedes ihrer Mädchen, die ihm versichert hatten, sie seien wunderschön.

»Also, ähm ... Willst du mich heiraten?«, fragte er. Und bevor sie Nein sagen konnte, setzte er schnell noch hinzu:

»Ich verspreche dir, dass ich reifer geworden bin und auch in Zukunft an mir arbeiten werde. Wenn du Ja sagst, werde ich alles dafür tun, damit unsere Ehe stärker wird als je zuvor.« Angestrengt sah er zu ihr auf. In diesem Winkel und in diesem hellen Sonnenlicht konnte er ihr Gesicht so gut sehen wie noch nie, seit er sein Augenlicht verloren hatte. Es war verschwommen, aber er konnte genug erkennen, um nach oben zu greifen und ihre Wange zu berühren.

Ihr Gesicht war feucht.

»Oh, Drew …«, hauchte sie, ihre Stimme schien zu versagen.

»Wenn du nicht willst«, sagte er, »wenn ich nicht genug bin, werde ich dich nicht mehr belästigen und es nie wieder erwähnen. Mit einem behinderten Mann verheiratet zu sein, ist eine große Herausforderung. Ich bin auf der Suche nach Arbeit, aber noch ist nichts sicher.«

Sie beugte sich zu ihm herunter, und er spürte ihre weichen Hände auf seinem Gesicht. »Ich will es mehr als alles andere«, flüsterte sie und küsste ihn.

Ihre Worte lösten ein Feuerwerk der Freude in ihm aus.

Um sie herum ertönte Beifall. Dieser trat jedoch in den Hintergrund, als Drew aufstand, Ria auf die Beine zog und ausgiebig küsste. Er küsste ihr die Tränen weg und versuchte, bei all den Glücksgefühlen das Atmen nicht zu vergessen.

»Hat sie Ja gesagt, Dad?«, rief Kaitlyn vom anderen Ende des Raumes.

»Heiratest du ihn?«, mischte sich Sophia ein.

Und dann stürzten ihre Töchter lachend und weinend auf sie zu. Er streckte die Hand nach ihnen aus und schloss sie in ihre Umarmung ein. Er hatte seine Familie erfolgreich wiedervereint. Dankbarkeit erfüllte sein Herz. »Sie hat Ja gesagt«, sagte er. »Gott sei Dank hat sie Ja gesagt.«

Epilog

Ria hatte noch nie ein Thanksgiving gefeiert, an dem sie für so viel dankbar sein konnte.

Vor allem, weil es ihren Mädchen so gut ging. Sie hatte unglaubliche Gespräche mit beiden geführt. Kait schien so viel stärker zu sein als noch vor einem Monat, und Sophia hatte sich mit dem Gedanken angefreundet, dass sie ein Kind bekam, und hatte bereits zu planen begonnen.

Sie hatten sich viel über Mobbing und die Jungs unterhalten. Gemeinsam mit ihren Töchtern wollte Ria herausfinden, was sie dazu veranlasst hatte, zuerst Kaitlyn und dann Sophia ins Visier zu nehmen.

Drew half ihnen zu verstehen, wie Jungs dazu neigten, eine Hierarchie aufzubauen, oft durch Sport, aber manchmal auch durch Hänseleien und Beleidigungen. Jungs, die sich mit sich selber nicht wohlfühlten, waren meistens die schlimmsten von allen. Sie versteckten ihre Schwächen hinter einer harten Fassade und gewannen eine gewisse Popularität dadurch, dass sie sich wie Idioten aufführten.

Das würde zu Tyler passen. Und Kyle hatte an Ansehen gewonnen, weil er einen beliebten Schüler wie Tyler als Freund hatte.

Chris' Geschichte war eine andere, in gewisser Weise trauriger, weil sie so alltäglich war. Sein Dad war kein schlechter Mensch, er vertrat nur einige unglückliche Ansichten, die sich Chris eingeprägt hatte und die er nun auch vertrat, um auf diese Weise die Aufmerksamkeit und Anerkennung seines Vaters zu gewinnen.

Ria hätte sich am liebsten selbst dafür geohrfeigt, dass sie mit Ted essen gegangen war und ihn so nahe an sich herangelassen hatte. Sie hatte ihn für einen Freund gehalten. Aber sie erkannte, dass sie einen Fehler gemacht hatte und dass sie wahrscheinlich noch mehr Fehler machen würde und dass das in Ordnung war.

Verständlicherweise hatte sie nicht vor, auf Teds Angebot einzugehen, in das Motel zu investieren. Das Angebot hatte sich inzwischen vermutlich ohnehin erledigt. Aber das war in Ordnung. Sie hatte beschlossen, das Motel so zu akzeptieren, wie es war – altmodisch und retro – und das Beste daraus zu machen, anstatt zu versuchen, es in etwas anderes zu verwandeln. Dieses Thema schien sich derzeit durch alle ihre Lebensbereiche zu ziehen. Sie akzeptierte sich so, wie sie war, mit all ihren Unvollkommenheiten.

Sie stellte eine große Schüssel Kartoffelpüree auf den Tisch, direkt vor Drew, der bereits am Kopfende saß. Zärtlich drückte sie seine Schulter, und er griff nach ihrer Hand und küsste sie.

Natürlich konnten sie nicht viel Zuneigung zeigen, sie hatten Gäste. Außer den Mädchen war noch ihre Mutter hier, die den Polizeichef, Earl Greene, eingeladen hatte; die beiden sezierten gerade den Truthahn. Erica und Trey waren ebenfalls da. Sophia saß zwischen ihnen.

Ericas Schwester Amber saß ihnen gegenüber, zusammen mit ihrer Tochter Hannah, die Erica und Trey mit einem Lächeln im Gesicht beobachtete. Amber wirkte erholt und gesund. Sie arbeitete an einem neuen Schreibprojekt, das sie ganz in Anspruch nahm. Trotzdem hatte sie immer noch etwas von einem verlorenen Kind an sich, das Ria ans Herz rührte.

Sie wollte, dass alle so glücklich waren wie sie selbst.

Die Haustür öffnete sich ein weiteres Mal und ließ frostige

Luft herein. Es waren Stevie, Drews Bruder, und ein kurzhaariger Mann mit Brille.

»Dein Bruder und Jerome sind hier«, sagte sie zu Drew, der sofort aufstand und zur Tür ging. Ria sah zu, wie er die beiden begrüßte, seinen Bruder umarmte und mit Stevies Partner Small Talk machte.

Es war das Normalste von der Welt. Aber für Drew, der anders erzogen worden war … Ria war stolz. Sie ging hinüber, um die beiden Neuankömmlinge zu begrüßen und die Torten zu bewundern, die Jerome mitgebracht hatte. Sie war gerade dabei, die Tür zu schließen, als sie einen Schrei hörte. Bisky und Sunny sowie Biskys ältere Söhne sprangen aus ihrem Auto und eilten zur Tür. Bisky hatte eine unglaublich duftende Terrine in den Händen. »Austerneintopf?«, fragte Ria erfreut.

»Meine Spezialität. Ich habe Sunny das Rezept beigebracht.«

Kaitlyn und Sophia nahmen die Mäntel, und die Neuankömmlinge setzten sich zu den anderen an den Tisch. Sie standen auf und hielten sich an den Händen, um zu beten. Jeder sollte für etwas Gutes in seinem Leben danken.

Sie, Drew und Kaitlyn nannten alle »Die wiedervereinte Familie«. Technisch gesehen waren sie noch nicht wiedervereint – sie und Drew planten eine Hochzeit an Weihnachten –, aber im Grunde waren sie schon zusammen. Drew verbrachte fast jede Minute bei ihnen, und selbst Navy schien sich bei Ria ganz wie zu Hause zu fühlen.

Sie setzten sich, reichten sich die Speisen, genossen das Essen und unterhielten sich dabei angeregt.

»Ich habe was zu verkünden«, sagte Drew, während Ria das Dessert servierte. »Ab nächster Woche werde ich Kurator des neuen Seefahrermuseums sein.«

»Großartig« und »Tolle Neuigkeiten« schallte durch den Raum, zusammen mit einigem Beifall.

»Ich habe auch was zu verkünden«, platzte Sophia heraus und hielt sich dann eine Hand vor den Mund. Sie schaute zu Ria, Trey und Erica. »Kann ich allen erzählen, worüber wir gesprochen haben?«

»Es ist deine Entscheidung, Schatz«, sagte Erica.

»Okay. Erica und Trey werden vielleicht ... Na ja, ich denke, fast sicher ... Sie werden mein Baby adoptieren.«

»Oh, das ist ja großartig!« Mary klatschte in die Hände.

»So können wir ihn trotzdem noch sehen«, sagte Kaitlyn. »Oder sie.«

»Ich glaube, es ist ein Mädchen«, sagte Sophia.

»So oder so, wir werden das Baby von ganzem Herzen lieben«, sagte Erica. »Ich kann dir gar nicht sagen, wie glücklich und dankbar wir sein würden, falls alles klappen sollte. Wir hätten nie gedacht, dass wir mal ein Kind großziehen würden.«

Dann gab es Champagner zum Kuchen und viele Gespräche über Alltägliches. Sunny und Kaitlyn hatten Navy zu ihrem ersten Agility-Kurs mitgenommen. Alle schauten zu, wie sie sich zwischen Stühlen hindurchschlängelte und über einen niedrigen Couchtisch sprang, um sich dann für ein Leckerli auf die Hinterbeine zu setzen.

Nach dem Essen nahm Mary Ria in der Küche zur Seite. »Ich wollte dich nur wissen lassen, dass Ted Taylor eine großzügige Spende an den Fonds zur Sensibilisierung für geschlechtsspezifische Gewalt leistet«, sagte sie. »Und deine Mutter hat mit Earl eine informelle Vereinbarung getroffen, dass Ted und sein Sohn Chris an einem Aufklärungsseminar über sexuelle Belästigung und geschlechtsspezifische Gewalt teilnehmen sollen. Wenn sie ihn zu Earls Zufriedenheit absolvieren, ist die Sache erledigt, aber wenn nicht, muss Kaitlyn vielleicht Beweise dafür vorlegen, was Chris getan hat.«

»Großartig«, sagte Ria. »Und du bist auch großartig. Ich danke dir für alles, was du mir während dieser ganzen Tortur beigebracht hast. Du bist echt fantastisch.«

»Ich nutze nur meine enorme Lebenserfahrung«, sagte Mary. Ihr Blick schweifte in die Ferne. Dann schüttelte sie leicht den Kopf, lächelte und legte beide Hände auf Rias Schultern. »Du hast also ein gutes Gefühl mit Drew? Und mit Sophia und dem Baby?«

»Ja. Auch mit Kaitlyn ist alles gut. Gut in jeder Hinsicht.«

»Du ziehst zwei wunderbare Mädchen groß«, sagte Mary warmherzig.

Als sie sich abwandte, um die Küche zu verlassen, spürte Ria ein Kribbeln im Bauch und wusste, dass Drew hereingekommen war. Vorsichtig berührte er ihren Ärmel und legte dann den Arm um ihre Schultern. »Mary hat recht«, sagte er. »Du ziehst zwei wunderbare Mädchen groß.«

»*Wir* ziehen sie groß«, korrigierte Ria. »Du bist ein guter Mann, Drew Martin.«

»Ich bin ein glücklicher Mann«, sagte er und zog Ria an sich. Und so blieben sie, Seite an Seite, während sie durchs Haus wanderten und mit ihren Freunden und ihrer Familie plauderten.

So würden sie gemeinsam durchs Leben gehen. Sie hatten eine Zeit lang den Halt verloren, aber sie hatten ihn wiedergefunden.

Ria konnte sich keinen besseren Grund vorstellen, um dankbar zu sein.

Danksagung

Ich bin vielen Menschen für ihre Hilfe an diesem Buch zu Dank verpflichtet. Zunächst meiner Agentin Karen Solem, die sich meine ersten Ideen ansah und vorschlug, dass Drew aufgrund einer Verletzung, die zum Verlust seines Augenlichts führt, in das *Healing Heroes*-Cottage einziehen sollte. Die Idee ließ mich nicht mehr los, aber erst, als meine Freundin und Autorenkollegin Sally Alexander, die in ihren Zwanzigern ähnlich wie meine Figur ihr Augenlicht verloren hatte, mir ihre Hilfe anbot, fasste ich den Mut, sie weiterzuverfolgen. Ich bin Sally für ihre ständige Unterstützung zu großem Dank verpflichtet. Ebenso meiner ehemaligen Studentin, der Autorin Jessica Minneci, die das gesamte Manuskript gelesen hat und mir eine völlig andere Sichtweise auf Blindheit und deren Darstellung eröffnet hat. Das Buch ist durch ihre Vorschläge viel besser geworden; alle verbleibenden Fehler sind meine eigenen.

Meine Einblicke in das Leben von Teenagern verdanke ich zum großen Teil meiner Arbeit mit ihnen an der Seton Hill University, aber der größte Dank gebührt meiner Tochter Grace. Sie war immer sehr offen in ihrem Umgang mit den Höhen und Tiefen der Pubertät. Dank ihr ist mein Haus auch weiterhin mit lachenden, lebendigen Teenagern gefüllt. Sie ist die beste Tochter, die man sich wünschen kann, das Licht meines Lebens. Leider haben nicht alle Teenager das Glück, so fröhlich und robust wie Grace zu sein. Selbstmord unter Teenagern ist ein komplexes Problem mit vielen Facetten, das auch meine Familie auf äußerst schmerzliche Weise berührt hat. Kaitlyns Selbstmordversuch ist ein Hilferuf, der eine unmittelbare Reaktion bewirkt, und ich bete dafür, dass mehr und mehr junge Menschen in der Lage sein werden, sich auf weniger drastische Weise die Unterstützung zu holen, die sie brauchen.

Bill, du hast meine Rechercheredisen an die Ostküste Marylands zu einem großen Vergnügen gemacht. Jonathan, Jackie, Karen, Colleen, Kathy und natürlich Sally, eure sanfte, aber pointierte Kritik hat jedes Kapitel, das ihr gelesen habt, verbessert.

Ich bin dem Team von Harlequin dankbar, das es mir ermöglicht hat, diese Bücher zu schreiben. Insbesondere bin ich meiner Lektorin Shana Asaro, der Redaktionsleiterin Susan Swinwood, der Grafikabteilung und den Vertriebs- und Marketingteams dankbar. Am meisten danke ich meinen Leserinnen und Lesern. Euer Enthusiasmus und eure Ermutigung motivieren mich, die Herausforderungen des Bücherschreibens zu meistern und das Beste aus mir herauszuholen. Danke, dass ihr einen Teil eurer kostbaren Freizeit mit mir in Pleasant Shores verbringt.